대사들 2

The Ambassadors

세계문학전집 376

대사들 2

The Ambassadors

헨리 제임스

정소영 옮김

민음사

일러두기

1. 원문에서 이탤릭체로 강조된 부분은 고딕으로 표기했다.
2. 영어 외의 다른 외국어는 따로 표시하지 않았다.

차례

8부

1

지난주에 있었던 사건으로 웨이마시와의 복잡한 관계가 분명하게 정리되었기 때문에 스트레더는 요 며칠 대개 혼자 돌아다녔다. 뉴섬 부인이 그를 소환한 것을 두고 둘 사이에 아무런 말도 오가지 않았지만, 스트레더는 그와 관련해 그녀의 사절단이 이곳으로 오고 있는 중이라는 언질은 주었다. 웨이마시가 비밀스럽게 관여했다고 생각되는 행위에 대해 그런 식으로 털어놓을 기회를 주었던 셈인데, 정작 웨이마시는 아무 말도 하지 않았다. 이는 얼마간 스트레더의 예상과 어긋났지만, 그것은 자신의 친구가 애초 주제넘은 행동을 하게 되었던 경위만큼이나 그의 깨끗한 양심을 보여 주는 것이어서 흥미롭기도 했다. 그는 이제 이 친구에게 너그러웠고, 그가 눈에 띄게 살집이 붙은 것을 보니 기분이 좋았다. 그 역시 아주 성공적으로 넉넉하고 자유로운 휴가를 즐기고 있었으므로 방구석에 박혀 있는 듯 속박된 사람들을 충분히 너그럽게 봐줄 수 있었다. 웨이마시처럼 꽉 막힌 사람들을 보면 어차피 이제 돌이킬 수도 없는데 괜한 상실감만 일깨울까 봐 본능적으로 발끝을 세우고 멀찍이 돌아가게 되었다. 자기가 봐도 정말 우습기는 했다. 종종 혼자 생각했듯이 도토리 키 재기였고 해방감이란 순전히 상대적인 것이라, 그건 현관의 흙 털개보다 매트가 조금 앞에 놓여 있는 정도에 불과했던 것이다. 그러나 다행히 그것은 지금의 위기 상황에 도움이 될 것이었고 밀로스의 순례자인 웨이마시는 그 어느 때보다 자신이 옳다고 생각할 것이었다.

스트레더로서는 포콕 부부가 곧 도착한다는 소식을 들은 웨이마시의 얼굴에 승리감과 함께 문득 연민의 감정이 나타나지 않았나 싶었다. 바로 그런 연유로 그를 바라보는 웨이마시의 눈에서 불타는 정의감이 좀 자제되면서 가려졌을 것이다. 친구에게 애정 어린 연민을 보이듯, 쉰다섯 살이나 먹고서 그렇게 경박스러운 행동을 하다가 다 들통난 친구를 가여워하듯 뚫어지게 쳐다봤던 것이다. 그러다 애매하게 무게를 잡으며 당사자가 알아서 죄명을 깨닫도록 내버려 두었다. 요즘 그가 껄끄러움을 피하기 위해 전적으로 취하는 태도가 대개 그런 식이었다. 논의할 거리가 없어졌으므로 그들의 관계는 침통스러울 만치 피상적이었다. 지금 웨이마시는 바라스 양이 그것을 위해 자신의 살롱 한 구석을 마련해 놓았다고 유쾌하게 묘사한 엄숙한 되새김의 상태임을 알 수 있었다. 몰래 손을 쓴 일이 들켜 버린 걸 알게 되었지만 순수한 동기에서 그랬다고 해명할 기회를 놓쳐 버린 듯도 했다. 하지만 이제는 털어놓을 수 없는 이 상황이 바로 그의 작은 속죄가 될 것이었다. 스트레더 생각에는 그 정도라도 불편한 마음을 가져야 옳았다. 만약 대놓고 비난을 했다거나, 남의 일에 왜 그런 식으로 끼어드냐며 질책하거나 어떤 식으로든 책망했다면 그는 분명 자기 나름의 원칙에 근거해 얼마나 한결같고 흠잡을 데 없는 양심에 따라 행동했는지 보여 줬을 것이다. 스트레더가 가고 있는 방향이 정말 마음에 안 든다며, 자리를 박차고 일어나 테이블을 쾅 내리치면서 자신은 의식적으로 그런 타락의 길을 멀리하고 있음을 확실히 보여 줬을 것이다. 사실 지금 스트레더를 압도하는 것이 바로 쾅 하고 내리치는 그 소리가 아니었을까? 그렇게 불쾌한 방식으로 주장하는 바에 대해 약간은 괴로운 마음으로 눈살을 찌푸리게 될까 두려워서? 어쨌든 지금이 위기 상황임을 알 수 있는 근거 중 하나는, 웨아마시가 은연중 관심과 우려를 보이던 예전의 태도를 의식적으로 눈에 띄게 삼가고 있다는 것이었다. 섭리를 대신하여 어떤 시도를 했던 일에 대해 친구에게 보상이라도 하는 양, 이젠 그가 뭘 하든 티 나게 무관심한 척하고 그것을 함께 논의하려는 시늉조차 하지 않았다. 감정을 다 닫아 걸고 그를 무시한 채, 큼직한 손은 깍지를 끼고 가만히 두지 못하는 커다란 발은 앞뒤로 흔들며 다른 곳에서 정당한 대우를 받겠다는 점을 분명히 했다.

이로 인해 스트레더는 독립적인 생활이 가능해졌고, 정말 이곳에 머물면서 지금처럼 자유롭게 나다닐 수 있었던 적은 없었다. 초여름의 기운이 완연히 펴져 가까운 것들 말고는 모두 부옇게 어른거렸다. 초여름 공기는 따스하고 향기로운 거대한 매체가 되어 그 안에서 온갖 요소들이 최상의 상태로 어울려 떠돌아, 나중에 계산이야 어떻게 되든 지금 즐길 수 있는 것으로 가득했다. 채드는 파리에 없었는데, 스트레더를 만난 이후 파리를 떠난 것은 이번이 처음이었다. 어쩔 수 없이 떠나야 한다고, 자세한 이유는 대지 않았지만 그렇다고 미안해하거나 당황한 기색도 없이 말했는데, 그건 그 젊은이의 생활에 온갖 다양한 관계가 있음을 증명하는 것이었다. 그런 점의 증명, 그러니까 그가 낙으로 삼는 다종다양한 경쾌한 이미지를 보여 준다는 점 외에 달리 그것에 마음을 두지 않았다. 마찬가지로 시계추처럼 갑자기 울렛 쪽으로 획 가 버렸던 채드의 마음을 자기 손으로 붙잡아 다시 이쪽으로 끌어왔다는 사실도 기분이 좋았다. 그 순간 시계추를 잡아 세운 것이 맞다면 그것은 바로 이렇게 생기발랄한 일을 할 수 있게 도와주기 위해서였다는 생각에 흡족하기도 했다. 그 자신으로 말하자면 예전에 한 번도 해 본 적이 없었던 일을 했다. 두 번인가 세 번, 함께 하는 사람 없이 온종일 나가 놀았고, 두세 번은 고스트리 양과 함께, 또 두세 번은 리틀 빌럼과 함께 어울려 놀았다. 샤르트르에 가서 성당의 모습을 바라보며 그곳에 어린 편안한 행복감을 만끽했다. 퐁텐블로에 가서는 자신이 이탈리아로 가는 중이라고 상상했다. 작은 가방 하나만 들고 루앙에 가서는 과도하다 싶을 정도로 신나게 밤을 보내고 왔다.

어느 날 오후에는 아주 색다른 일을 했다. 어쩌다 보니 강 건너 고색창연한 비오네 부인 저택 근처에 있게 되어, 아예 입구의 커다란 아치를 지나 문지기의 집으로 가서 그녀를 만나 보고 싶다고 했던 것이다. 그 가능성이 머릿속에 떠오른 것이 이미 한 번은 아니었고, 산책을 핑계 삼아 금방이라도 그렇게 될 수 있음을 늘 의식했다. 단지 노트르담에서 함께 아침을 보낸 후 생각하고 다짐했던 자신의 지조가 얄궂게도 자꾸 떠올랐을 뿐이었다. 그녀와의 만남이 자신이 의도한 바가 아니었고, 여기에 자신을 위해 하는 일은 하나도 없다는 바로 그 사실에 근거해 다시금 자신의 당당한 입장을 강하게 고수해 왔던 거니까. 따라서 자신이 나서서 매력적인 그 모험의 상대를 찾는다면, 그땐 사심을 가지고 행동하는 것이 되므로 바로 그 순간 그의 입지는 약화된다고 봐야 했다. 스스로 넘어서는 안 될 선을 정한 것이 불과 며칠 전이었다. 세라가 도착할 때까지는 지조를 지키겠다고 스스로 약속했더랬다. 세라가 온 뒤에는 자유롭게 행동할 자격이 있다는 생각은 논리상 틀린 것은 아니었다. 그쪽에서 그가 알아서 하도록 놔두지 않는 마당에 사려 깊게 행동해 봐야 바보짓일 뿐이니까. 그를 신뢰하지 않을 거라면 적어도 그는 맘 편히 지낼 수는 있어야 했다. 그를 그렇게 감독할 거라면 자신의 입장에서 운 좋게 나타날 수도 있는 일을 한번 해 볼 수는 있어야 했다. 이상적인 엄정함을 지키고자 한다면 포콕 부부가 본성을 나타낼 때까지 그 시도를 참고 있어야 할지도 몰랐다. 그리고 그가 스스로 다짐한 것이 바로 그러한 이상적인 엄정함을 지키는 일이었다.

그런데 갑자기, 특히 그날 모든 것이 무너져 내릴 것만 같은 유별난 두려움이 그를 사로잡았다. 불현듯 자신이 겁을 내고 있음을 알았다. 하지만 다시 비오네 부인과 자리를 같이 했을 때 그의 감성에 미칠 영향 때문은 아니었다. 그가 두려웠던 것은 세라 포콕과 함께 단 한 시간이라도 보냈을 때 그것이 끼칠 영향이었고, 편히 잠들지 못하는 밤이면 그와 관련해 온갖 말도 안 되는 상상이 머리를 어지럽혔다. 그녀는 실제보다 거대하게 다가왔고, 가까이 다가올수록 점점 더 거대해졌다. 그녀와 눈이 마주치고, 그러고 나서 그의 상상력이 첫걸음을 내딛자마자 단숨에 성큼 나아가면서 어느새 그녀가 그를 덮치는 게 느껴졌다. 쏟아지는 그녀의 질책 아래 죄책감으로 온몸이 화끈거리고, 그에 대한 속죄로 당장 모든 걸 다 버리겠다고 약속하는 것이었다. 그녀의 지도 아래, 마치 미성년 범죄자가 청소년 교화 시설에 맡겨지듯 자신이 다시 울렛에 맡겨지는 모습이 보였다. 물론 울렛이 진짜 무슨 교화 시설이라는 것은 아니다. 하지만 세라의 호텔 응접실이 그런 곳이 되리라는 것은 미리 알고 있었다. 여하튼 그렇게 불안한 상황에서 그가 처한 위험은 이 문제에서 약간이라도 양보하면 지금의 현실과 완전히 단절될 수 있다는 것이었다. 따라서 괜히 현실과 단절되기까지 맥놓고 기다리다가는 완전히 기회를 잃을지도 몰랐다. 기회는 비오네 부인이 가장 생생하게 대표하는 것이었고, 요컨대 바로 그런 이유로 그가 더 이상 기다리지 않은 것이다. 포콕 부인에 대한 대책을 세워야 한다는 생각이 번뜩 들었다. 따라서 그가 찾는 분이 지금 파리에 안 계시다는 말을 문지기 부인으로부터 들었을 때 실망감을 금할 수 없었다. 며칠 동안 시골에 내려가 있다는 것이었다. 거기에 부자연스러운 점이라고는 전혀 없었다. 하지만 불쌍한 스트레더는 그 말을 듣자 자신감이 몽땅 바닥에 떨어지고 말았다. 다시는 그녀를 볼 수 없을 것만 같고, 게다가 그녀를 제대로 잘 대해 주지 않아서 그런 일을 자초했다는 생각마저 드는 것이었다.

울렛의 사절단이 기차역 플랫폼에 내리는 순간 일종의 반동처럼 앞으로의 전망이 정말로 밝아졌던 것은, 그가 이렇게 한동안 무척 우울한 상상에 빠져 있었기 때문이었다. 그들은 뉴욕에서 배를 타고 아브르 항구에 내린 뒤 거기서 바로 오는 길이었다. 순조로운 항해로 배가 예상보다 빨리 항구에 닿아 거기로 마중을 나가기로 한 채드가 제시간에 오지 못했던 것이다. 항구에서 곧바로 출발하겠다는 전보를 받은 것이 채드가 막 아브르로 가는 기차를 타려 할 때였기 때문에 그로서는 파리에서 기다리는 수밖에 다른 도리가 없었다. 그래서 급히 호텔로 스트레더를 데리러 왔고, 가벼운 농담처럼 웨이마시도 데려가는 게 어떻겠냐고까지 했다. 채드의 마차가 덜컹거리며 들어왔을 때 웨이마시는 생각에 잠긴 스트레더의 시선을 받으며 심각한 표정으로 호텔 마당을 천천히 오가는 중이었다. 인편으로 전해진 채드의 쪽지로 포콕 부부가 곧 도착할 것임을 알게 된 스트레더가 웨이마시에게 그 사실을 알렸고, 그러자 그 상황과 관련해 애매하지만 예의 인상적인 표정으로 그를 노려보았더랬다. 방금 전달받은 사실에 대해 어떤 태도를 취해야 좋을지 모르겠는 불확실함이, 이제는 스트레더가 선수처럼 알아차릴 수 있는 그 감정이 드러나는 분위기로 말이다. 그가 자신 있게 내보일 수 있는 건 확실한 말투뿐인데,

확실하게 알지 못하는 상황이니 그건 어려울 수밖에 없었다. 포콕 부부는 아직 그가 가늠할 기회가 없었던 존재인 데다, 사실상 그들을 여기까지 불러들인 것이 그 자신이었으므로 그만큼은 스스로를 그들에게 노출한 셈이었다. 온당한 일이었다고 생각하고 싶었지만 당분간은 기껏해야 모호한 기분일 수밖에는 없을 것이다. "알겠지만 그들과 함께 지내는 데 자네의 도움을 무척 기대하고 있네." 스트레더가 그렇게 말했는데, 그 말이든 같은 의미의 다른 말이든 상대방의 침울한 감수성에 어떤 식으로 영향을 줄지 상당히 의식하고 한 말이었다. 포콕 부인이 상당히 마음에 들 거라고, 확실히 그럴 거라고 거듭 강조했다. 모든 일에서 그녀와 마음이 맞을 것이고 그녀 역시 그와 마음이 맞을 것이며, 한마디로 바라스 양이 무시당했다는 생각에 기분이 언짢아질 정도일 거라고 했다.

마당에서 채드를 기다리는 동안 스트레더는 이렇게 쾌활한 분위기를 지어냈다. 그가 조용히 담배를 피우며 앉아 있는 사이, 우리에 갇힌 사자 같은 그의 동료는 그 앞에서 계속 서성이고 있었다. 채드 뉴섬이 이 순간 도착해 그들을 봤다면 분명 무척 상반된 두 사람의 모습에 상당히 놀랐을 것이었다. 그들을 배웅하러 거리로 나와 함께 서 있던 웨이마시의 얼굴에 떠오른, 뭔가를 동경하는 듯도 하고 슬픔에 잠긴 듯도 한 표정도 더불어 기억하게 될 것이었다. 그 두 사람은 마차를 타고 가면서 그에 대해 이야기를 나누었고, 스트레더는 자신이 애써 알아낸 바에 따르면 상황이 어떻게 된 것인지 채드에게 알려 주었다. 이 결과가 나오기까지 그 친구가 이러이러하게 조종했을 게 확실하다는 말은 이미 며칠 전에 했는데, 그 젊은이 쪽에서는 그러한 그의 확신에 대단한 호기심과 흥미를 보였더랬다. 그러면서도 그가 상황을 꿰뚫어 보았다는 것을 스트레더는 알아챘다. 말하자면 웨이마시가 결정 요인으로 작용하는 그 영향권에 대한 채드의 판단은 이미 알고 있었는데, 그런 사실이 자기 가족에 대한 그 젊은이의 견해에 어떤 작용을 했는가라는 측면에서 그 인상이 지금 되살아난 것이다. 이제는 웨이마시를 울렛에서 그 둘에게 행사하려는 통제의 일부로 봐야 한다는 의견이 둘 사이에서 나왔다. 사실 반 시간 후 스트레더는 세라 포콕의 눈에 자신이 웨이마시의 말대로 어딜 보나 채드의 '편'으로 보인다는 사실을 알 수 있었다. 그래도 일단 마음 내키는 대로 했다. 그것을 부정할 방법은 없었으니까. 그건 자포자기일 수도 있고 자신감일 수도 있었다. 막 도착한 그들에게 그는 지금껏 갈고닦은 명료함을 한껏 번득이며 자신을 내보여야 했던 것이다.

스트레더는 마당에서 웨이마시에게 한 이야기를 채드에게 다시 들려주었다. 채드의 누이가 웨이마시를 동류의 사람으로 여길 것이 분명하고, 함께 대화를 나눠 보면 그 두 사람이 아주 성공적으로 동맹을 맺을 수 있을 것도 확실하다고 말이다. 바로 의기투합하게 될 것이라고 했다. 게다가 그것은 그가 기억하기로 그에 대해 처음 말을 꺼냈을 때 전했던 내용에서 더 발전한 것에 불과했다. 그러니까 웨이마시와 뉴섬 부인이 서로 비슷한 점이 얼마나 많은지 놀랐다고 했던 것 말이다. "언젠가 자네 모친에 대해 묻기에 내가 말해 줬지. 알게 되면 분명 그로서는 특히 아주 열광할 만한 인물이라고. 그게 지금 우리가 가지게 된 확신과 얼마나 잘 어울리나. 포콕 부인이 그를 자기 편으로 만들 거란 확신 말이야. 포콕 부인의 일이 바로 모친을 대신하는 거니까."

"아, 어머니가 누나보다야 훨씬 낫죠!" 채드가 말했다.

"비교도 할 수 없을 만큼 낫지. 하지만 그것과는 별개로 자네가 곧 누나를 만나게 되면 내 말대로 자네 어머니의 대리인을 만나는 거야." 스트레더가 말했다. "난 마치 퇴임을 앞두고 새로 임명된 대사를 영접하러 가는 기분이구먼." 이렇게 말하고 나자 곧 의도치 않게 아들 앞에서 그 모친을 깎아내렸다는 생각이 들었다. 채드가 앞서와 마찬가지로 곧바로 이의를 제기했기 때문에 더욱 그러했다. 요즘 들어 스트레더는 채드의 태도나 기분을 잘 모르겠다는 느낌이었다. 그저 아무리 상황이 안 좋아도 쓸데없는 걱정을 하는 일은 거의 없다는 점만 대충 의식할 뿐이었다. 그래서 이 위기의 순간에 그는 새로이 관심을 가지고 그를 주의 깊게 지켜봤다. 채드는 이 주 전 그에게 약속한 그대로, 더 묻지 않고 여기에 머물러 달라는 그의 부탁을 들어주었다. 기다리는 동안 그는 아주 명랑하고 근사했지만 또한 종잡을 수 없었고, 그가 체득한 고도의 세련됨에 원래 담겨 있던 냉정함이 좀 더 강해진 듯도 했다. 그는 들떠 있지도 않았고 우울해하지도 않았다. 여전히 느긋하면서도 예리하고 신중했다. 급한 것도 없고 쩔쩔매는 법도 없고 걱정도 없고, 기껏해야 재미있어 하는 기색이 전보다 덜할 뿐이었다. 스트레더로서는 자신의 부조리한 정신 속에서 벌어졌던 기이한 과정이 정당했다는 느낌이 그 어느 때보다 강했다. 마차가 굴러가는 동안 그는 채드가 해 온 일과 그의 변모가 아니라면 그 무엇으로도 지금 이렇게 그를 내세우는 일을 하지 못했을 것임을 전에 없이 확실히 알 수 있었다. 그것들이 지금의 그를 만들었고, 그 일은 쉽지 않았다. 시간과 노력이 들었고, 무엇보다 대가도 있었다. 어쨌든 그 결과를 이제 샐리에게 보여 줄 것이었다. 그 점에 있어서 스트레더는 자신이 직접 그것을 지켜보게 되어 기쁠 따름이었다. 그녀는 그것을, 이 결과물을 조금이라도 알아보고 이해할 것인가? 혹시 그렇다면 조금이라도 좋아할 것인가? 그것을 뭐라 정의할 거냐고 불쑥 묻는다면, 과연 뭐라 답해야 할지 고민하며 턱을 긁적거렸다. 분명 그런 질문이 나올 테니 말이다. 아, 그건 그녀가 결정할 일 아닌가. 직접, 있는 것은 다 보고 싶다고 했으니 직접 와서 보고 맞이하라지. 그럴 능력이 있다고 자부하며 오는 거겠지만, 사실 그녀가 아무것도 보지 못하리라는 예감이 그의 마음속 깊은 곳에서 낮은 소리로 웅웅거렸다.

더구나 채드가 툭 던진 말에서 그 역시 눈치 빠르게 이런 의심을 하고 있었음을 알 수 있었다. "누나네 부부는 애들 같아요. 삶이 장난인 줄 안다고요!" 게다가 그 강한 말투는 의미심장했고 스트레더를 안심시키기도 했다. 자신이 상대방의 감정을 고려해 뉴섬 부인까지 한통속으로 몰지는 않았음을 내비쳤기 때문이다. 그 덕분에 우리의 주인공은 포콕 부인에게 비오네 부인을 인사시킬 생각인지 물어볼 수 있었다. 그에 채드가 아주 간단명료하게 대답하자 스트레더는 더욱 놀리지 않을 수 없었다. "아니, 누나가 오는 게 바로 그것 때문 아닌가요? 제가 어울리는 사람을 직접 보려고 말이에요."

"음, 안됐지만 그렇긴 하지." 스트레더가 무심코 대답했다.

채드가 곧 다시 물었으므로 자신의 경솔함을 좀 만회할 수 있었다. "왜 안됐다는 거예요?"

"글쎄, 내가 얼만간 책임감을 느낄 수밖에 없으니까. 내 생각에 포콕 부인이 여기 일이 궁금해진 이유는 내가 한 이야기 때문이거든. 처음부터 털어놓았으니 자네도 알겠지만 내가 편지로 온갖 이야기를 다 했다네. 비오네 부인에 대해서도 물론 나 나름으로 전한 바가 있고."

채드에겐 그 모든 게 아주 명백했다. "그렇죠, 하지만 좋게 말씀해 주셨을 뿐이잖아요."

"어떤 여성에 대해서도 그렇게 좋게 말해 준 적은 없지. 하지만 그 말투가……."

"그 말투 때문에 누나가 오게 된 거란 말씀이세요?" 채드가 물었다. "그럴 수도 있겠죠. 하지만 그걸 두고 왈가왈부할 생각은 없어요. 비오네 부인도 마찬가지일 거고요. 이제는 부인이 아저씨를 얼마나 좋아하는지 아시지 않나요?"

"아!" 양심의 가책을 담은 우울한 목소리로 신음하듯 그가 말했다. "내가 그녀한테 지금까지 어떻게 했는데!"

"아, 아저씨는 많은 일을 해 주셨어요."

채드의 싹싹한 대답에 오히려 그가 부끄러워졌다. 그리고 그가 이 순간 그냥 통틀어서 이런 종류의 것이라고 부를 이것을 세라 포콕이 직접 마주했을 때 과연 어떤 얼굴을 할지 보고 싶어 안달이 날 정도였다. 미리 경고를 했음에도 불구하고 그녀는 이에 대해 제대로 예상하지 못한 채 올 것임이 분명했기 때문에 더욱 그러했다. "이게 바로 내가 한 일이지!"

"뭐, 괜찮아요." 채드가 아무렇지도 않게 말했다. "그녀는 사람들이 좋아해 주면 기뻐하거든요."

그 말에 상대방은 잠깐 생각했다. "그럼 그녀는 포콕 부인이 분명 자신을······."

"아니요, 아저씨 말이에요. 아저씨가 좋아해서 그게 기쁘다고요. 말하자면 그게 무척 도움이 되거든요." 채드가 웃었다. "하지만 누나에 대해서도 절망적이진 않아요. 부인으로서는 갈 수 있는 데까지 기꺼이 갈 작정이지요."

"세라를 이해해 주는 식으로?"

"그렇죠, 그리고 다른 방식으로도요. 통상적으로 하듯이 상냥하게 맞아 주고 잘 대해 주고." 채드가 다시 웃으며 말했다. "만반의 태세를 갖추고 있어요."

스트레더가 무슨 말인지 알아들었다. 그러고는 바라스 양의 말이 들리기라도 하듯 중얼거렸다. "경이로운 인물이야."

"얼마나 경이로운지 아시려면 한참 멀었어요!"

스트레더가 듣기에 그 말에는 무척 확고한 만족감이 있었다. 소유주의 무의식적인 거만함에 가까울 정도였는데, 그런 면이 살짝 감지되었다 해도 더 이상의 추측을 불러일으키지는 않았다. 그렇게 고상하고 관대한 확신에 너무나 결정적인 어떤 분위기가 있었기 때문이었다. 사실 그로 인해 새삼스레 부인의 모습이 떠올랐고, 그래서 스트레더는 곧 이렇게 말했다. "이제 그녀를 좀 자주 만나 볼 생각이네. 내가 원하는 만큼 자주 말이야. 자네가 허락한다면. 지금까지는 그렇게 못 했으니까."

"그건 순전히 아저씨 탓이잖아요." 채드가 말했는데, 책망하는 투는 아니었다. "두 분을 가까워지게 하려고 제가 그렇게 애를 썼고, 부인 쪽에서는…… 정말이지 아저씨, 그 어떤 남자도 그렇게 잘 대해 준 적이 없어요. 근데 아저씨가 생각이 좀 특이해서 그랬던 거죠."

"내가 사실 그렇긴 했지." 스트레더가 중얼거렸다. 그러면서 정말 자신이 얼마나 그 생각에 사로잡혀 있었는지, 그리고 이제는 어떻게 거기서 벗어났는지를 실감할 수 있었다. 어떤 과정을 거쳐 그렇게 되었는지 다 따져 볼 수는 없었지만 그건 모두 포콕 부인 때문이었다. 그리고 그것은 다시 뉴섬 부인 때문이겠지만, 그것 역시 아직은 두고 볼 일이었다. 문득 그에게 든 생각은 무척 소중한 혜택을 받을 수 있었는데 그걸 바보같이 놓쳐 버렸다는 것이었다. 그녀를 훨씬 더 잘 알 수 있는 길이 활짝 열려 있었는데 그 좋은 날들을 그냥 보내 버렸던 것이다. 이제 더는 그 기회를 놓치지 않겠다는 결심이 마음속에서 불타오르다시피 했다. 채드를 곁에 두고 목적지에 가까워지는 지금, 그 기회를 촉발한 것이 결과적으로 세라가 아니었나 하는 뜬금없는 생각까지 들었다. 조사차 나온 그녀가 다른 방면에서 어떤 성과를 낼지 아직은 불분명할 뿐이었지만, 진지한 두 남녀를 가까워지게 하는 데 지대한 역할을 하리라는 것은 분명했다. 바로 그때 채드가 하는 말만 들어도 알 수 있었다.

왜냐하면 당연히 그들이, 그러니까 자신과 저쪽의 진지한 여성이 스트레더로부터 격려와 지원을 받기를 기대한다고 방금 말했기 때문이다. 그들이 생각해 낸 좋은 방안이라는 것이 아예 포콕 부부의 혼을 빼놓겠다는 것이었는데, 그 말을 들으니 스트레더로서는 무척 놀라웠다. 아니 만약 비오네 부인이 그것을 해낸다면, 그러니까 포콕 부부의 혼을 빼놓는 데 성공한다면 비오네 부인은 정말이지 굉장한 사람일 것이다. 성공만 한다면야 정말 멋진 계획이 될 텐데, 문제는 세라가 과연 그렇게 매수될 사람인가였다. 자신의 전례가 있긴 했지만 그건 그런 가능성을 가정하는 데 별 도움이 되지 않았다. 그녀의 성격상 충분히 다른 결과가 나올 것이 확실했기 때문이다. 그 자신은 매수될 만한 사람이라 따로 떼어 생각할 필요가 있었다. 게다가 사실 자신이야 완전히 증명된 경우이기도 하고 말이다. 램버트 스트레더에 대해 말할 것 같으면 그는 항상 최악의 상태를 알고 싶어 하는 사람이라, 이제 그가 깨닫게 된 사실은 단지 자신이 매수될 수 있는 사람일 뿐 아니라 이미 효과적으로 매수당했다는 것이었다. 문제라면 도대체 무엇에 매수당했는지 잘 알 수 없다는 것이었다. 마치 자신을 팔아 버렸는데 웬일인지 돈은 전혀 손에 넣지 못한 격이었다. 하지만 그것이야말로 바로 그에게 딱 일어날 법한 일이었다. 당연하게도 그의 거래 방식이 바로 그랬다. 이런 생각을 하다가 그는 채드에게 꼭 기억해야 할 것이 하나 있다는 사실을 상기시켰다. 세라가 새로운 흥밋거리에 관심을 보일 가능성이 아무리 크다 해도 그녀는 어쨌든 아주 확고하고 분명한 목적을 가지고 왔다는 사실 말이다. "그런 것들에 혹해서 정신이 팔릴 요량으로 오는 게 아니란 말이야. 우리가 나서서 매혹적으로 그녀를 홀릴 수는 있겠지. 우리한테야 그것보다 쉬운 게 뭐가 있나. 하지만 그녀는 매혹당하러 나온 게 아니란 말이야. 단지 자네를 집에 데려가려고 온 거지."

"음, 누나와 함께라면 돌아가죠." 채드가 경쾌하게 말했다. "그건 허락하시겠죠?" 스트레더가 대답이 없자 좀 기다렸다 다시 물었다. "아니면 제가 누나를 만나면 돌아가고 싶은 마음이 없어질 거라는 게 아저씨 생각인가요?" 이 질문에도 상대방은 여전히 묵묵부답이었고, 그래서 그가 재차 말했다. "어쨌든 그들이 여기 있는 동안 최대한 즐거운 시간을 보내게 해줄 작정입니다."

스트레더가 이 말에 입을 열었다. "아, 그것 보라고! 자네가 정말로 돌아가고 싶은 거라면……."

"그런 거라면요?" 채드가 재촉했다.

"우리가 좋은 시간을 보내건 말건 개의치 않겠지. 어떻게 지내든 상관없을 거야."

채드는 어떤 기발한 암시도 늘 말할 수 없이 태연하게 받아들였다. "알겠어요. 하지만 어쩔 수 없잖아요? 제가 워낙 예의 바르고 괜찮은 사람이라서."

"그래, 정말 괜찮은 사람이지!" 스트레더가 땅이 꺼지게 한숨을 쉬었다. 그러면서 터무니없지만 그렇게 자기 임무가 끝났다는 기분에 잠깐 잠겼다.

채드가 아무런 대꾸가 없었으므로 문득 떠오른 그 생각이 한동안 사실인 양 느껴졌다. 하지만 곧 기차역이 시야에 들어왔고 채드가 다시 말을 꺼냈다. "누나에게 고스트리 양을 소개하실 건가요?"

그건 스트레더가 이미 생각해 놓은 바였다. "아니."

"하지만 식구들이 그녀에 대해 알고 있다고 하시지 않았나요?"

"자네 모친이 알고 있다고 얘기한 것 같은데."

"어머니가 누나에게 얘기하지 않았을까요?"

"그것도 내가 알고 싶은 것 중 하나이지."

"그럼 만약 이야기를 하셨다면……."

"그들을 만나게 할 거냐고?"

"예. 아무 관계가 아니란 걸 보여 주려고요." 채드가 가볍게 대답했다.

스트레더가 좀 망설였다. "세라가 어떤 관계로 생각하든 무슨 상관이 있을까 싶은데."

"그게 어머니 생각이 아니라면 말인가요?"

"아, 자네 모친의 생각이 도대체 뭘까?" 이 말에는 약간의 당혹스러움이 깃들어 있었다.

하지만 그들은 막 역에 당도했고, 그에 대한 일종의 실마리를 손쉽게 찾을 수 있었다. "그게 바로 아저씨와 제가 곧 알아낼 것이 아니겠어요?"

2

삼십 분 뒤 스트레더는 채드가 아닌 다른 사람과 역을 떠났다. 채드가 세라와 매미, 하녀와 짐 가방을 맡아 모두를 널찍한 마차에 태우고 호텔로 출발했다. 그리고 그 네 사람이 떠난 후에야 스트레더가 짐 포콕과 함께 작은 마차에 올랐다. 전에 없던 이상야릇한 기분이 그를 사로잡았고, 그 결과 기운이 솟았다. 마치 그의 평가단이 역에 내렸을 때 그에게 생겨난 것이 두려움이 아니라 다른 것인 듯했다. 물론 그 자리에서 무슨 격렬한 장면이 벌어질까 봐 두려워한 것은 아니지만 말이다. 스스로 설명했듯이 그가 받은 인상은 그냥 어쩔 수 없었다. 하지만 안심과 안도감 역시 가만히 찾아왔다. 수년 동안 어쩌면 물릴 정도로 봐 온 얼굴과 들어 온 목소리 덕분에 그런 기분이 든다니 이보다 더 기묘한 일도 없을 듯했다. 그럼에도 어쨌든 자신의 심정이 내내 얼마나 불편했는지 이제는 알

수 있었다. 지금 일시적으로 거기서 벗어나게 되니 그 사실이
더욱 절실하게 다가왔다. 그것은 한순간에 벌어진 일이었다.
객차의 창문에 비친 그녀를 보고 그들이 플랫폼에서 반갑게
손을 흔들었고 곧이어 서둘러 내린 세라가 그들에게 다가왔
을 때, 아름다운 나라의 서늘한 6월 풍경을 거쳐 온 보기 좋
고 생기 넘치는 그 얼굴에 떠오른 미소에서 나타났던 것이다.
그저 간단한 신호일 뿐이었지만, 그것으로 충분했다. 그녀는
사뭇 문제를 내비치기보다는 품위 있게 행동할 것이었고, 넓
은 시각으로 일을 해 나갈 터였다. 채드와 포옹을 한 뒤 자기
가족의 중요한 친구인 그에게 곧바로 인사를 하는 것에서도
그 점은 더욱 분명했다.

  그때 스트레더는 틀림없이 그 어느 때보다 그 가족의 중요
한 친구였다. 그것이 무슨 일이 있어도 그가 계속 유지할 수
있는 지위였다. 그리고 더 이상 그런 인물이 될 수 없다면 얼
마나 아쉬울지가 인사에 응하는 그의 방식에서도 나타났다.
그가 보기에 세라는 항상 우아했다. 피한다거나 데면데면하게
구는 모습은 거의 본 적이 없었다. 얇은 입술에 떠오르는 특
유의 미소는 아주 밝지는 않지만 강한 인상을 주었고 성냥을
긋듯 순식간에 생겨났다. 턱이 좀 두드러지게 길면서 튀어나
왔지만 많은 사람들에게 그렇듯이 호전적이거나 반항적인 성
향이 드러난다기보다 붙임성 있는 싹싹함이 보였다. 멀리까지
울리는 낭랑한 목소리는 그녀의 태도를 전체적으로 인정하고
더욱 장려하게 했다. 이미 많이 접해서 익숙한 면모들이었는
데도 마치 오늘 그녀를 처음 만나는 양 새삼스럽게 스트레더

의 눈에 들어왔다. 처음 그녀를 보았을 때 모친과 많이 닮았다는 인상을 잠깐이지만 아주 생생하게 받았다. 그러니까 기차가 역으로 천천히 들어와 차창 너머로 눈이 마주쳤을 때는 거의 뉴섬 부인이라고 해도 될 정도였다. 하지만 그 인상은 바로 사라졌다. 뉴섬 부인은 더 수려했고, 세라의 경우 살집이 붙었지만 그녀의 어머니는 그 나이에도 여전히 처녀 시절의 허리를 유지하고 있었다. 또한 뉴섬 부인의 턱은 긴 편이라기보다 짧은 편에 가깝고, 정말 복이 많게도 훨씬, 말할 수 없이 훨씬 더 자비로우면서 은은한 미소를 지니고 있었다. 뉴섬 부인이 입을 다물고 있는 때가 있긴 했다. 그녀의 침묵을 심지어 들을 수도 있었지만, 불친절하거나 불쾌한 경우는 전혀 없었다. 그와 달리 포콕 부인은 불쾌할 때가 있었다. 상냥하지 않은 적은 없었지만 말이다. 그녀의 상냥함은 무척이나 겉으로 드러나는 방식이었다. 예를 들어 그녀가 짐에게 상냥하게 굴 때는 특히 그랬다.

어쨌든 차창 너머로 눈에 들어온 모습은 넓고 시원스런 이마였는데, 무슨 까닭인지 그녀의 친구들은 늘 그 이마가 지적이라고 여겼다. 하나도 놓치지 않겠다는 똘망똘망한 그녀의 눈은 지금 와서 보니 참 이상하게도 웨이마시를 떠올리게 했다. 그리고 평소보다 윤기가 흐르는 짙은 색 머리칼을 세련된 그 모친이 하던 스타일로 매만진 뒤 모자를 쓰고 있었다. 어떤 식으로든 극단적인 것은 피하는 그 스타일은 울렛에서는 '그들만의 스타일'로 알려져 있었다. 그녀가 플랫폼에 내리자마자 그 모든 유사성이 사라졌지만, 말하자면 자신을 대신

할 사람의 모든 장점을 느낄 수 있을 만큼은 지속되었다. 그들 사이에 생겨난 '균열'을 알아채지 않을 수 없는 참담함, 정말 이지 그 수치스러움을 다시 가늠할 만큼은, 그녀가 미국에 있는 그 사람, 자신과 가까운 사이인 그 사람을 눈앞에 불러왔던 것이다. 그는 혼자 생각에 잠겨 이 점을 헤아려 보았다. 하지만 세라가 생생하게 모습을 드러낸 잠깐 사이에 그러한 파국이 전에 없이 끔찍하게 다가왔다. 아니 더 정확히 말하면 전혀 생각할 수 없는 일로 여겨졌다. 그래서 마주하는 데 거리낌이 없고 익숙한 어떤 것을 발견하자 순간 충성심이 되살아났던 것이었다. 불현듯 그는 그 의미의 심오함을 헤아렸고 자신이 잃어버릴 수도 있었던 것이 무엇인지 깨달았다.

여하튼 마차를 기다리는 십오 분 동안 스트레더는 마치 그 여행객들이 그가 잃은 것은 아무것도 없다는 말을 전하러 오기라도 한 것처럼 어루만지듯 그들 사이에서 서성거릴 수 있었다. 어떤 식으로든 자신이 달라졌다거나 이상해졌다고 세라가 그날 밤 당장 어머니에게 편지를 쓰게 만들지는 않을 것이었다. 한 달이라는 시간 동안 어디를 보나 자신이 이상해지고 달라졌다고 느낀 적은 아주 많았다. 하지만 그건 그 자신의 문제였다. 적어도 그걸 상관해서는 안 될 사람이 누구인지는 알았다. 적어도 다른 누구의 도움도 없이 세라가 혼자 들춰낼 그런 상황은 결코 아니었던 것이다. 비록 지금까지 보인 것 말고도 상황을 밝힐 더 많은 수단을 가져왔을지라도 자신의 친절함까지 무시하며 나대지는 않을 것이다. 스트레더는 자신이 끝까지 친전한 태도를 유지할 수 있으리라 믿었다. 그것 말고 다른 것은 할 재간이 없어서일지라도 말이다. 그는 자신이 어떻게 달라졌고 어떻게 이상한지를 스스로도 분명히 설명할 수 없었다. 그것이, 그 과정이 어딘지 모를 저 깊숙이에서 일어났기 때문이다. 마리아 고스트리 양은 그것을 살짝 보기는 했다. 하지만 설사 그가 원한다 한들 그것을 어떻게 포콕 부인이 볼 수 있도록 끄집어낼 수 있단 말인가? 바로 이런 기분으로 서성이고 있었는데, 예쁜 소녀를 가르는 확고하고 엄밀한 기준에 매미가 적절하겠다는 인상을 받은 덕에 두근거리는 상태는 좀 덜했다. 앞서 그는 안절부절못하며 별의별 것을 머릿속에서 굴려 보던 중 과연 매미가 울렛이 내세우는 만큼 정말 예쁜지 막연한 의구심이 들었더랬다. 그런데 지금 실제로 그녀를 보니 곧바로 울렛의 의견에 휩쓸리게 되었고, 그 결과 상상 속으로 온갖 다른 것이 물밀 듯이 쏟아져 들어왔다. 한 오 분 정도는 분명 매미가 대표하는 울렛이 필연적으로 결정권을 갖게 된 듯했다. 이것은 그 장소 자체가 자각하는 그런 진실이었다. 울렛은 아주 자신 있게 그녀를 내보이고, 의기양양하게 그녀를 가리킬 것이었다. 그리고 확신에 차서 그 입장을 고수할 것이었다. 그녀가 따르지 못할 요구 사항도 없고 답하지 못할 질문도 없음을 잘 아는 것이다.

글쎄, 그렇긴 하지. 스트레더가 은연중 유쾌한 말투로 내뱉었다. 스물두 살밖에 안 된 처녀가 어떤 공동체를 훌륭하게 대표할 수 있다면 매미야말로 완벽하게 그 역할을 하고 있는 셈이니까. 익숙한 듯이 그 역할을 하고, 내보이는 모습이나 말하는 것, 옷 입는 것도 다 그 역할에 맞게 하니까. 혹시 파리의 고상한 빛 아래라면, 돋보이게 만들지만 또한 기만적이기도 한 멋진 스튜디오 조명이 가득한 곳에서라면 매미 스스로 그러한 점을 너무 의식하는 것으로 비치지 않을까 하는 의문이 들었다. 하지만 그녀의 의식은 크기에 비해 어차피 안에 든 것이 별로 없고 뒤죽박죽이라기보다 아주 단순한 상태이므로, 그녀를 상냥하게 대하려면 너무 많은 것을 끄집어내기보다 가능한 많은 것을 집어넣어야 할 거라는 생각에 만족스러워졌다. 그녀는 튼튼하고 키도 적당했다. 하얗다 못해 창백해 보이는 감이 아주 약간 있었지만, 밖으로 나타나는 편안하고 유쾌한 빛은 생기발랄했다. 그녀는 울렛에서는 어디를 가나 '맞이하는' 역할을 했을 법했다. 그래서 그녀의 태도와 말투, 동작, 예쁜 파란 눈과 완벽하게 잘생긴 치아 하며 아주 작은, 너무 작은 코에는, 왁자지껄한 목소리가 가득한 후끈하고 밝은 방의 창문과 창문 사이, 사람들이 '눈도장을 찍으러' 다가가는 한쪽 끝에 서 있는 모습을 바로 떠올리게 하는 어떤 면이 있었다. 그 이미지는 축하의 장면이었고, 시각이 회복된 스트레더는 이 점에 착안해 그 개념을 완성했다. 매미가 무엇처럼 보이느냐면 바로 행복한 신부, 식을 마치고 교회를 나와 막 신혼여행을 가려는 신부처럼 보였던 것이다. 처녀는 아니지만 또한 막 결혼했을 뿐인 신부 말이다. 모두 환호하는 화려한 축제의 단계에 있는 것이다. 그 상태가 부디 오래 지속되기를!

　스트레더는 채드를 떠올리자 이 모든 사실이 흡족했다. 채드는 그들에게 필요한 모든 것을 자상하게 챙겨 줄 뿐 아니라 하인을 불러 그 일을 돕도록 했다. 두 여성은 확실히 보기 좋앙고, 매미는 언제 어디 내놓아도 손색이 없었다. 채드가 그녀와 함께 어울린다면 그녀는 누가 봐도 어린 그의 아내, 신혼여행 중에 있는 어린 아내처럼 보일 것이다. 하지만 그건 그의 문제였다. 그녀의 문제일 수도 있겠지만, 어쨌든 그녀로서는 어쩔 수 없는 것이었다. 스트레더는 글로리아니의 정원에서 채드가 잔 드 비오네와 함께 걸어오는 모습을 보며 어떤 상상을 했었는지가 떠올랐다. 지금 그 상상은 다른 것들에 켜켜이 눌려 흐릿해졌고, 이 순간 그것이 떠올랐다는 사실만이 그에게 있던 우려를 암시했다. 잔이 지닌 숨겨진 고요한 열정의 대상이 채드일 공산이 아주 크다는 생각이 그러지 않으려고 해도 왕왕 들었다. 그녀가 가슴 두근거리는 사랑을 하고 있을 가능성은 컸고, 그런 생각은 하기 싫은데도, 그리고 그렇게 되면 가뜩이나 복잡한 상황이 더 복잡해질 텐데도 불구하고 그 확신은 전혀 잦아들지 않고 깜박거리며 타올랐다. 게다가 딱히 꼬집어 말하기 힘든 매미의 어떤 면, 어쨌거나 그 자리에서 바로 머릿속에 떠오른 어떤 면이 있어서, 잔의 적수를 상징하듯이 그녀에게 가치와 강렬함, 확고한 목적을 부여하는데도 그랬다. 어린 잔은 정말이지 여기 끼어들 계제가 아니었다. 어떻게 그럴 수가 있겠는가? 그런데도 매미 포콕이 플랫폼에 내려 치맛자락을 흔들어 주름을 편 그 순간부터, 모자에 달린 커다란 리본을 살짝 매만지고 금박이 박힌 모로코 가죽 여행 가방의 끈을 어깨에 고쳐 맨 그 순간부터 어린 잔은 그녀의 적수가 되었던 것이다.

짐과 함께 마차에 앉자 가히 온갖 감정이 스트레더에게 물밀 듯이 밀려들었고, 오랫동안 함께 지냈던 사람들을 한참 동안 보지 못했다는 아주 낯선 기분이 들었다. 그런 식으로 자신을 보러 나오게 한 것은 그가 돌아가 그들을 직접 다시 보는 것과 매한가지였다. 그리고 짐이 우스꽝스러울 정도로 신속하게 마음으로 반응하는 것을 보니 자신이 파리에 처음 왔던 때가 까마득한 옛날처럼 느껴졌다. 주변에서 벌어지는 일에 유쾌하게 적응하는 사람도 있고 그러지 못한 사람도 있을 텐데, 보아하니 짐은 확실히 전자였다. 이 일이 자신에게 어떤 것이 될지를 솔직하고도 엉뚱하게 곧바로 알아차리는 그를 보니 스트레더는 즐겁기까지 했다. "그러니까 이건 정말이지 내 전공이잖아요, 그러니 당신이 아니었다면……." 자신의 건강한 취향에 아주 잘 어울리는 아름다운 거리를 보며 그가 불쑥 말했다. 그런 뒤 스트레더를 의미심장하게 쿡 찌르고 다시 그의 무릎을 소리 나게 탁 치면서 여러 의미를 잔뜩 담아 이렇게 말을 맺었다. "오, 당신이, 당신이 이런 일을 하다니!" 그 말로 일종의 경의를 표하려 했다는 생각이 들었지만 관심이 온통 다른 일에 가 있었으므로 곧바로 대답하진 않았다. 그사이 그 자신이 궁금해하고 있었던 것은 이제 채드를 직접 만나 봤으니 어떤 판단을 내렸을까였다. 역에서 각자의 마차를 타기 위해 헤어지기 직전에 채드가 그를 바라보았고 거기서 그는 여러 의미를 읽어 낼 수 있었다. 세라가 채드를 어떻게 판단했던지 간에, 자신의 누이와 매형, 그리고 매형의 여동생에 대한 그의 결론은 적어도 아직은 자신감을 가질 만하다는 것이었다. 스트레더에게 그 자신감이 느껴졌을 뿐 아니라, 그들이 시선으로 뭔가를 주고받았다면 자신이 그에게 준 것은 상대적으로 모호하지 않았나 싶었다. 하지만 그 뉘앙스의 차이는 나중에 비교해 볼 수 있으리라. 그가 보기에 만사는 그들이 채드로부터 받은 인상에 달려 있었다. 세라나 매미나, 역에서 기다리는 동안 시간은 충분했지만 어떤 방식으로도 그에 대해 표현하지 않았다. 그래서 짐과 단둘이 있게 되자마자 그 벌충이라도 하듯 스트레더가 듣고 싶었던 이야기가 바로 그것이었다.

채드와 그렇게 말없이 의견을 교환했다니 그건 좀 묘했다. 그의 가족과 친지의 문제에서 서로 통한다는 듯이 그 젊은이와 시선을 교환하다니, 그것도 그들의 코앞에서 어떻게 보면 그들에게 불리할 그런 일을 하다니, 그로서는 자신이 얼마나 많은 단계를 거쳐 여기까지 이르렀는지를 새삼 통감할 수밖에 없었다. 단계로 치자면 엄청나게 많은 단계를 거쳤지만 마지막 결정적인 단계에 이르는 데 걸린 시간은 손바닥 뒤집는 정도밖에 안 되었지만 말이다. 심지어 채드가 변한 만큼 자신도 변한 것이 아닐까 의문이 들었던 적은 전에도 아주 많았다. 채드에게 생긴 변화만 도드라지게 나아진 것이었을 뿐, 자신의 내부에서 그보다 소소하게 벌어지고 있는 일은 뭐라고 불러야 할지 아직 알 수 없을 따름이었다. 우선 그것이 얼마나 되는지를 먼저 가늠해야 했다. 그리고 어차피 채드의 비밀스런 눈짓이 보인 명쾌함보다 더 기이했던 것은 도착한 세 사람을 맞이하는 그의 방식이 너무나 훌륭했다는 것이었다. 그래서 그 자리의 채드가 지금껏 본 그 어느 때보다 마음에 들었다. 눈앞에서 그 일이 벌어지는 동안 그는 마치 가볍고 유쾌한, 완벽한 예술 작품에서 받을 법한 인상을 받았다. 그들이 과연 그렇게 해 줄 만한 사람들인가 싶다가도 상황을 이해하고는 그게 맞다는 생각이 들 정도로, 혹시 짐 포콕이 가방을 찾으러 간 사이 세라가 그의 소매를 잡고 한쪽으로 끌고 가서 이렇게 말한다 해도 터무니없는 일은 아닐 정도로 말이다. "아저씨 말이 맞네요. 어머니와 저는 아저씨 말이 무슨 뜻인지 잘 몰랐는데 이제 알겠어요. 채드는 정말 말할 수 없이 훌륭해요. 우리가 뭘 더 바라겠어요? 그게 바로 이런 거라면……." 그러면서 서로를 안아 주고 그리고 함께 해 나갈 수도 있을 정도로 말이다.

하지만 사실인즉 그녀가 제어하는 총명함이 있긴 하나 그것이 두루뭉술해서 무엇 하나 제대로 알아채지 못하니 그들이 과연 얼마나 함께할 수 있을까? 부당한 처사라는 것은 잘 알았다. 신경과민 탓일 거라고 보았다. 십오 분 만에 모든 걸 알아채고 모든 것을 말할 수는 없는 노릇이니까. 또한 채드가 보란 듯이 하는 행동을 그가 과대평가하고 있을 가능성도 분명 있었다. 그럼에도 불구하고 마차가 움직인 지 오 분이 지나도록 짐 포콕 역시 아무 말도 꺼내지 않자, 그러니까 다른 말은 많이 했지만 스트레더가 원하는 그 이야기는 전혀 하지 않자, 그들이 멍청하거나 아니면 의도적으로 그러는 것이라는 생각이 불현듯 들었다. 대체로는 전자일 가능성이 많았다. 그것이 제어하는 총명함의 단점일 테니까. 그렇다, 그들은 고삐를 잡고 제어할 테고 그런 일에서는 총명했다. 앞에 놓인 것을 최대한 이용할 테지만 제대로 보진 못할 것이다. 그건 그들의 능력을 넘어서는 일이니까. 그냥 이해하지 못하는 것이다. 그럼 여기까지 나와 봐야 도대체 무슨 소용이 있단 말인가? 그 정도도 깨달을 능력이 없는 것이라면 말이다. 아니면 그 자신이 완전히 얼토당토않은 착각에 빠져 있는 걸까? 채드가 아주 나은 사람이 되었다는 그의 생각이 완전히 사실과는 동떨어져 있는 걸까? 그 자신이 거짓된 세계에, 그러니까 단지 그에게 잘 맞춰진 세계에 살고 있어서, 특히 지금 짐의 침묵으로 인해 그에게 솟아난 약간의 짜증이 사실은 현실과 다시 접촉할 위험에 놓인 허황된 마음이 보내는 경고 같은 것일까? 혹시 이렇게 현실이 다시 부상하도록 하는 것이 포콕 부부의 임무가 아닐까? 그 자신의 방식으로 관찰해 이룬 것에 금이 가며 무너지도록 하고, 마음이 올곧은 사람들이 다루기 쉽게 채드를 있는 그대로의 단순한 상태로 만들어 버리려고 그들이 온 것일까? 간단히 말해서 그들은 제대로 박힌 정신을 보여 주기 위해 온 것이고, 그래서 스트레더는 자신이 우스꽝스러운 사람이었음을 깨달을 수밖에 없는 것일까?

스트레더는 그런 가능성을 잠깐 따져 보았지만, 그가 우스꽝스러운 사람이라면 결국 마리아 고스트리와 리틀 빌럼, 비오네 부인과 어린 잔, 램버트 스트레더 자신, 그리고 무엇보다 채드 뉴섬이 다 그렇다는 생각이 들자 그런 의구심은 오래가지 않았다. 세라나 짐과 함께 제정신으로 사는 것보다야 저 사람들과 우스꽝스러운 것이 훨씬 현실에 부합한다는 게 증명되지 않을까? 사실 그는 곧 짐이 이 문제에서 빠져 있다는 판단을 내렸다. 그는 전혀 개의치 않았으니까. 그가 온 것은 채드를 위해서도 아니고 스트레더를 위해서도 아니었다. 즉 도덕적인 문제는 다 샐리에게 떠넘겼고, 지금 그가 온 이유는 그저 만사를 세라가 다 떠맡은 상황을 이용해서 신나게 재미나 볼 심산인 것이다. 샐리에 비하면 그는 별 볼일 없는 인물이었다. 샐리가 의지가 강하고 성질이 대단해서만이 아니라 그녀가 더 성숙하고 세상 물정에도 밝기 때문이었다. 짐은 스트레더 옆에 앉아 자신 같은 유형은 자기 부인보다 아주 뒤떨어지고, 여동생보다는 더욱더, 그러니까 그럴 수 있다면, 더 뒤떨어진다고 아무렇지도 않게 솔직히 말하는 것이었다. 그 둘은 알다시피 누구나 그 가치를 인정하고 찬사를 보내는 유형이 아니냐고 했다. 반면 사업에서도 그렇지만 사교 생활에서도 중요한 울렛의 사업가가 바랄 수 있는 것이라고는 고작해야 이 전반적인 찬란함을 틈타 얼마간의 자유를 누리는 게 전부라는 것이었다.

스트레더가 그에게서 받은 인상은 자신이 가고 있는 길을 알려 주는 또 하나의 표식이었다. 묘하고 낯선 인상이었는데, 단시간에 생긴 인상이라 더욱 그러했다. 그는 단 이십 분 만에 그 인상을 받아들이고 그에 대해 판단을 내렸다. 적어도 약간은 울렛에서 오래 산 덕이 아닌가 싶었다. 울렛에서는 보통 포콕을 암묵적으로 제쳐 놓았다. 딱히 의도적인 것은 아니었지만 말이다. 극히 정상적인 데다 쾌활한 사람이었는데 그랬다. 게다가 잘나가는 울렛의 사업가였는데도 그랬다. 그리고 그렇게 결정된 운명으로 인해 그는 완전히 평범한 사람이 되었다. 그와 관련한 다른 모든 것도 분명 그가 보기에는 마찬가지로 평범한 일이었듯이 말이다. 그는 인생의 어떤 측면에서는 잘나가는 울렛의 사업가가 그렇게 묵살되는 것이 아주 평범한 일이라고 말해 주는 듯했다. 그 이상은 더 생각하지 않았고, 스트레더 역시 짐과 관련해서는 더 파고들고 싶지 않았다. 단지 언제나 그렇듯 상상력이 발동되면서, 그러한 삶을 사는 사람들에게 인생의 그런 측면이란 어떻게 보면 결혼 여부와 관련된 것이 아닐까 자문했다. 자신이 십 년 전에 결혼했다면 자신의 위치 역시 지금의 포콕과 마찬가지였을까? 몇 달 후 결혼을 해도 마찬가지 결과가 될까? 자신이 부인에게 묵살당한다는 사실을 짐이 막연하게나마 의식하듯 그 자신도 뉴섬 부인과의 관계에서 같은 처지가 되었음을 의식하게 될까?

옆 사람에게 눈길을 돌리자 내심 안심이 되었다. 자신은 포콕과 달랐기 때문이다. 다른 방식으로 자신의 입지를 지켰고 어쨌든 더 존경을 받고 있으니 말이다. 그럼에도 어쨌든 이 순간 그가 절감한 사실은, 세라와 매미, 그리고 더 월등한 방식으로 뉴섬 부인이 주요한 일원인 저 바다 건너 사회는 본질적으로 여성들의 사회이고 거기에 불쌍한 짐이 들어갈 자리는 없다는 것이었다. 램버트 스트레더 자신은 아직은 어느 정도 그 안에 자리를 잡고 있었다. 남자로서는 좀 특이한 일이었지만. 하지만 엉뚱하게도 결혼과 함께 그 자리를 잃어버리게 될거라는 생각이 자꾸 들었다. 그런 상상이 의미하는 바가 무엇이든, 지금은 정말이지 짐을 눈에 띄게 제쳐 놓을 상황은 아니었다. 그는 이 여행의 매력에 대해 대놓고 감탄하는 중이었기 때문이다. 땅딸막하고 끊임없이 익살을 떠는 데다, 약간 누런 피부에 딱히 눈에 띄는 구석이 없는 그는, 항상 연회색 옷에 하얀 모자를 쓰고 아주 큼지막한 시가를 계속 피워 대고, 이야깃거리가 별로 없다는 사실에서 그나마 생겨나는 특성이 없었다면 사실상 다른 사람과 구분이 되지 않았다. 애처로운 건 아니었지만 그에게는 항상 다른 사람들을 위해 손해를 보는 기미가 있었는데, 그런 특징 중 중요한 것은 바로 아무런 유형에도 끼지 못한다는 사실일 것이었다. 그는 피곤함이나 낭비가 아니라 바로 그것으로 대가를 지불했던 것이다. 물론 유머러스해 보이려는 노력도 조금은 그 대가였는데, 그가 놓인 상황과 그가 맺고 있는 관계로 보자면 전혀 부적절한 일은 아니었다.

　마차가 멋진 거리를 달려가는 동안 그는 자신의 즐거움을 정신없이 쏟아 냈다. 이 여행이 종종 얻어걸리는 횡재라고 단언하면서 여기까지 왔으니 실컷 즐기겠다고 애써 강조했다. 샐리가 온 이유는 정확히 모르겠지만 어쨌든 자신은 좋은 시간을 보내러 왔다는 것이다. 스트레더는 대충 그 장단에 맞춰 주면서도, 샐리가 그렇게 자기 동생을 데려가고 싶어 하는 것은 그 동생을 자기 남편 같은 사람으로 만들고 싶어서인가 하는 의구심이 들었다. 그는 다들 즐거운 시간을 보내도록 철저히 준비해 놓았다고 확인해 주었다. 그리고 짐이 자기 물건은 다른 가방과 함께 다른 마차에 있어서 거추장스러운 것도 없고 딱히 해야 할 일도 없으니 호텔에 가기 전에 한 바퀴 둘러보자고 제안했을 때 흔쾌히 동의했다. 짐의 말에 따르면 채드와 맞붙는 것은 샐리가 할 일이지 그기 할 일이 아니었다. 그리고 샐리로 말하자면 곧바로 공격을 개시할 성싶으니 그 자리를 피하면서 그녀에게 시간을 주는 게 나쁜 생각도 아니라고 했다. 스트레더로서는 단지 그녀에게 시간을 주자고 했을 뿐이었다. 그래서 그는 짐과 함께 마차로 여기저기 돌아다니면서 얼마 안 되는 단서들로 자신의 파멸을 예언하는 조짐을 찾아내려고 애썼다. 짐 포콕이 전혀 자기 판단을 드러내지 않고 작금의 문제와 걱정거리의 언저리에서만 얼쩡거리면서 그 문제를 파악하는 일은 몽땅 여자들에게 떠넘겨 버렸음을 스트레더는 이미 눈치 빠르게 알아차렸다. 짐 자신은 하찮고 우스꽝스러운 냉소를 이용해 그 문제를 슬쩍 건드리기만 했다. 이미 조금씩 내비치기는 했지만 그 냉소가 다시 튀어나온 것은 약간 뜸을 들이다가 불쑥 던진 이런 말에서였다. "내가 채드라면 절대 그런 일은 하지 않아요!"

"채드의 입장이라면 뭘 안 하겠다는 말인가?"

"이 모든 걸 다 버리고 광고주나 하는 것 말이죠!" 짐은 작은 무개 마차에서 팔짱을 끼고 짧은 다리를 밖으로 내민 채 생기로 반짝거리는 파리의 정오를 들이마시고 연신 두리번거리며 바깥 풍경을 구경하고 있었다. "나만 해도 당장 여기 나와 살고 싶은 마음이네요. 여기 있는 동안이라도 정말 사는 것처럼 살아 보고 싶은걸요. 채드를 괴롭히는 건 잘못이라는 데 정말 동감이에요. 일찌감치 간파했지만 당신은 정말 대단합니다. 나는 그를 박해할 생각이 전혀 없습니다. 양심상 그렇게 못 하지요. 어쨌든 내가 여기 오게 된 건 당신 덕이고 그점에 대해 정말 고맙게 생각해요. 두 사람은 아주 잘 어울리는 한 쌍입니다."

이 말에는 뭔가 있었지만 스트레더는 일단 그냥 넘어가기로 했다. "그럼 광고 부문을 제대로 관리하는 게 중요하지 않다고 보는 건가? 능력의 문제로 보자면 채드가 분명 그 일을 하게 될 텐데." 그가 말했다.

"그 능력을 어디서 얻었나요?" 짐이 물었다. "여기서?"

"여기서 얻은 건 아닌데, 여기서도 용케 그것을 잃어버리지 않았다는 게 놀라운 일이지. 사업가 기질을 타고난 데다 머리도 비상하잖아." 그가 설명을 이어 갔다. "그게 어디서 나왔는지는 아주 분명해. 그런 점에서 부친의 피를 물려받았고, 물론 모친의 피도 물려받았지. 모친도 나름대로 대단한 사람이니까. 그가 워낙 이것저것 좋아하고 관심이 많기는 하지만, 사업가 기질이라면 뉴섬 부인이나 세라의 생각이 꽤 옳다고 봐야지. 아주 뛰어난 녀석이야."

"글쎄요, 그런 것 같긴 해요." 짐 포콕이 태평하게 한숨을 내쉬며 말했다. "그런데 채드가 우리 사업을 번창하게 할 거라고 그렇게까지 믿었으면서 왜 그렇게 질질 끄셨어요? 우리가 무척 걱정했던 거 모르세요?"

아주 진지하게 던진 질문은 아니었지만 스트레더는 어쨌든 방향을 어느 쪽으로 잡을지 선택해야 했다. "왜냐하면, 보다시피 여기가 너무 마음에 들었거든. 이 파리가 정말 좋아진 거지. 너무 좋아졌다고 할 정도야."

"이런 몹쓸 양반!" 짐이 유쾌하게 외쳤다.

"하지만 결정된 건 아무것도 없어." 스트레너가 말을 이었다. "올렛에서 보는 것보다 문제가 더 복잡하다네."

"하, 올렛에서 봤을 때도 충분히 안 좋아 보이던데요!" 짐이
외쳤다.

"내가 그렇게 자세히 편지를 썼는데도?"

짐이 잠시 생각했다. "장모님이 우리를 보낸 게 당신이 쓴
편지 때문 아닌가요? 어쨌든 그 편지도 그렇고 채드가 돌아오
지도 않았기 때문에?"

이에 스트레더 쪽에서도 따져 보았다. "알겠네. 틀림없이 뉴
섬 부인이 어떤 식으로든 조치를 취해야 했고 그래서 당연히
행동에 옮기기 위해 세라가 왔단 말이지."

"그렇죠." 짐이 동의했다. "행동에 옮기는 거죠. 하지만 아시
다시피 세라가 집을 나섰다 하면 그건 언제나 직접 행동에 옮
기기 위해서죠." 그가 똑 부러지게 덧붙였다. "그게 아니라면
집을 나서는 법이 없으니까요. 게다가 지금은 장모님을 대신
해서 행동하는 거니까 그게 어느 정도일지 계산이 나오잖아
요." 그러고는 자신의 모든 감각을 활짝 열어 새로이 흥겨운
파리를 끌어안으면서 말을 맺었다. "여하튼 올렛에는 이런 건
하나도 없다니까."

스트레더는 여전히 그 문제를 궁리했다. "자네들 모두 아주
합리적이고 유연한 마음으로 왔다는 인상을 받았다고 말해
주고 싶군. 전혀 발톱을 세우고 있지 않아. 좀 전에 포콕 부인
에게서 그런 조짐은 전혀 느끼지 못했어. 전혀 사납지 않던걸."
그가 덧붙여 말했다. "사납게 나올 거라고 생각했다니 내가 정
말 신경과민에 바보였지."

"아, 샐리를 잘 아시는 줄 알았는데. 그런 식으로 감정에 휘둘리는 법이 전혀 없다는 걸 모르셨어요? 장모님도 전혀 안 그러시잖아요. 둘 다 사납게 나오는 법이 없어요. 그래서 가까이 다가오게 만들죠. 부드러운 털을 바깥쪽으로 돌려 입고 따뜻한 피부 쪽을 안으로 입는 거예요. 그 둘이 사실은 어떤지 아세요?" 짐이 주변을 둘러보면서 계속 말했는데, 스트레더의 귀에는 반은 건성으로 하는 질문처럼 들렸다. "사실 어떤지 아세요? 말할 수 없이 맹렬해요."

"그래." 스트레더가 정말 느닷없다 싶게 바로 맞장구를 쳤다. "말할 수 없이 맹렬하지."

"사납게 이리저리 돌아다니면서 우리 창살을 흔들어 대는 법은 없어요." 자신의 비유가 맘에 드는지 짐이 말을 이었다. "그리고 먹이를 줄 때 가장 얌전하죠. 하지만 목적은 항상 이루고 마는 거예요."

"정말 그래, 목적은 항상 이루고 말지!" 스트레더가 자신의 신경과민에 대한 고백을 정당화하기라도 하듯 웃으면서 대답했다. 그는 뉴섬 부인에 대해 포콕과 진지하게 이야기하는 걸 싫어했다. 그냥 대충 건성으로 이야기할 수도 있었을 것이다. 하지만 지금은 알아보고 싶은 게 있었다. 그녀가 최근에 소식을 딱 끊어 버렸기 때문에, 지금 전에 없이 더욱 두드러지다시피 그는 처음부터 줄곧 그렇게 많은 정보를 보냈는데 답은 거의 받지 못하고 있는 이 상황 때문에 그럴 필요가 있었던 것이다. 마치 상대방의 은유에 담긴 기묘한 진실이 그에게 마구 달려드는 것만 같았다. 정말이지 그녀는 먹이를 먹는 동안 꼼짝 않고 숨을 죽이고 있었다. 그가 최근 후하게 잔뜩 보내 준 먹이, 생생하고 유쾌한 이야기, 교묘하고 기발한 이야기와 심지어 설득력 있는 주장까지 그 모두가 가득 들어찬 커다란 그릇을 놓고 먹이를 먹었고, 세라도 함께 먹었지만, 그에 대한 답은 계속 줄어들었던 것이다. 그러나 스트레더가 그런 생각을 하는 동안, 남편으로서의 경험을 벗어나는 주제가 나왔다 하면 으레 그렇듯 짐은 얄팍함을 드러내기 시작했다.

"하지만 물론 채드는 샐리보다 먼저 경험했으니 유리한 입장에 있어요. 그만큼을 가지고도 제대로 해내지 못한다면……!" 자기 처남이 그런 주변머리가 없을까 봐 벌써부터 불쌍하다는 듯이 그가 한숨을 쉬었다. "당신에게는 꽤 효과가 있었던 거예요, 그렇죠?" 그러더니 바로 뒤이어 그 이름을 미국식으로 발음하며 바리에테 극장에 뭐 새로운 것이 있느냐고 물었다. 그래서 그들은 바리에테 극장에 대해 잠시 대화를 나눴다. 그에 대해 스트레더가 좀 아는 바가 있다는 사실이 드러나자 포콕은 동요처럼 아리송하지만 옆구리를 쿡 찌르는 만큼은 공격적인 투로 가볍게 빈정댔다. 그리고 호텔에 다다를 때까지 가벼운 대화만 이어 갔다. 채드가 변한 것을 알아차렸다는 어떤 기미라도 보일까 끝까지 기다렸으나 소용없었다. 이렇게 그 사실에 대한 증언이 전혀 나오지 않자 그에게 밀려든 낙담은 스스로도 설명하기 어려울 정도였다. 그에게 분명한 입장이 있었다면 그 입장은 그 사실에 근거한 것이었다. 그러므로 그들이 달라진 점을 전혀 보지 못한다면 그로서는 시간만 낭비한 셈이었다. 마지막까지, 호텔에 가까워질 때까지 무슨 말이 나올까 계속 기다렸다. 하지만 포콕은 여전히 쾌활하고 실없고 부러움에 차 있을 뿐이라 스트레더는 너무 천박한 인물이라는 느낌이 들며 상당히 마음에 들지 않게 되었다. 그들 모두 아무것도 알아보지 못할 거라면! 이런 생각이 떠오르자 자신이 만약 포콕이 보지 못한다면 뉴섬 부인 역시 보지 못할 거라고 가정하고 있음을 깨달았다. 짐의 천박함 때문에 뉴섬 부인을 언급하기는 여전히 꺼려졌지만, 마차가 멈추기 전에 울렛에서 진짜로 전하는 말이 무엇인지 알고 싶은 마음이 그보다 더 컸다.

"혹시 뉴섬 부인이 무너지기라도……?"

"무너져요?" 옛날이야기를 하는 듯한 그의 말투를 거의 비웃으면서 짐이 되물었다.

"그러니까 스트레스 때문에 말일세. 원하는 일이 자꾸 늦춰지고, 실망감이 되풀이되다 보니 너무 심해져서."

"아, 비탄에 빠져 계시냐고요?" 그는 자기 방식대로 이해했다. "아, 그럼요, 비탄에 빠져 계시죠. 샐리가 그런 것처럼. 하지만 아시다시피 그들이 비탄에 빠져 있을 때만큼 의욕적일 때도 없잖아요."

"아, 샐리도 비탄에 빠져 있어?" 스트레더가 애매하게 중얼거렸다.

"두 사람은 비탄에 빠져 있을 때 가장 정신이 또렷해져서 잠도 안 자죠."

"그래서 뉴섬 부인이 잠도 안 잔다?"

"밤새도록요! 바로 당신 때문에요!" 그러면서 짐은 잠시 천박하게 껄껄 웃었고, 스트레더로서는 그 말이 핵심을 찌르기라도 한 양 그 장면이 선연했다. 하지만 그는 이제 원했던 것을 알게 되었다. 그것이 바로 울렛에서 진짜로 전하는 말임을 알아차렸던 것이다. "그러니까 돌아가지 마세요!" 짐이 마차를 내리면서 덧붙였고, 그가 후하게 마차 삯을 치르는 동안 스트레더는 잠깐 생각에 잠긴 채 자리에 앉아 있다가 그것 역시 울렛이 진심으로 전하는 말일까 의아했다.

3

다음 날 이른 아침에 포콕 부인의 응접실 문을 밀고 들어서던 스트레더는, 누군가의 매력적인 목소리에 문간에서 잠깐 멈칫했다. 비오네 부인이 이미 경기장에 들어와 있었던 것이다. 긴장감은 점점 고조되었지만 아직까지 자신이 주도해 나갈 수 있다고 가정했던 것과 달리 이 드라마는 더욱 빠른 속도로 진행되고 있었다. 예전 친구들 모두와 전날 저녁을 보냈지만, 그들이 앞으로 자신의 상황에 어떤 영향을 미칠지는 여전히 미지수였다. 그럼에도 뜻밖에 비오네 부인이 와 있는 것을 보니 이상하게도 그녀 역시 전에 없이 자신이 놓인 상황의 일부라는 느낌이 들었다. 그녀가 세라와 단둘이 있다고 가정했고, 거기에는 그 자신의 운명과 관련해 자신이 어찌해 볼 수 없는 어떤 의미가 있었다. 하지만 그녀는 자기 나름대로 편하게 이야기를 나누고 있을 뿐이었다. 그러니까 채드의 친한 친구로서 할 법한 이야기 말이다. "정말 아무것도 없으세요? 제가 기꺼이 도와드릴 수 있는데."

앞에 있는 두 사람을 보니 비오네 부인이 어떤 대접을 받고 있었는지 분명해졌다. 그를 맞이하기 위해 일어선 세라의 얼굴이 흥분으로 상기되어 있었던 것이다. 게다가 사실 처음 생각했던 것처럼 두 사람만 있는 게 아니었다. 문에서 가장 멀리 떨어진, 움푹 들어간 창문 앞에 크고 넓은 등을 보이고 서 있는 사람이 누군지 단박에 알아차렸기 때문이다. 그보다 먼저 호텔을 나섰다는 것만 알았을 뿐 오늘 전혀 얼굴을 보지 못한 웨이마시가 비오네 부인과 마찬가지로 그를 앞질러 와 있었던 것이다. 포콕 부인은 전날 저녁 호텔에 도착하자마자 정식으로는 아니지만 따뜻한 마음을 담아 그를 초대했고 웨이마시는 그 친절한 초대를 채드에게 전달받아 자리를 함께했더랬다. 그 웨이마시가 지금 스트레더가 들어오는데도 아랑곳없이 주머니에 손을 넣은 채 전혀 신경 안 쓴다는 태도를 표 나게 내보이며 리볼리 거리를 내다보고 있었다. 비오네 부인이 방금 그 방 주인에게 인사처럼 건넨 말에도 조금의 관심도 내비치지 않았음을 방 안의 분위기로 알 수 있었다. 웨이마시는 그 정도로 뭔가를 표 나게 내비칠 수 있는 사람이었다. 전반적으로 아주 고루한 견해를 가지고 있지만 또한 눈에 띄게 재략도 갖춘 사람이었다. 그리고 바로 그 때문에 포콕 부인이 혼자 알아서 하도록 내버려 두었던 것이다. 그는 손님이 떠난 후에도 계속 남아 있을 것이고 틀림없이 기다릴 것이었다. 지난 몇 달 동안 기다리는 일 외에 그에게 주어진 일이 달리 뭐가 있었단 말인가? 그래서 그녀가 그를 예비용으로 비축해 두고 있다는 느낌이 들게 말이다. 그녀가 그쪽에서 어떤 지원을 받게 될지는 아직 두고 볼 일이었다. 눈에 띄게 명민한 그녀였지만, 좀 전에 비오네 부인이 좀 과장되고 모호한 인사치레를 했을 때 순간 당황한 기색을 보였으니 말이다. 예상했던 것보다 더 재빨리 상황을 파악해야 했다. 무엇보다 불시에 습격을 당해서는 안 되기에 그러했다. 그리고 그녀가 막 그런 모습을 보여 주려는 참에 스트레더가 도착했던 것이다. "아, 정말 친절하시네요. 하지만 그렇게 의지가지없는 상황은 아니에요. 내 동생도 있고, 그리고 여기 미국 친구분도 있으니까요. 게다가 아시다시피 제가 파리가 처음이 아니잖아요. 저도 파리를 알고 말고요." 샐리 포콕이 그렇게 말했는데 그 말투에 스트레더의 가슴에는 뭔지 모를 찬 기운이 횡하니 지나갔다.

"아, 하지만 파리는 모든 게 한시도 그대로 있지 않은 피곤한 곳이라 선의를 가진 여성들은 항상 서로에게 도움이 될 수 있답니다." 비오네 부인이 곧바로 대꾸했다. "당연히 파리를 잘 아시겠지요. 하지만 제가 아는 건 다를 수도 있으니까요." 그녀 역시 조금의 실수도 하지 않으려고 애쓰는 것이 눈에 보였다. 하지만 그것은 다른 종류의 두려움이고 눈에 덜 띄었다. 그녀는 인사를 대신해 스트레더에게 미소를 지어 보였다. 그러곤 포콕 부인보다 더 친숙하게 그를 맞이했다. 그러니까 자리에서 일어나지 않은 채 손만 내밀었던 것이다. 그러자 아주 잠깐, 너무 이상하지만 정말 분명하게도, 그녀가 자신을 파멸로 내몰고 있다는 생각이 피뜩 들었다. 그녀는 말힐 수 없이 친절하고 편안했지만, 그럼에도 그를 파멸로 내몰 수밖에 없는 것이다. 그녀는 거의 완벽했고, 그저 자신의 모습을 그대로 보여 줌으로써 세라로 하여금 그가 그동안 얼버무려 온 것에서 순식간에 어떤 의미를 읽어 내도록 했다. 자신이 지금 그에게 해를 입히고 있음을 그녀가 어떻게 알겠는가? 그녀는 자신이 내보이는 매력과 합치하는 한에서 가능한 한 소박하고 순진해 보이려 했다. 하지만 바로 그 점이야말로 그가 그녀의 편에 있음을 보여 주었다. 그녀는 한없이 잘 보이려는 마음으로 그에 맞게 옷을 입고 단장하고 나왔고, 꽤 이른 시간의 방문을 염두에 둔, 시적일 만큼 훌륭한 안목을 보여 주었다. 양장점이라든가 쇼핑 같은 일에 기꺼이 도움을 줄 수 있고, 채드의 식구를 위해 무엇이든 다 해 줄 작정임을 보여 주었다. 스트레더는 테이블에 놓인 그녀의 명함, 왕관과 함께 '백작 부인'이 적힌 그녀의 명함을 보았고, 세라가 마음속으로 그에 맞추어 어떻게 생각을 바꾸었을지가 눈앞에 생생했다. 확신컨대 그녀는 한 번도 '백작 부인'과 마주 앉아 본 적이 없었다. 그녀를 상대할 때 쓰려고 그가 아껴 놓고 있던 그 계층의 본보기가 바로 그 정도였다. 세라는 누구도 아닌 바로 그녀를 보기 위해서 바다를 건너온 셈이었다. 하지만 비오네 부인의 눈빛이 보여 주는 바로는, 그 호기심을 아주 성공적으로 다루어 지금 그 어느 때보다 그의 도움이 필요 없을 그런 상황은 아니었다. 그녀는 노트르담에서 만났을 때와 상당히 비슷했다. 사실 그때와 똑같이 사려 깊고 세련되게 차려입었다는 것을 알 수 있었다. 어쩌면 아직은 시기상조이거나 세라에게는 너무 미묘한 방식일 수 있지만 그녀는 쇼핑을 도와주겠다는 자신의 제안이 어떤 의미인지 말해 주는 것 같았다. 그러나 무엇보다 포콕 부인이 그녀를 받아들이는 방식을 보니, 고스트리 양을 소개시키지 않기로 결정한 일이 얼마나 다행인지를 새삼 실감하게 되었다. 그렇게 적절하게 생각을 바꾸지 않았다면 자신이 마리아를 파리 생활의 안내자이자 본보기로 소개했을 텐데, 그 장면을 떠올리자 저절로 눈살이 찌푸려졌다. 하지만 그가 이해한 바 세라가 취하는 노선에 약간의 안도감도 생겨났다. 그녀가 '파리를 알고 있다'니 말이다. 비오네 부인은 그 말을 그냥 가볍게 받았다. "아, 그럼 당신도 그쪽으로 소질이 있으시군요. 그런 걸 좋아하는 게 가족 내력인가 봐요. 동생분도 이제 정말 훌륭하게 우리 사람이 되었지요. 물론 그의 경우에는 오랜 경험을 거쳐 그런 변화가 생긴 것이긴 하지만." 그러더니 아주 매끄럽게 슬쩍 화제를 바꿀 수 있는 여성이 보통 그러듯이 스트레더의 동의를 구했다. 뉴섬 씨가 여기서 자리 잡은 것을 보고 당신이 아주 커다란 인상을 받지 않았나요? 그리고 그가 그렇게 놀랄 만큼 훤히 이곳을 알고 있어서 당신에게 무척 도움이 되지 않았나요?

스트레더는 그녀가 그렇게 빨리 포콕 부인 앞에 나타나 그런 방향으로 화제를 돌리다니 정말 담대하다는 생각이 들었지만, 사실 일단 그렇게 나타난 이상 어떤 다른 방향의 대화가 가능하겠는가. 그녀는 오로지 명백한 사실을 근거로 해서만 포콕 부인과 맞설 수 있었고, 채드가 스스로 새로운 종류의 환경을 만들어 냈다는 사실만큼 채드의 상황에서 눈에 띄는 것이 또 뭐가 있겠는가? 완전히 모습을 숨긴 채 나타나지 않는다면 모를까, 그 상황의 한 부분, 여기 확고하게 자리 잡은 채드의 상황의 한 예시로서가 아니면 그녀가 달리 무엇으로 나타날 수 있단 말인가? 그리고 이 모두를 의식하고 있다는 사실이 그녀의 눈에서 아주 명료하고도 훌륭하게 나타났기 때문에, 그렇게 그녀가 공개적으로 그를 자신의 배에 태우려 했을 때 그는 얼마간 동요하지 않을 수 없었다. 밖으로 드러나진 않았지만 나중에는 확실히 비겁했다고 자책하지 않을 수 없었다. '아, 나를 그런 식으로 대하지 말아요! 우리가 친밀한 사이처럼 보이잖아요. 사실 내가 지금까지 상당히 경계심을 풀고 대한 것도 아니고, 고작해야 대여섯 번 당신을 만났을 뿐인데 우리 사이에 있을 게 또 뭐가 있나요?' 그렇게 그는 자신의 가련한 개인적 특성을 완고하게 지배하는 고약한 법칙을 다시 한번 깨닫게 되는 것이었다. 그로서는 사실 시작도 못 해 본 관계이지만 포콕 부인과 웨이마시에게는 마치 이루어진 관계로 보일 수 있는 상황이었는데, 지금껏 그에게는 만사가 늘 그런 식이었다. 지금 이 순간에도 그들은 그가 그 관계를 마음껏 즐기고 있다고 여기고, 또 그럴 수밖에 없었다. 그것은 모두 비오네 부인이 그에게 말을 건넬 때의 말투에서 나오는 것이었다. 반면 그가 유일하게 스스로 허용한 것이라고는 발가락조차 물에 담그지 않으려고 맹렬하게 가장자리에 들러붙어 있는 것뿐이었다. 하지만 이때 반짝했던 이 두려움이 이후 다시는 반복되지 않으리라는 말을 덧붙여야겠다. 그것은 그 잠깐 사이 확 타올랐다 잦아들었고 곧 완전히 꺼져 버릴 것이기 때문이다. 그곳의 다른 손님이 그렇게 자신을 끌어들이는 상황에서, 그를 응시하는 세라의 또랑또랑한 시선을 받으며 대꾸하는 일 자체가 이미 충분히 그녀의 배에 올라타는 일이었다. 비오네 부인이 그 방에 있는 내내 그는 그 위험천만한 작은 배가 잘 떠 가도록 도와주기 위해 자신이 해야 할 일을 순서대로 하고 있는 느낌이었다. 그 배는 그의 몸 아래에서 몹시 흔들렸지만 어떻게든 그는 자기 자리를 지켰다. 노를 집어 들었고, 다들 자신이 노를 젓고 있다고 여겼으므로 노를 저었다.

"우리가 같이 다닌다면 훨씬 더 재미있을 텐데요." 이미 파리를 잘 안다고 말한 포콕 부인에게 비오네 부인이 덧붙였다. 그러면서 스트레더 씨처럼 훌륭하게 도움을 주실 분이 바로 옆에 있으니 정말 달리 부족할 게 없겠다고도 했다. "제가 알기로는 그렇게 짧은 시간에 그 누구보다 파리를 알고 또 사랑하게 된 경우가 있다면 바로 저분이거든요. 그러니 그 점에서라면 저분과 당신 동생까지 있으니 좋은 길잡이가 왜 더 필요하겠어요?" 그녀가 미소를 띠며 말했다. "스트레더 씨가 알려 주시겠지만, 가장 멋진 방법은 그냥 마음 가는 대로 즐기는 거예요."

"아, 난 별로 그렇게 마음 가는 대로 즐기지 못했는데요." 마치 파리 사람들의 대화 방식을 포콕 부인에게 보여 주자는 요청이라도 받은 기분으로 스트레더가 말했다. "충분히 마음 가는 대로 즐기지 못했다는 사실밖에는 보여 줄 수가 없을 것 같군요. 그렇게 많은 시간을 들였는데, 처음 그 자리에서 한 치도 나아가지 못한 것으로 보일 게 틀림없어요." 그는 세라가 자신을 끌어들인다고 느낄 시선으로 그녀를 바라보면서, 말하자면 비오네 부인의 엄호 아래 처음으로 자신의 입장을 피력했다. "실제로 지금까지의 상황이라면 그동안 제가 여기에서 해야 할 일을 내내 해 왔다는 것이죠."

하지만 그 말에 대꾸할 기회를 먼저 잡은 것은 비오네 부인이었다. "당신 친구를 오랜만에 다시 만났고, 새롭게 다시 알게 될 기회를 가졌던 거죠." 아주 기꺼이 도와주고 싶다는 투였기 때문에 그들이 공통의 목적을 가지고 함께 만나 왔을 뿐 아니라 서로 돕겠다는 서약까지 한 듯이 보일 정도였다.

이 말에 웨이마시는 마치 자기 이야기라는 듯 바로 창문가에서 돌아섰다. "맞습니다, 백작 부인. 그 친구가 저와 오랜만에 다시 만났고, 아마 저에 대해 좀 알게 되었겠죠. 그게 얼마나 마음에 들었는지는 모르겠지만. 그것으로 자기 방침이 정당화될 수 있는지는 스트레더 자신만 말할 수 있겠죠."

"아, 하지만 당신 때문에 이분이 여기 나온 건 전혀 아니잖아요. 그렇죠, 스트레더 씨?" 백작 부인이 명랑하게 말했다. "당신이 아니라 뉴섬 씨를 염두에 두고 한 말이었어요. 우리 모두에게 중요한 인물이고, 끊어졌던 그와의 관계를 다시 이을 기회를 바로 포콕 부인께서 만든 거잖아요. 두 분 모두에게 얼마나 기쁜 일이에요!" 세라를 쳐다보면서 비오네 부인이 용감하게 말을 이었다. 포콕 부인은 기품 있게 그 말을 들었지만, 자신의 행동이나 계획에 대해 이래라저래라 하는 말을 누구한테서도 들을 마음이 전혀 없음을 스트레더는 곧 알아차렸다. 그녀는 어떤 식의 후원이나 도움도 원하지 않았는데, 그것이 곧 오해받기 쉬운 상황을 의미하기 때문이었다. 그저 자신이 보여 주기로 한 것을 자기 방식대로 보여 줄 뿐이었다. 그녀는 스트레더로 하여금 울렛의 겨울 아침 공기를 생각나게 하는 쨍한 건조함으로 이 점을 표현했다. "동생을 봐야 하는데 못 보고 있다고 느낀 적은 한 번도 없었어요. 집에서는 생각할 일도 많고, 해야 할 일과 무거운 책무도 많으니까요. 게다가 우리 집이 그렇게 구제불능은 아니에요." 세라가 약간 날카롭게 말을 이었다. "우리가 어떤 일을 할 때는 그에 대한 충분한 이유가 있지요." 한마디로 그녀는 허튼 구석이라고는 요만큼도 보이지 않겠다는 투였다. 하지만 동시에 항상 상냥하고 충분히 양보할 용의도 있는 사람처럼 다시 덧붙였다. "제가 여기 온 이유는, 글쎄요, 오던 곳이니까 온 거예요."

"아, 그럼 다행이네요!" 비오네 부인이 누구에게랄 것 없이 허공에 대고 말했다. 약 오 분 뒤 그들은 그녀를 배웅하기 위해 다 같이 일어섰고, 여전히 화기애애한 분위기에서 선 채로 몇 마디 말을 나누었다. 단지 웨이마시만이 두드러지게 티를 내며 뭔가를 심사숙고하듯이, 그리고 본능적으로든 조심하느라 그런 것이든 발소리를 죽이며 자신의 유리한 위치인 창가 자리로 되돌아갔을 뿐이었다. 빨간 다마스크 직물과 금박 대용품, 거울과 시계 등이 빼곡한, 금박으로 반짝거리는 호텔 방은 남향이었으므로 덧문을 내려 여름날 아침의 햇살을 가리고 있었다. 하지만 그 장소에서 훤히 내려다보이는 튈리 정원과 그 너머가 그 사이로 보였다. 그래서 끝에 금박을 입혀 반짝거리는 말뚝 울타리와 자갈길 위를 지나가는 덜거덕거리는 바퀴 소리, 딸가닥거리는 말굽 소리, 철썩하는 채찍 소리, 무슨 서커스 행진이 지나가기라도 하는 양 온갖 소리가 가득한 파리의 모습이 흐릿하면서도 시원하게, 오라고 손짓하듯 저 멀리 펼쳐져 있었다. "동생 집에 가 볼 기회가 있겠죠." 포콕 부인이 말했다. "틀림없이 아주 멋지고 유쾌한 곳이겠죠." 스트레더에게 한 말이었지만 그녀의 얼굴은 아주 환한 빛을 띠고 비오네 부인을 향하고 있었고, 그렇게 그녀와 대면하는 동안 스트레더는 그녀가 이렇게 덧붙이는 게 아닐까 싶었다. "저를 거기에 초대해 주셔서 정말로 감사해요." 한 오 초 동안 이 말이 거의 나올 수 있을 상황이었다고 그는 짐작했다. 심지어 이미 입 밖으로 나온 듯 아주 또렷이 그 말이 들리기까지 했는데, 결국 나오지는 않았음을 곧 깨달았다. 재빠르고 멋진 비오네 부인의 시선으로 보아, 그녀 역시 그 말이 곧 나오리라 짐작했지만 어떤 식이든 알아차릴 수 있도록 표현되지는 않았던 것이다. 따라서 그녀는 포콕 부인이 실제로 한 말에 대해서만 대답하면 되었다.

"말셰르브 대로의 그 집에서 우리가 잘 모이니 거기서 다시 만날 수도 있겠네요."

"아, 이렇게 친절하게 대해 주시는데 제가 한번 찾아뵈야죠." 포콕 부인이 이렇게 말하며 일종의 침입자를 똑바로 바라보았다. 달아올랐던 세라의 얼굴은 그즈음 가라앉아 작고 선명한 홍조만이 남았는데, 그 나름의 담대함이 없지 않았다. 그녀가 얼굴을 꼿꼿이 쳐들고 있는 탓인지 지금 이 순간에는 그 두 사람 중에서 그녀가 더 백작 부인다워 보인다는 생각이 들었다. 그는 그녀가 정말 비오네 부인의 친절함에 대한 답례로 그 집을 방문할 것임을 알았다. 다음에 울렛에 보고하기전에 수중에 넣어야 할 많은 내용을 먼저 확보해야 할 테니까.

"정말 제 어린 딸을 보여 드리고 싶어요." 비오네 부인이 말을 이었다. "오늘 여기 데려오고 싶었는데, 허락을 먼저 구해야할 것 같아서 그러지 않았거든요. 포콕 양이 함께 왔단 얘기를 뉴섬 씨로부터 듣고 그녀를 만날 수도 있지 않을까 생각했어요. 그녀와 제 딸애가 서로 만나면 정말 좋을 것 같아요. 그녀를 만나 볼 수 있으면, 그리고 당신이 허락해 준다면, 제 딸애를 잘 부탁한다는 말을 하고 싶어요." 그녀가 기품 있게 말을 이었다. "딸애가 상냥하고 착한데 좀 외롭다는 걸 스트레더 씨도 알고 계시죠. 둘이 아주 좋은 친구가 되었고, 분명 제딸애를 나쁘게 보진 않으실 거예요. 여기 온 후 어디에서 누굴 만나든 그랬지만 잔과도 마찬가지로 성공적인 관계를 맺게된 거죠." 그녀는 이 말을 해도 되는지 그에게 허락을 구하는것처럼 보이기도 했고, 아니면 그보다 친근감에서 나오는 편안함으로 상냥하고 멋지게 그것을 당연시하는 듯했다. 그래서이제는 어느 정도 그녀의 편을 들어 주지 않는다면 너무 추악하고 비열하게 그녀를 버리는 일이 될 것이었다. 그렇다, 그는분명 그녀 편이었다. 이렇게 은밀하고 다소 위험한 방식으로라도 그녀 편이 아닌 사람과 어느 정도로 어느만큼이나 맞서고 있는지를 혼란스럽고도 낯설게, 그러나 또한 흥미진진하면서도 고무적으로 실감하고 있었다. 마치 그것을 어떻게 받아들이는지 보여 주기 위해 자신을 더 깊이 끌어들일 무언가를 정말로 마음 졸이며 기다려 온 것도 같았다. 작별 인사를 필요 이상으로 길게 끌면서 실제로 그녀가 끄집어낸 말은 충분히 그 목적에 부합했다. "분명 그 성공을 스트레더 씨가 직접 입에 올리진 않을 테니, 제가 좀 주제넘게 얘기했어요. 제 마음을 그렇게 사로잡아 놓은 이후로 사실 저는 거의 득 보는 일도 없지만 그저 좋아서 잘해 드리는 거죠." 그에게 직접 말하듯이 그녀가 덧붙였다. "도대체 언제나 만나뵐 수 있을는지요? 집에서 기다리다가 시름시름 앓겠어요. 포콕 부인, 너무나 뵙기 힘든 이 신사분을 만나 볼 기회를 주신 것만으로도 당신이 제게 큰일을 해 주신 거랍니다." 그녀가 이렇게 말을 맺었다.

"말씀하신 대로 당신이 마땅히 누려야 할 것을 제가 빼앗는다면 정말 유감일 거예요. 스트레더 씨와는 오랫동안 알아 온 사이이지만 누구와 다투면서까지 그분과 만날 특권을 주장할 수는 없지요." 세라가 인정하듯 말했다.

"하지만 사랑스러운 세라." 그가 아무렇지도 않게 끼어들었다. "그렇게 얘기하는 걸 들으니, 네가 마땅히 누려야 할 권리도 얼마나 많은지 그 중요한 진실을 제대로 대접하지 않는 것 같구나. 너와 함께 시간을 보낼 마땅할 권리가 내게 있기도 하고." 그가 웃으며 덧붙였다. "나를 위해 싸워 주면 더 좋겠는데 말이야."

이에 포콕 부인은 말문이 막혔다. 이렇게 기탄없는 친근함을 미처 예상하지 못한 탓에 숨이 턱 막힌 게 아닌가 싶기도 했다. 스트레더는 안 좋은 결과가 나올 것을 알면서도 불쑥 그 말을 내뱉었는데, 그것은 에라, 이제 비오네 부인이나 세라나 겁내고 싶지 않다는 심정에서였다. 미국에서 그는 당연히 그녀를 항상 세라로 불렀고, 그렇게 특별히 '사랑스러운'을 붙여 부른 적은 없었을지라도 그건 지금까지는 그렇게 부를 만한 기회가 없었기 때문이었다. 하지만 왠지 이젠 그러기에는 너무 늦었고 — 혹시 너무 이른 것이 아니라면 — 어쨌든 그런 식의 말로 포콕 부인의 기분이 나아진 것도 아니라는 책망의 소리가 들리는 듯했다. "아, 스트레더 씨……!" 그녀가 분명치 않지만 날선 말투로 중얼거렸다. 볼에 있던 진홍색 반점이 약간 더 진해지는 것을 보며 그는 그것만이 지금으로선 그녀가 할 수 있는 대답임을 알았다. 하지만 비오네 부인이 어느새 그를 도와주러 나섰고, 웨이마시도 대화에 좀 더 끼어 볼까 하여 다시 그들 쪽으로 왔다. 사실 비오네 부인의 말이 도움이 되었다고 할 수 있을진 좀 의심스러웠다. 왜냐하면 자신이 아무리 뭐라고 털어놓건, 그리고 아무리 그녀가 별로 기회가 없었다고 불평을 하건, 그녀는 그들 사이에서 얼마나 많은 대화가 오고 갔는지를 암암리에 드러냈기 때문이다.

"정말 사실을 말하자면, 아시겠지만 당신이 소중한 마리아를 위해 가차 없이 저를 희생시킨다는 거죠. 그래서 당신의 삶에 다른 사람이 들어갈 자리가 없다니까요." 그러고는 그녀가 포콕 부인에게 물었다. "마리아에 대해 아시나요? 고스트리 양이 정말로 훌륭한 여성이라서 더 문제예요."

"오, 당연히 포콕 부인은 고스트리 양에 대해 알고 있지요." 스트레더가 대신 대답했다. "세라, 어머니께서 말씀하셨지? 자네 어머니는 다 알고 계시니까." 그가 씩씩하게 말하고는 의식적으로 용기를 내어 명랑하게 덧붙였다. " 네가 바랄 만치 분명 훌륭한 여성일 거야."

"아, 스트레더 씨, 제가 바라건 말건 그건 아무런 상관이 없어요!" 세라 포콕이 바로 반박했다. "게다가 지금 누구 얘기를 하시는 건지 엄마한테든 다른 누구한테든 전혀 들은 바도 없고요."

"그녀를 만나게 해 주지 않을 거예요." 비오네 부인이 공감한다는 듯이 말했다. "저도 만나게 해 주지 않거든요. 우리는 오랜 친구 사이인데도 말이죠. 그러니까 마리아와 제가 말이에요. 제일 좋은 시간은 그녀를 위해 비워 두고 혼자 다 차지한답니다. 그래서 우리는 만찬이 끝나고 나서 남은 빵 부스러기나 맛보는 거죠."

"아, 백작 부인, 나 역시 그 빵 부스러기를 맛본 사람 중 하나입니다." 웨이마시가 그의 시선으로 그녀를 온통 감싸며 힘주어 말했고, 이에 그가 말을 잇기 전에 그녀가 끼어들었다.

"뭐라고요? 당신에게는 그녀를 나누어 준다고요?" 그녀가 익살스럽게 어이없다는 표정을 지으며 외쳤다. "감당할 수 있는 이상으로 우리 여성들을 너무 많이 차지하지 않도록 조심하세요. 더 늦기 전에 말이에요."

하지만 그는 그저 자기 식대로 진지하게 말을 이었다. "그 숙녀분에 대해서는 원하는 만큼 내가 알려 줄 수 있어요, 포콕 부인. 여러 번 만나 봤고, 사실 두 사람이 처음 안면을 트던 그 자리에 내가 있었으니 말이오. 그 이후 쭉 그녀를 지켜

봤는데, 별로 해가 될 것 같진 않아요."

"해가 된다고요?" 비오네 부인이 재빨리 되물었다. "아니, 그녀는 누구보다 똑똑하고 사랑스러운 사람이에요."

"글쎄, 당신이라면 물론 그녀에 버금가기는 하죠, 백작 부인." 웨이마시가 기세 좋게 대답했다. "그녀가 세상 물정에 상당히 밝기는 하지만 말이에요. 유럽에서 지내는 법을 잘 알죠. 무엇보다 그녀가 스트레더를 사랑한다는 점에는 의심의 여지가 없소."

"그건 우리 다 마찬가지 아닌가요. 다 스트레더 씨를 사랑하잖아요. 그게 딱히 이점은 못 되죠!" 아무 거리낌 없이 자신의 생각을 밀고 나가며 그녀가 웃었다. 우리의 주인공은 그에 놀라워하면서도, 미묘하게 뭔가를 담고 있는 그녀의 눈과 마주치자 나중에 그것을 좀 더 알게 되리라 믿었다.

하지만 그녀를 향한 구슬프면서 아이러니한 그의 눈빛이 나타냈듯이, 그녀의 말투가 무엇보다 그에게 상기시킨 사실은 남자에게 공공연하게 그런 식의 농담을 하는 것은 그녀가 그를 거의 아흔 살쯤 된 노인으로 여기기 때문임이 틀림없다는 것이었다. 그는 마리아 고스트리의 이름이 언급되자 그 때문인지 얼굴이 붉어지는 것을 의식하며 어색하게 몸을 돌렸더랬다. 세라 포콕이 같이 있었고 그 존재가 지닌 어떤 특별한 점 때문에 어쩔 수 없었다. 그러고는 그런 식으로 티를 낸 자신이 마음에 안 들어서 더욱 얼굴이 붉어졌다. 거의 고통스러울 정도로 불편해서 붉어진 얼굴을 웨이마시에게 돌렸을 때 정말이지 자신이 너무 지나치게 내색한다고 느꼈는데, 이상하게도 웨이마시 본인은 이제 뭔가 설명하고 싶은 듯 간절하게 그를 바라보고 있었다. 오래되고 오래된 관계에 기초한 심오한 무엇이 이렇게 복잡하게 그들 사이에서 오갔다. 실제로 온갖 이상한 의심을 하는 중에도 한구석에 여전히 남아 있는 충성심을 알아볼 수 있었다. 웨이마시의 무미건조한 기질이 음울하게 솟아나 의리를 요구하는 듯했다. '혹시 바라스 양 얘기를 꺼내면 나도 할 말이 있을 걸세.'라며 꼿꼿한 고개를 끄덕이는 듯했다. 그를 폭로한 것은 사실이지만 그건 오직 그를 구하기 위해서였다고 애써 강조하는 것이었다. '자넬 구하기 위해서야, 불쌍한 것, 자넬 구하기 위해서라고. 자네는 그렇게 생각하지 않을지라도 말이야.'라는 말을 충분히 알아들을 수 있을 때까지 내내 그 음울한 빛은 그를 응시하고 있었다. 하지만 스트레더는 웬일인지 이렇게 생각을 주고받자 오히려 전보다 가망이 없어진 느낌이었다. 거기서 나온 또 다른 결과는 그의 친구와 세라가 대표하는 사람 사이에 뭔가 있다는 사실이 어느 때보다 분명해진 것이었다. 조금도 의심할 바 없이 그러했다. 웨이마시가 뉴섬 부인과 뭔가 비밀스런 관계를 맺고 있었음이 이제 밖으로, 그의 얼굴 표정을 통해 여지없이 나타났다. '그래, 그동안 내가 손을 쓰고 있었던 걸 알겠지.' 거의 그렇게 공표하는 거나 마찬가지였다. '하지만 이 망할 구세계에서 적어도 이것만은 구해 내기 위해서였네. 자네가 그 때문에 산산조각이 나면 그 조각이라도 건지려고 말이야.' 요컨대 스트레더는 곧장 그런 이야기를 그로부터 들었을 뿐 아니라 그 문제와 관련한 모든 의문이 순식간에 다 풀린 듯했다. 우리의 주인공은 이해했고, 그리고 인정했다. 그들이 그 문제에 대해 달리 언급하지 않을 것임도 알았다. 이것으로 끝이고, 그로서는 이렇게 알게 되었으니 관대함을 보여 줄 수 있을 것이었다. 그렇다면 그를 구하기 위해 웨이마시가 아침 10시부터 나선 까닭은, 엄숙한 세라, 우아하지만 어쨌든 엄숙한 세라와 일을 도모하기 위해서였던 것이다. 글쎄, 가련한 친구, 거대하지만 음산한 자네의 친절함으로 해 볼 수 있으면 해 보게나! 그렇게 온갖 생각과 느낌이 밀려들었지만 스트레더는 여전히 정말 불가피한 이상으로는 표현하지 않았다. 우리가 그의 내면에서 벌어지는 일을 지켜보느라 걸린 시간보다 훨씬 짧은 잠깐의 사이를 두었다가 포콕 부인에게 이렇게 말했을 때에도 그로서는 거의 내비치는 바가 없었다. "아, 그건 다들 말하는 대로라네! 나 말고 다른 사람에게 고스트리 양은 줄 수가 없지. 잠깐 들여다보는 것조차 말이야. 나 혼자 독차지하고 있어."

"저에게 그걸 알려 주시다니 참 친절하시군요." 세라는 그를 보지도 않고 대꾸했는데, 그녀의 시선이 가는 방향을 보건대 그가 그렇게 차별을 두는 바람에 어쩔 수 없이 어정쩡하게나마 잠시 비오네 부인과 한편이 되지 않을 수 없었던 것이다. "하지만 저도 그분을 좀 만나 볼 수 있으면 좋겠네요."

비오네 부인이 곧바로 말을 받았다. "혹시라도 그녀를 부끄럽게 생각해서 그런가 할 수도 있는데 그건 전혀 아니랍니다. 정말로, 어떤 면에서는 지극히 미인이거든요."

"지극히까지야!" 얼마나 이상한 역할을 맡게 되었는지 스스로도 신기해하면서 스트레더가 웃었다.

하지만 비오네 부인의 반응에 따라 상황은 계속 그렇게 흘러갔다. "어쨌든 말씀드린 대로 저도 좀 당신을 차지했으면 하는 바람이에요. 아예 여기서 날짜와 시간을 말해 주시면 안 될까요? 가급적 가까운 시일 내로요. 아무 때나 괜찮은 시간에 제가 집에 있을게요. 자, 이 정도면 아주 공평하죠?"

웨이마시와 포콕 부인이 주의 깊게 그의 대답을 기다리는 듯 옆에 서 있는 동안 스트레더가 잠깐 생각했다. "사실 얼마 전에 부인을 찾아갔었죠. 지난주에, 채드가 파리를 떠나고 없을 때 말이에요."

"맞아요, 어쩌다 보니 집을 비웠더랬죠. 하필 그날에 오셨다니. 하지만 그런 일은 다시 없을 거예요." 비오네 부인이 단언하듯 말했다. "포콕 부인이 계시는 동안은 여기 붙어 있을 거거든요."

"다행스럽게도 그런 서약을 오래 지켜야 할 필요는 없을 거예요." 세라가 다시금 나긋나긋한 태도를 보이며 말했다. "지금으로선 파리에 오래 머물지 않을 계획이거든요. 다른 나라에도 볼일이 있어서요. 만나야 할 멋진 친구들이 아주 많아요." 그렇게 말하는 세라의 목소리는 그 친구들의 멋진 특성을 어루만지기라도 하는 듯했다.

"아, 그렇다면 더욱 서둘러야겠네요!" 상대방이 유쾌하게 대답했다. "그러면 내일, 아니면 모레?" 여전히 스트레더를 보며 그녀가 말했다. "저로서는 화요일이 아주 좋을 것 같은데요."

"그러면 기꺼이 화요일로 하죠."

"그럼 5시 반? 6시?"

우스꽝스럽게 들리겠지만, 스트레더에게는 포콕 부인과 웨이마시가 그의 대답을 기다리는 것 같았다. 마치 어떤 공연, 그러니까 그와 그의 공모자가 함께 하는 '유럽'이라는 공연을 보러 일부러 찾아오기라도 한 것처럼 말이다. 그렇다면 그 공연은 계속되어야 할밖에. "5시 45분으로 하죠."

"5시 45분, 좋아요." 드디어 비오네 부인이 정말로 자리를 떠야 할 때가 되었지만, 그녀로서는 아직 해야 할 공연이 좀 더 남아 있었다. "포콕 양을 꼭 만나 보고 싶은데, 아무래도 안 될까요?"

세라가 약간 주저하면서도 당당히 대응했다. "당신을 방문할 때 함께 가도록 하죠. 지금은 저희 남편과 동생을 따라 나가고 없거든요."

"알겠어요. 당연히 뉴섬 씨가 보여 주고 싶은 게 아주 많겠죠. 그녀에 대해선 얘기 많이 들었어요. 제 딸애가 그녀를 만날 기회를 갖게 되기를 정말 바라고 있어요. 그런 기회를 만들어 줄 수 없을까 항상 기다리고 있었거든요. 오늘 데려오지 않은 건 오직 먼저 허락을 구하기 위해서였어요." 그러더니 이 매력적인 여성은 좀 더 강하게 간청했다. "혹시라도 못 만나게 되는 일이 없도록 당신께서도 날짜를 여기서 정해 주시면 안 될까요?" 이번엔 스트레더 편에서 기다렸다. 결국 세라 역시 마찬가지로 연기를 해야 했으니 말이다. 그리고 채드가 다른 사람들을 모두 데리고 나간 동안 세라는 그냥 집에 있었다는 사실, 그것도 파리에 온 첫날 집에 머물러 있었다는 사실을 그런 식으로 알게 되자 상낭히 관심이 생겼다. 아, 그녀는 정말 그 일에 전념하고 있었다. 그냥 호텔에 남기로 했다면 그건 웨이마시가 오면 혼자서 그를 맞이해야 한다는 합의가 그 전날 저녁에 있었기 때문이었을 것이다. 파리에서 보내는 첫날로 보자면 시작이 좋았다. 그리고 아직까지는 흥미롭기도 했다. 하지만 그사이 비오네 부인은 정말 성의를 다해 간청하고 있었다. "제가 좀 주제넘다고 생각하실 수도 있지만, 잔이 사랑스러운 미국 아가씨와 만나 보기를 무척이나 바라거든요. 당신이 자비를 베풀기를 호소하는 거랍니다."

이런 식으로 말하는 그녀를 보며 스트레더는 여태껏 느껴보지 못한 정도로 그 배후나 아래에 뭔가 깊은 의미가 있음을 감지했는데, 거의 두려움을 안겨 줄 정도여서 막연하게나마 그 이유를 따져 보게 되었다. 하지만 그 정도의 호소에도 불구하고 세라는 여전히 주저하고 있었고, 바로 그 때문에 그가 끼어들어 비오네 부인에게 동정의 표시를 보일 수 있었다. "그렇다면, 부인, 당신의 말을 뒷받침할 셈으로 매미 양이 정말로 사랑스러운 아이라고 말씀드릴 수 있겠습니다. 누구보다 매력적이지요."

그 문제에 관해서라면 할 말이 많은 웨이마시도 적절하게 한마디 보탰다. "그렇습니다, 백작 부인. 미국 아가씨들은 당신네 나라가 적어도 그들을 보여 주겠다고 말할 우리 쪽의 특권을 인정해 줘야 하는 그런 존재입니다. 하지만 그것을 어떻게 활용할지 아는 사람이나 그 아름다움을 제대로 이해할 수 있죠."

"아, 그거야말로 바로 제가 원하는 거예요. 분명 우리에게 가르쳐 줄 게 많을 거라고 봐요." 비오네 부인이 미소를 지으며 말했다.

그건 아주 훌륭한 대응이었지만, 그에 못지않게 훌륭한 것은 바로 스트레더가 그와 함께 곧바로 화제를 다른 쪽으로 돌린 것이었다. "아, 그럴 수도 있어요! 하지만 당신의 절묘하게 아름다운 따님이 완벽함 그 자체가 아닌 것처럼 말하지는 말아요. 적어도 나는 절대 그건 인정 못 하겠으니까." 그러고는 포콕 부인에게 거창한 말투로 설명했다. "비오네 양은 정말 완벽함 그 자체라네. 절묘하게 아름다워."

그것이 약간 호언장담으로 들렸을 수도 있지만 세라는 그저 '아?' 하며 눈을 반짝였을 뿐이었다.

웨이마시 자신도 사실의 차원에서 그 문제를 제대로 인정해야 한다고 여겼는지 이렇게 말했는데, 딴에는 세라에게 호의를 보이는 식이었다. "제인 양(孃)이 눈에 띄게 아름답긴 하네. 전형적인 프랑스식으로 말이야."

그 말에 웬일인지 스트레더와 비오네 부인이 동시에 웃음을 터뜨렸다. 바로 그 순간 웨이마시를 바라보는 세라의 눈이 흐릿하지만 분명하게 '당신까지?'라고 묻는 것을 스트레더가 알아차리긴 했지만 말이다. 그 바람에 웨이마시는 공연히 그녀의 머리 너머로 시선을 돌렸다. 하지만 비오네 부인은 하던 이야기를 이어 갔다. "제 딸애가 사람들의 눈을 사로잡을 정도로 매력적이라면 얼마나 좋을까요. 그러면 일이 정말 쉬워질 텐데요. 그 애도 그 나름으로 괜찮지만 물론 다르기도 하지요. 말이 나왔으니 하는 말인데 그래서 그 애가 너무 많이 다르냐는 것이죠. 그러니까 모두가 협의하는 대로 놀라운 당신들 나라에서 자라나는 그 훌륭한 유형과 말이에요. 물론 뉴섬 씨는 그에 대해 아주 잘 알고 있고, 친절하고 좋은 사람인 데다 좋은 친구로서 제 어린 수줍은 여식을 위해 최선을 다해 줬어요. 그러니까 그 치명적인 무지몽매함으로부터 우리를 지켜 준 거죠." 포콕 부인이 그 문제는 당사자에게 물어보겠다고 여전히 약간 뻣뻣하게 중얼거리자, 비오네 부인은 이렇게 말을 맺었다. "그럼, 우리 딸애와 저는 집에 앉아서 당신들이 오기를 기다리고 또 기다릴게요." 하지만 그녀의 멋진 마지막 말은 스트레더를 향한 것이었다. "우리 얘기를 잘 해 주세요!"

"뭔가 나오지 않을 수 없게 말이에요? 아, 무슨 일이든 분명 일어날 겁니다! 내가 지대한 관심을 가지고 있어요." 그는 그렇게 단언하고는 그 말을 증명이라도 하듯이 곧바로 그녀와 함께 그녀의 마차가 있는 곳으로 내려갔다.

9부

1

"곤란한 게 뭐냐면, 지금의 채드가 그들이 지난 삼 년 동안 바다 저쪽에서 상상하며 쏘아보던 옛날의 채드가 아니라는 사실을 도대체 조금도 알아차리게 할 수가 없어요." 며칠 후 스트레더가 비오네 부인에게 말했다. "그걸 알아차린 내색을 전혀 안 하는데, 알다시피 그게 일종의 방침이라면, 그러니까 당신들 표현으로 '정해진 방침'이나 계책이라면 분명 훌륭하다고 봐야죠."

어찌나 훌륭하던지 그 모습이 눈앞에 선연해 우리의 주인공은 집주인 앞에서 잠시 말이 없었다. 십 분쯤 지나 그는 의자에서 일어섰고, 불안함을 덜어 보려는 마음에 마리아와 함께 있을 때처럼 그녀 주변을 돌고 있었다. 그는 정확히 약속 시간에 도착했는데, 그때까지 엄청 조바심을 내며 어쩔 줄을 몰랐다. 사실 할 말이 너무 많다는 느낌과 하나도 없다는 느낌이 반반이었지만 말이다. 그녀를 다시 만나기까지 불과 며칠 사이에 그들의 복잡한 문제에 직면해 그에게 떠오른 인상은 몇 배나 더 늘었다. 더구나 그 사이 아예 솔직하게, 거의 완전히 터놓고 그 복잡한 문제를 자신들의 공통 문제로 여긴다는 사실도 주목할 만했다. 비오네 부인이 세라가 보는 앞에서 그를 자신의 배에 태웠다면, 이즈음 그는 여전히 그 배에 타고 있었고, 정말이지 많은 시간 동안 가장 강렬하게 의식해 온 것이 배의 움직임 자체였음은 의심할 여지가 없었다. 그들은 전에 없던 정도로 함께 배 안에 있었고, 호텔에서 거의 입 밖으로 나올 뻔했던 경악이나 항의의 발언도 전혀 한 적이 없었다. 그로서는 그녀가 자신을 특정한 입장에 놓았다는 말 외에도 다른 할 말이 있었다. 사실 그의 입장은 아주 급속도로 흥미진진하면서도 아주 풍부한 의미가 담긴, 불가피한 어떤 것이 되어 버렸다. 하지만 그렇게 노출된 시점을 고려했을 때 앞으로의 전망이 그가 계산했던 반만큼도 명료해지지 않았다는 점이 그가 도착해서 첫마디로 그녀에게 한 경고성 말이었다. 너무 성급한 것 아니냐고 그녀가 관대하게 대응했고, 자신이 참을성을 가지고 기다릴 수 있다면 분명 그 역시 그럴 수 있을 거라고 달래듯이 말했다. 그 자리에 있으니 그녀의 존재와 말투, 그녀의 모든 것이 그렇게 하는 데 도움이 되는 느낌이었다. 그리고 대화를 나누는 동안 아주 마음이 편안해진 것을 보면 어쩌면 그 점에서 그녀가 성공했음을 증명하는 것일 수도 있었다. 그와 관련된 인상은 줄곧 불어나는데 왜 여전히 종잡을 수 없는지를 설명할 때쯤 되어서는 마치 몇 시간째 친숙하게 대화를 나누고 있는 것 같았다. 도대체 종잡을 수가 없는 이유는 세라 때문에, 그러니까 세라가 너무나 웅숭깊기 때문이다. 지금까지 이 정도로 웅숭깊은 모습을 보인 적은 없었다. 그 이유가 한편으로는 말하자면 그녀가 굴을 뚫은 듯 완전히 그 모친과 바로 연결되어 있기 때문이고 뉴섬 부인의 웅숭깊음을 고려하면 그렇게 뚫린 갱도가 상당한 깊이에 달하기 때문이라는 말은 하지 않았다. 하지만 이 정도로 두 여성이 서로 터놓고 함께하니 마치 이미 뉴섬 부인을 직접 대하는 느낌도 이따금 든다는 사실을 금방 내색하게 되리라는 체념에 가까운 우려가 없지 않았다. 세라는 확실히 그것을 알아차리게 될 테고, 그러면 당연히 그에게 더욱 고통을 안길 수단이 생기는 셈이었다. 그가 고통받게 될 것임을 알게 되는 바로 그 순간부터 말이다.

"하지만 왜 고통을 받으세요?" 그가 사용한 그 단어에 그녀가 놀라며 물었다.

"왜냐하면 난 그렇게 생겨먹었으니까요. 온갖 걸 다 생각하거든요."

"아, 절대 그래서는 안 돼요." 그녀가 미소를 지었다. "생각할 거리를 될 수 있는 한 줄여야 해요."

"그러려면 제대로 잘 골라야겠죠." 그가 대답했다. "너무 극단적인 표현을 쓰긴 했지만 내 말은 그저 세라가 날 지켜볼 수 있는 위치에 있다는 거예요. 내게는 긴장할 만한 이유가 있고요. 그러면 세라는 내가 가만있지 못하고 꿈틀대는 걸 보게 되겠죠. 하지만 내가 꿈틀대는 건 상관없어요." 그가 말을 이었다. "참을 수 있으니까. 게다가 꿈틀대며 벗어날 거니까요."

그 모습에 그녀는 그에게 진실하다고 느껴질 만한 감사의 표정을 보였다. "과연 어떤 남자가 당신이 내게 하는 만큼 여자에게 잘해 줄 수 있을지 모르겠어요."

글쎄, 잘해 주는 것은 그가 원하는 바였다. 하지만 심지어 그녀가 진실함이 담긴 매력적인 눈길로 바라보는 중에도 그는 장난스럽게 솔직한 이야기를 해 버리고 말았다. "알다시피 내가 말하는 긴장감은 나 자신의 문제를 의미하기도 해요!" 그가 웃었다.

"아, 그럼요, 당신 자신의 문제도 있죠!" 그로써 그가 덜 관대한 셈이었지만 그래도 그녀는 더욱 다정한 눈길로 그를 바라볼 뿐이었다.

"내가 하려던 말은 그게 아니에요." 그가 대화를 이었다. "그건 내 문제이니까요. 그저 포콕 부인이 어떤 점에서 유리한지 설명하려고 했을 뿐이에요." 아니, 절대 안 되지. 말하고 싶다는 묘한 유혹이 분명 있었고 긴장감이 너무나 생생한 탓에 꿈틀대면 좀 위안이 될 것도 같았지만, 그는 절대 그녀에게 뉴섬 부인 이야기를 하지 않을 것이었다. 세라가 이미 계산한 듯 그 부분만 쏙 빼놓아 생겨난 불안감을 그녀에게 털어놓지는 않을 것이었다. 세라에게서 풍기는, 어머니를 대표하고 있다는 인상은 그녀를 전혀 직접적으로 언급하지 않음으로써 생겨나고 있었고, 그것이 바로 불가사의하면서도 대단한 일이었다. 전하는 말도 없었고, 어떤 문제도 암시하지 않았다. 이쪽에서 물으면 예의를 갖춰 짤막하게 답했기 때문에 더 이상 어떻게 해 볼 수도 없었다. 마치 예의 바르지만 의례적일 뿐인 가난한 먼 친척이라도 되는 양, 질문을 한다는 사실만으로 꼴이 우스워지도록 대답하는 방식을 고안해 내기라도 한 것 같았다. 더구나 너무 캐물으면 최근에 소식을 거의 전해 듣지 못했음을 드러내는 일이 될 수밖에 없었다. 그녀는 그러한 상황에 대해서는 자신의 심오한 정책에 따라 조금도 내색하지 않을 것이었다. 어찌 됐건 그는 이 모든 것에 대해 비오네 부인에게는 입도 뻥긋하지 않을 것이었다. 그로 인해 줄곧 방 안을 서성이게 되더라도 말이다. 그리고 그가 말하지 않은 것, 또한 고도의 품위를 갖춘 비오네 부인 쪽에서 말하지 않은 것들을 통해, 자리를 함께한 지 십 분쯤 되자 지금껏 가능했던 것 이상으로 친밀하게 그가 그녀를 구하기 위해 그 자리에 있다는 인상이 더 강해졌다. 사실 각자 입 밖에 내지 않는 이야기가 많다는 점을 분명히 의식했기에 그때쯤 상황은 서로에게 아주 만족스러워졌던 것이다. 그는 그녀에게서 포콕 부인에 대한 나름의 비평을 들었으면 했지만, 자신의 명예나 사안의 미묘함에 비추어 지켜야 할 선을 아주 정확히 지켰기 때문에 심지어 개인적인 인상도 묻지 않았다. 그 문제라면 굳이 묻지 않아도 알 수 있었다. 그렇게 많은 요소들을 갖추고도 세라는 어쩌면 그렇게 매력이 없을까 의아스럽다는 사실이 바로 그녀가 절대 말하지 않을 주요한 사실 중 하나라는 것 말이다. 틀림없이 세라가 어느 정도 지니고 있고 취향에 따라 평가할 수 있는 그 요소들을 비오네 부인이 어떻게 평가할지 관심이 있었지만, 이런 식의 흥밋거리를 즐기는 일조차 스스로에게 허락되지 않왔다. 오늘 그녀에게서 받은 인상은 마치 자신의 재능을 얼마나 훌륭하게 발휘하는지를 보여 주는 일종의 시연 같았다. 아주 다른 경로로 매력을 습득했다고 할 여성인 그녀가 어떻게 세라를 매력적인 여성으로 여길 수 있겠는가? 물론 달리 생각하면 세라가 꼭 매력적이어야 할 필요는 없었다. 하지만 왠지 비오네 부인은 꼭 그래야 할 것 같았다. 그와 달리 중요한 질문은 채드가 자신의 누이를 어떻게 생각할지였는데, 그것은 채드에 대한 세라의 평가라는 문제에서 자연스럽게 나왔다. 사려 깊게 다른 쪽에 대한 언급은 삼갔기 때문에 적어도 그것에 대해서는 자유롭게 이야기할 수 있었다. 하지만 문제는 여전히 짐작일 뿐이라는 것이었다. 채드 역시 세라와 마찬가지로 지난 이틀 동안 이렇다 할 언질을 주지 않은 데다 비오네 부인의 말로는 누이가 도착한 이후 그를 만나지 못했다고 했다.

"그래서 한참 못 본 것처럼 느껴지나요?"

그녀가 솔직하게 받았다. "그가 보고 싶지 않은 척하진 않겠어요. 때로는 매일 만나기도 했거든요. 우리가 그렇게 가까웠죠. 마음대로 생각하세요!" 그녀가 묘하게 미소를 지었다. 그녀에게서 가끔씩 보이는, 그로 하여금 몇 번인가 어떻게 해야 그녀를 제대로 이해할 수 있을까 궁금하게 했던 무언가가 반짝했다. "하지만 잘하고 있는 거예요." 그녀가 급히 덧붙였다. "무슨 일이 있어도 지금 시점에서는 어떤 식으로든 일이 잘못되면 안 되니까요. 석 달을 못 만나는 일이 있더라도 그래선 안 되죠. 가족을 진심으로 잘 대해 주라고 했고 그 스스로도 충분히 그렇게 할 생각인 거예요."

그녀에게 명료함과 종잡을 수 없는 면이 이상하게 뒤섞여 있다는 인상을 문득 받아 스트레더는 반대 방향으로 몸을 돌렸다. 그녀는 어떤 때는 그가 그녀에 대해 지닌 가장 소중한 개념에 합치하는 것 같다가 또 다른 때는 그것을 산산이 날려 보내곤 했다. 어떤 때는 말할 때의 기교가 다 순수하기 그지없는 듯한데 또 다른 때는 그 순진함이 다 꾸며 낸 기교처럼 보이는 것이었다. "아, 채드가 전심을 다하고 있죠. 끝까지 그렇게 할 테고요. 이제 완전하게 이해할 수 있을 상황이니 당연히 그걸 원하지 않겠어요? 아시겠지만 내 인상이나 당신의 인상보다 그것이 훨씬 더 중요하니까요. 하지만 지금은 몸을 담그고 있을 뿐이에요." 스트레더가 다시 그녀 쪽으로 걸어오며 말했다. "완전히 빨아들일 준비에 공을 들이고 있는 거지요. 정말 솜씨가 좋다고 말할 수밖에 없어요."

"아, 제가 그걸 모르겠어요?" 그녀가 조용하게 대꾸했다. 그러고는 목소리를 더 낮춰 말했다. "채드는 무엇이든 할 수 있는 사람이에요."

스트레더가 흔쾌히 맞장구를 쳤다. "아주 훌륭한 사람이지요. 그들과 함께 있는 채드의 모습을 보고 싶은 마음이 갈수록 간절해진다니까요." 그가 그 점을 거듭 강조했다. 하지만 그렇게 말을 이어 가는 동안에도 그들의 말투가 아무래도 좀 이상하다는 느낌은 점점 강해졌다. 그로 인해 그녀가 관심을 쏟은 결과물이자 천재성의 산물인 채드가 생생하게 그들 앞에 나타났다. 그리고 그러한 현상을 빚어내는 데 그녀가 정말 확실한 역할을 했고 그 현상이 너무나 진귀해 보였으므로 그로서는 어떻게 그런 일을 할 수 있었는지 지금까지 알려 준 이상으로 더 자세하게 알려 달라고 하고 싶은 충동이 그 어느 때보다 강하게 들었던 것이다. 채드의 사례를 보면, 그녀가 어떻게 그 일을 해냈는지, 그리고 누구보다 가까운 자리에서 그를 살펴볼 수 있었던 그녀의 입장에서는 이 기적 같은 일이 어떻게 보였는지 묻지 않을 수 없었다. 하지만 그러한 순간은 금방 지나갔고, 그는 당장 벌어지고 있는 일로 다시 관심을 돌려 그저 그 만족스러운 진실을 자신이 얼마나 잘 이해하는지를 표현했을 뿐이었다. "그를 정말로 신뢰할 수 있어서 얼마나 위안이 되는지 몰라요." 자신의 신뢰에는 어쨌든 분명한 한계가 있을 수밖에 없다는 듯이 그녀가 아무 대꾸도 하지 않았으므로 그는 잠시 기다렸다가 이렇게 덧붙였다. "그러니까 그들에게 좋은 모습을 보여 주는 일에 있어서 말이에요."

"그래요." 그녀가 생각에 잠긴 채 대답했다. "하지만 그들이 그 점을 전혀 보려 하지 않는다면요!"

스트레더에게는 나름의 생각이 있었다. "글쎄, 그게 별 문제가 안 될 수도 있어요!"

"그쪽에서 아무리 애를 써도 그의 마음에 들지 않을 거라서요?"

"아, 그쪽에서 애를 쓴다니요! 딱히 그러지 않을 겁니다. 특히 세라가 더 이상 보여 줄 게 없다면 말이죠. 그러니까 지금까지 봤을 때 그녀에게 있는 것 이상으로 말이에요."

비오네 부인이 그 점을 따져 보았다. "아, 참 품위 있는 분이에요!" 그러한 단언에 그들은 잠시 서로를 똑바로 쳐다보았는데, 스트레더가 이의를 제기한 것은 아니지만 결과적으로 그말을 그저 농담처럼 받아들인 셈이 되었다. "그녀가 설득력 있게 그를 잘 달랠 수도 있잖아요. 말로 하는 것 이상으로 마음을 움직일 수도 있고요. 저나 당신이 하지 못한 방식으로 휘어잡을 수도 있어요." 그녀가 그렇게 말을 맺었다.

"그래요, 그럴 수도 있겠죠." 스트레더가 미소를 띠고 말했다. "하지만 채드는 매일매일 짐과 함께 지내고 있어요. 여전히 짐에게 구경을 시켜 주고 있죠."

그녀의 얼굴에 단박 어리둥절한 표정이 떠올랐다. "짐이 어때서요?"

스트레더는 다시 반대쪽으로 방향을 틀고 나서야 대답했다. "채드가 짐에 대해 얘기하지 않았어요? 당신에게 '미리 연습을 시키지' 않았단 말이에요?" 그는 좀 어이가 없었다. "도대체 말해 주는 게 없어요?"

그녀가 머뭇거리다가 대답했다. "그래요." 그들은 다시금 시선을 주고받았다. "당신처럼 말해 주진 않아요. 당신의 말을 들으면 어쩐지 그들이 눈에 보여요. 적어도 느낌이 와요. 그리고 제가 별로 물어보지 않기도 해요." 그녀가 덧붙였다. "최근 들어서는 정말 그를 걱정시키고 싶지 않았거든요."

"아, 그런 거라면 나도 마찬가지예요," 그가 용기를 주듯이 동의했다. 그래서 마치 그녀 쪽에서 할 대답은 다 했다는 듯 잠깐 그에 대해 사이좋게 얘기를 나누었다. 그러다가 그에게 다른 생각이 떠올랐고, 그와 동시에 다시 한번 방향을 틀었다

하지만 약간 상기되어 곧 걸음을 멈췄다. "짐은 정말로 대단해요. 이 일을 해내는 건 짐이 될 거라고 생각해요."

그녀가 의아스럽게 물었다. "그를 휘어잡는 일이요?"

"아니, 그 반대 말이에요. 세라의 마력을 상쇄하는 일." 그렇게 그는 자신이 이 일에 대해 어디까지 생각해 봤는지를 보여 주었다. "짐은 말할 수 없이 냉소적이거든요."

"오, 사랑스럽기도 해라!" 비오네 부인이 희미하게 미소를 지었다.

"그래요, 말 그대로 사랑스럽죠. 아주 몹쓸 사람이에요. 그가 바라는 일이 바로 우리를 도와주는 거니까."

그녀가 반색하며 물었다. "저를 도와준다고요?"

"뭐, 일단은 채드와 나를 돕는 거죠. 하지만 아직 당신을 많이 만나진 못했어도 당신도 거기 넣어 줄 겁니다. 그가 당신을 만나기만 한다면, 실례입니다만, 당신을 몹쓸 여자라고 여길 거예요."

"몹쓸 여자?" 그녀는 확실히 알고 싶었다.

"보통의 나쁜 여자 말이에요. 물론 비할 수 없을 만큼 뛰어난 경우이지만. 유쾌한 사람이면서도 무시무시하고 너무나 매혹적인."

"아, 멋진데요! 그를 만나고 싶어요. 꼭 만나야겠어요."

"당연히 그래야죠. 하지만 잘 될까요?" 스트레더가 넌지시 물었다. "알다시피 그를 실망시킬 수도 있어요."

그녀가 장난처럼 겸손한 태도를 보이며 말했다. "어쨌든 한 번 해 볼밖에요. 그런데 그렇다면 그에게 있어서 제 매력은 사악함이 되는 건가요?"

"당신의 사악함과, 당신에게서 보이는 그 정도만큼 그가 사악함과 연관 짓는 매력이지요. 알다시피 그는 채드와 내가 무엇보다 여기서 재미를 보고 싶은 거라고 생각해요. 그의 사고는 아주 확실하면서도 단순하죠. 그러니까 내 행동과 관련해서 아무리 누가 뭐라던 내가 여기 온 이유가 사실 너무 늦기 전에 채드와 마찬가지로 재미를 보기 위해서가 아니라고는 믿지 않을 겁니다. 내가 그럴 거라고 예상하지 못했겠죠. 하지만 울렛에서는 내 또래의 남자가, 특히 전혀 안 그럴 것 같은 남자들이 희한하게도 늘그막에 특이하거나 이상적인 것을 찾아 나서는 이상한 돌발 행동을 보일 수도 있다는 사실을 알게 되었어요. 지켜본 바에 따르면 울렛에서 평생 살다 보면 일어날 수도 있는 일 같아요. 그래서 짐이 보기에는 내가 그런 일을 할 만한 가치가 당신에게 있는 거죠." 스트레더가 말을 이었다. "그의 부인과 장모는 거기 무슨 명예가 걸려 있기라도 한 지 젊어서건 늙어서건 그런 현상은 용납하지 못하는 사람들이에요. 그래서 짐이 그들과 다른 편에 놓이는 것이고요." 그가 덧붙였다. "게다가 그는 채드가 돌아오기를 진심으로 바라는 것 같진 않아요. 채드가 돌아오지 않으면……."

"그가 좀 더 자기 뜻대로 해 나갈 수 있다는 거지요." 비오네 부인이 앞질러 상황을 이해했다.

"채드가 더 대단한 인물이니까요."

"그래서 그가 잠잠히 있도록 '은밀하게' 작업하고 있는 건가요?"

"아니요, 그는 '작업'이라곤 하는 법이 없고 '은밀하게' 뭘 하지도 않을 겁니다. 그는 신사적이라 자기편을 버리는 배신자 노릇은 하지 않을 거예요. 하지만 우리가 뭔가 숨기는 게 있다는 나름의 판단에 재미를 느끼면서 자신이 생각하는 파리를 알아내려고 아침부터 밤까지 냄새를 맡고 다니겠죠. 그러면 나머지 사람들에게도 그렇겠지만 채드에게 그 모습을 있는 그대로 보여 주게 되는 겁니다."

그녀가 곰곰 생각했다. "일종의 경고처럼?"

그 말에 그가 거의 반색을 했다. "사람들 말처럼 당신은 정말로 놀랍군요!" 그러고는 하려던 설명을 마저 했다. "여기 도착하자마자 한 시간 정도 그를 마차에 태우고 구경을 시켰는데, 그 자신은 전혀 몰랐겠지만 그동안 내 눈에 선연했던 게 뭔지 알아요? 그들이 여전히 가능하다고 생각하는 채드의 개선된 모습이나 구제 방법으로 그들이 밑바닥에 깔아 놓고 있는 것이 바로 그 모습이라는 거예요." 그녀가 그 말을 이해하고는 연이어 놀라워하면서도 그러한 가능성을 의연하게 대면하는 것으로 보이자 그는 자신의 견해를 마무리 지었다. "하지만 사실 그러기엔 너무 늦었죠. 당신 덕분에요!"

그 대답으로 그녀는 의미가 모호한 말을 던졌다. "아, 또 저 군요, 결국!"

그녀 앞에서 걸음을 멈춘 그는 자기 설명에 아주 신이 나 있는지라 농담처럼 넘길 수 있었다. "모든 건 상대적인 거니까요. 당신은 어쨌든 그것보다는 나아요."

"당신이야말로 그 무엇보다 나아요." 그녀는 그렇게 답하지

않을 수 없었다. 하지만 다른 생각이 떠올랐다. "포콕 부인이
절 보러 올까요?"

"물론이죠, 올 겁니다. 그러니까 제 친구 웨이마시, 지금은
그녀의 친구이지만, 그 친구가 시간을 낼 수 있게 되면 바로
말이죠."

그녀가 관심을 보였다. "그 정도로 두 사람이 친한가요?"

"아니, 그때 호텔에서 다 보이지 않았어요?"

"아, '다'라고 할 수는 없고요." 그녀가 재미있다는 듯 말했
다. "모르겠어요. 잊어버렸어요. 워낙 그녀에게 정신이 팔려 있
었거든요."

"당신은 아주 훌륭하게 잘 해냈어요." 스트레더가 대답했다.
"하지만 '다'가 그렇게 대단한 건 아니에요. 어차피 얼마 안 되
니까요. 하지만 지금까지는 잘 되어 가고 있어요. 그녀로서는
남자를 차지하고 싶은 거니까요."

"당신을 차지한 것 아닌가요?"

"당신이나 날 쳐다보는 시선이 그렇게 보이던가요?" 스트레
더는 그런 식의 반어적 물음을 쉽게 일축했다. "그녀에게는 다
들 각자 누군가를 차지하고 있는 것처럼 보이는 게 틀림없어
요. 당신에겐 채드가 있고 채드에겐 당신이 있고."

"알겠어요." 그녀가 자기 식으로 이해했다. "그리고 당신에겐
마리아가 있고요."

스트레더 편에서도 그건 굳이 부인하지 않았다. "내겐 마리
아가 있죠. 마리아에겐 내가 있고. 그렇게 쭉 이어지는 거죠."

"그러면 짐에겐 누가 있나요?"

"아, 그에겐 파리가 있잖아요. 적어도 그렇게 보여요."

"하지만 웨이마시 씨에겐 그 누구보다 바라스 양이 있지 않나요?" 그녀에게 그 생각이 떠올랐다.

그가 고개를 저었다. "바라스 양은 세련된 여성이라 포콕 부인이 있다 해도 그녀의 재미가 덜하진 않을 겁니다. 오히려 더 재미있어 할걸요. 세라가 웨이마시를 손에 넣고 그것을 자랑스레 내세우면 특히 그렇겠죠."

"당신은 우리 여자들을 정말 잘 아는군요!" 그 말에 비오네 부인이 한숨을 쉬며 말했다.

"아니에요. 그냥 우리 쪽을 잘 아는 거죠. 내가 세라를 잘 알고, 아마 내가 가장 확신할 수 있는 건 오직 그쪽뿐일 겁니다. 채드가 짐을 데리고 다니는 동안 웨이마시가 세라를 데리고 다니겠죠. 분명히 말씀드리지만 그 두 사람에게 좋은 일이라고 봐요. 세라는 자신에게 필요한 바를 얻게 될 겁니다. 이상에 찬사를 바칠 것이고 웨이마시 역시 대충 비슷한 일을 하겠죠. 파리에는 어딜 가나 이상이 가득하니 어떻게 안 그럴 수가 있겠어요? 그 무엇보다 세라가 분명히 하고 싶은 점이 있다면 여기까지 와서 편협한 모습을 보이진 않겠다는 겁니다. 적어도 우리에게 그런 인상을 주겠다는 거죠."

"아, 우리가 받게 될 인상이 얼마나 많을지!" 그녀가 한숨을 쉬며 말했다. "하지만 상황이 이렇게 돌아가면 그 아가씨는 어떻게 되나요?"

"매미요? 우리가 다 짝이 있으면요?" 스트레더가 물었다. "그건 채드가 알아서 할 겁니다."

"그녀를 잘 보살펴 줄 거란 말씀이신가요?"

"짐을 서둘러 처리하고 나면 매미에게 최선을 다해 마음을 쓸 겁니다. 채드는 짐이 알려 줄 수 있는 것을, 그리고 사실 알려 주지 않는 것도 다 알고 싶은 거예요. 나한테서 전부를, 아니 그 이상으로 다 얻어 냈으면서도 말이죠. 한마디로 직접 알아보고 싶은 거고, 얻게 될 겁니다. 아주 강한 인상을. 하지만 그걸 다 얻고 나면 그때부터는 매미가 밀려나 있지는 않을 거예요."

"오, 매미는 그렇게 되어선 안 되죠!" 비오네 부인이 달래듯이 힘주어 말했다.

하지만 스트레더는 그녀를 안심시켰다. "걱정 말아요. 그가 짐과의 일을 마치면 짐은 내 차지가 될 테니까. 그러면 당신도 알게 될 겁니다."

그녀는 벌써 그렇게 된 것처럼 보였다. 하지만 기다렸다가 다시 물었다. "그 아가씨는 정말 그렇게 매력적인가요?"

"모르겠어요. 아직 지켜보고 있는 중이에요. 말하자면 그 사례를 연구 중이라고 할까요. 그러고 나면 당신에게도 말해 줄 수 있겠죠." 그 말을 마지막으로 그가 일어서서 모자와 장갑을 집어 들었다. 그녀가 궁금한 듯 물었다. "그게 하나의 사례인가요?"

"네, 그렇게 생각해요. 어쨌든 알게 되겠죠."

"하지만 전부터 그녀를 알지 않았나요?"

"그랬죠." 그가 미소를 지었다. "하지만 웬일인지 미국에서는 그런 사례가 아니었어요. 나중에 그렇게 된 거죠." 마치 스스로에게 설명하는 투였다. "여기 와서 그렇게 된 거예요."

"아니 그렇게나 금방 말이에요?"

그가 웃으면서 따져 보았다. "나보다 금방은 아닌데요."

"그러면 당신도……?"

"아주 금방. 도착하자마자 그날로 하나의 사례가 되었죠."

그녀가 그 의미를 알아채고는 눈빛으로 알려 주었다. "하지만 도착한 날 당신은 마리아를 만났잖아요. 포콕 양은 누굴 만났나요?"

그가 잠시 사이를 두었다가 말했다. "채드를 만났잖아요?"

"물론이죠. 하지만 처음 본 건 아니잖아요. 오래 알던 사이니까." 이 말에 스트레더는 재미있다는 듯이 의미심장하게 천천히 고개를 저었고 이에 그녀가 다시 말을 이었다. "그러니까 적어도 그녀에게는 그가 완전히 달라졌다, 그가 완전히 달라진 것을 그녀는 안다, 그런 말씀인가요?"

"그가 달라진 걸 매미는 알죠."

"그럼 그를 어떻게 생각하나요?"

스트레더는 그 문제만큼은 손을 들었다. "심오한 아가씨가 심오한 총각을 어떻게 생각하는지 어떻게 알겠습니까?"

"다들 그렇게 심오한 거예요? 매미 양 역시?"

"내겐 그렇게 보이더군요. 생각보다 심오해 보였어요. 하지만 좀 기다려요. 우리가 함께 알아낼 수 있을 겁니다. 그 문제는 당신 스스로 판단할 수 있을 거고요."

그러자 비오네 부인은 잠시 그런 기회에 무척 관심이 쏠리는 모양이었다. "과연 함께 올까요? 그러니까 매미 양이 포콕 부인과 말이에요."

"물론이죠. 다른 건 몰라도 궁금해서라도 어쨌든 찾아올 겁니다. 하지만 그건 다 채드에게 맡겨 두세요."

"아, 뭐든 채드에게 맡겨야 하는군요!" 약간 지친 기색으로 그녀가 고개를 돌리며 외쳤다.

그 말투에 그녀의 긴장감을 상상할 수 있다는 듯 그가 그녀를 상냥하게 바라보았다. 하지만 그는 여전히 신뢰를 강조할 수밖에 없었다. "어쨌든 그를 믿어 봐요. 끝까지 믿어 봐요." 이 말을 하자마자 자신의 관점이 얼마나 기이할 정도로 달라졌는지가 그 말투에서 생생히 나타나는 듯하여 짧게 웃고는 곧 멈췄다. 그러고는 여전히 자문해 주는 투로 말했다. "그들이 오거든 잔 양과 많은 시간을 보내게 해요. 매미가 그녀를 잘 알 수 있게요."

그녀는 잠시 그 둘이 함께 마주 보고 있는 장면을 상상하는 듯했다. "매미 양이 잔을 미워하도록요?"

그게 아니라는 듯 그가 다시 고개를 저었다. "매미는 그러지 않을 거예요. 그들을 믿어 봐요."

그녀는 그를 뚫어지게 쳐다본 뒤 자기가 할 수 있는 말은 결국 이것밖에 없다는 듯이 말했다. "제가 믿는 건 바로 당신이에요. 하지만 호텔에서 그 말을 했을 땐 정말 진심이었어요. 정말로 제 딸애가……."

"그 애가?" 어떻게 말해야 할지 그녀가 주저하자 말없이 기다리다가 그가 물었다.

"그러니까 저를 위해서 나름의 일을 해 줬으면 하는 거죠."

그 말에 스트레더가 잠시 그녀의 눈을 들여다보았다. 그러고는 그녀가 예상치 못했을 법한 말이 그의 입에서 튀어나왔다. "불쌍한 어린것 같으니!"

그러자 그녀가 이 말을 따라했는데, 그것은 스트레더로서는 더욱 예상치 못했을 것이다. "정말 불쌍한 어린것이죠!" 그녀가 말했다. "하지만 그 애는 채드의 사돈처녀를 만나 보기를 무척 원해요."

"잔 양이 매미를 그런 식으로 보나요?"

"우리가 그렇게 부르죠."

그가 잠깐 생각에 잠겼다가 웃으며 말했다. "따님이 당신을 도와줄 겁니다."

마침내 오 분 전부터 하려 했던 작별 인사를 했다. 하지만 그녀가 함께 방을 나섰고 다음 방과 그다음 방까지도 따라 나왔다. 우아하고 오래된 그녀의 구역에는 세 개의 방이 이어져 있었다. 처음 두 개는 마지막 것보다 작았지만 모두 빛바랜 격식 있는 분위기가 감돌아 거기 들어서면 곁방으로서의 역할도 한층 더해지고 내실로 들어가는 느낌도 풍부해졌다. 스트레더는 그 방들이 마음에 들었고, 그녀와 함께 천천히 가로지르자 처음 왔을 때 받은 인상이 강하게 되살아났다. 그가 걸음을 멈추고 뒤를 돌아보았다. 안쪽까지 시야가 쭉 뻗어 갔는데, 아주 감미로우면서 우수에 찬 느낌이었고, 다시금 희미한 역사적 음영과 멀리에서 들리는 대제국의 아련한 대포 소리가 가득했다. 틀림없이 반 정도는 그의 마음에서 나왔을 것이다. 하지만 왁스 칠을 한 오래된 쪽마루 바닥과 분홍과 녹색의 옅은 창문 가리개, 고전풍으로 만든 촛대 등에 둘러싸일 때면 그에겐 항상 그의 정신이 요긴하고 중요했다. 그 속에서 자신은 쉽게 어울리지 않는 존재가 될 수 있었다. 그 기이함과 특이함, 시적 분위기, 뭐라 불러야 할지 모르겠지만, 채드가 만나는 사람의 그러한 분위기가 다시금 그 관계의 낭만적 측면을 확인해 주었다. "그들이 이곳을 봐야 해요. 꼭 봐야 해요!"

"포콕 집안사람들이요?" 그녀가 대수롭지 않게 주변을 둘러봤다. 그녀로서는 좀 뜬금없는 소리였다.

"매미와 세라가요. 특히 매미가."

"이 누추하고 오래된 집을요? 하지만 그들이 가진 것이야말로……."

"아, 그들이 가진 건 됐고요! 당신에게 도움이 될 만한 게 뭐가 없을까……."

"이 누추한 집이 그럴 수 있을 거라는 거예요?" 그녀가 그의 말을 끊으며 말했다. 그러곤 서글픈 투로 덧붙였다. "아, 그건 너무 절망적으로 들리네요!"

"내가 바라는 게 뭔지 알아요?" 그가 말을 이었다. "할 수만 있다면 뉴섬 부인이 직접 봤으면 하는 거예요."

말뜻을 완전히 이해하지 못한 그녀가 그를 쳐다봤다. "그럼 뭐가 달라질까요?"

그 말투가 어찌나 간절했던지 그가 여전히 주위를 둘러보며 웃었다. "그럴 수도 있지요!"

"하지만 저한테 말씀하시기로는 그분에게……."

"당신에 대한 설명은 다 했다고요? 그래요, 멋진 얘기를 해 줬죠. 하지만 설명할 수 없는 게 있잖아요. 직접 와서 봐야만 알 수 있는 것들."

"고맙습니다!" 그녀가 서글퍼 보이지만 매혹적인 미소를 지 었다.

"여기 주변에 가득하잖아요." 그가 말을 계속했다. "뉴섬 부 인은 감수성이 풍부합니다."

하지만 그녀는 항상 종국에는 다시 회의에 빠질 수밖에 없 는 모양이었다. "당신만큼 감수성이 풍부한 사람은 없어요. 정 말로, 그 누구도요."

"그럼 그 모든 사람들에게 정말 딱한 일이죠. 어려운 일도 아닌데."

그즈음 그들은 곁방에 있었고, 그녀가 아직 하인을 부르지 않았으므로 여전히 둘뿐이었다. 천장이 높은 그 방은 네모반 듯하고 위엄이 있으면서 온갖 연상을 불러일으키기도 했는데, 여름인데도 약간 냉기가 감돌며 미끈거렸다. 그리고 스트레더 의 짐작에 귀중품일 몇몇 오래된 판화가 벽에 걸려 있었다. 그 가 방 가운데 서서 막연하게 안경을 고쳐 쓰며 약간 미적거리 고 있는데, 그때 방 문설주에 기대어 있던 그녀가 벽감의 안 쪽에 살짝 뺨을 대며 말했다. "당신과 친구가 될 수도 있었을 텐데."

"내가요?" 스트레더가 약간 놀라며 물었다.

"당신이 지금 말한 그 이유에서요. 당신은 똑똑하고 생각이 있으니까." 그러더니 마치 어떤 식으로든 그 사실과 연결되는 말인듯 이렇게 불쑥 말했다. "우리는 잔을 시집보낼 생각이에요."

바로 그 순간 그 말은 그에게 일종의 게임의 한 수처럼 느껴졌고, 심지어 그 순간에도 잔이 그런 식으로 결혼해선 안 된다는 느낌이 없지 않았다. 그래도 재빨리 관심을 보였는데, 그러고 나니 곧 터무니없이 혼란스러운 모습을 보인 느낌이었다. "'우리'라고요? 당신하고, 어, 채드는 아니죠?" 당연히 '우리' 중 한쪽은 아이의 아버지일 테지만 그로서는 아버지를 언급하기가 좀 어려웠던 것이다. 하지만 실제로 곧 비오네 씨는 제외되었다. 그녀가 말하기를 채드를 의미했던 게 맞고 그 문제에서 그가 지금껏 무척 친절하게 신경을 써 주었다고 했기 때문이다.

"사정을 다 말씀드리자면, 사실 이런 기회를 만든 장본인이 채드예요. 그러니까 지금까지 상황으로는 제가 아마 가장 바라 마지않을 그런 기회를 만나게 된 것 말이에요. 비오네 씨는 아무리 애를 써도 못 했을걸요!" 그녀가 그의 앞에서 남편을 언급한 것은 이번이 처음이었고, 그 순간 갑자기 얼마나 친근한 느낌이 들게 되었는지는 말로 표현할 수 없을 정도였다. 사실 그렇게 대단한 일은 아니었다. 그녀의 말에 훨씬 더한 친근감이 깃들었던 경우는 많았으니까. 하지만 마치 그들이 과거로 가득한 이 냉랭한 방에 이렇게 편하게 함께 서 있는 지금 그 단 하나의 제스처는 그녀의 신뢰가 어느 정도인지를 보여 주는 것만 같았다. "채드가 당신한테 말하지 않았나요?" 그녀가 물었다.

"아무 말도 하지 않았어요."

"좀 갑작스럽게 벌어진 일이긴 해요. 그 모든 게 불과 며칠 만에 말이죠. 게다가 아직 정식으로 발표할 단계도 아니고 요. 당신만 알고 계시라고 말씀드린 거예요. 정말 당신 혼자만 요. 당신에겐 꼭 알려 주고 싶었어요." 그녀의 배에 올라탄 순간부터 그렇게 자주 그를 찾아왔던 느낌, 점점 더 '깊숙이' 끌려 들어간다는 느낌이 그 순간 또다시 그를 엄습했다. 하지만 이렇게 멋지게 그를 계속 붙잡아 두는 데에는 언제나 절묘한 무자비함이 있었다. "비오네 씨도 받아들여야 할 건 받아들이겠죠. 여남은 개의 혼담을 제안하긴 했지만 하나같이 말도 안 되는 것들이었어요. 설사 100살까지 산다 해도 그는 이런 혼담을 구할 수는 없을 거예요." 약간 볼이 상기되어 밝아진 얼굴로, 밀담을 나누고 있다는 것을 의식하는 그런 표정으로 그녀가 말을 이었다. "그런데 채드가 정말 조용히 이 자리를 찾아낸 거랍니다. 아니 그 자리가 그에게 왔다고 해야겠죠. 그에게는 온갖 일이 저절로 오니까 말이에요. 그러니까 제대로 말이에요. 이런 일을 참 이상하게 진행한다 싶을 수도 있겠지만, 제 나이에는 자기가 처한 상황을 받아들일 수밖에 없어요." 그녀가 미소를 지었다. "상대편 남자의 가족이 잔을 보았대요. 우리가 잘 아는 사람들인데 그 남자의 매력적인 누이가 어디선가 잔과 제가 함께 있는 걸 본 거죠. 그러곤 남동생에게 전했더니 관심을 보이더래요. 그 뒤에도 우리가 모르는 새 다시 잔과 저를 지켜본 모양이에요. 그게 초겨울쯤이었어요. 일이 그런 식으로 한동안 진행되었죠. 우리가 여기 없을 때도 그 관심은 여전했고 우리가 돌아오자 일이 다시 시작되었어요. 다행히 다 잘될 것 같아요. 그 젊은이가 채드를 만난 적이 있었기 때문에 친구에게 그를 만나 보라고 했대요. 우리에게 상당한 관심이 있다고 하면서요. 뉴섬 씨는 일을 시작하기 전에 항상 이것저것 잘 살펴봐요. 아무 말 없이 조용히 스스로 만족스러울 만큼 잘 알아봤어요. 그러고 나서야 얘기를 한 거죠. 최근 얼마간 그것 때문에 정신이 없었답니다. 그렇게 될 일이었던 것처럼 보이기도 해요. 정말로, 정말로 더 바랄 나위가 없는 자리예요. 아직 해결해야 할 문제가 몇 가지 있기는 한데, 그쪽에서 남편의 허락을 바라고 있어요. 하지만 이번에는 별일 없을 거라고 봐요."

스트레더는 스스로 자각하듯 입까지 조금 벌린 채로 말하는 그녀의 입술에 온통 정신을 쏟다가 말했다. "그렇게 되기를 진심으로 바랍니다." 하지만 이건 물어보기로 했다. "잔의 생각이 어떤지는 전혀 상관이 없나요?"

"아, 당연히 있죠. 그게 가장 중요하죠. 하지만 그 애도 아주아주 기뻐한답니다. 완전히 자유롭게 결정한 거예요. 그리고 그 젊은이는 정말 잘 어울리는 짝이에요. 아주 사랑스럽다니까요."

스트레더가 그저 확인차 물었다. "당신의 장래 사위가 말이죠?"

"그 일이 잘 성사된다면 장래 사위겠죠."

"아, 그렇다면 그렇게 되기를 진심으로 바랍니다." 스트레더가 예의 바르게 밀했다. 지금까지 그 이야기를 들으며 너무 묘한 기분이 들었지만 그로서는 달리 더 할 말이 없는 듯했다. 뭔지 모르게 혼란스러운 상태였고 그 때문에 심란해졌다. 마치 아주 깊숙해서 뿌옇고 흐릿한 무언가에 연루된 느낌마저 들었다. 깊숙한 뭔가가 있으리라는 것은 충분히 예상했던 바였지만 이건 그 예상을 넘어섰다. 그리고 그들이 지금 표면으로 건져 올린 것에 대해, 정말이지 터무니없게도 자신이 책임을 져야 할 것 같은 압박감이 밀려들었다. 오래되고 냉랭한 무언가를 품은 그것은 그가 진상이라고 부를 만한 것이었다. 간단히 말하면 비오네 부인이 전한 소식은 그 자신도 이유를 설명할 수 없지만 상당한 충격이었고, 그 압박감은 그가 어떻게든 당장 없애 버려야 할 짐이었다. 제대로 이해하기엔 너무나 많은 연결고리가 빠져 있어서 그 밖에 다른 일을 한다는 것이 참을 수 없을 정도였다. 내면에 존재하는 양심의 법정에서 그는 채드를 위해 무엇이든 겪을 각오가 되어 있었고 심지어 비오네 부인을 위해서도 기꺼이 그럴 작정이었다. 하지만 그 어린 딸을 위해 그렇게까지 할 마음의 준비는 되어 있지 않았다. 그래서 이제 예의상 해야 할 말을 했으니 이 자리를 바로 뜨고 싶었다. 하지만 그녀는 다시금 간청하듯 그를 붙잡았다.

"제가 끔찍한 사람처럼 보이나요?"

"끔찍해요? 왜 그렇죠?" 하지만 그렇게 말하면서도 스트레더는 자신이 이제껏 전혀 그래 본 적 없이 가식적임을 느낄 수 있었다.

"우리가 결혼을 추진하는 방식이 당신네와는 아주 달라서요."

"우리네요?" 아, 그런 얘기라면 아무렇지도 않게 넘겨 버릴 수 있었다. "난 추진하는 게 아무것도 없는데요."

"그러면 제 방식을 받아들여 주세요. 훌륭한 방식이니까 더더욱. 오래된 지혜에 근거를 두고 있거든요. 일이 잘되면 당신에게 훨씬 더 자세히 알려 드릴 테지만, 모든 게 분명 다 마음에 드실 거예요. 걱정 마세요. 당신이 보기에도 만족스러울 거예요." 그런 식으로 그녀는 자신의 아주 내밀한 삶 ─ 결국 얘기가 그렇게 되니까 ─ 에서 그가 '받아들여야만' 하는 것에 대해 이야기할 수 있었다. 너무 별나게도 그 일에서 그의 만족이 무슨 중요한 부분이라도 되는 양 말할 수 있었다. 그 모든 것이 너무나 놀라웠고 이 상황 전체가 예사롭지 않았다. 호텔에서 세라와 웨이마시가 함께 있을 때 그는 자신이 그녀의 배에 타고 있음을 보여 주었더랬다. 그런데 지금 그의 자리는 도대체 어디란 말인가? 이러한 의문이 선명하게 떠오르는데, 그녀가 말이 끝나기 무섭게 다시 이렇게 말했다. "게다가 그 사람이, 그애를 그렇게 사랑하는 그이가 잔에게 무슨 난폭하고 잔인한 짓이라도 할 거라고 보시나요?"

자신이 뭘 어떻게 봐야 하는 건지 모른 채 그가 물었다. "그 사람이라면 상대 청년……?"

"당신의 젊은 친구 말이에요. 뉴섬 씨요." 바로 그 순간 그의 정신에 가느다란 빛줄기 하나가 반짝하며 빛났고, 그녀가 말을 이어 가는 동안 점점 깊이 이어졌다. "채드는 잔에게 진정으로 따뜻한 관심을 가지고 있거든요. 얼마나 다행인지."

그 빛이 아주 깊숙이까지 비쳤다. "아, 그건 저도 잘 알고 있어요!"

"그를 믿고 모든 걸 맡겨야 한다고 말씀하셨죠?" 그녀가 말했다. "이제 제가 얼마나 그를 믿는지 아시겠죠."

그 모든 것이 분명해지는 데는 잠깐이면 되었다. "그래요, 알겠어요." 정말로 알게 된 느낌이었다.

"그는 잔에게 해가 될 일은 절대로 하지 않을 거예요. 정말 결혼한다고 했을 때 그 애에게 조금이라도 불행을 초래할 만한 일은 절대 하지 않을 거예요. 게다가 저에게 해가 될 일도 하지 않을 테고요. 적어도 일부러는 말이에요."

그는 이때쯤 많은 것을 파악하게 되었으므로 그녀의 실제 말보다 표정이 오히려 그에게 더 많은 것을 알려 주었다. 뭔가가 더 덧붙여졌든, 아니면 그가 좀 더 분명하게 알아볼 수 있게 되었든지 간에 그녀의 이야기 전체가, 혹은 그가 생각하는 이야기 전체가 그 표정에서 나와 그에게 전해졌다. 그녀가 채드에게 전권을 위임한 사실과 더불어 이제 모든 것이 이해가 되었고, 그렇게 이해된 것이 한 줄기 빛이자 실마리처럼 불현듯 그의 앞에 솟아났던 것이다. 이제 이것을 끝으로 그는 정말로 자리를 뜨고 싶었다. 홀에서 말소리를 들은 하인이 그를 배웅하기 위해 막 들어선 참이었으므로 비로소 쉽게 자리를 뜰수 있기도 했다. 하인이 문을 잡고 무표정하게 기다리는 동안 그는 마지막으로 자신이 알아낸 바를 한마디로 이렇게 표현했다. "아시겠지만 채드는 내게 아무 얘기도 하지 않을 겁니다."

"그럴 거예요, 아직은요."

"그러니까 나도 얘기를 꺼내지 말아야겠지요?"

"아, 어느 편이 좋을지 그건 알아서 하세요. 당신이 판단해서요."

드디어 그녀가 손을 내밀었고, 그 손을 그가 잠깐 잡았다. "내가 판단해야 할 게 얼마나 많은지!"

"전부 다 하셔야 할 거예요." 비오네 부인이 말했다. 정말이지 그 말이, 억제되고 세련되게 잘 가려져 그녀의 얼굴에 나타난 열정과 더불어 그에게 가장 강하게 남은 인상이었다.

2

도착한 지 일주일이 지나도록 세라는 예의 바른 냉담함을 일관되게 유지하면서 그와 직접적인 만남을 가지려고 하지 않았다. 그로써 스트레더는 그녀가 동원할 수 있는 사교적 재원이 생각보다 상당함을 알게 되었고 역시 여성들은 항상 놀랍다는 일반적인 결론에 이르렀다. 그동안 채드가 궁금해하건 말건 그 역시 만나지 않는 것이 분명해 보였기에 스트레더로서는 사실 다소 위안이 되긴 했다. 그와 달리 채드 편에서는 적어도 자기 마음이 불편하지 않기 위해 그녀가 좋은 시간을 보낼 수 있도록 여러 다양한 방식으로, 정말이지 놀랍도록 많은 방법을 활용해 조치를 취할 수 있었을 테지만 말이다. 불쌍한 스트레더는 그녀와 함께 있을 때 어떤 조치든 취해 볼 엄두를 낼 수 없었고, 그녀가 없을 때 할 수 있는 일이라고는 마리아에게 건너가 이야기를 나누는 것뿐이었다. 아무래도 그쪽으로 건너가는 일이 전보다 뜸해졌지만, 어느 날인가 함께 보낸 반 시간은 특히 보람이 있었다. 별 소득도 없이 돈만 많이 쓰며 바쁘게 보냈던 그날 하루가 저물 무렵, 그의 친구들은 딱히 그가 모습을 보일 필요도 무슨 일을 해 줄 필요도 없이 다들 각자 볼일을 보러 사라져 버렸다. 오전 중에 그들과 시간을 보냈고 오후에도 어쨌든 포콕 일가를 찾아갔더랬다. 그러나 고스트리 양이 들으면 흥미로워할 그런 방식으로 이미 모두 나가고 없었다. 사실상 그에게 이 모든 일을 가능하게 한 그녀가 이 상황에서 빠져 있어서 그는 다시 한번 미안한 마음이 들었지만, 또한 그게 오히려 고맙기도 했다. 게다가 다행히도 그녀는 그에게서 소식을 전해 듣는 것을 항상 좋아했다. 보물이 가득한 그녀의 동굴에는 사심 없는 자의 순수한 불꽃이 비잔틴의 지하 납골당 등불처럼 환히 타오르고 있었다. 어쩌면 바로 지금이야말로 그녀처럼 섬세한 감각을 지닌 사람이 가까이 들여다보며 많은 걸 얻을 수 있는 때였다. 지금 막 그녀에게 전해 주려는 그 상황은 정확히 사흘 만에 안정적으로 자리 잡았더랬다. 호텔에 있으면서 살펴보니 확실했다. 그렇게 안정된 상태가 계속 지속될 수만 있다면! 세라는 웨이마시와, 매미는 채드와 외출했고, 짐은 혼자 외출했다. 사실 나중에는 그가 짐과 다녀야 했고, 그날 저녁에는 버라이어티 극장(스트레더는 일부러 짐이 발음하는 대로 발음했다.)에 그를 데리고 갔던 참이었다.

고스트리 양이 한마디라도 놓칠세라 열심히 들었다. "그럼 오늘 밤에 다른 사람들은 뭘 하니요?"

"다 계획이 되어 있죠. 웨이마시는 세라와 식사를 하러 비농에 갑니다."

그녀의 궁금증은 계속되었다. "그다음에는요? 바로 집으로 갈 리는 없을 테고."

"그럼요, 바로 집으로 가지는 않죠. 적어도 세라는 아니에요. 그들이 비밀로 하고 있기는 한데, 짐작 가는 바는 있어요." 그녀가 자신의 말을 기다리자 그가 말했다. "서커스죠."

이 말에 그녀가 잠깐 그를 바라보더니 곧 과하다 싶을 만큼 웃어 대기 시작했다. "당신 같은 사람들은 정말 처음 본다니까요!"

"나 같은 사람?" 잘 이해되지 않는 표정으로 그가 되물었다.

"당신들 전부 말이에요. 우리 미국인 전부이기도 하고. 울렛, 밀로스, 그리고 거기 출신 사람들. 우린 정말 이루 말할 수 없이 끔찍해요. 하지만 앞으로도 계속 그랬으면 좋겠어요!" 그러더니 이어서 물었다. "그러면 뉴섬 씨는 포콕 양을……?"

"물론이죠. 프랑세즈 극장에요. 당신이 나와 웨이마시를 데려가 보여 줬던 바로 그 가정극을 보러 갔어요."

"아, 그럼 채드 씨가 나만큼 좋은 시간을 보냈으면 좋겠네요!" 하지만 그녀는 여러 가지를 읽어 낼 수 있는 사람이었다. "그렇게 둘이서만 줄곧 저녁 시간을 보내나요? 그 젊은 남녀 말이에요."

"글쎄요, 젊은 남녀인 건 맞지만, 오랫동안 친구처럼 지낸 사이이기도 해요."

"알겠어요. 그래서 그들은 색다르게 브레방에서 식사를 하나요?"

"그들이 어디서 식사를 하는지도 비밀이에요. 하지만 아주 조용히 채드의 집에서 저녁을 들 거라는 게 내 짐작이지요."

"거길 그녀 혼자 간다는 말이에요?"

그들이 잠시 시선을 주고받았다. "채드는 매미를 아주 어릴 때부터 봐 왔어요." 스트레더가 강조했다. "게다가 매미는 아주 경이로운 아이예요. 아주 훌륭하죠."

그녀가 궁금한 듯 물었다. "자신이 성공하리라 예상한다는 뜻인가요?"

"채드를 휘어잡는 데 말이에요? 아뇨, 그런 건 아닐 겁니다."

"그 정도로 채드를 원하진 않나요? 아니면 자신이 그 정도 능력을 지니고 있다고 보진 않나요?" 그 말에 스트레더가 아무 대꾸를 않자 그녀가 말을 이었다. "사실 자신이 그를 그다지 좋아하지 않는다는 걸 깨달았나요?"

"아뇨, 사실은 좋아한다는 걸 깨달았다고 봐요. 하지만 바로 그래서 그렇게 얘기한 거예요. 좋아한다는 사실을 깨달은 게 맞다면 바로 그래서 훌륭하단 말이죠. 하지만 결과적으로 어떻게 될지는 두고 봐야겠지요." 그가 그렇게 말을 맺었다.

"시작이 어떠했는지는 충분히 알겠어요." 고스트리 양이 웃으며 말했다. 그러곤 다시 물었다. "하지만 어릴 적부터 알던 친구가 그렇게 무모하게 그녀를 희롱하려 할까요?"

"당연히 아니죠. 채드도 마찬가지로 훌륭하거든요. 둘 다 훌륭해요!" 그가 불현듯 묘한 동경과 부러움이 담긴 말투로 외쳤다. "그들은 적어도 행복해요."

"행복해요?" 여러 난관에 처한 사람들에 대한 설명 치고는 의외라서 놀라운 모양이었다.

"글쎄요, 내 눈에는 행복하지 않은 사람이 나밖에 없는 것 같은데요."

그녀가 반박했다. "그렇게 한결같이 이상(理想)을 떠받들고 있는데도요?"

자신이 이상을 떠받든다는 말에 그가 웃었지만, 곧 자신이 의미한 바를 설명했다. "내 말은 그들이 진정으로 살고 있다는 거예요. 바쁘게 돌아다니고 있고. 나로선 바쁘게 돌아다니는 일은 이미 다 끝낸 터라 기다리고 있는 중이지요."

"하지만 저랑 함께 기다리는 것 아닌가요?" 그녀가 그의 기운을 북돋울 셈으로 말했다.

그가 말할 수 없이 상냥한 눈빛으로 그녀를 바라보며 말했다. "그렇죠. 그게 아니었으면……."

"그리고 당신도 제가 기다리는 걸 도와주는 거지요." 그녀가 말했다. "하지만 당신이 기다리는 데 도움이 될 만한 게 진짜로 있는데, 곧 알려 드리도록 하지요." 그러곤 다시 하던 이야기로 돌아갔다. "그보다 먼저 듣고 싶은 얘기가 있어요. 전세라가 정말 재밌어요."

"나도 그래요. 그것도 아니었다면……." 그가 다시 재미있다는 듯이 한숨을 쉬었다.

"당신은 제가 본 어떤 남자보다 여성들에게 덕을 보는 것 같아요. 정말이지 우리 여자들이 당신이 계속 나아가도록 도와준다니까요. 하지만 제가 보기에 세라는 대단한 여성이 분명해요."

"정말 대단해요!" 스트레더가 전적으로 동의했다. "앞으로 뭐가 어떻게 되든 여기서의 잊지 못할 경험 덕에 결국 그녀의 삶이 헛되진 않을 거예요."

고스트리 양이 잠깐 머뭇거렸다. "사랑에 빠지기라도 했단 말인가요?"

"사랑에 빠진 게 아닐까 스스로 생각하고 있다는 말이에요. 그리고 그걸로 소기의 목적은 달성한 셈이죠."

"예전부터 그게 여성들의 소기의 목적을 이루어 주긴 했지요!" 마리아가 웃었다.

"그래요, 마지못해 굴복하기 위해서였죠. 하지만 그 관념이, 그게 일종의 관념이라면 말이에요, 그것이 오히려 맞선다는 목적에 이렇게 잘 부합한 적이 지금까지 있었던가 싶어요. 그 것이 바로 그녀 식으로 이상을 떠받드는 거죠. 우리에겐 각자 나름의 이상이 있으니까. 그게 바로 그녀의 로맨스이고, 대체로 내 것보다 더 낫지 싶어요." 그가 설명을 이어 갔다. "게다가 파리에서의 로맨스라니. 이 고정적인 배경과 공기 중에 가득해서 금방이라도 감염될 수 있는 분위기, 느닷없는 강렬함이 자연스러운 이곳에서 말이에요. 이건 그녀로서도 기대 이상이지요. 한마디로 그녀는 자신과 정말 비슷하고 잘 어울리는 사람이 문득 등장했음을 깨닫게 된 거예요. 그 극적 효과를 높여 줄 것들도 차고 넘치고."

고스트리 양이 무슨 뜻인지 이해했다. "예를 들면 짐 말이죠?"

"그렇죠. 극적 효과를 높이는 데 짐이 하는 역할이 엄청나죠. 짐은 그 일에 잘 어울리는 인물이에요. 그리고 웨이마시부인이 있죠. 더없이 훌륭한 마무리예요. 색깔을 제대로 입혀주죠. 그가 사실상 별거 상태거든요."

"그런데 불행히도 그녀는 그렇지 않다, 그것 역시 색깔을 입혀 주고요." 고스트리 양은 완전히 이해했다. 그런데 혹시⋯⋯! "그도 사랑에 빠졌나요?"

스트레더가 한참 그녀를 바라보았다. 그러곤 방 여기저기를 둘러보다 다시 그녀 쪽으로 좀 다가왔다. "죽을 때까지 아무한테도 절대 얘기하지 않을 수 있어요?"

"절대로요." 그녀가 멋지게 대답했다.

"그는 세라가 정말로 자신을 사랑한다고 생각해요." 그리고 바로 덧붙였다. "하지만 전혀 염려하지 않아요."

"그것 때문에 그녀가 달라질 수도 있다는 염려요?"

"그 자신이 달라질 거라는 염려요. 그로선 그 상황이 마음에 들지만 그녀가 잘 버틸 것임을 알고 있죠. 아주 상냥하게 그녀를 도와주는 거예요. 그녀가 잘 떠다니도록."

마리아에게 좀 재미있는 연상이 떠올랐다. "샴페인 위에서 떠다니도록? 파리 전체가 북적거리며 세속적인 즐거움에 온통 빠져 있는 시간에, 뭐랄까, 듣자 하니 쾌락의 위대한 신전이라는 곳에서 얼굴을 바짝 맞대고 저녁 식사를 함께하는 상냥함 말인가요?"

"그 두 사람에게는 바로 그게 중요한 거예요." 스트레더가 자기 의견을 고수했다. "게다가 지고지순한 경우죠. 파리라는 장소, 열정으로 들뜬 시간, 그녀 앞에 100프랑짜리 음식과 술을 내놓는 일, 결국 거의 손도 대지 않겠지만 말이에요. 그게 전부 웨이마시 자신의 로맨스란 말입니다. 잔뜩 쌓여 있는 프랑스 돈을 흥청망청 쓸 수 있는 그런 값비싼 것 말이에요. 그다음의 서커스는 값싼 유흥거리이지만, 그것도 가능한 한 비싸게 보이도록 방도를 찾을 것이고, 그것 역시 이상에 대한 그 나름의 경배이지요. 그에겐 그게 통하는 거예요. 그녀를 끝까지 지켜봐 줄 겁니다. 두 사람이 나누는 가장 최악의 얘기가 아마 당신과 내 얘기 정도겠지요."

"그래요, 우린 어쩌면 그들이 불쾌할 만큼 나쁜 사람들일지도 몰라요. 다행이지 뭐예요." 그녀가 웃었다. "어쨌든 웨이마시 씨는 늙고 흉측한 요부 같아요." 그러더니 곧 그것과는 전혀 상관없는 화제로 넘어갔다. "당신이 아직 모르고 있는 것 같아서 하는 말인데 잔 비오네 양이 약혼을 했어요. 몽브롱 집안의 아들과 결혼하기로 다 결정이 된 모양이에요."

그의 얼굴이 확 달아올랐다. "당신도 아는 걸 보니 그럼, 그게 '공개'가 된 건가요?"

"아직 '공개'가 안 된 일도 아는 사람이 저라는 사람 아니던가요?" 그녀가 말했다. "공개는 내일 있을 거예요. 하지만 당신은 모를 거라고 너무 철석같이 믿었나 보네요. 저를 앞질렀으니 기대한 만큼 당신이 놀라서 펄쩍 뛰게 하진 못했어요."

그녀의 통찰력이 기가 막힐 정도였다. "당신은 틀린 적이 없어요! 정말이지 놀라서 펄쩍 뛸 만했죠. 처음 들었을 때 말이에요."

"그럼 알고 있었으면서도 왜 오자마자 말하지 않았어요?"

"그녀가 아직은 내놓고 얘기할 만한 단계가 아니라고 했으니까."

"비오네 부인이 직접이요?" 고스트리 양이 놀랍다는 듯이 물었다.

"그럴 가능성이 많다고요. 아직 완전히 확정된 건 아니고. 그 좋은 일을 위해 채드가 애를 쓰고 있다고. 그래서 아직은 기다리는 중이었죠."

"더 이상 기다릴 필요 없어요," 그녀가 대답했다. "저도 어제서야 우연히 우회적으로 듣게 되었는데, 말을 전해 준 사람은 신랑 될 사람의 가족에게 직접 들었다고 해요. 거의 확정된 일이라고요. 당신에게 말해 주려고 기다리고 있었죠."

"채드가 내게 얘기하지 않을 거라고 생각했군요?"

그녀가 약간 주저했다. "그러니까 혹시 아직 안 했으면……."

"안 했어요. 심지어 그 일이 사실상 그가 나서서 주선하는 일인데도 말이죠. 자, 보라고요."

"그러게 말이에요!" 마리아가 진심으로 맞장구쳤다.

"그래서 내가 너무 놀랐던 거예요." 그가 이어서 설명했다. "그 얘기는, 그러니까 그런 식으로 딸을 치워 버리면 채드와 부인만 남게 되는 거니까 놀랄 수밖에 없었죠."

"그렇지만 또한 상황이 단순해지기도 하죠."

"단순해지는 건 맞아요." 그가 전적으로 동의했다. "하지만 그게 바로 지금 우리 앞에 놓인 상황이에요. 그 관계의 새로운 단계를 보여 주는 거죠. 그 일은 바로 뉴섬 부인의 시위에 대한 그의 답변이지요."

"최악의 것인가요?" 그녀가 물었다.

"최악이죠."

"그런데 그 최악의 것을 세라에게 보여 주고 싶은 건가요?"

"그는 세라는 전혀 개의치 않아요."

그 말에 고스트리 양이 눈을 치켜떴다. "그녀가 할 수 있는 건 이미 다했다는 뜻인가요?"

스트레더가 다시 방 안을 돌았다. 여기 오기에 앞서 그 문제를 끝까지 생각하고 또 했지만 가도가도 까마득한 길이 나타나 끝을 알 수 없었다. "자신과 절친한 그 사람에게 최고의 것을 보여 주고 싶은 거예요. 자신의 애정이 어느 정도인가를 말이에요. 그녀가 일종의 신호를 원했고 그래서 그것을 생각해 낸 거죠. 그렇게 된 거라고 봐요."

"그녀의 질투심을 이해하고 인정했다는 거죠?"

스트레더가 걸음을 멈추고 말했다. "그래요, 아주 적나라하게 그렇게 얘기합시다. 그 편이 여러 면에서 내 문제가 더 흥미로워질 테니까."

"그럼요, 적나라하고 선정적으로 생각해야죠. 당신 말처럼 저도 우리 문제가 빈약해져서는 안 된다고 보거든요. 하지만 아주 분명하게 짚을 필요도 있겠죠. 그런데 그런 식으로 그쪽에 빠져 있는 와중에, 아니면 그쪽을 바짝 쫓고 있으면서 채드가 잔에게 진지한 애정을 가질 수 있었을까요? 그러니까 젊은이가 가질 만한 아무 거리낄 것 없는 그런 애정 말이에요."

스트레더로서는 이미 다 생각해 놓은 바였다. "내 생각에는 자신이 그런 애정을 가질 수 있다면 아주 멋지겠다고 생각했을 법해요. 더 근사했을 거라고요."

"마리 비오네에게 매여 있는 것보다 말이죠?"

"그렇죠. 무슨 엄청난 재앙이 생기지 않는 다음에야 거의 결혼할 가망이 없는 사람에게 애정을 쏟는 그 불편한 심정보다 말이죠. 그리고 그게 맞아요." 스트레더가 말했다. "그 편이 더 근사했을 겁니다. 아주 근사한 상황이라도 대부분 사실 더 근사한 것이 있게 마련이고, 그게 아니면 우리 스스로 혹시 그런 게 있지 않을까 궁금해하니까요. 하지만 채드가 그렇게 자문했다 한들 그건 어차피 그저 꿈일 뿐이죠. 그런 식으로 애정을 품는 일은 가능하지 않았을 테니까. 마리에게 꼼짝없이 매여 있으니까. 그 관계는 너무나 특별하고 너무나 깊어졌어요. 그게 바로 모든 것의 기반이죠. 최근 들어 잔이 자리를 잡도록 적극적으로 나선 것은 가만히 있지 못하고 들썩대는 일은 이제 그만두겠다고 비오네 부인에게 최종적으로 분명히 인정한 셈이죠." 그리고 덧붙여 말했다. "그런데 세라가 지금까지 대놓고 비난하는 일을 하긴 한 건지 모르겠어요."

그녀가 생각에 잠겨 있다가 물었다. "하지만 자기만족을 위해서라도 그는 자신의 입장이 그녀에게 그럴듯해 보이길 원하지 않을까요?"

"아니요, 그건 내게 맡겨 둘 겁니다. 모든 걸 내게 맡겨 둘 거예요." 그가 설명해 보려 애썼다. "어쩐지 모든 일이 나한테 떨어질 거란 '감'이 와요. 그래요 내가 빠짐없이 그 일에 연루될 것이고, 그 일을 위해 이용되는 거예요!" 그러한 미래를 넋을 잃고 보는지 말이 없다가, 시적으로 이 상황을 표현했다. "마지막 남은 내 피 한 방울까지!"

그에 마리아는 강력히 항변했다. "아니, 저를 위해서 한 방울 정도는 남겨 주셔야지요. 저도 그걸 쓸 필요가 있다고요!" 하지만 그 정도로 하고 바로 다른 화제로 넘어갔다. "포콕 부인은 남동생을 설득하는 데 그저 두루뭉술한 호소력만을 이용하는 건가요?"

"그런 모양이에요."

"그리고 그 호소력이 별로 효력이 없고?"

스트레더는 그걸 달리 표현할 수 있었다. "고향에 대한 향수를 불러일으키고 있고, 그게 그녀가 할 수 있는 최선이죠."

"비오네 부인에게 최선이란 말인가요?"

"고향에 있어서 최선이란 말이에요. 자연스럽고 또 적합한 방식이니까."

"제대로 안 되고 있는데도 적합하다고요?" 마리아가 물었다.

스트레더가 잠깐 짬을 두었다가 말했다. "문제는 짐이에요. 짐이야말로 고향의 분위기라고 할 수 있거든요."

그녀가 이의를 제기했다. "하지만 뉴섬 부인 쪽에서 원하는 분위기는 분명 아니잖아요."

하지만 그로서는 예상했던 반론이었다. "뉴섬 부인이 채드에게 원하는 고향의 분위기이죠 사업이라는 고향 말이에요. 짐이 바로 그 진영 앞에 다리를 약간 벌린 채 버티고 서 있고요. 터놓고 말하자면 짐은 정말이지 끔찍하거든요."

마리아가 그를 똑바로 보았다. "그런데 당신이 그와 짝이 되어 저녁 시간을 보내는 거예요? 불쌍하기도 하지."

"아, 나한테는 괜찮아요!" 스트레더가 웃었다. "나한테는 누구든 다 괜찮아요. 그렇지만 세라는 어쨌든 그를 데려와선 안 되었던 거예요. 그의 진가를 모르거든요."

상대방은 이 말에 흥미로운 표정을 띠었다. "그가 얼마나 형편없는지 모른다는 건가요?"

스트레더가 단호하게 고개를 가로저었다. "잘 모르죠."

그녀가 알 수 없다는 듯 물었다. "그럼 뉴섬 부인도 역시 모르고요?"

그 말에 역시 솔직하게 고개를 저으며 답할 수밖에 없었다. "그래요, 당신이 굳이 물어보니 하는 얘기이지만."

마리아가 굳이 재차 물었다. "정말로 모른다고요?"

"전혀요. 오히려 그를 좀 높이 평가하는 편이죠." 하지만 그는 곧 이렇게 덧붙였다. "글쎄요, 그 나름으로는 그도 분명 괜찮은 사람이에요. 그를 어떤 일에 쓸 요량인지에 따라 다르다고 할 수 있죠."

하지만 고스트리 양은 그렇게 조건을 달고 싶은 생각이 전혀 없었다. 어떤 조건이건 그것을 인정하거나 그를 쓸 생각이 없는 것이었다. "그가 가망이 없는 사람이라는 게 제 논리상으로는 잘 맞아요." 그녀가 말했다. 그러고는 약간 과장되게 덧붙였다. "뉴섬 부인이 그 사실을 모른다는 건 더 잘 맞고요."

결과적으로 스트레더는 그 말을 받아들일 수밖에 없었지만, 다른 쪽으로 말을 돌렸다. "그걸 정말 아는 사람이 누군지는 말해 줄 수 있어요."

"웨이마시 씨요? 그럴 리가요!"

"당연히 그럴 리가 없죠. 내가 생각하는 사람이 언제나 웨이마시인 건 아니에요. 사실 요즘 들어서는 오히려 전혀 생각을 안 하죠." 그러고는 엄청나게 의미심장한 말투로 그 이름을 댔다. "매미예요."

"그의 여동생이?" 아주 묘하게도 그녀는 이 말에 실망스러운 기분이었다. "그게 무슨 소용이 있나요?"

"아마 별 소용이 없겠죠. 하지만 늘 그렇듯이 그게 지금 우리 상황인걸요!"

3

이후 이틀 동안 그들의 상황은 여전했다. 이틀 뒤 포콕 부인
의 호텔로 간 스트레더는 응접실로 안내를 받아 들어갔다. 그
런데 처음에는 자신을 안내해 주고 자리를 뜬 하인이 뭔가 잘
못 안 게 아닌가 했다. 거기 묵고 있는 당사자들은 하나도 보
이지 않고, 화창한 날 오후 파리의 방이 으레 그렇듯이 텅 비
어 있었기 때문이다. 집 밖으로 몰려나와 떼를 이루어 북적거
리는 생활의 웅웅대는 소리가 마치 아무도 없는 정원을 한가
로이 떠다니는 여름날 공기처럼 방 안 여기저기 흩어진 물건
들 사이를 배회하고 있었다. 우리의 주인공은 머뭇거리며 주
위를 둘러보았다. 최근 사들인 물건이 다른 것들과 한데 섞여
탁자 위에 쌓여 있는 게 보였고, 세라가 자신의 도움은 전혀
구하지 않고 연분홍색 표지의 《레뷰》 최신호를 구입했음을 알
았다. 또한 프로망탱[1]의 『옛 거장들』은 아마도 채드가 표지에

이름을 적어 매미에게 선물했을 것이다. 그러다가 봉투에 아주 친숙한 필체가 적힌 두툼한 편지에 눈이 가자 그는 멈칫했다. 은행으로 도착한 뒤 포콕 부인이 자리에 없을 때 이곳으로 배달되어 눈에 잘 띄는 곳에 놓인 이 편지는 아직 개봉 전이라는 그 사실 때문에 더욱 기이하고도 갑작스럽게 편지 쓴 사람의 영향력을 강렬하게 뿜어내는 듯했다. 지금 도착한 이 방대한 양의 편지를 보자, 그녀가 자신은 고통스러운 기다림 속에 버려 두고 정작 딸에게는 얼마나 열심히 연락을 취하고 있었는지 생생하게 다가왔다. 그것들이 한꺼번에 밀려왔으므로 그는 잠시 꼼짝없이 숨을 죽이고 있을 수밖에 없었다. 자신의 호텔 방에는 그 필체로 주소가 적힌 두툼한 편지봉투가 몇 십 개나 되었다. 사실 한참 보지 못하던 그 필체를 이렇게 불현듯 마주치게 되자, 뭘 어쩌하든 소용없을 정도로 이미 그 집안에서 쫓겨난 것이 아닐까 하는, 자주 찾아들던 의문이 바로 떠올랐다. 아직까지는 그녀가 직접 단호하게 펜을 놀려 그 점을 분명히 한 적은 없었다. 하지만 현재의 위기 상황에서 마주친 그녀의 필체는 어쩐지 무엇이 되었든 그녀의 명이라면 아마 일말의 여지도 없이 절대적이리라는 점을 나타내고 있었다. 그는 거기 적힌 세라의 이름과 주소가 마치 그녀 모친의 얼굴이라도 되는 양 뚫어지게 바라보다가, 그 표정의 단호함이 수그러들 기색이 전혀 없어 보여 시선을 돌렸다. 그래 봐야 뉴섬

---

1) 외젠 프로망탱(Eugène Fromentin, 1820~1876). 프랑스의 화가이자 작가이자 미술 비평가.

부인이 오직 그 자신에게 날 선 의식을 집중한 채 정말로 그 방 안에 있다는 느낌이 덜해지기는커녕 어떤 면에서는 오히려 더욱 강렬해진 느낌이었다. 그래서 그는 그대로 꼼짝없이 아무 소리도 내지 못한 채, 적어도 그 자리에 남아 벌이라도 달게 받으라고 불려 나온 기분이 되었다. 그래서 그는 계속 거기 남아 벌을 받기로 했다. 별 생각 없이 가만히 방 안을 돌아다니며 세라가 오기를 기다렸다. 기다리다 보면 어쨌든 오겠지라고 생각하자, 그녀가 얼마나 성공적으로 자신을 불안감에 꼼짝없이 붙들어 놓았는지를 그 어느 때보다 절감할 수 있었다. 이렇게 직관적으로 그녀가 그를 좌지우지할 수 있는 상황을 먼저 만든 것이 울렛의 관점에서 보자면 얼마나 행운이었는지는 부정할 수 없었다. 애써 신경 쓰지 않는 척하는 것까진 좋았다. 무슨 일이든 시작할 거면 하고, 절대 하고 싶은 마음이 없으면 말고, 어쨌든 자신은 누구 좋으라고 고백할 생각은 전혀 없다고 말이다. 하지만 날이 갈수록 숨이 막히게 갑갑함이 더해 갔고, 빨리 일을 진행시키고 싶어서 견딜 수 없이 몸이 달기도 했다. 지금 그녀가 갑자기 나타나 거기 있는 그를 놀래기라도 하면 그 충돌로 인해 뭔가 상황을 정리할 수 있게 되리라 믿어 의심치 않았다.

이런 심정으로 약간 기가 죽어 방 안을 서성이는 중에 뭔가 눈에 띄어 그는 걸음을 멈췄다. 방의 두 창문이 모두 발코니 쪽으로 열려 있었는데, 한 창문의 접힌 쪽 유리에 비친 여성의 옷자락이 그제야 눈에 띄었다. 누군가 내내 발코니에 있었고, 그게 누구든지 그 사람은 창문 사이에 자리를 잡아 보이지 않았던 것이다. 다른 한편 거리의 시끄러운 소음 때문에 그가 들어와서 돌아다니는 것을 그쪽에서도 눈치채지 못했으리라. 그 사람이 세라라면 그는 그 자리에서 자신이 원하는 것을 얻을 수도 있을 것이다. 약간의 수를 쓰면 부질없는 긴장 상태에서 벗어날 방도를 찾을 수 있을지도 몰랐다. 그렇게 해 봤자 별달리 얻는 게 없을지라도 적어도 망해도 같이 망했다는 위안은 받을 수 있을 것이다. 이런 만용을 부리는 일에서 그가 과연 어떻게 할지 지켜볼 사람이 다행히 아무도 없었으므로 그런 식의 추리를 하고 난 다음에도 그는 그저 기다렸다. 포콕 부인과, 그녀가 가져올 일종의 신탁을 기다려 온 것이 사실이었다. 하지만 그것을 알려 달라고 재촉하기 전에 마음을 다시 가다듬을 필요가 있었고, 창문의 움푹 들어간 쪽에서 되돌아가지도 나아가지도 못한 채 그 일을 해야 했던 것이다. 그 인물의 실루엣이 점점 더 많이 보일수록 분명 세라인 듯했다. 그래서 그는 바로 그녀를 만날 태세를 갖췄다. 하지만 점점 더 모습이 드러나 마지막에 이르자 다행히 세라는 아니었다. 발코니에 있던 사람은 아주 다른 인물이었다. 다시 보니 약간씩 자세를 바꾸면서 매력적인 등을 보이고 아무것도 모른 채 서 있는 인물은 다름 아닌 아름다운 매미였던 것이다. 혼자 남겨져 자기 나름의 순진한 방식으로 시간을 보내고 있는 매미, 다시 말해 터무니없는 대접을 받게 된 매미였는데, 또한 뭔가에 흥미를 가지고 열중한 모습이 오히려 흥미로운 그런 매미였다. 팔을 난간에 얹고 아래쪽 거리만 내려다보고 있었기 때문에 스트레더는 그녀가 돌아볼 염려 없이 그녀를 지켜보면서 여러 생각을 할 수 있었다.

　이상한 일이지만 그는 그렇게 바라보며 생각하다 그 유리한 상황을 더 이어 가지 않고 그냥 방 안으로 다시 들어와 버렸다. 그러더니 뭔가 새롭게 생각할 거리가 생겼다는 듯이, 그리고 그것이 만약 세라였다면 생겨났을 관련성을 대체하기라도 한 듯이 방 안을 몇 분간 더 돌아다녔다. 왜냐하면 혼자 생각에 빠져 있는 매미를 발견한 일은 솔직히, 정말로, 어떤 관련성이 있었기 때문이었다. 그 모습에는 지금까지 전혀 예상하지 못한 정도로 그의 마음을 울리는 뭔가가 있었다. 부드러우면서도 아주 절박하게 그에게 말을 거는, 몇 번이고 발코니 입구에 멈춰서도 여전히 아무런 눈치도 채지 못하기에 더욱 그녀에게서 풍겨 나오는 무언가가 말이다. 다른 사람들은 분명 각자 외출했을 것이었다. 세라는 웨이마시와 어딘가에 갔을 것이고 채드는 또 짐과 함께 어딘가에 있을 것이다. 스트레더는 채드가 자신의 '좋은 친구'와 함께 있다고 비난할 생각이 전혀 없었다. 채드가 체면치레를 하는 중이라고 좋게 생각했고, 혹시 마리아에게 설명해야 했다면 그냥 편리하게 좀 더 절묘한 처신이라고 했을 만한 것이었다. 사실 이런 날씨에 매미를 호텔에 혼자 내버려 둔 것은 그 절묘한 세련됨이 좀 지나친 게 아닌가 하는 생각이 곧 들기는 했다. 아무리 그녀가 리볼리 거리의 매력에 빠져 임시방편으로 상상해 낸 놀라운 작은 파리를 즐기고 있다고는 해도 말이다. 어쨌든 우리의 주인공은 날이 갈수록 이 젊은 처녀에게 뭔가 묘하고 모호한 면이 있다는 사실을 의식하고 있었는데 이제 비로소 그 의미를 읽어 낼 수 있게 되었음을 깨달았다. 그리고 그러한 깨달음과 함께 뉴섬 부인의 그 확고하던 강렬함이 마치 크고도 깊은 헉 소리와 함께 홀연히 멀어져 희미해지는 느낌이었다. 지금까지 이 수수께끼는 기껏해야 싫지 않은 강박과도 같았는데, 이제 용수철을 툭 건드린 듯 제자리에 들어맞은 것이었다. 그것은 어쩌다 보니 줄곧 미뤄져 지금까지 이루어지지 못했지만 그 둘 사이의 의사소통이 가능하다는 사실을 나타냈다. 심지어 이제껏 인정하지 못했던 어떤 관계가 가능하다는 것을 말이다.

물론 울렛에서 가졌던 오랜 관계는 여전했다. 그 무엇보다 이상한 일이겠지만 그 관계는 지금 그들 사이에 생겨난 관계와 아무런 공통점이 없었다. 꼬마였을 때나 '꽃봉오리'였을 때나, 이후 꽃잎을 활짝 펼쳤을 때나 매미는 거의 항상 열려 있는 고향의 문간에 언제든 그를 위해 스스럼없이 피어 있었다. 처음에는 꽤 조숙했는데 그다음에는 좀 지지부진하다가, 다시 마지막에 홀쩍 나아진 것으로 기억하는데, 그가 얼마간 뉴섬 부인의 거실에서(아, 뉴섬 부인이 잘나가던 시절이고 그 역시 그랬는데!) 차를 마시고 시험을 봐 가며 영문학 강의를 했기 때문에 잘 아는 바였다. 하지만 그녀와 친하게 지낸 기억은 별로 없었다. 울렛에서는 막 피어나는 꽃봉오리가 말라 쭈글해진 겨울날의 사과와 한 바구니에 담겨 있는 것이 자연스럽지 않아서였을 것이다. 그 아이를 볼 때면 무엇보다 시간이 얼마나 쏜살같이 흘러갔는지를 실감했다. 그녀의 굴렁쇠에 발이 걸려 넘어질 뻔한 것이 잊그세 같은데, 오늘 오후 그는 심지어 마음을 가다듬으며 그가 경험한 경이로운 여성들의 목록에, 놀랍도록 그 수가 늘어날 수밖에 없어 보이는 그 목록에 기꺼이 그녀를 포함시켜도 될 것만 같았다. 말하자면 지금 여기 있는 이 어여쁜 처녀는 그가 가능하다고 상상했던 이상으로 할 말이 많았던 것이다. 다른 누구에게도 그 말을 할 수 없다는 사실이 어디를 보나 틀림없다는 점 또한 그러한 정황을 증명하고 있었다. 자신의 오빠나 올케 언니에게도, 채드에게도 꺼낼 수 없는 이야기였다. 미국에서라면 아마도 연륜과 권위, 그 태도에 최고의 경의를 보이며 뉴섬 부인에게는 털어놓을 수 있었겠지만 말이다. 더구나 그것은 그들 모두가 관심을 가질 만한 것이었다. 사실은 그들이 엄청난 관심을 보일 것이기 때문에 그녀로서는 신중하고 조심스러울 수밖에 없는 것이다. 이 모든 사실이 한 오 분 사이 스트레더에게 생생하게 떠올랐고, 가련하게도 그 아이가 지금 즐길 수 있는 것이 신중함밖에는 없다는 사실을 알게 되었다. 그러자 파리에 머물고 있는 처녀에게 그건 너무나 안된 일이라는 느낌이 퍼뜩 들었던 것이다. 그래서 그런 기분으로 그는 마치 지금 막 방에 들어섰다는 듯이, 자기가 보기에도 꾸며 낸 듯한 경쾌한 발걸음으로 그녀에게 다가갔다. 그의 목소리에 그녀가 놀라며 몸을 돌렸다. 다른 사람 생각에 빠져 있었던 모양이지만 실망한 기색은 크지 않았다. "아, 빌럼 씨인 줄 알았어요!"

그 말은 처음엔 좀 의외였고, 그 결과 우리의 주인공이 혼자 품고 있던 생각이 일시적으로 확 시들어 버렸다. 하지만 곧 내면의 분위기를 회복했고 상상에서 생겨난 많은 꽃이 새로

이 다시 그 자리에 피어나기 시작했다. 왠지 어울리지는 않지만 그녀는 리틀 빌럼을 기다리고 있었고 그가 늦어지고 있었던 것이다. 따라서 스트레더는 그 상황을 이용할 수 있었다. 두 사람은 발코니에 잠깐 함께 서 있다가 방으로 들어왔다. 그리고 그는 여전히 다른 사람들 없이 진홍과 금빛으로 우아하게 장식된 그 자리에서 그녀와 사십여 분간을 함께했는데, 그 모든 야릇한 연관성으로 인해 당시 그에게는 전혀 한가한 시간이 아니었다. 정말 그런 것이, 적나라한 방식이 얼마나 영감을 주는지 얼마 전 마리아와 의견을 같이했던 것처럼, 확실히 그 안의 뭔가가 자신의 문제를 덜어 내기는커녕 갑작스러운 홍수처럼 물밀 듯 밀려들었던 것이다. 나중에 다시 곰곰이 따져 보기 전까지는 그 인상에 얼마나 많은 요소들이 담겨 있는지 알 수 없을 것임에 분명했다. 그래도 어쨌든 그는 매력적인 그 처녀와 함께 앉아 있는 동안 대단히 자신감이 커지는 기분이었다. 뭐니 뭐니 해도 그녀는 정말 매력적이었으니까. 습성상 눈에 띄게 자유분방하고 말이 많았음에도 그랬다. 매력적이라고 보지 않았다면 그로서는 심지어 '우스꽝스럽다'라고 표현할 수도 있었을 어떤 면이 존재했음에도 그녀는 매력적이었다. 그래, 멋진 매미, 그녀는 익살스러웠지만, 스스로는 꿈에도 그런 생각을 못 할 것이었다. 그녀는 무난했고 신부 같았다. 그 어느 때보다 뚜렷이 알 수 있었고, 그녀를 떠받쳐 줄 신랑이 없어도 그랬다. 그녀는 수려하고 당당하고 느긋하고 수다스러웠다. 부드럽고 사랑스럽고 거의 당혹스러울 정도로 안심이 되었다. 굳이 구분을 짓자면, 그녀는 젊은 여성이리기보다 나이 든 여성처럼 옷을 입었다. 나이가 들어서도 그렇게 허영심에 찬 여성을 상상할 수 있다면 말이다. 게다가 너무 복잡하게 꾸며진 머리 모양은 젊은이다운 느슨함이 없었다. 눈에 띄게 잘 손질된 손을 앞쪽으로 모아 잡을 때는 어른들이 용기를 주고 보답하고 싶을 때 그러듯이 몸을 약간 앞으로 숙이는 버릇이 있었다. 이 모든 것이 합쳐져서 그녀는 '맞이하는' 식의 귀티가 풍겼다. 아이스크림 그릇이 잘그락거리는 소리가 들리는 창문과 창문 사이에 한결같이 자리를 잡고, 그저 똑같은 유형들이 잔뜩 모인 집합일 뿐인 브룩스 씨라든가 스눅스 씨 같은 온갖 이름들을 들먹이며 '만나 뵙게' 되어 반갑다는 인사를 되풀이하는 모습이 떠오르는 것이었다.

　그러나 그녀가 이 모든 점에서 우스꽝스럽고 자상하게 아랫사람을 봐주는 듯한 훌륭한 태도 — 중년으로 접어들면서 그녀를 약간 지루한 사람으로 만들 수도 있을 약간 과장된 말투 — 가 당연히 아직은 꾸며 낸 말투가 아닌 열다섯 살 소녀의 다소 밋밋하고 작은 목소리와 무척이나 대조를 이룬다는 점이 그 무엇보다 우스꽝스러웠지만, 그녀와 십 분을 보낸 뒤 스트레더는 담대하게 일을 처리하는 조용한 위엄을 그녀에게서 느낄 수 있었다. 넉넉한, 지나치게 넉넉한 옷차림에 기혼한 여성보다 더 조용한 위엄이 그녀가 내보이고 싶은 인상이라면, 그것이야말로 그녀와 일단 관계를 맺으면 상대방의 마음에 들 이상적인 면모였다. 지금 스트레더에게 무엇보다 대단한 사실은 그가 바로 이러한 관계를 맺게 되었다는 점이었다. 그래서 짧지만 온갖 것으로 빽빽한 특별한 시간이 되었던 것이다. 어떻게 보면 다른 누구보다 그녀야말로 원래 뉴섬 부인의 대사인 그와 같은 편임을 곧바로 확신하게 되었다는 데에 그 관계의 특별함이 있었다. 그녀는 세라가 아니라 자신과 이해관계를 같이하고 있었다. 그리고 최근 며칠 새 그녀에게서 금방이라도 나타날 것처럼 보였던 것이 바로 이 신호였던 것이다. 드디어 파리에 자리를 잡아 그 상황과 그 주인공 — 그야 당연히 채드이지 누구겠는가 — 을 직접 마주하게 되자, 정말이지 스스로도 예상하지 못했던 방식으로 사고의 기반 자체가 바뀌어 버렸을 것이다. 내면 깊은 곳에서 무언가가 가만히 움직였고, 그녀 스스로 확신하게 되었을 즈음엔 스트레더도 그 작은 드라마를 눈치챌 수 있었다. 한마디로 그녀가 자신의 상황을 깨달았을 때 그 역시 그것을 알아볼 수 있었고, 그 점은 지금 이 자리에서 더욱 명백해졌다. 비록 그동안 자신의 곤경과 관련해 단 한마디의 말도 직접적으로 오간 적은 없었지만 말이다. 그렇게 그녀와 앉아 있는 사이, 처음에는 그녀가 자신의 주요한 임무와 관련된 말을 꺼내려는 것이 아닐까 싶기도 했다. 그쪽으로의 문이 아주 묘하게 약간 열려 있었기 때문에 그녀가, 아니면 그 누구라도 아무 때나 뛰어 들어올 수 있겠다 의식하며 반쯤은 마음의 준비를 하고 있었다. 하지만 그녀가 다정하고 친숙하게, 그리고 가벼운 손길로 적절한 재치를 발휘하며 절묘하게 내내 밖에 머물렀고, 그것은 어디를 보나 자신이 그런 지경까지 가지 않고도 그를 대할 수 있음을 보여 주기 위함인 듯했다.

그들이 채드만 빼고 나른 온갖 이야기를 나누었기 때문에 매미가 세라나 짐과 달리 그의 변화를 완전히 파악하고 있음이 두 사람 모두에게 아주 분명해졌다. 그녀가 그에게 일어난 변화를 하나도 빠짐없이 다 꿰뚫어 보고 있을 뿐 아니라 그것을 비밀로 할 것임을 스트레더가 알아주기를 바란다는 점도 아주 확실했다. 그들은 지금까지 그럴 기회가 없었다는 듯이 아주 수월하게 울렛에 대한 이야기를 나누었다. 그 결과 사실상 그 비밀은 더욱 공고해졌다. 스트레더에게 그 시간은 차차 야릇하게 소중하면서도 서글픈 색채를 띠게 되었다. 처음에 그녀를 부당하게 대했다는 후회가 들어서인지 난데없이 그녀와 그녀의 사회적 가치에 호의를 가지게 되었던 것이다. 마치 서쪽에서 불어온 어떤 막연한 바람이 훅 끼쳐 오듯 그녀로 인해 그는 고향이 그리워지며 다시금 조바심이 생겼다. 정말이지 그 순간 그는 난파당한 뒤 신기하게도 둘만 살아남아 불길한 적막이 감도는 어떤 먼 해안가에 좌초된 상상을 했다. 그들이 지금 함께하고 있는 짧은 시간은 산호초가 가득한 해안가에서의 소풍과도 같았다. 의미가 가득한 표정에 애잔한 미소를 띠고 겨우 건진 얼마 안 되는 물을 서로 나눠 마시는 것이다. 그사이 스트레더는 앞에서 잠깐 언급했듯이 그녀가 자신이 결국 도달한 지점이 어디인지 알고 있다는 것을 확신했다. 그건 아주 특별한 상황이었는데 그녀는 그것만은 절대 그에게 말해 주지 않을 것이었다. 그건 무엇보다 그 혼자 풀어서 알아내야 할 것이었다. 그걸 알아내지 못하면 그녀에 대한 관심이 완전할 수 없을 것이므로 그는 풀 수 있기를 원했다. 안 그러면 마땅히 받아야 할 그녀의 진가에 대한 인정도 온전할 수 없을 테니 말이다. 그녀가 나아가는 과정을 지켜볼수록 그녀의 자부심이 더욱 빛나리라 확신했다. 그녀는 모든 것을 보았지만 자신이 무엇을 원치 않는지도 알았다. 그리고 바로 그것이 그녀에게 도움이 되었다. 그녀가 원하지 않는 것은 무엇이었을까? 아직 알지 못했으므로 그녀의 오랜 친구임에도 그기쁨은 누릴 수 없었다. 살짝만 볼 수 있어도 확실히 대단한 감동이 있을 텐데 말이다. 상냥하고 싹싹했지만 그녀는 그 점만은 알려 주려 하지 않았고, 보상이라도 하듯 다른 방식으로 그를 달래고 구슬리는 듯했다. 그녀는 '아주 많은 이야기를 들었던' 비오네 부인의 인상을 털어놓았고, '견딜 수 없이 보고 싶었던' 잔의 인상도 이야기했다. 이런저런 사정으로, 물론 늘 그렇듯이 주로 옷을 사느라 ── 안타깝게도 그리 오래가지 않을 옷을 ── 그랬지만, 어쨌든 하염없이 계속 미뤄지다 사실은 바로 그날 이른 오후에 세라와 함께 벨샤스가를 방문했다는 말을 어찌나 아무렇지도 않게 꺼냈는지 스트레더는 사실 충격을 좀 받지 않을 수 없었다.

그 이름을 듣자 스트레더는 자신이 먼저 그 이름을 입에 올리지 않았음을 깨달으며 거의 얼굴이 화끈거렸다. 더구나 그런 식으로 삼가야 했던 정당한 이유를 댈 수도 없었다. 그로서는 엄두도 낼 수 없을 정도로 손쉽게 매미는 그 일을 해냈지만, 그럼에도 그가 감당했을 것 이상의 노력이 들었을 것이다. 그녀는 그들이 채드의 친구, 특별하고 뛰어나고 아주 바람직해서 선망의 대상이 될 만한 친구라고 들었다. 그리고 나름 솜씨 좋게 어디서 어떻게 들었는지는 알려 주지 않았지만 그렇게 많은 이야기를 들었지만 정작 만나 보니 자신이 생각한 이상이었다는 말을 아주 멋들어지게 하는 것이었다. 침이 마르도록 칭찬을 아끼지 않는 데다 그런 칭찬도 울렛의 방식이라 다시금 스트레더에게 울렛이 사랑스러운 존재로 다가오기까지 했다. 스트레더와 자리를 함께하고 있는 한창 피어나는 이 처녀가 벨샤스가의 윗세대 여성은 정말 말로 표현할 수 없을 만큼 매혹적이고, 그 딸은 완벽한 이상 그 자체로 매력 덩어리라고 단언했을 때처럼 그에게 울렛의 본질이 절실히 다가온 적은 없었다. "그녀에게는 절대 어떤 일도 일어나서는 안 돼요." 그녀가 잔에 대해 말했다. "지금 그대로가 정말 딱 좋거든요. 뭐라도 더해지면 그녀를 망칠 거예요. 그러니까 절대 누구도 건드려선 안 돼요."

"아, 하지만 여기 파리에서는 어린 소녀에게도 무슨 일이든 일어나기 마련인걸." 스트레더가 말했다. 그러고는 기회도 잡을 겸 농담 섞어 물었다. "매미 본인은 아직 그런 일이 없었나?"

"무슨 일이 생긴 적이요? 아, 전 어린 소녀가 아니잖아요. 전 뚱뚱하고 닳고 닳은 다 자란 여자예요." 매미가 웃으며 말했다. "무슨 일이 생기든 전 상관없어요."

스트레더는 그녀가 상상 이상으로 훨씬 멋지다는 인상을 받았다는 말로 그녀를 기쁘게 해 줘도 괜찮을까 고민하느라 잠시 말이 없었다. 하지만 그녀 자신이 관심이 있는 만큼은 이미 다 알고 있으리라 여기고 그만두기로 했다. 그래서 다른 질문을 던져 보기로 했는데, 사실 그 질문을 꺼내려는 순간 그것이 그녀가 직전에 한 말과 관련되어 있음을 깨달았다. "하지만 비오네 양이 곧 결혼할 예정인걸. 그 소식은 들었겠지?"

곧 알게 되었지만, 괜히 걱정할 필요가 없었다. "아, 그럼요. 신랑 될 분이 같이 있었어요. 몽브롱 씨라고, 비오네 부인이 인사를 시켜 주었죠."

"상냥하던가?"

아주 훌륭하게 손님을 접대하듯 그녀는 반색하다가 또 삼가는 태도를 적절히 보였다. "사랑에 빠진 남자는 다 상냥하죠."

그 말에 스트레더가 웃었다. "하지만 몽브롱 씨가 벌써 너하고도 사랑에 빠졌단 말이야?"

"아, 그럴 필요는 없죠. 잔 양과 사랑에 빠진 게 훨씬 나아요. 다행히도 제가 그 사실을 바로 알아차렸죠. 완전히 푹 빠져 있던걸요. 그러지 않다면 잔 양을 봐서라도 제가 참을 수 없었을 거예요. 너무나 사랑스러운 사람이니까요."

스트레더가 잠시 망설였다. "잔도 사랑에 빠져서 그렇게 된 건가?"

이 말에 그로서는 경이롭다고밖에 할 수 없는 미소를 지으며 마찬가지로 놀라운 대답을 했다. "자신이 사랑에 빠졌는지 어쩐지 그녀는 몰라요."

스트레더가 다시 소리 내어 웃었다. "아, 그런데 너는 알 수 있다?"

그녀는 굳이 부인하려 하지 않았다. "그럼요, 전 모든 걸 알 수 있어요." 잘 다듬어진 양손을 부비며 나름대로 최선을 다

해 그렇게 앉아 있는 모습 — 어쩌면 팔꿈치가 약간 밖으로 튀어나와 있었을 수도 있지만 — 을 보자 스트레더는 이 일에서 그녀를 제외하고 모두가 바보라는 생각이 잠깐 들었다.

"그러니까 불쌍한 어린 잔 양이 자기 문제가 뭔지 전혀 모른다는 사실을 너는 알고 있다?"

그 말은 잔이 아마도 채드를 사랑하고 있을 거라는 뜻을 에둘러 전할 수 있는 최선의 방법이었다. 하지만 스트레더가 원하는 바를 위해서는 그 정도면 충분했다. 사랑에 빠졌건 아니건 잔이 어쨌든 지금 그 앞에 있는 매미의 관대하고 느긋한 어떤 면에 호소한 것은 틀림없었기 때문이다. 서른이 되면 매미는 너무 뚱뚱해질 것이다. 그러나 그녀는 험난한 지금 이 시기에 아무 사심 없이 다정했던 사람으로 남을 것이다. "아마 그런 얘기가 되겠지만, 몇 번 더 만나게 되면 그쪽에서 제가 그 말을 해 줬으면 하고 바랄 정도로 친해질 거라고 봐요. 오늘만 해도 저를 좋아하는 것 같았거든요."

"그럼 말해 줄 건가?"

"물론이죠. 너무 옳은 일만 하려 하는 게 문제라고 말해 줄 거예요." 매미가 말했다. "그녀에게 옳은 일이란 다른 사람을 기쁘게 하는 일이고요."

"그러니까 그 모친을?"

"우선은 모친이죠."

스트레더가 좀 기다린 뒤 물었다. "그다음에는?"

"'그다음'이라면, 뉴섬 씨죠."

아무렇지도 않게 그 이름을 꺼내는 침착함엔 정말이지 대단한 면이 있었다. "그러면 몽브롱 씨는 겨우 마지막으로?"

"겨우 마지막이죠." 그녀가 흔쾌히 동의했다.

스트레더가 잠시 생각하다 물었다. "그래서 결과적으로 모든 사람들이 다 만족할 수 있게 말인가?"

가끔씩 보이는 머뭇거림이 나타났지만 그저 잠깐일 뿐이었다. 게다가 그녀의 대답은 그 둘 사이에서 오가는 문제를 가장 명확하게 표현하는 것이었다. "제가 어떤지는 말할 수 있을 것 같네요. 저는 만족하게 될 거예요."

그것은 정말이지 무척이나 많은 의미를 담고 있었다. 그녀 자신이 기꺼이 그를 도울 것이라는 뜻이었고, 한마디로 그 진실을 그의 목적을 위해 이용할 수 있도록 맡기겠다는 뜻이었다. 그녀 자신은 믿음을 가지고 참을성 있게 아무 상관하지 않으면서 말이다. 그 말로 아주 확실하게 이 모두를 이루어 냈기에 그로서는 마지막으로 솔직하게 그녀에 대해 감탄하며 나름대로 대응할 따름이었다. 이 경우 감탄이 그 자체로는 거의 비난의 여지까지 있었지만 자신이 얼마나 잘 이해했는지를 보여 주기 위해서는 그럴 수밖에 없었다. 정말 훌륭하다는 말을 연발하면서 그는 자리를 뜨기 위해 손을 내밀었다. 그리고 그녀가 그 훌륭한 광휘에 둘러싸여 계속 리틀 빌럼을 기다리게 내버려 두고 그곳을 나섰다.

10부

1

매미 포콕과 대화를 나누고 사흘 뒤 저녁나절에 스트레더
는 말셰르브 대로의 푹신한 긴 의자에 리틀 빌럼과 함께 자
리를 잡았다. 채드의 아파트에서 처음 비오네 부인과 그 딸
을 만났던 날 함께 앉아 이야기를 나누었던 바로 그 의자였는
데, 그 자리는 이런저런 인상에 대해 편하게 대화하기엔 역시
안성맞춤이었다. 이날 저녁은 그때와는 다른 분위기였다. 모
인 사람들이 훨씬 더 많기도 했고, 그래서 불가피하게 그로부
터 촉발되는 생각들도 많았다. 다른 한편 지금 두드러지게 눈
에 띄는 점은 그 문제와 관련해 두 사람이 좀 더 신중하고 내
밀한 주제를 두고 움직인다는 사실이었다. 어쨌든 그들은 오
늘 밤 자신들의 관심사가 무엇인지 알았고, 스트레더는 처음
부터 상대방을 그 문제에 집중하도록 했다. 채드의 손님 중 저
녁 식사를 함께 한 사람은 얼마 되지 않았다. 대략 열다섯 명

에서 스무 명 사이였는데, 11시경 그 자리에 모습을 보인 엄청난 무리에 비하면 얼마 안 되었다. 하지만 처음부터 그 수와 크기, 양과 질, 조명과 향기, 소리, 물밀 듯이 들이닥치는 사람들과 그를 대하는 넘쳐흐르는 환대 등이 전부 스트레더의 의식에 정신없이 밀려들어 그로서는 지금껏 참석했던 모임 가운데 가장 축제 같은 분위기였다. 독립 기념일이나 모교의 졸업식에서 이보다 더 많은 사람들이 모인 것을 보긴 했을 것이다. 하지만 장소의 크기를 고려했을 때 이렇게 많은 사람들이 들어찬 것을 보지 못했고, 이렇게 다양하면서도 또한 확실히 엄선된 사람들이 모인 것도 본 적이 없었다. 모인 사람들의 수가 엄청나면서도 다 엄선된 사람들이었는데, 참 희한하게도 굳이 알려고 한 것도 아닌데 여기서 작동하는 원칙의 비밀을 알게되었다. 나서서 물어본 것도 아니었고 일부러 아예 관여하지 않았으나, 채드가 던진 한두 가지 질문이 말하자면 길을 닦았던 것이다. 그는 그 질문에 답하지 않았고, 그건 채드 자신이 알아서 할 일이라고만 했다. 그러나 그때 채드의 방침이 사실상 이미 다 결정되어 있음을 확실히 알 수 있었다.

채드가 조언을 구한 이유는 그저 자신이 알아서 다 할 수 있음을 암시하기 위해서였다. 그리고 누이에게 자신이 어울리는 사람들 전부를 보여 주고 있는 지금 이 순간보다 더 잘 알아서 한 적은 분명 없었을 것이다. 누이가 도착했을 때 그가 취하기로 한 방침의 의미와 본질이 여기에 모두 담겨 있었다. 그는 기차역에서 시작된 방침을 이후로도 내내 유지하고 있었고, 의심할 바 없이 조금은 얼이 빠지고 숨이 가쁘고 당황스럽기는 해도 결국에는 어쩔 수 없이 흥겹다고 인정할 수밖에 없는 길의 막다른 끝까지 포콕 일가를 몰고 갈 수 있었던 것이다. 그들을 위해 그는 이 모든 과정을 격렬하게 흥겹고 무자비할 정도로 빡빡하게 만들었다. 그 결과 스트레더 생각에 그들은 그 길이 사실은 통로가 아니라는 사실을 모른 채 여기까지 이르렀다. 그것은 멋진 막다른 길이라 통과할 수 없었고, 따라서 거기 아예 눌러앉을 게 아니면, 늘 곤란하고 어색한 일이지만 공개적으로 물러서야 할 것이었다. 확실히 그들은 오늘 밤 바닥까지 닿았다. 펼쳐진 광경 전부가 막다른 길의 마지막 지점을 나타내고 있었다. 어떤 손이 있어서 만사를 일관되게 계속해 나갈 수 있다면 만사는 그렇게 되어 갈 것이었다. 스트레더가 갈수록 놀라움을 금할 수 없는 그런 수완으로 줄을 당겨 조종하는 손 말이다. 그는 책임을 느끼긴 했지만 또한 어떤 면에서 성공했다고도 보았다. 왜냐하면 지금 벌어지고 있는 일이란 바로 고국의 가족이 뭐라고 할지 마땅히 기다려야 한다고 했던 육 주 전 그의 주장에서 나온 결과에 다름 아니었기 때문이다. 채드에게 기다려야 한다고, 조금 더 두고 봐야 한다고 결정했던 것이 바로 그였다. 따라서 그로서는 그 일을 처리하느라 들인 시간에 대해 왈가왈부할 입장이 아니었다. 그로부터 두 주가 흘러 그 어느 때보다 세라를 위해 마련되었고 그녀 자신도 전혀 이의가 없는 지금의 상황은 그녀가 어쩌면 약간 지나칠 정도로 법석을 떨고 '보조를 맞추며 나아갈' 수밖에 없는 위문 공연처럼 자신의 새로운 상황에 순응하게 되었다는 것이다. 지금까지 혹시 그녀의 남동생에게 책잡

힐 면이 약간이라도 있었다면 그것은 음료에 향신료를 지나치게 가미했고 음료를 너무 가득 따랐다는 점일 수도 있었다. 그는 자기 일가친척이 머무는 시간 전부를 아주 드러내 놓고 신나게 즐기기 위한 기회로 만들어 버려, 분명 그 외에는 어떤 기회의 여지도 거의 남겨 놓지 않았다. 그는 이런저런 제안을 했고 새로운 일을 만들어 냈고 모자람이 없었다. 아주 길고 느슨하긴 했어도 내내 고삐를 쥐고 조종했던 것이다. 스트레더는 지금까지 지내 온 파리를 이제야 알 것 같았는데 뒤이어 도착한 사람들에게 제공되는 파리를 보면서 다시금 새롭게, 전혀 새로운 느낌으로 그것을 경험하게 되었다.

이런 광경을 지켜보자 밖으로 드러나지 않은 수많은 생각들이 스트레더에게 웅웅거리며 가득 들어찼다. 그중에서도 자꾸만 떠오르는 생각은 세라가 자신이 어디로 떠밀려 가는지 사실 제대로 알지 못하리라는 것이었다. 그녀로서는 채드에게 훌륭한 대접을 받아 마땅하다는 기대를 내보여서 안 될 건 없었다. 하지만 스트레더가 보기에 그녀는 중요한 뉘앙스를 내비칠 기회를 놓칠 때마다 남몰래 얼굴이 좀 굳어지는 듯했다. 중요한 뉘앙스란 한마디로 당연히 채드가 자신을 훌륭하게 대접해야만 한다는 것이다. 그러려면 그가 그렇게 하지 않는 편이 나은 것이다. 물론 그녀를 훌륭하게 대접하는 게 전부는 아니었다. 그런다고 본질이 달라지는 것은 아니니까. 그래서 결과적으로 이 자리에는 있지도 않은 경이로운 그들의 모친이 노려보는 시선이 정말이지 그녀의 등을 나사로 꿰뚫는 기분이 들 때도 있었다. 스트레더가 평소 습관처럼 상황을 지켜보고 그에 대해 생각을 덧붙이다 보면 그녀가 안됐다는 느낌이 드는 순간도 정말로 있었던 것이다. 마치 마구 내달리는 마차 위에 올라앉아 뛰어내려도 될까 곰곰이 생각하는 사람처럼 보일 때 말이다. 그녀는 과연 뛰어내릴 것인가? 뛰어내릴 수 있을 것인가? 거기는 안전한 장소일 것인가? 그때 그의 눈에 들어온 창백한 얼굴빛과 꽉 다문 입술, 의식적인 눈길 등에서 그런 질문들이 연상되는 것이었다. 그리고 다시 당면한 주요 문제로 돌아왔다. 그녀는 결국 매수될 것인가? 그는 대체로는 그녀가 뛰어내리리라 믿었다. 하지만 그다음에 벌어질 일들이 특히 그가 긴장하는 이유였다. 그중 하나는 상당히 분명했고, 사실 오늘 밤에 받은 인상으로 강한 확신에 이르렀다. 즉 만약 그녀가 치마를 걷어쥐고 눈을 감은 채 움직이는 마차에서 뛰어내린다면, 그는 거의 즉시 그 사실을 알 수 있으리라는 것이었다. 아주 똑바로 그를 향해 머리부터 떨어져 내릴 것이기 때문이었다. 그러면 더 말할 필요도 없이 떨어지는 그녀를 받아 내는 일은 고스란히 그의 몫이 될 것이었다. 채드의 파티는 갈수록 현란해졌지만 그렇게 그를 위해 준비된 일의 전조와 징후는 오히려 더 기하급수적으로 늘어만 갔다. 그가 다른 두 방에 모여 있는 대부분의 사람들을 피해서, 이미 알고 있는 사람들뿐만 아니라 여러 언어를 구사하며 무더기로 모여 있는 화려한 낯선 남녀도 다 피해서 리틀 빌럼과 잠깐 조용한 시간을 가지려고 한 것도 부분적으로는 바로 그런 전망에 불안하고 예민해졌기 때문이었다. 리틀 빌럼과 있으면 언제나 진정 효과가 있었고 약간 고무적이기도 했다. 무엇보다 중요하고 확실한 이야깃거리가 있었다.

예전에는 ─ 그게 벌써 오래전처럼 느껴지니 ─ 한참 나이가 어린 사람과 대화를 나누며 도덕적인 느슨함을 배우게 된다는 사실이 좀 창피스러웠다. 그 사실이 다른 창피스러움과 뒤섞여 구분하기 어려워졌기 때문인지, 아니면 빌럼 자신이 항상 별 볼일 없지만 명민한 리틀 빌럼으로 만족하며 남아 있음으로써 직접 모범적인 사례를 보여 줬기 때문인지, 이제는 익숙해져서 아무렇지도 않았다. 리틀 빌럼에게는 그것이 아주 효과적임을 스트레더는 알 수 있었다. 그래서 혼자 있을 때면 이렇게 나이를 먹어서도 효과 있는 뭔가를 여전히 찾고 있는 자신의 모습이 떠올라 맥없는 미소를 짓기도 했다. 하지만 이미 지적했듯 약간 한가한 구석을 찾아 자리를 잡은 것이 지금은 두 사람 모두에게 똑같이 좋은 일이었다. 특히 그 자리가 한가했던 이유는 응접실에서 아주 멋진 노래가 울리고 있었기 때문이다. 사적인 자리에서 만날 기회를 좀처럼 갖기 힘든 두세 명의 가수들이 자리를 함께하고 있었다. 그들의 참석으로 인해 채드가 준비한 이 유흥이 더욱 특별해졌고, 이 모두가 세라에게 끼칠 영향을 미리 계산해서 한 일이라는 점이 거의 고통스러울 정도로 강렬하게 느껴졌다. 오롯이 이 자리를 있게 한 당사자인 그녀는 스트레더에게는 마치 천장의 채광창에서 추락하는 소리가 울리는 인상을 주는 화려한 진홍색 드레스를 입고 청중의 맨 앞줄에 앉아 넋을 놓고 공연을 즐기고 있을 게 뻔했다. 훌륭한 저녁 식사를 하는 동안 스트레더는 그녀와 눈을 마주칠 기회가 없었다. 좀 소심한 일일 수도 있지만 그녀와 식탁의 같은 쪽에 앉게 해 달라고 채드에게 미리 솔직히 부탁했기 때문이다. 하지만 모든 것을 다 동원할 게 아니라면 지금 리틀 빌럼과 전례 없이 친밀한 관계에 이른 것이 무슨 소용이 있겠는가? "자네는 세라를 볼 수 있는 자리에 앉아 있었으니 말인데, 그녀가 이 상황을 어떻게 이해하던가? 그러니까 어떤 방식으로 받아들였냐는 말일세."

"아, 제가 보기에는 채드 가족의 주장의 정당성이 더욱 분명해졌다고 생각하는 것 같았어요."

"그럼 채드가 보여 준 게 별로 마음에 들지 않았다는 건가?"

"천만에요. 채드가 이런 일을 할 만한 능력이 있다는 사실에 아주 기뻐하고 있어요. 그 무엇보다 더 말이에요. 하지만 그 능력을 그곳에서 보여 주기를 바라는 거죠. 우리 같은 사람들한테 쓸데없이 허비하지 말고."

스트레더가 의아하다는 듯이 물었다. "이 모든 걸 몽땅 그쪽으로 옮기기를 바란다고?"

"몽땅 다요. 하지만 중요한 예외 사항이 있어요. 그가 여기서 '얻은' 것 전부와 어떻게 그걸 갖게 됐는지에 대한 방법이죠. 포콕 부인은 전혀 어려움이 없다고 봐요. 그 전부를 스스로 직접 해 볼 생각이고, 어떤 면에서는 울렛이 그를 통해 전반적으로 더 나아질 거라고 기꺼이 인정할 겁니다. 게다가 그것 역시 울렛을 만나 어떤 면에서 더 나아지지 못하리라는 법은 없고요. 그곳 사람들도 못지않게 훌륭하니까."

"자네나 여기 있는 사람들만큼 말인가? 그럴 수도 있겠지."

스트레더가 말했다. "하지만 그게 사실이든 아니든 이런 정도의 행사는 사람들 문제가 아니야. 오히려 그 사람들을 이렇게 만든 어떤 것이지."

"글쎄요, 그럴 수도 있겠죠." 상대방이 대답했다. "전 제가 받은 인상을 그대로 말씀드린 거예요. 포콕 부인이 알게 된 건 분명하고 그래서 바로 오늘 밤에 저렇게 앉아 있는 거예요. 그 표정을 잠깐이라도 직접 보셨으면 무슨 말인지 아실걸요. 값비싼 음악을 들으면서 결심을 한 거지요."

스트레더가 그 말을 순순히 인정했다. "그럼 곧 그녀에게서 무슨 말이 있겠군."

"괜히 겁줄 생각은 없지만 그럴 가능성이 많다고 봐요." 빌럼이 말을 이었다. "하지만 제가 미약하나마 도움이 될 수 있다면……."

"자네 도움은 절대 미약하지 않아!" 충분히 인정해 주듯 그에게 손을 얹으며 스트레더가 말했다. "그 누구의 도움도 미약하지 않지." 그러면서 자신이 얼마나 쾌활하게 상황을 받아들이는지 보여 주고 싶은 듯 상대방의 무릎을 토닥거렸다. "내 운명은 나 혼자 맞서야 하네. 그렇게 할 것이고. 자네도 두고 보면 알 거야!" 그러곤 곧 말을 이었다. "하지만 자네가 분명 도와줄 수 있기도 해." 그가 좀 더 설명했다. "채드가 결혼을 해야 한다고 언젠가 나한테 얘기했었지? 그게 포콕 양과의 결혼을 의미했다는 걸 그때는 지금처럼 분명히 알지 못했지. 지금도 그렇게 생각하나? 여전히 그렇다면 지금 즉시 그 생각을 바꿔 주면 좋겠는데. 그러면 날 도와주는 게 될 테니."

"그가 결혼하면 안 된다고 생각하는 게 도움이 된다고요?"

"매미하고는 절대 안 된다고 생각하면."

"그럼 누구랑 해야 해요?"

"아, 그건 나도 뭐라고 말할 수가 없네." 스트레더가 말을 받았다. "하지만 가능하다면 비오네 부인과 해야 한다는 생각은 있지."

"오우!" 리틀 빌럼이 좀 강하게 내뱉었다.

"당연히 '오우'이지! 하지만 사실 결혼할 필요는 전혀 없어. 어쨌든 나는 내가 그걸 주선해야 한다는 의무감은 없네. 하지만 자네의 경우는 그래야 할 것 같은 느낌이 들어."

리틀 빌럼이 재미있다는 표정을 지었다. "제 결혼을 주선해야 할 것 같다고요?"

"그래, 내가 지금까지 자네한테 한 게 얼만데!"

젊은이가 그 말을 곱씹어 보았다. "그렇게 많은 일을 하셨어요?"

"물론 자네 역시 나한테 아주 많은 일을 해 줬다는 건 나도 알지." 그가 따져 물었으므로 스트레더가 대답했다. "그러니까 서로 피장파장이라고 말할 수도 있겠지." 그가 말을 이었다. "그래도 하여튼, 난 자네가 매미 포콕과 결혼하기를 무척이나 바라네."

리틀 빌럼이 큰 소리로 웃었다. "아니, 완전히 다른 사람을 상대자로 언급하신 게 바로 얼마 전 정확히 이 장소 아니었던가요?"

"비오네 양 말인가?" 스트레더가 쉽게 자인했다. "그건 허상

이었음을 인정하네. 이건 실질적인 정책이야. 자네들 둘 다에게 좋은 일을 해 주고 싶어. 둘 다 잘되기를 바라거든. 그러니까 자네들을 그렇게 한 번에 처리하면 내가 얼마나 수고를 덜 수 있을지 금방 알겠지. 알다시피 매미가 자네를 좋아하잖아. 자네가 위안이 되니까. 그리고 그 애는 멋진 사람이고."

식성 까다로운 사람이 음식이 가득 쌓인 접시를 바라보는 듯한 시선으로 리틀 빌럼이 물었다. "제가 어떻게 위안이 되나요?"

그 말에 상대방은 더욱 답답할 뿐이었다. "왜 이러나, 알면서!"

"그러면 그녀가 저를 좋아한다는 증거는 뭐죠?"

"사흘 전 내가 호텔에 들렀을 때 그 화창한 오후에 집에 혼자 남아 자네가 오길 기다리고 있지 않았나. 자네 마차가 보일까 발코니에서 아래를 내려다보며 말이야. 무슨 증거가 더 필요한지 모르겠군."

리틀 빌럼은 뭐가 더 필요한지 금방 찾아냈다. "제가 그녀를 좋아한다는 증거로는 어떤 게 있는지 알아봐야죠."

"내가 방금 언급한 사실에도 자네의 마음이 움직이지 않는다면 자네는 무정하기 그지없는 못된 녀석이네." 스트레더가 좀 더 상상력을 발휘하며 말을 이었다. "게다가 그 애를 그렇게 기다리게 했다는 사실이 자네의 마음을 보여 준 거 아닌가. 자네를 얼마나 좋아하는지 보려고 일부러 말이야."

이 기발한 생각에 경의를 표하기라도 하듯 상대방은 잠깐 말이 없었다. "기다리게 한 적 없는데요. 정확히 약속 시간에 갔어요. 전 무슨 일이 있어도 그녀를 기다리게 하지는 않아요." 젊은이가 명예롭게 단언했다.

"그러면 더 맞아떨어지지, 그것 보라고!" 스트레더는 그 생각에 매혹된 듯 그를 좀 더 옥죄었다. "더구나 자네가 그 애를 아직 제대로 평가하지 않았다면 지금 바로 생각을 바꾸라고 설득하고 싶네." 그가 말을 이었다. "이 일이 성사되기를 무척이나 바라거든." 그러곤 정말 진심이 느껴지는 갈망을 담아 덧붙였다. "적어도 그거라도 이루고 싶어."

"저를 장가보내는 거요? 돈 한 푼 없이요?"

"내가 살날이 그리 많이 남지 않았어. 그래서 내가 가진 전재산을 자네한테 남겨 줄 것을 지금 바로 이 자리에서 약속하네. 불행히도 별로 많진 않지만 전부 다 자네에게 주겠네. 그리고 포콕 양도 얼마간 돈이 있을 거야." 스트레더가 계속 말을 이었다. "적어도 그만큼은 건설적인 삶을 살았으면 하는 게 내 바람이야. 속죄의 의미로라도 말이야. 지금까지 이교도의 신들에게만 제물을 바쳐 왔기 때문에, 근본적으로는 내 신심을 변함없이 우리의 신들에게 바쳤다는 걸 기록으로 남기고 싶은 기분이란 말이지. 완전히 다른 식의 종교인 터무니없이 생소한 제단에 피를 뿌리느라 내 손이 온통 엉망이 된 느낌이야. 자, 내가 할 말은 다 했네." 그러면서도 한마디 더 덧붙였다. "사실 그 애를 채드와 떨어뜨려 놓으면 내 일이 수월해질 것 같아서 그 생각에 사로잡히게 된 거네."

그 말에 청년이 몸을 확 돌렸기 때문에 그들은 서로 관심을 보이듯 얼굴을 마주 보게 되었다. "채드를 위해서 편의로 저를 결혼시키려는 거예요?"

"그건 아니야." 스트레더가 부정했다. "자네가 결혼을 하든 말든 채드는 신경 쓰지 않아. 그저 그를 위한 내 계획의 편의인 거지."

"'그저'라고요!" 이렇게 그 말을 되풀이하는 것만으로도 그의 의견이 또렷이 드러났다. "정말 감사하네요." 그가 말을 이었다. "그런데 그를 '위한' 계획 같은 건 전혀 없다고 생각했는데요."

"그래 그럼 나 자신을 위한 계획이라고 해 두지. 그 방면으로는 자네 말대로 없는 거나 진배없으니까. 모르겠나? 이제 그의 상황에서는 인정하지 않을 수 없는 적나라한 사실만 남았잖아. 매미가 그를 원하지 않고 그도 매미를 원하지 않는다. 요 며칠 새 아주 분명해진 사실이지. 그러니까 그 끈을 우리가 잘 감아서 정리할 수 있다는 거야."

하지만 리틀 빌럼에게는 여전히 미심쩍은 점이 있었다. "아저씨는 그럴 수도 있죠. 그렇게나 원하시니까. 하지만 제가 왜 해야 하죠?"

가련한 스트레더는 그에 대해 생각해 보았는데 당연히 자기 주장이 표면적으로는 말이 안 되는 이야기임을 인정하지 않을 수 없었다. "따지고 보면, 그래야 할 이유는 전혀 없지. 그건 내 문제이니까. 내가 혼자 해야겠지. 단지 내가 먹을 약을 강력하게 만들고 싶다는 터무니없는 욕구가 있을 뿐이야."

리틀 빌럼이 잘 모르겠다는 투로 물었다. "아저씨의 약이 뭔데요?"

"뭐긴, 내가 삼켜야만 하는 거지. 내 상태가 완화되지 않기를 바란다는 거야."

그냥 별 뜻 없는 듯 말을 이어 갔지만 그 느슨한 말투 속에 불분명한 어떤 진실이 숨겨져 있었다. 그런 정황이 곧장 젊은 친구에게 영향을 끼치지 않을 수 없었다. 리틀 빌럼은 상대를 잠시 골똘히 바라보았다. 그러더니 모든 게 해명되었다는 듯이 밝게 웃었다. 그건 마치 매미를 좋아할 수 있는 척을 하든, 노력을 하든, 심지어 그냥 그러기를 바라기만 하든, 어떤 식으로든 도움이 된다면 기꺼이 그 일을 하겠다고 말하는 듯했다. "아저씨를 위해서라면 무슨 일이든 하겠어요!"

"그래." 스트레더가 미소를 지었다. "무슨 일이든 다 해 주는 게 내가 바라는 바야." 그는 이어서 말했다. "그날 매미의 태도를 보고 정말 전에 없이 기분이 좋았어. 혼자 있는 매미를 보고, 눈치 못 채는 사이 다가가서 그렇게 혼자 남겨졌다니 정말 안됐구나, 그런 내색을 했을 때 그 애는 명랑하게 곧 올 청년이 있다고 내비쳤거든. 그렇게 거대한 내 공상의 집을 여지없이 단번에 무너뜨렸지. 어쩌면 그게 바로 내게 필요했던 분위기였네. 그 청년을 기다리기 위해 집에 남아 있는 매미 말이야."

"곧 올 청년이라는 호칭이 마음에 드는데요! 물론 그 청년에게 그녀를 찾아가라고 부탁한 건 바로 채드였죠." 리틀 빌럼이 말했다.

"그랬을 거라고 짐작했어. 다행스럽게도 우리는 순진하고 자연스럽게 그 모든 걸 해낼 수 있는 거지." 그러곤 스트레더가 물었다. "그런데 혹시 채드가 알고 있는지 자네는 아나?" 상대방이 무슨 말인지 몰라 어리둥절하자 그가 다시 말했다.

"그러니까 매미가 지금 어떤 상태인지 말이야."

이 말에 리틀 빌럼이 이해하겠다는 표정으로 그를 빤히 바라봤다. 지금까지 그 무엇보다 분명히 그 암시를 간파한 듯했다. "아저씨는 아세요?"

스트레더가 살짝 고개를 저었다. "거기까지가 다야. 아, 자네에겐 이상해 보일 수도 있지만, 나도 모르는 게 분명 있거든. 그 애가 뭔가 확실한 것을 아주 깊숙이 숨겨 놓고 비밀로 하고 있다는 인상을 받았을 뿐이네. 그러니까 처음엔 뭔가를 감추고 있다고 봤지. 하지만 직접 마주하고 나니 그 애에게 그 문제를 함께 얘기할 수 있는 사람이 있다는 걸 곧 알아차렸어. 그게 어쩌면 나일 수도 있겠다고 생각했는데 알고 보니 내겐 반 정도만 알려 주더라고. 매미는 발코니에 있었기 때문에 내가 방 안으로 들어온 걸 몰랐어. 나중에 몸을 돌려서 나를 맞았는데, 자네를 기다리고 있었다고 얘기하면서 눈에 띄게 실망하는 모습을 보였지. 그래서 내게 약간의 확신이 들었고, 반 시간이 지나서는 완전히 확신할 수 있었던 거야. 그다음 일은 자네도 아는 거고." 그가 젊은 친구를 뚫어지게 보았고, 그러자 정말 확신할 수 있었다. "자네가 뭐라고 하건 자네는 푹 빠져 있는 거야. 그렇게 된 거 아닌가."

리틀 빌럼은 잠시 후 반쯤 인정했다. "그쪽에서 제게 어떤 언질도 주지 않았다는 건 확실하게 말씀드릴 수 있어요."

"당연히 안 했겠지. 내가 아무려면 매미가 자네를 그런 식으로 볼 거라고 생각했겠어? 어쨌든 자네는 매일 그 애와 함께 있었고, 아무 거리낌 없이 그 애를 만났고, 그래서 상당히 좋아하는 마음이 생긴 거잖아. 내 생각은 여전히 그래. 그리고 자네는 그걸 잘 이용한 거지. 그 애가 지금까지 어떤 일을 겪었는지 알 뿐 아니라 오늘 여기서 저녁을 먹었다는 사실도 알잖아. 사실 그 때문에 그 애가 훨씬 더 많은 일을 겪어야 했겠지만."

리틀 빌럼은 그 공격을 정면으로 맞았고, 그러고 나서는 정신을 차렸다. "그녀가 저한테 잘해 주지 않았다는 말은 전혀 아닙니다. 하지만 자존심이 워낙 강해서요."

"그게 온당한 거지. 그렇다고 자네한테 잘해 주지 못할 정도는 아니잖아."

"바로 자존심 때문에 제게 잘해 줬던 거예요." 그러곤 충성스럽게 말을 이었다. "채드는 정말 그녀에게 정성을 다해 잘 대해 주었어요. 상대편이 자신을 사랑하고 있을 때 그건 남자로서는 좀 어색한 상황이죠."

"아, 하지만 이젠 아니네."

리틀 빌럼은 정면을 응시하며 앉아 있었다. 그러더니 끈질기게 이어지는 상대방의 통찰력에 결국 정말로 초조해지기라도 한 듯 벌떡 일어섰다. "그래요, 지금은 아니죠. 그건 전혀 채드의 잘못도 아니고요." 그가 말을 이었다. "채드는 전혀 문제없었어요. 그러니까 기꺼이 결혼할 수도 있었을 거라고요. 하지만 그녀는 나름의 생각을 가지고 여기 왔어요. 미국에서 이미 갖게 된 생각이죠. 그런 동기가 있어서 오빠와 올케 언니와 함께 오기로 한 겁니다. 우리의 채드를 구해 주기 위해서요."

"아, 나처럼 말이지? 불쌍한 것." 스트레더 역시 자리에서 일어섰다.

"맞아요, 그래서 힘든 시간을 보냈죠. 그가 이미 구제되었고 여전히 그러하다는 게 곧 분명해졌기 때문에 그녀로서는 멈칫했고 실망을 금할 수 없었던 겁니다. 할 일이 없어졌으니까요."

"그를 사랑하는 일조차?"

"그녀가 애초 믿었던 모습 그대로였다면 사랑하기는 더 나았겠죠."

스트레더가 궁리해 보았다. "물론 문제가 되는 젊은이가 그런 역사를 가지고 그런 상태에 놓여 있다면, 젊은 여성의 머릿속에 어떤 관념이 생길까 궁금하기는 해."

"틀림없이 그 젊은 여성은 애매하긴 하지만 그게 사실상 옳지 않다고 보았던 거죠. 그녀에게는 옳지 못한 거나 애매한 거나 그게 그거였으니까요. 그런데 어쨌든 사실 알고 보니 채드가 훌륭하고 반듯해서 당혹스러웠던 거예요. 그녀가 단단히 각오를 하고 만반의 준비와 채비를 다했을 때는 대충 그 반대의 모습을 예상했는데 말이죠."

"하지만 그 애에게 중요한 문제는 결국 그가 더 나아질 수 있다, 구원될 수 있다는 것 아니었나?" 스트레더가 상황을 따져 보았다.

리틀 빌럼이 잠시 곰곰이 생각하더니 다정함이 배어 나오는 태도로 고개를 살짝 저었다. "너무 늦었어요. 그녀가 기적을 만들어 내기엔 너무 늦은 거예요."

"그렇겠군." 스트레더는 충분히 이해가 갔다. "그래도 채드가 놓인 상황에 아주 큰 단점이 있으니, 그 애가 거기서 이득을 볼 수도 있다면……."

"아, 그녀는 그렇게 대놓고 '이득 보는' 일 따위는 원하지 않아요. 다른 여자가 이루어 놓은 일로 이득을 보고 싶진 않은 거죠. 기적은 그녀 자신이 만든 기적이었어야 해요. 그리고 그일을 하기엔 너무 늦었고요."

스트레더는 그 모두가 아주 잘 들어맞는다고 생각했지만, 여전히 한 가지 남은 문제가 있었다. "그럼 이런 문제에서 그녀가 좀 까다롭게 군다고 하지 않을 수 없겠는데. 여기 말로 '디피실(difficile)'이라고."

리틀 빌럼이 턱을 치켜올렸다. "당연히 매미는 까다롭죠! 모든 문제에서요! 그게 아니라면 우리의 매미들이 달리 어떤 면에서 진정하고 틀림없는 매미이겠어요?"

"알겠네, 알겠어." 상대에게서 그렇게 풍부한 지혜를 대답으로 끌어냈다는 데 매료되며 스트레더가 말했다. "매미는 진실하고 틀림이 없지."

"바로 그 자체이지요."

"그렇다면 결과적으로 그녀로서는 불쌍한 몹쓸 채드가 그저 대단히 훌륭하다는 거군." 스트레더가 말을 이었다.

"대단한 훌륭함이 결과적으로 그가 이뤄야 했던 상태이긴 하죠. 단지 그녀가, 오로지 그녀만이 그걸 가능하게 했어야 했던 거예요."

그 사실이 아주 멋들어지게 어울렸지만 여전히 미진한 부분이 있었다. "그 애를 위해 채드가 해 줄 수 있는 게 없을까? 결국 관계를 끊게 되면?"

"그에게 실제로 영향을 준 인물하고요?" 아, 이 질문에 리틀 빌럼은 평소와 달리 자제력을 잃고 되물었다. "그 인물이 그를 그렇게 말도 안 되게 버려 놨는데 어떤 식으로든 그가 '해 줄' 수 있는 게 도대체 뭐가 있겠어요?"

스트레더는 그냥 받아들이는 수동적인 방식으로라도 기꺼이 그 질문에 대응할 수 있었다. "정말 다행스럽게도 자네는 버려 놓지 않았잖아! 자네는 여전히 그 애가 구해 줄 수 있으니까, 그것이 아주 멋지게 증명되었으니 방금 전 내 주장으로 다시 돌아갈 수 있겠군. 그 애가 이미 그 일을 시작했다는 분명한 표시를 자네가 보여 주고 있다는 거지."

젊은 친구가 돌아서 버렸으므로 스트레더는 그가 당장은 자신의 주장을 거듭 부인하진 않았다고 혼잣말을 할 수밖에 없었다. 리틀 빌럼은 음악이 연주되는 쪽으로 가면서 물에 젖은 테리어처럼 자신의 발랄한 귀를 흔들어 보였을 뿐이었다. 그동안 스트레더는 매 순간 소용되기만 하면 아무거나 다 믿어도 상관없다는 느낌, 요즘 들어 그에게 가장 위안이 되는 그 느낌에 젖어 들었다. 이렇게 순간순간 좌우되는 움직임과 흔들림이 여지없이 자신 안에 존재하고 있음을 의식했다. 아이러니와 공상에 일시적으로 빠진다거나, 향과 색깔이 갈수록 선명하고 강해져 가는 듯한, 쑥쑥 잘도 자라는 관찰이라는 장미를 본능적으로 확 잡아 꺾어서 거기에 코를 박고는 심하다 싶을 만큼 내키는 대로 즐기는 일이 잦았다. 그런데 바로 다음 순간, 뭔가 뚜렷이 감지되는 바람에 다시 그런 일이 일어났다. 그 방 문간에서 리틀 빌럼과 총명한 바라스 양이 잠깐 마주선 모습이 눈에 들어왔던 것이다. 보아하니 그녀가 빌럼에게 뭔가를 묻는 모양이었고, 빌럼은 몸을 돌려 자신이 방금 전까지 대화를 나눈 스트레더 쪽을 가리켰다. 빌럼의 대답으로 성이 안 차는지 다른 장신구들과 마찬가지로 고풍스러우면서 특이하게 생긴 자신의 시각적 기구를 이용해 다시금 확인하더니, 어느 때보다 더욱 오래된 프랑스 판화나 역사적인 초상화를 연상시키는 모습으로 그 상냥한 숙녀가 다가왔고, 그는 곧 그녀와 마주하게 되었다. 그는 그녀의 첫마디 말이 무엇일지 미리 알았다. 그녀가 다가오기를 기다리면서 지금이야말로 그 말이 필요하다는 것을 이해했다. 여태껏 그 두 사람이 만난 어떤 경우도 지금만큼 '경이로운' 적은 없었으니까. 그리고 어디에서나 으레 그렇듯 그녀는 특별한 자리에서 자신만의 특별한 방법으로 그 자질을 감지하는 능력을 충족시키기 위해 그 자리에 있는 것이었다. 그곳 상황에 의해 그 감지 능력이 충분히 충족되었기 때문에 그녀는 음악을 등진 채 그 방을 나섰더랬다. 공연 전체에서 벗어났고, 한마디로 무대 자체를 버렸다. 스트레더와 함께 잠깐 무대 뒤에 머물면서, 어쩌면 신탁을 내리는 사제 뒤쪽에서 서로에게 눈짓을 하는 유명한 예언자인 양 행동할 수도 있겠다 싶었던 것이다. 리틀 빌럼이 앉았던 스트레더의 옆자리에 앉자마자 그녀는 정말로 많은 것에 대한 답을 주었다. 그것은 '당신네 숙녀들은 다들 내게 유별나게 상냥해요.'라는 그의 말과 함께 시작되었다. 스트레더는 다만 그 말이 너무 덜떨어지게 들리지 않았기를 바랐다.

그녀는 긴 손잡이가 달린 안경을 이리저리 돌리며 관찰 대상을 옮겨 다니더니 곧 주변에 아무도 없어서 거리낄 게 없음을 알았다. "우리야 그럴 수밖에 없죠. 하지만 바로 그게 당신에겐 곤경이지 않나요? '우리 숙녀들'이라, 오, 우리가 상냥하니 당신은 그걸 넘치도록 누리고 있음이 분명하네요. 하지만 고스트리 양은 적어도 오늘 밤엔 당신을 혼자 놔뒀군요, 그렇죠?" 그러면서 그녀는 마리아가 어디 숨어 있기라도 하듯 다시 주변을 둘러보았다.

"아, 맞아요." 스트레더가 말했다. "그녀는 나 때문에 집에서 잠도 못 자고 있지요." 이 말에 상대방이 예의 그 발랄한 '오, 오, 오!'를 연발했기 때문에 마음 졸이며 기도하느라 잠을 못 자는 거라고 그가 설명했다. "그녀가 여기 없는 편이 낫다고 생각했어요. 물론 어느 쪽이든 그녀로서는 걱정이 이만저만이 아니겠지요." 그는 자신이 숙녀들의 관심을 끈다고 생각하는 편이었는데, 그것을 겸손이라고 보든 오만해서라고 보든 그건 그들이 알아서 생각할 일이었다. "하지만 그녀는 내가 종국에는 어딘가에 다다를 거라고 봐요."

"오, 저 역시 그래요!" 질 수 없다는 듯이 바라스 양이 웃으면서 말했다. "다만 문제는 어디쯤에 다다를 것인가이죠, 그렇잖아요?" 그녀가 만족스럽게 말을 이었다. "어디가 되었든 아주 멀리까지 갈 게 틀림없어요, 그렇죠?" 그녀가 웃으며 말했다. "그러니까 공평하게 말하자면 우리는, 그러니까 우리 사이에서는 당신이 웬만하면 아주 멀리까지 가기를 바라거든요."

그녀가 익살스럽고 빠른 말투로 되풀이했다. "그럼요, 그럼요, 아주, 아주 멀리 가기를 바란다고요!" 그러더니 왜 마리아가 여기 없는 편이 낫다고 생각했느냐고 물었다.

"아, 사실 그건 그녀의 생각이었어요." 그가 대답했다. "나로서야 같이 오는 편이 좋았겠죠. 하지만 그녀는 책임이 두렵다고 하더군요."

"그건 이제껏 보이지 않던 모습 아닌가요?"

"책임을 두려워하는 거요? 그래요, 물론이에요. 하지만 그녀의 신경이 더 이상 버틸 수 없게 된 거죠."

바라스 양이 잠시 그를 바라보았다. "그녀로선 너무 많은 게 걸려 있군요." 그러더니 심각함을 좀 털어 버리며 말했다. "다행히 제 신경은 잘 버텨 주고 있어요."

"다행스럽게 나도 그래요." 스트레더가 그 문제로 되돌아왔다. "내 신경이 아무리 견고하고, 책임에 대한 욕구가 아무리 강해 봐야 오늘 밤 이 자리가 '많으면 많을수록 더 흥겹다.'라는 원칙에 따라 움직인다는 사실을 감지하지 못할 정도는 아니에요. 우리가 이렇게나 즐거운 건 채드가 모든 걸 아주 잘 이해했기 때문이겠죠."

"훌륭하게 잘 이해했어요." 바라스 양이 말했다.

"경이로워요!" 스트레더가 그녀를 앞질러 말했다.

"경이롭고말고요!" 그녀가 그 말을 받아 더 힘주어 되풀이했다. 그래서 둘은 마주 보며 거리낌 없이 호탕하게 웃었다. 하지만 그녀가 곧 덧붙였다. "아, 그 원칙은 나도 알아요. 그걸 모르면 뭐가 뭔지 몰라 갈팡질팡하겠죠. 하지만 일단 그것을 이해하면……."

"둘 곱하기 둘만큼 아주 간단해지죠! 채드가 뭐든 하지 않을 수 없었던 그 순간부터……."

"사람들을 잔뜩 모으는 일 외에는 달리 방법이 없었다는 거죠?" 그녀가 그의 말을 대신했다. "아무래도 좀 그렇죠. 왁자지껄한 소동이거나 아예 아무것도 아니거나." 그녀가 웃으며 말했다. "포콕 부인은 사람들이 이룬 담의 안쪽이나 아니면 바깥쪽에 갇혔어요. 어느 쪽이든 마찬가지예요. 완전히 사람들 사이에 박혀서 옴짝달싹도 못 하는 거죠. 근사한 고립 상태에 빠졌다고 할까요." 바라스 양이 그 상황을 멋지게 표현했다.

스트레더는 무슨 말인지 이해했지만 공정하려고 세심하게 신경 썼다. "그래도 여기 모인 사람들을 한 명씩 다 소개받긴 했어요."

"훌륭하게도 그랬죠. 하지만 바로 그녀를 바깥쪽에 가둬 두기 위해서인 거예요. 주위에 벽돌을 쌓아 올려 생매장되었다니까요!"

잠시 스트레더에게 그 장면이 눈에 선했다. 하지만 곧 한숨을 내쉬었다. "아, 하지만 아직 안 죽었어요! 그렇게 되려면 이것 말고도 다른 게 더 있어야 할 겁니다."

상대는 잠깐 말이 없었는데, 불쌍한 마음이 들어서라고 할 수도 있었다. "그럼요, 정말 끝장났다고 생각할 수는 없지요. 오늘 밤이 지나서까지 계속될 일도 아니고요." 마찬가지로 양심의 가책을 느낀 듯 잠시 생각에 잠겨 있더니 말했다. "턱까지만 차올랐을 뿐이에요." 그러더니 재미 삼아 덧붙였다. "그러니까 숨은 쉴 수 있는 거죠."

"숨은 쉴 수 있죠!" 그 역시 장난처럼 되풀이하고는 다시 물었다. "그런데 오늘 저녁 내내 나한테 사실 무슨 일이 벌어졌는지 알아요? 이 아름다운 음악과 흥겨운 목소리들을 다 뚫고, 그러니까 이 흥청거리는 분위기와 당신의 멋들어진 위트에도 불구하고 말이에요. 포콕 부인의 숨소리가 내게는 다른 모든 소리를 다 삼켜 버릴 만큼 크게 들려요. 정말로. 말 그대로 나한테는 그 소리밖에 안 들려요."

안경의 장식 체인을 딸각거리며 그녀가 그에게 시선을 집중했다. "그러니까……!" 전에 없이 다정하고 나지막한 말투였다.

"그러니까요?"

"턱 위쪽으로는 여전히 자유로우니까요," 그녀가 생각하면서 말했다. "그녀로서는 그걸로 충분하니까."

"나한테는 그렇죠!" 스트레더가 서글프게 웃고 나서 물었다. "웨이마시가 정말로 세라를 데리고 당신을 만나러 갔던 거예요?"

"그랬죠. 하지만 최악이었어요. 당신에게 전혀 득이 되지 않을 수도 있었으니까요. 그래도 무척 노력은 했어요."

스트레더가 궁금하다는 듯이 물었다. "어떤 식으로 노력을 했죠?"

"어떤 식은요, 당신 얘기를 꺼내지 않은 거죠."

"그래요, 그 편이 나았을 거예요."

"그럼 그보다 나쁜 게 뭐가 있었겠어요?" 그녀가 목소리를 좀 높였다. "말을 하건 침묵을 시키건, '평판에 해를 끼칠 수밖에' 없다고요. 게다가 다른 사람도 아닌 당신에게 말이에요."

"그건 당신이 아니라 내가 문제라서 그래요. 내 잘못이에요." 그가 관대하게 말했다.

그녀는 잠시 말이 없었다. "아니요, 웨이마시 씨의 잘못이에요. 그녀를 데려온 것부터가 잘못이에요."

"아, 웨이마시는 도대체 그녀를 왜 데려온 거죠?" 스트레더가 사람 좋은 말투로 물었다.

"안 데려오고는 못 배겼겠죠."

"아, 당신이 일종의 전리품이었다는 거군요. 점령지에서 손에 넣은. 하지만 사정이 그래도 당신이 '평판에 해가 되는데' 왜……"

"그의 평판에도 해가 되지 않겠냐고요? 당연히 그의 평판에도 좋지 않죠." 바라스 양이 미소를 띠며 말했다. "할 수 있는 한 심하게 해를 끼치려 하죠. 하지만 웨이마시 씨에겐 그게 별로 치명적이지 않아요. 포콕 부인과의 그 멋진 관계에서는 오히려 득이 되죠." 이 말에도 여전히 스트레더가 약간 어리둥절한 표정을 짓자 덧붙여 말했다. "나 같은 여자를 사로잡는데도 성공했다는 거잖아요, 모르시겠어요? 나한테서 그를 빼앗다니 그녀로서는 그게 얼마나 더 군침 도는 일이겠어요."

스트레더는 무슨 말인지 이해하기는 했지만, 여전히 의외라는 느낌을 떨칠 수가 없었다. "그럼 그녀가 당신'에게서' 웨이마시를 빼앗은 게 되는 건가요?"

잠시 갈피를 잡지 못 하고 헤매는 그를 보며 그녀는 재미있어 했다. "제가 어떻게 싸웠는지 상상할 수 있겠죠! 그녀는 자신이 승리했다고 믿고 있어요. 그녀의 기쁨이 한편으로는 거기서 나온다고 봐요."

"아, 그녀의 기쁨이라고요!" 스트레더가 믿지 못하겠다는 듯이 중얼거렸다.

"완전히 자기 뜻대로 하고 있다고 생각하잖아요. 게다가 오늘 밤 이 모든 게 그녀에게는 자신을 마치 여신처럼 떠받드는 일이 아니면 뭐겠어요? 드레스도 아주 훌륭한걸요."

"천국으로 올라갈 만큼 훌륭하단 말인가요?" 스트레더가 말을 이었다. "정말 여신이 되고 나면, 천국 말고는 아무것도 없잖아요. 세라에게는 그저 내일이 있을 뿐이죠."

"그래서 그녀에게 내일이 천국 같지 않을 거란 말이에요?"

"글쎄요, 내 말은 그녀 편에서 보자면 왠지 오늘 밤이 진짜라기엔 너무 훌륭하다는 느낌이 들 거라는 거죠. 그녀는 케이크를 먹어 버렸어요. 그러니까 지금 막 먹을 참이죠. 가장 크고도 달콤한 조각을 꿀떡 삼키고 있는 거예요. 그러고 나면 이제 남은 케이크는 없겠죠. 나는 분명 가지고 있는 게 없어요. 기껏해야 채드 것만 있을지 모르죠." 그는 함께 즐기고 싶다는 듯 그 얘기를 계속 끌고 갔다. "말하자면 숨겨 놓은 게 하나 있을 수도 있다는 건데, 사실 내게 드는 생각은 그게 있다면……."

"굳이 이런 파티까지 벌이는 수고를 할 필요가 있겠냐는 거죠?" 그녀는 바로 이해했다. "그렇죠. 그리고 내키는 대로 말하자면 이런 수고는 더 이상 안 했으면 정말 좋겠어요." 그러곤 덧붙여 말했다. "물론 지금 문제가 뭔지 모르는 건 아니지만요."

"그건 지금쯤이면 누구나 알겠죠." 스트레더가 생각에 잠겨 인정했다. "그리고 지금 여기 모인 사람들이 다 알면서도 상황을 지켜보며 기다리는 걸 보면 정말 이상하기도 하고 우습기도 해요."

"맞아요, 정말 우습지 않나요?" 바라스 양이 맞장구를 쳤다. "우리 파리 사람들이 바로 그래요." 그녀는 자신들의 기이한 특성이 새롭게 그 면모를 드러낼 때마다 늘 기뻐했다. "정말 놀랍죠. 하지만 말이에요." 그녀가 단호하게 말했다. "그건 다 당신에게 달린 거예요. 당신 급소에 칼을 꽂아 넣고 싶진 않지만, 우리가 당신들 머리 꼭대기에 있다는 당신 말이 바로 그런 뜻이잖아요. 당신이 이 드라마의 주인공이라는 걸 알기 때문에 뭘 어떻게 하려는지 보려고 모인 거예요."

스트레더는 살짝 이해가 안 되는 표정으로 잠시 그녀를 바라보았다. "그럼 바로 그 때문에 주인공이 이 구석에 피신해 있는 거군요. 주인공 역할이 두려워서요. 그 역할을 꺼리는 거지요."

"아, 그래도 우리는 그 주인공이 어쨌든 자기 역할을 해내리라 믿어요." 바라스 양이 상냥하게 말을 이었다. "그래서 우리가 당신에게 그렇게 관심을 갖는 거잖아요. 당신이 우리의 기대에 부응하리라 생각하니까." 그 말에도 그가 딱히 이해하는 기색을 보이지 않자 덧붙였다. "그를 그렇게 놔두지 말아요."

"채드를 떠나게 하지 말라고요?"

"그래요, 붙잡아요." 공들여 마련해서 바친 그 파티 전체를 지칭하며 그녀가 말했다. "이 정도면, 할 만큼 한 거예요. 그가 여기에 있으면 정말 좋겠어요. 매력 만점이거든요."

"당신들은 마음만 먹으면 만사를 아주 간단히 만드는 게 참 멋지다니까요." 스트레더가 말했다.

하지만 그녀는 그 칭찬을 그대로 그에게 돌려줬다. "당신이 필요할 때 그렇게 하는 것에 비하면 아무것도 아니지요."

그 말이 무슨 예언의 목소리처럼 들려 그는 약간 눈살을 찌푸렸고 잠깐 말이 없었다. 그러나 그들의 대화 끝에 생겨난 다소 냉랭한 공터에 그를 남겨 두고 그녀가 자리를 뜨려는 기색을 보이자 그녀를 붙들었다. "오늘 밤에는 남자 주인공이 등장할 기미는 확실히 없어요. 그 주인공은 몸을 피한 채 할 일을 등한시하며 그저 창피스러워할 뿐이거든요. 그러니까, 알겠지만, 당신이 정말 관심을 쏟아야 하는 건 여주인공이라고 봅니다."

바라스 양이 잠시 사이를 두었다가 물었다. "여주인공이라고요?"

"여주인공이요." 스트레더가 말했다. "내가 전혀 여주인공 대접을 못 하고 있어요." 그러더니 한숨을 쉬며 덧붙였다. "아, 그런 일엔 젬병이라니까!"

그녀가 그를 달래 주었다. "할 수 있는 만큼 하고 있는 거예요." 그러곤 잠깐 망설이더니 말했다. "그녀는 만족하고 있다고 보는데요."

그래도 그는 죄책감을 내비쳤다. "가까이 가지도 못했는걸요. 아예 쳐다보지도 않았어요."

"아, 그러면 아주 많은 걸 놓친 거예요!"

그는 자신도 동감이라는 표정을 지었다. "그 어느 때보다 더 경이로운가요?"

"그 어느 때보다요. 포콕 씨와 함께 있을 때요."

스트레더가 의외라는 듯 물었다. "비오네 부인이, 짐과 같이 있다고요?"

"비오네 부인이 '짐'과 함께요." 중요한 역사적 사건이라도 되는 양 바라스 양이 말했다.

"그와 뭘 하고 있나요?"

"아, 그건 그에게 물어보셔야죠!"

그 생각에 스트레더의 얼굴이 다시 밝아졌다. "그건 정말 재미있겠는데요!" 하지만 여전히 궁금한 점이 있었다. "그런데 그녀 쪽에서도 생각하고 있는 게 있을 텐데요."

"당연히 있죠. 스무 가지도 더 될걸요." 별갑 안경을 흔들며 바라스 양이 말했다. "우선은 자신의 역할을 한다는 생각이 죠. 그 역할은 당신을 돕는 것이고요."

그것은 지금껏 그 어떤 말보다 더 분명한 선언이었다. 그것이 무엇과 어떻게 연관되는지 언급조차 없었지만, 갑자기 그들은 대화의 핵심에 다다른 듯했다. "그래요, 내가 그녀를 도와주는 것에 비하면 그녀가 내게 얼마나 큰 도움을 주는지!" 스트레더가 진지하게 말했다. 그가 말했듯 내내 만남을 미뤄 왔던 그 존재의 강렬하면서도 감춰져 있던 영혼과 아름다움과 우아함이 바로 곁에 있는 양 한꺼번에 밀려들었다. "그녀는 정말 대담해요."

"아, 대담하다마다요!" 바라스 양이 동의했다. 두 사람은 얼마나 대담한지 알아내려는 것처럼 잠깐 상대방의 표정을 살폈다.

하지만 정말이지 이제 상황의 전모가 드러났다. "그녀는 그를 정말 아끼는군요!"

"아, 그럼요. 정말로 아끼죠." 바라스 양이 사려 깊게 덧붙였다. "하지만 혹시라도 그 점을 의심했던 건 아니겠죠?"

자신이 정말 단 한 번도 의심해 본 적이 없다는 생각이 불현듯 들었다. "물론, 당연히 그게 핵심이죠."

"그것 봐요!" 바라스 양이 미소를 지었다.

"바로 그 때문에 여기에 나온 것이고." 스트레더가 말을 이었다. "바로 그 때문에 여기 이렇게 오래 머무는 거죠." 그가 끌어다 댈 수 있는 건 아주 많았다. "그리고 또한 미국에 돌아가는 것이기도 하고요. 그리고 또, 또……."

"모든 게 다 그렇죠!" 그녀가 맞장구쳤다. "오늘 밤 어떤 모습으로 뭘 보여 주든, 그리고 당신 친구 '짐'이 무슨 일을 하든 그녀가 스무 살처럼 젊어 보이는 것도 바로 그 때문이에요. 그게 그녀가 처음부터 생각한 것이기도 하고요. 그를 위해서 젊은 처녀처럼 보이기, 그것도 아주 수월하고 멋지게."

스트레더가 멀찍이에서 거들었다. "그를 위해서요? 채드를 위해서?"

"어느 정도는 채드를 위해서죠. 당연히, 항상 그렇듯이. 하지만 오늘 밤엔 특별히 포콕 씨를 위해서예요." 이 말에 상대방이 그저 빤히 바라보자 다시 설명했다. "맞아요, 정말 용감한 일이죠! 하지만 바로 그게 그녀의 특성이에요. 강렬한 의무감." 그 점이 이제 두 사람에게 충분히 분명해졌다. "뉴섬 씨가 아무래도 누이한테 매여 있을 수밖에 없으니까……."

"자신은 그 누이의 남편을 맡는 것이 최소한의 할 일이라는 거군요?" 스트레더가 다음 말을 이었다. "그럼요, 최소한 그건 해야겠죠. 그래서 그를 맡은 거로군요."

"그녀가 그를 맡았죠." 바라스 양이 앞서 의미했던 것은 그것이었다.

하지만 그것이면 충분했다. "확실히 재미있는 상황이네요."

"오, 정말 재미있죠." 당연히 거기에는 본질적으로 재미가 함께하니 말이다.

하지만 그들은 다시 앞서의 문제로 되돌아갔다. "그렇다면 정말이지 그녀가 채드를 아끼는 마음은 정말 어느 정도인지!" 상대방은 그 말에 의미심장하게 '아!'라고만 툭 던졌을 따름이었는데, 그것은 그가 그 사실에 익숙해지기까지 그렇게 오래 걸렸다는 데 대한 답답함을 표시하는 것일 수도 있었다. 그녀 자신으로 말하자면 이미 오래전부터 익히 알고 있던 사실이었으니까.

2

그로부터 일주일도 안 된 어느 날 아침, 정말로 모든 책임이 마침내 그에게 떨어졌음을 알았을 때 곧바로 찾아든 감정은 그저 안도감이었다. 그날 아침 그는 무슨 일이 일어날 것임을 알았다. 여러 가지를 반추하며 많은 시간을 보내곤 했던, 바닥이 미끄러운 작은 식당에 앉아 간단하게 커피와 빵을 먹고 있는 그의 앞에 나타난 웨이마시의 분위기를 보고 곧바로 알아챘다. 스트레더는 최근 마음을 비운 채 그곳에서 혼자 식사를 해 왔다. 심지어 6월 말의 날씨에도 왠지 모르게 찾아드는 그곳의 냉기, 오래된 풍미와 뒤섞여 으스스하게 몸서리가 쳐지는 그 분위기와 교감했더랬다. 그리고 그 분위기 속에서 수많은 인상들이 비딱하고도 고집스럽게 성장하고 원숙해진 것이다. 지금 그는 거기 앉아 커피 주전자를 약간 기울였고, 웨이마시는 얼마나 더 좋은 시간을 보내고 있을까를 떠올리며 나직하게 한숨을 쉬던 중이었다. 일반적인 기준에서 보자면 그건 사실 스트레더의 업적이라 할 만했다. 그의 친구가 그렇게 잘나가도록 이끈 일 말이다. 처음에는 아무리 구슬려도 시간을 보낼 만한 괜찮은 장소에 한번 들르기가 힘들었다. 그런데 결국 지금 실제로 생겨난 결과는 바삐 돌아다니는 그를 어느 한곳에 붙잡아 놓기가 어렵다는 것이었다. 스트레더가 흥미롭고도 생생하게 알게 된 바로는, 그렇게 바쁜 그의 생활은 여전히 다 세라와 함께였고, 어쩌면 그런 생활이 수수께끼 전체의 암호를 담고 있는지도 몰랐다. 좋은 쪽이든 나쁜 쪽이든 그 자신의 원칙, 스트레더의 운명이라는 바로 그 원칙을 열심히 휘저어 향미가 가득한 훌륭한 거품을 내고 있는 셈이었다. 결국 그것은 마지막까지 그들이 힘을 합쳐 그를 구하고자 하는 것일 수도 있었는데, 정말이지 웨이마시의 모든 행동은 거기서 나온 것이어야 했다. 여하튼 스트레더는 그와 관련해서 자신에게 필요한 구원이 그렇게 빈약하지 않아 다행이라고 보았다. 어떤 면에서 보자면 뚫어져라 노려보는 그 시선에서 벗어나 그저 숨어 있는 것도 사치였다. 오랜 친구 사이라 봐주고 싶은 마음이 들 법도 하니까 스트레더 스스로 내세울 만큼 좋은 조건을 웨이마시가 내세울 수도 있지 않을까 하는 생각이 간혹 진지하게 들기도 했다. 물론 같은 조건일 수는 없을 것이다. 하지만 자신은 전혀 조건을 내세울 수 없을 테니 그들에게 유리할 수도 있었다.

그가 아침을 늦게 시작하는 일은 전혀 없었는데, 웨이마시는 이미 일어나 나와 있었고, 어둑한 식당을 한번 들여다보더니 평상시보다 훨씬 덜 느슨한 태도로 모습을 드러냈다. 안뜰 쪽으로 난 유리창을 통해 그들 외에 아무도 없음을 이미 확인한 뒤였다. 사실 지금 그에게는 식당을 웬만큼 다 차지하고 앉은 듯한 어떤 분위기가 있었다. 그는 여름철 복장을 하고 있었다. 표정이 돋보이고 또렷해 보이는 복장이었다. 그럴 필요도 없는데 굳이 흰색 조끼를 차려 입었고 그것이 불룩하기까지 하다는 점만 빼면 말이다. 스트레더가 파리에 있는 동안 한 번도 본 적이 없는 밀짚모자를 쓰고 있었고, 단춧구멍에는 막 꺾은 화사한 장미가 꽂혀 있었다. 그는 웨이마시가 한 일을 단박에 알 수 있었다. 한 시간 전에 이미 방을 나서서, 이 계절 파리의 아주 상쾌한 시간인 이슬이 채 가시지 않은 이른 아침에, 새로운 경험으로 고동치는 심장 박동에 숨을 헐떡이며 포콕 부인과 함께 꽃 시장에 다녀온 것이 틀림없었다. 이 모습을 그려 보면서 스트레더에게 부러움에 가까운 희열이 밀려왔다. 그렇게 서 있는 그의 모습을 보니 예전 그들의 위치가 완전히 역전된 듯했다. 운명의 수레바퀴가 갑자기 홱 돌아가, 울렛에서 온 순례자의 자세가 상대적으로 너무나 애처로워 보였다. 그리하여 이 순례자는, 지금 이 순간 마땅히 이럴 자격이 있다는 듯이 그의 앞에 서 있는, 그렇게 당당하고 건강하며 멋지게 궤도에 오른 모습의 웨이마시를 본 적이 과연 있었던가 싶었다. 그 친구가 심지어 체스터에서도 자신의 모습을 보며 완전히 탈진했다는 말이 진실로 들리지 않는다고 했던 것을 기억했다. 하지만 굳이 따져 봤을 때 위태로울 정도의 쇠약함의 문제라면 현재 웨이마시의 모습만큼 그것과 상관이 없어 보이는 것도 없을 것이다. 아무튼 스트레더는 위대한 시대의 남부 대농장주와 비슷해 보인 적이 단 한 번도 없었는데, 지금 그를 찾아온 친구의 가무잡잡한 얼굴과 그와 잘 어울리는 챙 넓은 파나마모자는 바로 그 이미지를 생생하게 불러일으켰다. 더욱이 지금과 같은 웨이마시의 스타일이 세라의 관심에서 나왔을 것이라는 추측이 들자 더욱 흥미로웠다. 그 모자를 생각해 내고 구입한 일에 세라의 취향이 전혀 관여하지 않았을 리가 없고 마찬가지로 장미를 꽂아 준 것도 그녀의 세심한 손가락이었으리라 확신했다. 때로 상황이 이상하게 흘러가듯 그렇게 생각을 이어 나가다 보니 정작 그 자신은 멋진 여성과 꽃 시장에 가기 위해 아침 일찍 종달새 소리와 함께 일어난 적이 한 번도 없다는 데에 생각이 미쳤다. 고스트리 양과 관련해서든 비오네 부인과 관련해서든 그런 일이 그가 해야 할 일로 주어질 수가 없었다. 그런 모험을 위해 일찍 일어나는 일 자체가 정말이지 어떤 식으로든 그에게 주어질 수 없는 것이었다. 기실 늘 그랬다. 자신은 전반적으로 뭔가를 놓치는 재주가 있어서 언제나 모든 것을 놓치고, 반면 다른 사람들은 그 반대로 언제나 모든 것을 집어 챙기는 것이다. 그런데도 절제하는 듯이 보이는 건 다른 사람들이고 자신은 탐욕스러워 보였다. 어쩐 일인지 결국 돈을 내는 것은 그 자신인데 먹고 즐기는 것은 다른 사람들이었다. 그랬다, 그가 단두대에 서야 할 것 같은데, 그게 누구 대신인지도 아직은 모르는 셈이었다. 사실 그는 바로 지금 단두대에 서 있는 느낌이었고 정말이지 그것을 상당히 즐기고도 있었다. 거기서 불안해하고 초조해하기에 상황이 바로 그런 식으로 작용하고, 웨이마시가 그렇게 잘나가고 있기 때문에 그 상황이 효과적이었다. 결국 성공적이었던 것은 건강을 위한, 기분 전환을 위한 웨이마시의 여행이었다. 혼자 열심히 계획하고 애쓰며 스트레더가 원했던 것이 바로 그것이었던 셈이다. 그 사실이 이미 상대방의 입에서 활짝 피어나고 있었다. 열심히 운동을 한 후 피어오르는 열기처럼 거기서 뿜어 나오는 자애로움과, 또 약간은 서두르는 듯한 부산함에서 말이다.

"한 십오 분 전에 포콕 부인을 호텔에 데려다주고 오는 길인데, 한 시간 정도 후 자네 방에서 자네를 만났으면 한다고 전해 달라 하더군. 자네를 만났으면 해. 할 말이 있다고. 아니면 자네가 할 얘기가 있을 거라고 생각하는 것 같기도 하고. 그래서 내가 직접 이곳으로 오는 게 어떠냐고 했지. 우리가 지내는 장소에 온 적이 여태껏 한 번도 없었으니까 말이야. 그래서 그녀가 오면 자네가 분명 좋아할 거라고 내가 알아서 말했지. 그러니까 자네는 그녀가 올 때까지 이 자리에 딱 붙어 있게."

으레 그렇듯이 약간 엄숙한 감이 없지 않았지만 꽤 나긋나긋하게 웨이마시가 그렇게 공표했다. 하지만 스트레더는 가볍게 던진 그 말 이상을 곧바로 감지할 수 있었다. 그것은 그쪽에서 처음으로 자신들이 알고 있는 바를 인정한 것이었다. 스트레더의 맥박이 빨라졌다. 쉽게 말하면 결국 자신의 처지가 어떤지를 모른다면 그건 다 그의 탓이라는 의미였다. 그는 이미 식사를 마친 후였기 때문에 접시를 밀어 놓으며 자리에서 일어섰다. 뜻밖이라 놀라운 것은 많았지만 궁금한 것은 난지

하나뿐이었다. "그래서 자네도 여기 붙어 있을 건가?" 웨이마시가 그 점은 애매모호하게 넘어갔기 때문이었다.

이 질문을 받자 그는 더 이상 애매모호하게 굴지 않았다. 그리고 오 분 동안 예전에 없던 정도로 광범위하고도 효과적으로 그의 이해력을 표현했다. 보아하니 그의 친구는 함께 남아 포콕 부인을 맞이하는 데 도움을 줄 생각이 없었다. 그녀가 어떤 상태로 모습을 드러낼지 충분히 알지만 그 방문과 관련해서 자신은 어쩌면, 자기 말마따나 약간의 분위기를 조성하는 일 이상은 할 수가 없다는 것이었다. 아마 그녀 쪽에서 진작 한번 들러 줄 거라는 기대가 스트레더에게 있었을 거라는 생각에 그렇게 그녀에게 전했다고 했다. 어쨌든 알고 보니 그녀 자신도 한참 전부터 한번 들러 볼 마음이었다는 것이다. "그래서 진작 그 생각을 실행에 옮겼더라면 훌륭했을 거라고 말해 주었지." 웨이마시가 그렇게 말을 맺었다.

스트레더는 훌륭하다 못해 눈부시게 찬란하기까지 하다고 대꾸했다. "그런데 도대체 왜 진작 그렇게 하지 않은 건가? 나를 매일 만났으니 시간만 내게 말해 주면 됐을 텐데. 여태 계속 기다리고 있었어."

"그래, 자네가 그렇게 기다린다고 말했지. 게다가 그녀도 마찬가지로 기다리고 있었다네." 이 말투는 참 야릇하게 다정하면서도 절박하게 사람을 구슬리는 새로운 웨이마시를 보여 주었다. 여태껏 한 번도 내비치지 않았던 전혀 다른 사고방식을 가진, 그래서 사실상 그로 인해 거의 환심을 사고 싶은 것처럼 보이기도 하는 웨이마시 말이다. 시간만 허락한다면 끝까지 설득할 기세였고, 스트레더는 곧 그 이유를 알게 될 것이었다. 하지만 지금으로서는 오늘의 방문은 포콕 부인 쪽에서 상당히 아량을 베풀어 이루어진 것이니 날 선 질문은 삼가야 한다는 것이 웨이마시의 뜻이었다. 사실 그를 잘 구슬려서 그런 날 선 질문을 하지 않도록 하는 것이 웨이마시의 중요한 목적이었다. 그는 오랜 친구의 눈을 똑바로 들여다보았는데, 그토록 상냥한 자신감과 좋은 충고를 그렇게 말없이 전달한 적은 여태 한 번도 없었을 것이다. 둘 사이에 있었던 모든 것이 다시 그의 얼굴에 떠올랐지만 이미 무르익어 시렁에 놓였다가 마침내 치워졌다. "어쨌든 그녀가 곧 올 거야." 그가 덧붙였다.

맞춰야 할 조각들이 꽤 많았음에도 상당히 빠르고도 정확하게 그 모든 것이 스트레더의 머릿속에서 짜 맞춰졌다. 무슨 일이 있었는지, 그리고 무슨 일이 일어나게 될 것인지를 그 자리에서 알 수 있었다. 그리고 그 모든 게 정말이지 우스웠다. 갑자기 경쾌한 말투로 이렇게 말한 것도 어쩌면 단숨에 만사를 이해하게 되었기 때문이었을 것이다. "세라는 뭣 때문에 오는 건데? 나를 죽이기라도 할 건가?"

"자네에게 아주, 아주 큰 친절을 베풀러 오는 거야. 그러니까 나로서는 자네가 그 못지않게 그녀를 잘 대해 주기를 바란다는 말을 해야겠네."

웨이마시의 이 말은 아주 엄숙하게 충고하는 투였기 때문에, 스트레더는 그 자리에서 아주 감사히 선물을 받는 사람의 태도를 취하는 것 외에는 달리 도리가 없음을 알았다. 자신은 언질도 주지 않았는데 아직까지 그녀를 만날 기회를 충분히 갖지 못해 그가 약간 마음이 상해 있었음을 스스로 알아차렸다고 자부하며 웨이마시가 만들어 준 기회가 바로 그 선물이었다. 그래서 말하자면 섬세하지만 익숙한 모습으로, 주눅이 들 정도로 대단하지는 않게, 작은 은쟁반에 아침을 차려 오듯 선물을 내온 것이다. 그러니 그는 미소를 머금고 허리 숙여 그것을 인정하며, 감사히 받아서 잘 써야 하는 것이었다. 그리고 무엇보다 멋진 점은 그가 체면을 너무 구기게 되진 않으리라는 사실이었다. 그러니 저 친구가 자신이 추출한 이 부드러운 공기 속에서 저렇게 활짝 피어 있는 것도 놀랄 일은 아니었다. 스트레더는 실제로 세라가 그 순간 밖에서 서성이고 있다는 느낌이 잠깐 들기까지 했다. 그녀의 친구가 이렇게 즉석에서 길을 트고 있는 동안 그녀는 마차를 타고 출입구에서 기다리고 있는 것이 아닐까? 스트레더로서는 그저 그녀를 만나 그것을 받으면 되는 것이고, 그러면 모든 게 말할 나위 없이 훌륭하게 해결될 것이었다. 지금 이 과정에서 입증된 것은 뉴섬 부인의 의도였는데, 지금껏 과연 누가 이런 식으로 할 수 있었을까 싶었다. 그 의도는 세라로부터 웨이마시에게 이른 것이었지만 그전에 그녀의 모친으로부터 그녀에게 이른 것이었으므로, 그 자신에게 도달하기까지 끊긴 부분은 없었다. "세라가 갑자기 결심을 하게 된 무슨 특별한 계기라도 있었던 건가?" 그가 잠시 후 물었다. "미국에서 무슨 뜻밖의 소식이라도 들었나?"

이 질문에 웨이마시가 전보다 더 뚫어지게 그를 바라보는 듯했다. "뜻밖의 소식?" 잠깐 주저하긴 했지만 그가 곧 단호하게 말했다. "우린 파리를 떠날 걸세."

"떠난다고? 그건 정말 갑작스러운데."

웨이마시의 생각은 달랐다. "보기보다 그렇게 급작스럽진 않아. 포콕 부인이 자넬 찾아오는 목적이 그렇지 않다는 걸 설명하기 위해서야."

스트레더는 자신에게 정말 어떤 유리한 점이 있는지, 사실상 유리하다고 할 만한 게 있는 건지 전혀 알 수 없었다. 하지만 그는 마치 그런 것처럼 해내고 있다는 느낌을, 살면서 처음으로 잠깐 즐기고 있었다. 재미있게도, 뻔뻔한 사람들의 마음이 이렇지 않을까 하는 생각까지 드는 것이었다. "분명히 말하지만, 어떤 설명이든 기꺼이 듣겠네. 기쁜 마음으로 세라를 맞도록 하지."

상대방의 눈에서 음울한 빛이 잠깐 어둑하게 번쩍였다. 하지만 얼마나 순식간에 사라졌는지 스트레더로서는 좀 놀랄 정도였다. 그것은 다른 의식과 너무 뒤섞여 있었다. 어떻게 보면 꽃 속에서 거의 질식하듯 잦아들었다고도 할 수 있었다. 스트레더는 그 순간 정말로 그것이 아쉬웠다. 가련하구나, 소중한 그 옛날의 음울한 빛이여! 더불어 솔직하고 단순한 어떤 것, 진중하면서도 공허한 어떤 것이 완전히 가려졌다. 그의 친구에게서 가장 잘 아는 면모였던 어떤 것. 어쩐지 웨이마시는 이따금 신성한 분노를 차려 입지 않으면 그의 친구가 될 수 없을 것만 같았는데, 스트레더가 자비심을 보이는 데 있어서 말할 수 없이 소중한 그 신성한 분노에 대한 권리마저 포콕 부인의 곁에 있느라 포기해 버렸다는 생각이 들었던 것이다. 여기 힘께 미문 지 일마 안 되었을 때 바로 이 자리에서 그가 진지하면서도 불길한 어조로 불쑥 '그만두게!'라고 했던 일이 떠올랐다. 그리고 그것이 떠오르자 그 자신 여차하면 똑같은 말투로 똑같이 말해 주고 싶은 기분이었다. 웨이마시는 신나게 즐기고 있었다. 이것이 그로서도 당혹스러운 진실이었다. 게다가 지금 거기에서, 유럽에서 즐기고 있는 것이고, 그것도 자신이 도저히 찬성할 수 없는 상황의 보호를 받으며 즐기고 있었다. 그 때문에 그는 곤란하고 난처한 입장에 처하지 않을 수 없었고, 어떻게 따지고 들기도 힘들었다. 적어도 당당하게는 그럴 수가 없었다. 직접 해결하려 하기보다 그냥 해명이나 하면서 어떻게든 해 보려는 것은 사실상 누구나 마찬가지였다. 가련한 스트레더만 빼고 말이다. "곧장 미국으로 가진 않아. 포콕 부부와 매미 양은 돌아가기 전에 여행을 좀 하겠다는 생각이 있고, 그래서 지난 며칠 동안 동행하는 문제를 두고 논의했네. 그래서 결국 함께 가기로 결정했어. 미국행 배는 다음 달 말에 타고. 하지만 바로 내일 스위스로 출발할 걸세. 포콕 부인이 경치 구경을 하고 싶어 하거든. 아직 별로 구경을 못 해서 말이지."

그 역시 나름대로 용감하게 숨김없이 모든 사실을 털어놓았으므로, 스트레더는 알아서 필요한 부분을 연결할 수 있었다. "뉴섬 부인이 전보를 보내 세라에게 지시한 게 조속히 끝내 버리라는 거였나?"

이 말에 곧 예전의 당당한 태도가 약간 고개를 쳐들었다. "뉴섬 부인의 전보에 대해서 나는 아는 바가 없네."

두 사람은 잠시 뚫어지게 서로의 눈을 쳐다보았다. 그리고 그 몇 초 사이 실제 흘러간 시간에 비할 수 없이 중요한 일이 일어났다. 스트레더는 그렇게 친구를 바라보자 그의 대답이 사실이 아님을 알았던 것이고, 그 결과 또 다른 것이 이어졌다. 그랬다. 웨이마시는 뉴섬 부인의 전보에 대해 분명 알고 있었다. 그것이 아니면 무슨 다른 목적으로 그들이 비뇽에서 함께 식사를 했겠는가? 그 식사는 오로지 뉴섬 부인을 위해 마련된 것일지도 모른다. 그 일을 틀림없이 그녀가 알고 있었을 것이고, 나아가 보호해 주고 신성한 의미를 부여하기까지 했으리라. 매일 전신을 보내고 질문과 답을 교환하고 신호를 보내고 했을 과정이 흐릿하게나마 순간적으로 그에게 떠올랐다. 고국에 남은 그 여성은 잔뜩 화가 나거나 흥분했을 때에는 그로 인해 발생할 비용 따위는 전혀 개의치 않는다는 점도 잘 알았다. 그녀를 지켜봤던 오랜 시간 동안 그렇게 흥분하는 바람에 엄청난 돈을 써야 했던 예전의 경험들이 마찬가지로 생생하게 떠올랐다. 의심할 바 없이 그녀는 지금 말도 못 하게 흥분한 상태였다. 웨이마시는 자신이 독립적으로 공연한다고 믿고 있지만 사실은 자연스러운 옛날 목소리를 억지로 뽑아내면서 무리한 반주자 역할을 하는 셈이었다. 그의 임무가 전부 그녀를 위한 것이라는 사실이 이제 와서 스트레더에게 새삼스러울 리 없어 서로 인정했지만, 지금껏 그녀 특유의 사려 깊음이 이렇게 완전히 망가진 적은 없었다. "세라에게 나도 스위스에 갈 건지 의사를 물어보라는 미국에서의 지시가 있었는지 어쩐지 자네는 모른단 말이지?" 그가 물었다.

"그녀의 사석인 일에 대해서는 난 전혀 아는 바가 없네." 웨이마시가 가능한 한 단호하게 대답했다. "하지만 아주 존중할 만한 기준에 비추어 일을 처리하고 있다고 믿고 있지." 그 말투는 최대한 단호하긴 했지만 여전히 상황과는 전혀 어울리지 않았다. 전달하는 내용이 너무나 보잘것없었기 때문이다. 아무리 부정해도 사실은 그가 모든 것을 다 알고 있다는 느낌이 스트레더에게 더욱 강해졌고, 거듭 말을 지어내야 하는 이 상황이 바로 웨이마시에게 주어진 작은 형벌일 것이다. 아무리 복수심에 불타는 사람인들 남자를 이보다 더 그릇된 상황에 빠뜨릴 수 있겠는가? 웨이마시는 석 달 전이라면 확실히 끼어서 빠져나오지 못했을 과정에서 어떻게든 빠져나오려고 안간힘을 쓰며 결론 삼아 말했다. "자네가 할 만한 질문에 대해서는 포콕 부인이 기꺼이 다 대답해 줄 거야." 그가 말을 이었다. "하지만 말이야!" 그러곤 주저했다.

"하지만 뭐? 질문을 너무 많이 하지 말라고?"

웨이마시는 당당해 보이려고 했지만 이미 돌이킬 수 없었다. 아무리 애를 써도 얼굴이 달아오르는 것은 어쩔 수가 없었으니까. "나중에 후회할 일은 하지 말라고."

원래 하려던 말을 누그러뜨렸을 거라고 스트레더는 추측했다. 갑자기 단도직입적인 말투가 되었고 그래서 진심이 담겨 있었던 것이다. 간청하는 투였기 때문에 우리의 주인공에게는 곧바로 상황이 달라지면서 원래의 웨이마시를 되찾은 듯했다. 세라와 비오네 부인과 세라의 응접실에 함께 있었던 바로 그 첫날 아침에 그랬듯이 다시 소통을 하게 된 것이다. 그때처럼 어쨌든 대단한 선의를 그에게서 알아볼 수 있었다. 단지 그에 대해 스트레더가 두 배나, 아니 열 배나 더 호응할 것을 웨이마시는 당연시할 뿐이었다. "나야 당연히 자네가 함께 가기를 바란다는 건 굳이 말 안 해도 잘 알겠지." 그러자 거기 함축된 의미와 기대가 스트레더에게는 거의 불쌍하다 싶을 정도로 엄청나게 다가왔다.

스트레더는 포콕 부부와 함께하는 문제는 그냥 슬쩍 넘어간 채, 고맙다고 말하면서 그의 어깨를 살짝 두드렸다. 그가 당당하고 자유로운 태도를 되찾은 것을 보고 기뻐하며 그 자리에서 그에게 작별 인사를 하다시피 했다. "자네가 떠나기 전에 당연히 한 번 더 보긴 하겠지. 하지만 자네가 지금 말한 그 문제에서 그렇게 편리하게 일을 처리해 줘서 아주 고맙다는 말을 하고 싶군. 여기 안뜰에서 이리저리 거닐고 있겠네. 지난한두 달 동안 우리가 하늘을 날 것처럼 잘될 때나 거기서 뚝 떨어졌을 때나, 주저할 때나 과감하게 추진했을 때나, 그에 보조를 맞춰서 각자 거닐었던 이 사랑스러운 작고 오래된 안뜰에서 말이야. 안달이 날 정도로 잔뜩 기대를 품고 세라가 우아하게 모습을 나타낼 때까지 계속 머물러 있을 거라고 전해 주게. 걱정 말고 내게 맡겨 둬." 그가 웃으며 말했다. "그녀한테 해코지하는 일은 절대 없을 테니. 그녀가 나한테 그럴 리도 없을 거고. 얼마 전부터 내 상태라는 게 해를 입어 봐야 별 문제가 안 돼. 게다가 자네가 그걸 걱정하는 것일 리도 없고! 아냐, 아냐, 설명할 것 없어! 지금 이대로가 좋아. 그게 바로 우리의 모험이 우리 각자에게 약속했던 만큼 성공했다는 걸 보여 주는 셔라고. 물론 괜찮지 않을 때도 있었지. 허지만 모든 걸 고려해 보면 아주 빨리 회복한 거야. 알프스에서 멋진 시간을 보내길 바라네."

웨이마시는 마치 알프스 산 아래 서 있는 듯 그를 올려다보았다. "내가 정말 가야 하는 건지 잘 모르겠네."

그것은 바로 밀로스의 목소리로 들려주는 밀로스의 양심이었는데, 아, 어찌나 얄팍하고 밋밋한지! 스트레더는 불현듯 웨이마시가 창피스러웠다. 그래서 더욱 대담하게 말했다. "무슨 소린가, 당연히 가야지! 좋은 곳은 어디든 가라고. 아주 소중한 시간들이야. 우리 나이에는 다시없을 기회잖아. 내년 겨울에 밀로스에서 왜 그럴 용기가 없었나 후회하는 말은 하지 말아야지." 그러고는 그가 이상하게 자신을 빤히 쳐다보자 덧붙여 말했다. "포콕 부인의 기대에 어긋나지 않도록 하게."

"기대에 어긋나지 말라고?"

"그녀에게 엄청난 도움이 되고 있지 않나."

웨이마시는 두말할 나위 없는 진실이지만 대놓고 말하자니 아무래도 좀 얄궂은 어떤 불편한 것을 바라보듯 그것을 빤히 보았다. "자네보다는 도움이 되겠지."

"바로 그게 자네가 가진 기회이자 이점이잖아." 스트레더가 말했다. "게다가 나도 나름대로 기여하고 있다네. 내 일은 내가 알아."

웨이마시는 여전히 커다란 파나마모자를 쓴 채였다. 그래서 이제 두 사람이 현관에 섰을 때 모자챙의 그늘 아래에서 던진 그의 마지막 눈길은 다시 암울함과 경고를 담고 있었다. "나도 마찬가질세! 이것 봐, 스트레더."

"무슨 얘길 하려는지 알아. 당장 때려치우라는 거겠지!"

"그래, 당장 때려치우게!" 하지만 그 말엔 예전의 강렬함이 없었다. 아무것도 남기지 않았고, 그가 방을 나가자 함께 사라졌다.

3

　참 이상하게도, 한 시간 후 세라와 함께 자리를 잡았을 때 스트레더가 가장 먼저 한 일이 바로 그들의 친구 웨이마시에게서 예전에 가장 두드러졌던 외면적 특성이 사라졌다고 확실히 지적한 것이었다. 과거 당당했던 그의 태도를 암시하면서, 그 친구가 마치 다른 이점을 위해 그 부분을 희생한 것처럼 보이기도 하는데, 물론 그 대가로 무엇을 얼마나 얻었는지는 그 자신만이 알 수 있을 거라고 말했다. 단순하게는 처음 유럽에 나왔을 때보다 신체적으로 훨씬 건강해졌다는 뜻일 수도 있었다. 그건 하품이 날 만큼 뻔한 사실이라, 상대적으로 유쾌하지만 고상한 면은 없긴 했다. 건강이 좋아졌다는 사실만 놓고 보자면 다행히 그 대가로 지불했을 법한 태도보다 더 대단하다고도 했다. "내가 받은 인상으로는 그의 여생에서 이룰 수 있는 것 이상으로 많은 일을 세라 자네 혼자 최근 삼 주 동안 해낸 거지." 스트레더가 과감하게 말을 던졌다.

그건 대단히 과감한 시도였다. 어쩐지 그 말이 지칭하는 범위는 그들의 상황을 고려하면 '우스웠고,' 게다가 세라의 태도로, 그리고 그녀가 그 자리에 나타나면서 눈에 띄게 달라진 상황으로 더욱 우스워졌기 때문이다. 그녀의 등장은 사실 그 무엇보다 우스웠다. 그 앞에 선 모습을 보자마자 그녀의 기분을 알 수 있었던 것이나, 작은 독서실 — 지금까지 많은 시간을 보내는 동안 그가 웨이마시와 함께 담소를 나누며 보였던 애초의 활기가 갈수록 사그라졌던 — 에서 함께 자리에 앉자마자 일말의 모호함마저 단숨에 사라져 버렸다는 사실보다도 말이다. 그녀가 여기 왔다는 그 사실이 무엇보다 대단하고 엄청났다. 그 점은 이미 꽤 분명하게 예상했는데도 새삼스러웠다. 그는 웨이마시에게 약속한 그대로 행동했다. 그러니까 그녀가 나타나기를 기다리며 안뜰을 내내 거닐고 있었던 것이다. 그걸 핑계 삼아 걷다 보니 그녀가 올 즈음엔 넘치도록 쏟아지며 환하게 밝히는 빛을 양껏 얻을 수 있었다. 그녀가 이런 조치를 취한 이유는 어떻게든 그를 좋게 생각하려고, 그러니까 거의 구차할 정도로 그에게 해명의 기회를 주려고 노력했다고 모친에게 말하기 위해서였다. 그가 해명의 기회가 충분하지 않았다고 생각할 수도 있는 여지를 없애고자 함이었고, 아마도 조금 더 객관적일 수 있는 웨이마시가 그렇게 충고했을 것이다. 하여튼 분명 웨이마시가 힘을 써서 그녀의 생각이 그쪽으로 기울었을 것이다. 스트레더가 불만을 가질 수 있는 여지를 없애는 게 중요하다고 말이다. 그녀는 그 간청이 일리 있다고 보았다. 그래서 이제 기세등등하게 여기 자리를 잡은 것은 자신의 고상한 이상을 제대로 내세우기 위함이었다. 마치 땅에 깃발을 꽂듯이 긴 양산 손잡이를 약간 거리를 두고 바닥에 곤추세워 잡은 채 꼼짝도 않는 그 모습에서 그녀의 계산이 분명하게 나타나고도 남았다. 그와 별개로 긴장을 내비치지 않으려고 신경 쓰는 모습과 오로지 그가 먼저 말을 꺼내기를 기다릴 뿐이라는 듯한 공격적인 차분함에서도 말이다. 그녀 쪽에서 제안할 것은 전혀 없고 그녀의 관심사는 오직 제안을 받아 주는 것임을 이해한 순간부터 그로서는 그녀가 좋게 생각해 줄 가능성이 전혀 보이지 않았다. 그의 항복을 받으러 왔을 뿐이고, 그래서 웨이마시는 그녀가 기대하는 것은 항복뿐임을 그에게 분명히 한 것이었다. 이 편리한 상황에서 스트레더는 온갖 사실을 알게 되었다. 그중에서 무엇보다 확실했던 것은 그렇게 염려하던 그들의 친구가 사실 필요한 만큼 일을 잘 처리하진 못했다는 점이었다. 하지만 유순한 모습을 보여야 한다는 그녀의 요구는 확실히 전달되었고, 그래서 그녀가 도착하기 전에 안뜰을 서성거리며 어떻게 하면 유순해 보일까 여러 방도를 열심히 찾아보았더랬다. 그런데 문제는 유순하게 구는 동시에 그녀의 목적에 부합할 만큼 상황을 제대로 인식할 수는 없다는 것이었다. 따라서 그녀의 면면이 모두 아우성치며 내비치고 있듯 그가 분명히 인식하기를 원하는 거라면 그건 그에 대한 대가를 치르고야 가능할 것이다. 그로서는 분명히 인식하고 있었고, 단지 너무 많은 것들을 인식하고 있을 따름이었다. 그러니 그녀가 스스로에게 필요한 사항을 하나만 골라야 할 것이었다.

　마침내 그 사항이 거론되었고, 일단 그렇게 되자 그들은 바로 상황의 핵심에 도달하게 되었다. 정말이지 어느 것이 먼저 나왔든 상관없었을 것이다. 스트레더는 웨이마시가 곧 떠날 예정이라는 얘기를 꺼냈고, 포콕 부인 역시 마찬가지 계획이라는 사실이 당연히 따라 나왔으므로, 순식간에 문제가 말할 수 없이 단순명료해졌다. 그러자 명확한 빛이 얼마나 강렬해졌는지 스트레더는 그 어마어마한 섬광에 눈이 먼 듯해 실제로 두 사람 중 어느 쪽에서 그 문제가 촉발되었는지 제대로 헤아릴 수가 없었다. 둘만의 공간으로 축소되어 버린 듯한 그곳에서 마치 요란한 소리와 함께 뭔가가 박살이 나면서 바닥에 쫙 뿌려지듯 둘 사이에 놓이게 되었던 것이다. 그의 항복이란 스물네 시간 안에 그 자신의 임무를 수행하겠다는 약속이었다. "채드는 아저씨가 가라고만 하면 당장 가겠다고 해요. 명예를 걸고 그렇게 하겠다고 내게 약속했어요." 뭔가가 박살이 난 후 자연스레 이어진 이 말은 채드와 관련해서는 뜬금없는 것이었다. 그리고 예상보다 훨씬 더 곤란한 입장에 빠지게 되었다고 느낄 수밖에 없었던 그 시간 내내 이 화제는 거듭 등장했다. 게다가 그녀 동생이 그런 식으로 나오다니 그로서는 상당히 의외가 아닐 수 없다고 하는 바람에 그 시간이 조금 더 늘어나기도 했다. 결국 그녀는 전혀 우습지 않았다. 정말이지 멀쩡했던 것이다. 게다가 그녀가 어떤 면에서 강한지, 그러니까 자신의 문제와 관련해 어떤 면이 강한지 쉽게 알아챌 수 있었다. 그녀가 임무를 받들었고 거북할 만치 의무에 충실하는 사실이 지금처럼 절실히 와닿은 적은 없었다. 그녀는 보잘것없고 개인적이고 사소한 파리식 평정심보다 더 거창하고 더 분명한 이해관계에 따라 행동하고 있는 것이었고, 뉴섬 부인의 도덕적 압력이 어떻게 그것을 떠받치는 힘이 되고 있는지 증명함으로써 스트레더도 이것을 더욱 분명히 의식할 수 있었다. 그것이 그녀를 지탱해 주고 강하게 할 것이었다. 그러니까 그녀를 걱정할 필요는 전혀 없었다. 확실히 하고자 마음만 먹었다면 다시금 그가 뚜렷이 인식할 수 있었을 사실은, 뉴섬 부인이 본질적으로 도덕적 압력 그 자체이기 때문에 지금 그 압력이 이 자리에 존재한다면 사실상 그녀 자신이 이 자리에 있는 것이나 마찬가지라는 점이었다. 그녀를 직접 상대한다는 그런 느낌까지는 아니라도 그녀로서는 분명히 그를 직접 상대하고 있는 것과 다름없었다. 그녀의 정신에서 확장되어 나온 팔이 어떤 식으로든 그에게 와닿았고, 따라서 그만큼은 그녀를 고려해야 할 것이었다. 하지만 그는 그에 반응해 그녀에게 팔을 뻗지 않았고, 그녀가 그를 붙잡도록 내버려 두지도 않았다. 단지 세라에게 닿으려 했을 뿐이지만, 그녀는 그를 너무나 대수롭지 않게 여겼다. "자네와 채드 사이에 분명 무슨 얘기가 있었던 모양인데 그 점에 대해서는 내가 좀 더 알아야 할 듯하네." 그가 곧 대꾸하고는 미소를 지으며 물었다. "채드가 그런 식으로 내게 모든 걸 다 떠넘기던가?"

"그럼 파리에 오신 이유가 채드에게 다 떠넘기기 위해서였나요?" 그녀가 물었다.

이에 대해 그는 잠시 후 이렇게 대답을 대신했다. "아, 괜찮

아. 내 말은 채드가 그렇게 얘기했어도 상관없다는 거야. 뭐, 할 만한 얘기라면 무엇이든지. 나한테 떠넘기면 다 받아 줄 테니까. 하지만 먼저 채드를 만나 본 뒤에 자네를 다시 봐야겠네."

그녀가 잠시 망설였지만 결국 말을 꺼냈다. "저를 꼭 다시 봐야 할 필요가 있나요?"

"당연하지. 뭐든 확답을 주려면 말이야."

"굳이 저를 계속 만나서 매번 제게 굴욕감을 주겠다는 게 아저씨 생각인가요?" 그녀가 맞받았다.

그가 그녀를 말없이 한참 바라보았다. "최악의 경우에는 나와의 관계를 돌이킬 수 없이 완전히 끊어 버리라는 게 뉴섬 부인한테 받은 지침인가?"

"괜찮으시다면 제가 어머니에게 받은 지침은 상관하지 않으셨으면 좋겠네요. 아저씨가 받은 지침이 무엇이었는지는 누구보다 아저씨가 잘 아실 거고, 그와 관련해서 지금까지 과연 일을 제대로 해 오셨는지도 알아서 잘 판단하실 거라고 믿어요. 굳이 말하자면 제가 저 자신을 들춰내고 싶지 않은 마당에 어머니를 들춰내는 일은 더더욱 원치 않는다는 걸 잘 아시겠죠." 그녀는 이미 애초의 계획보다 더 많은 말을 한 상태였다. 일단 말을 멈추기는 했지만 얼굴이 붉어진 것을 보니 곧 모두 쏟아져 나올 것임을 알 수 있었다. 그 어느 때보다 절박하게 그럴 수밖에 없을 것 같았다. "아저씨의 행동이 우리 같은 여자들에게는 참을 수 없이 모욕적인 처사가 아니면 뭔가요? 그러니까 의무라는 문제에서, 우리와 저쪽 다른 여자 중에서 어느 쪽에 의무가 있는 건지 명확하지 않게 행동하셨으니 말이에요."

그가 잠깐 생각했다. 그 문제는 그 자리에서 바로 대응하기에는 다소 버거웠다. 단지 그 문제 자체만이 아니라 그것이 드러낸 쓰라린 심연 때문에도 그랬다. "당연히 그 둘은 완전히 다른 종류의 의무이지."

"그래서 채드가 그쪽에 정말 무슨 의무라도 있다고 말씀하시는 거예요?"

"비오네 부인에게 말인가?" 그 이름을 입에 올린 것은 그녀에게 모욕을 주기 위해서라기보다 다시금 시간을 벌기 위해서였다. 그녀에게서 지금 막 나온 요구가 아닌 조금 더 커다란 어떤 문제를 이해하기 위해 필요한 시간 말이다. 실제 그녀의 항의에 담긴 모든 의미를 그가 즉시 이해할 수 있었던 것은 아니었다. 하지만 모두 이해하게 되자 모호하고 낮은 신음 소리가 새어 나오려는 것을 가까스로 막았다. 아마도 지금껏 그의 성대에서 나온 소리 중 으르렁거리는 소리에 가장 가까울 그런 소리를 말이다. 포콕 부인이 완전히 변한 채드의 특별한 면모라고 알아보지 못한 모든 것이, 그 특정한 무능함에 중요한 의도를 부여했던 모든 것이 마치 커다란 보따리 안에 대충 싸매인 채로 그녀의 말과 함께 그의 얼굴에 냅다 던져진 느낌이었다. 그런 공격을 받아 그 정도로 숨이 턱 막혔던 것이다. 하지만 그는 곧 정신을 가다듬고 말했다. "아주 매력적일 뿐 아니라 여러 면에서 도움이 되기까지 하는 여성이……"

"그 여자 때문에 어머니와 누이를 희생시키는 일을 얼굴색 하나 변하지 않고 한 데다, 일부러 바다 건너 여기까지 와서 그 상황을 직접 더 심하게 겪도록 하다니, 어떻게 그러실 수가 있어요?"

그랬다. 그녀는 그렇게 사납고 날카롭게 그를 닦아세웠다. 그래도 그는 그녀에게 잡혀 허둥대지 않으려고 애썼다. "자네 설명처럼 내가 무슨 일이든 그렇게 계산적으로 한 적은 없는 것 같은데. 모든 일은 다른 것들과 구분하기 힘들게 뒤섞여서 생겨난 거야. 자네가 여기 오게 된 건 내가 먼저 여기 나온 것과 밀접하게 연결되어 있고, 내가 여기 온 건 우리 모두가 전체적으로 어떤 생각을 가졌기 때문이었지. 그 전체적인 생각은 그 편에서 보자면 기이한 우리의 무지와 기이한 오해와 혼동에서 나왔다고 할 수 있고. 그런데 그 이후 앎의 빛이 무자비하게 밀려 들어와서 어쩌면 더 기이하다고도 할 앎의 상태로 우리를 떠밀고 온 거야. 지금의 채드가 정말로 맘에 안 드는 건가?" 그가 이어서 물었다. "그가 어떤 식으로 바뀌었는지 모친에게 제대로 다 말씀드리지 않았나?"

그의 이 말투가 그녀에게도 아주 많은 문제를 던졌을 것임이 틀림없었다. 적어도 도전적인 마지막 질문으로 그녀에게 곧장 반격할 기회를 주지 않았다면 아마 그랬을 것이다. 지금 그들이 처한 상황에서는 모든 게 그녀의 즉각적인 반격에 도움이 되었다. 그의 행동이 기본적으로 어떤 의도에서 나오는지가 모든 점에서 드러났으니까. 상황은 때로 얼마나 이상하게 돌아가는지, 그는 자신이 조금 더 거칠게 나갔더라면 차라리 덜 몹쓸 사람으로 여겨졌으리라는 것을 알았다. 그를 취약한 상황에 빠뜨린 것은 조용한 내적 성찰이라는 그의 오랜 습성일 따름이었다. 그를 취약하게 만든 것은 그가 그린 모욕적인 일을 생각했다는 사실이었던 것이다. 세라의 비난과 달리 화를 돋울 의도는 전혀 없었지만, 결국에는 일단 분개한 그녀의 의견에 맞춰 줄 수밖에 없었다. 그녀는 그의 예상보다 훨씬 더 격분했는데, 그녀와 채드 사이에 무슨 일이 있었는지 알았다면 아마 좀 더 이해하기가 쉬웠을 것이다. 그전까지는 그녀가 그를 특히 사악한 사람으로 몰아간다든지 자신이 내민 도움의 막대를 붙잡지 않는다며 기막혀 하는 것이 아무래도 지나친 처사로 생각될 것이었다. "지금 아저씨 말처럼 실제로 아저씨가 멋지게 일을 해냈다고 혼자 흡족해하든 말든 전 상관 않겠어요." 그녀가 대꾸했다. "일단 그런 식으로 훌륭하게 그려 보이고 나면……!" 그러나 그녀는 말을 끊었고, 그의 묘사에 대한 자신의 의견을 아주 분명하게 알려 주듯 물었다. "도대체 그런 여자가 점잖은 여자의 근처라도 갈 수 있다고 보시는 거예요?"

아, 드디어 나왔구나! 그 자신 여러 엇갈리는 목적에 맞춰 지금껏 사용해 온 어떤 식의 표현보다 더 노골적으로 그녀가 그 문제를 제시했다. 하지만 본질적으로는 같은 문제였다. 그건 너무나, 너무나 대단한 건데, 안됐지만 그녀는 그것을 너무나 하잘것없는 것으로 취급했던 것이다. 요즘 이럴 때가 종종 있었는데, 알고 보니 자신이 묘한 미소를 띠었고, 그다음엔 바라스 양처럼 말하고 있었다. "처음 본 순간부터 난 그녀가 아주 경이롭다는 인상을 받았네. 게다가 어쨌든 자네에게도 아마 좀 새롭고도 훌륭한 어떤 면을 보여 줬으리라 생각했는데."

하지만 포콕 부인은 이 말에서 그를 조롱하기에 안성맞춤인 기회를 보았을 따름이었다. "좀 새롭다고요? 정말 그랬으면 너무나 기쁘겠네요!"

"내 말은 그녀의 섬세한 사교성으로 자네에게 상당한 인상을 주었을 수도 있었을 거라는 거지." 그가 설명했다. "내게는 정말이지 계시와도 같았거든. 대단히 진기한 데다 어느 면에서나 출중했으니까."

이렇게 말하면서 그는 자신이 일부러 약간 '과장된' 어투를 쓰고 있음을 알았다. 하지만 그럴 수밖에 없었다. 그렇지 않고는 진면목을 알려 줄 수가 없었으니까. 게다가 이제는 별로 개의치도 않았다. 아무튼 그녀가 '옳다구나' 하듯이 허를 찔렀으므로 그는 소기의 목적을 달성하지는 못했다. "'계시'라고요? 저한테 말이에요? 제가 계시를 얻으러 그런 여자를 찾아갔단 말이에요? 어떻게 아저씨가 '출중하다'는 말을 거기 갖다 붙일 수가 있어요? 아저씨가 어떤 특권을 누려 왔는데? 아저씨나 제가 이 세상에서 볼 수 있을 가장 특출한 여성이 아저씨의 그 얼토당토않은 비교로 저 바다 건너에서 혼자 외로이 모욕감에 떨고 있는데!"

스트레더는 이야기가 딴 길로 가지 않도록 애를 쓰긴 했지만 그래도 두루 관심은 보여야 했다. "모욕감에 떨고 있다고 모친이 직접 그렇게 얘기하던가?"

세라의 대답이 곧장 나왔을 뿐 아니라, 어떻게 보면 너무나 '짜인' 듯 완벽했기 때문에 그는 그 말이 원래 어디서 나왔는지 바로 알 수 있었다. "어머니는 제 판단력과 애정을 믿고 당신 스스로 상황을 어떻게 인식하는지를 제게 털어놓으셨고 당신께서 지켜야 할 위엄을 다시 한번 강조하셨어요."

그것은 바로 울렛의 그 부인이 직접 했을 법한 말이었다. 어떤 경우라도 그것은 분간할 수 있었을 것이다. 그녀가 길 떠나는 딸에게 주었을 임무. 그래서 포콕 부인은 그 말을 그대로 그에게 전했고, 그 사실이 엄청나게 그의 마음을 움직였다. "자네 모친의 심경이 정말로 지금 말한 그대로라면 그건 정말 너무나 안된 일이군." 그가 덧붙였다. "나로서는 뉴섬 부인에 대한 나의 깊은 존경을 충분히 증명해 보였다고 생각했는데."

"충분하다고 말하시는 증거가 도대체 뭔가요? 여기 있는 사람이 어머니보다 훨씬 더 뛰어나다고 생각하는 거요?"

그가 다시금 약간 놀라 약간 사이를 두었다가 말했다. "이 보게, 세라, 여기 있는 사람은 내게 맡겨 둬야지!"

나올 수 있는 모든 저속한 대꾸를 피하고 싶었고, 너덜너덜해져 얼마 남지 않은 이성적 판단을 심지어 괴팍할 정도로 고수하고 있음을 보여 주기 위해서 그는 그 말을 거의 호소하듯이 나직하게 했다. 그러나 그것은 살면서 지금껏 해 온 가장 단호한 선언이었고, 상대방이 그것을 받아들인 방식도 사실상 그만큼의 중요성을 부여하는 것이었다. "그게 바로 제가 아주 기꺼이 해 드리려는 거예요. 맹세코 우리는 그녀를 원하지 않으니까요! 그들의 생활에 대해 제가 따지고 들지 않도록 조심하셔야 할 거예요." 그녀가 여전히 격앙된 말투로 말했다. "그게 도대체 입에 올릴 수 있는 거라고 정말 생각하신다면, 아저씨의 취향에 찬사를 보낼 수밖에 없네요!"

그녀가 암시한 그들의 생활이란 물론 채드와 비오네 부인의 생활이었고, 그런 식으로 그들을 한데 묶어 버리는 통에 그는 약간 움찔했다. 그 의도가 그대로 느껴질 수밖에 없었으니까. 그 뛰어난 여성의 특정한 행동을 몇 주 동안 즐겨 봐 온 터에 다른 사람의 입에서 나온 그런 규정을 듣고 기분이 상하는 것은 어쨌든 그로서는 이치에 맞지 않는 일이긴 했다. "내가 그녀를 정말 대단한 사람으로 보긴 하지만 동시에 그녀의 '생활'은 사실 내가 상관할 문제는 아니라고 보네. 그러니까 채드의 생활이 그로부터 영향을 받는 한에서만 내가 상관할 문제이지. 게다가, 모르겠나? 그 애가 아주 훌륭한 영향을 받았다는 것이 지금까지 분명한 사실이야. 푸딩의 맛을 증명하려면 먹어 보는 수밖에 없잖아." 그가 가벼운 농담조로 어떻게든 돌파구를 마련해 보려 했으나 별 소용이 없었다. 그녀는 그가 한없이 가라앉는 느낌으로 계속 말하게 내버려 둘 뿐이었다. 하지만 그는 채드를 다시 만나 보기 전에 할 수 있는 만큼은 그럭저럭 별 탈 없이 말을 이어 나갔다. 채드와 다시 대화를 해 보기 전까지는 정말이지 단호한 입장을 유지하기 어려울 거라는 느낌이 들었던 것이다. 그럼에도 자신이 '구해 주겠다'라고 분명히 약속했던 그 여성을 대변하는 일은 언제든 할 수 있었다. 그녀 편에서 보자면 이건 별로 구해 주는 일이 아니었다. 그러나 그 냉기가 점점 깊게 스며드는 사이 그것은 최악의 경우라도 그녀와 함께 파멸하게 될 것임을 알려 주는 것이 아니고 무엇이란 말인가? 그리고 아주 간단하기도 했다. 단순한 것이었다. 절대, 절대 그녀를 배신하지 말 것. "내가 일일이 열거하면 아마 자네는 참을 수 없겠지만 사실 그녀에게는 싱딩히 많은 장점이 있어." 그가 이어서 물었다. "게다가 자네가 그녀를 그런 식으로 몰아세우는 걸 들으니 내게 어떤 생각이 드는지 아나? 그녀가 자네 동생을 위해 해 준 그 모든 걸 인정하지 않는 게 어떤 저의가 있어서인 것 같아. 그 문제에는 양면이 있는데, 어느 쪽이 튀어나오든 다른 한쪽을 없애기 위해 아예 둘 다 보려 하지 않는 거지. 이 말만은 해야겠는데, 최소한의 솔직함이 있다면 자네와 가장 가까운 그 면을 어떻게 없애 버릴 수 있는지 나는 알 수가 없군."

"저와 가깝다고요? 그 따위 것이요?" 그러면서 세라는 실제로 가까이 다가오는 뭔가를 없애 버리기라도 하듯이 머리를 홱 뒤로 젖혔다.

그것은 그와도 거리를 두는 것이었으므로 그는 잠시 그 간격을 그대로 유지했다. 그러곤 마지막으로 설득해 보려는 심사로 다시 이렇게 물었다. "채드가 좋은 쪽으로 발전했다는 사실을 맹세코 절대 인정할 수 없는 건가?"

"좋은 쪽이라고요?" 그녀가 되물었다. 그러더니 이미 다 대비하고 있었다는 듯 말했다. "제가 보기엔 끔찍해요."

그녀는 조금 전부터 금방이라도 자리를 뜰 태세였으므로 이미 안뜰 쪽으로 열려진 문 앞까지 나와 있었는데, 그렇게 한마디로 판결을 내린 것은 그 문지방에서였다. 그 울림이 얼마나 컸는지 다른 모든 것들이 갑자기 숨을 죽인 것만 같았다. 그 때문이었는지 스트레더는 약간 기가 죽은 채 말했다. 그저 인정할 수밖에는 없었던 것이다. "아, 그게 자네 생각이라면야……!"

"그럼 끝나는 건가요? 잘됐네요. 그게 바로 제 생각이에요!"

그 말과 함께 그녀가 문을 나섰고, 곧장 뜰을 가로질러 걸어 갔다. 안뜰 너머, 마차 출입구의 깊숙한 아치문 저쪽으로 그녀 가 호텔에서 타고 온 낮은 사륜마차가 기다리고 있었다. 그녀 는 단호한 걸음걸이로 그쪽으로 걸어갔고, 그 가시 돋친 대꾸 와 그와 동시에 몸을 돌리는 그 태도가 얼마나 사나운지 스트 레더는 처음에는 얼어붙은 듯 서 있었다. 마치 활시위를 잔뜩 잡아당겼다가 쏜 화살처럼 날아왔기 때문에 관통당한 통증에 서 회복하기까지 잠깐 시간이 걸렸던 것이다. 그러나 예상 밖 의 놀라운 관통상이라기보다 확인하는 것에 훨씬 가까웠다. 지금 그의 상황은 여태껏 혼자 상정해 왔던 바로 그것에 다름 아니었기 때문이다. 어쨌든 그녀는 벌써 저만치 멀어졌다. 자 존심과 침착함을 보이는 당당한 걸음걸이로 그로부터 멀어져 갔다. 그가 그녀를 따라잡기도 전에 그녀는 마차에 올랐고 마 차는 이미 움직이기 시작했다. 그는 중간쯤에서 걸음을 멈췄 다. 뜰 한가운데에서 그녀가 사라지는 것을 보면서 그녀가 뒤 한 번 돌아보지 않았음을 확인했을 뿐이었다. 그가 혼자 상정 했던 상황은 모든 게 끝장났을 수도 있겠다는 것이었다. 이렇게 확고한 결렬 상태에서 그녀가 보여 준 동작 하나하나가 그 생 각을 강화하고 재확인했다. 햇빛 가득한 거리 저 멀리로 세라 가 사라지는 동안 그는 다소 칙칙한 마당 한가운데에 붙박인 듯 서서 그저 앞만 응시할 뿐이었다. 아마 이젠 모든 게 끝장 이 났다고 봐야 할 터였다.

11부

1

　그는 그날 밤 늦게 말셰르브 대로에 갔다. 일찍 가 봐야 헛수고일 거라는 느낌도 있었고, 또 그날만 해도 벌써 한 번 이상 들러 관리인에게 채드에 대해 물었기 때문이었다. 채드는 들어오지 않았고 딱히 전언을 남긴 것도 없다고 했다. 때가 때인 만큼 그가 분명 이런저런 일을 처리하느라 집에 들어오지 못하고 있는 것도 놀랄 일은 아니었다. 리볼리 거리의 호텔에도 한번 가 봤지만 거기서 들을 수 있었던 이야기라고는 모두 다 나가고 없다는 말뿐이었다. 스트레더가 채드의 방으로 올라갔던 것은 어쨌든 잠은 자러 들어오겠지라는 생각에서였다. 사실 방으로는 들어가지 않았고 잠시 후 발코니에서 11시 종이 울리는 것을 들었다. 채드의 하인은 이때쯤 채드가 돌아올 거라고 장담했더랬다. 그가 저녁 식사를 위해 재빨리 옷을 갈아입고는 다시 나갔다는 것이다. 묘한 암시를 받았다가 설득도 당했다가 뭔가 깨닫기도 하면서 스트레더가 그를 기다린 지 한 시간가량 되었다. 그의 이 모험이 끝날 때쯤 그것은 얼마 안 되지만 특별히 중요한 의미가 있었던 시간으로 기억될 것이다. 눈치 빠르고 명민한 하인인 바티스트가 언제고 이용할 수 있도록 은은한 램프와 아주 편안한 의자를 가져다 놓았다. 연노란색 부드러운 표지가 입혀진, 책장이 반만 잘린 소설책이 부드러운 빛의 원환 안으로 들어와 있었다. 상아로 만든 페이퍼 나이프가 이탈리아 농부 아낙네의 머리에 꽂힌 단검 모양 머리 장식처럼 여전히 책 사이에 비스듬히 끼어 있는 채였다. 바티스트가 더 필요하신 게 없으시다면 자신은 그만 잠자리에 들겠다고 하며 물러나자 무슨 이유에서인지 스트레더에게 그 원환이 더 은은하게 느껴졌다. 덥고 후덥지근한 밤이었으므로 등불 하나면 충분했다. 환하게 밝혀진 도시의 휘황한 광채가 높이 솟아오르기도 하고 저 멀리서 소진되기도 하면서 대로변으로부터 희롱하듯 올라와 길게 이어진 방들을 흐릿하게 비추었고, 방 안 물건들의 모습을 드러내 위엄을 더해 주었다. 스트레더는 전에 없이 자신이 이곳을 차지하고 있다는 기분이 들었다. 예전에도 채드가 없을 때면 혼자 책과 판화 따위를 들춰 보거나 그곳의 정령을 불러낸 적이 없지 않았지만, 이런 한밤중에, 그것도 거의 동통과도 같은 느낌으로 즐겨 본 적은 한 번도 없었던 것이다.

그는 난간에 몸을 기댄 채 발코니에 오래 머물렀다. 처음 이 집 쪽으로 걸어오다가 올려다보았을 때 리틀 빌럼이 그랬던 것처럼, 그리고 요전에 리틀 빌럼이 아마 아래쪽에서 올려다보았을 때 매미가 그랬던 것처럼 말이다. 그는 안쪽으로 들어가, 널찍한 문으로 나뉘어진, 앞쪽에 자리 잡은 세 개의 방을 돌아다녔다. 그리고 그렇게 서성이기도 하고 멈춰 쉬기도 하면서, 석 달 전 받았던 인상을 되살려 보고 그 당시 자신에게 말을 거는 듯했던 목소리를 다시금 들어 보려 애썼다. 그 목소리가 감지할 수 있을 만큼 크지 않다는 사실을 깨닫지 않을 수 없었는데, 그건 자신에게 일어난 그 모든 변화를 증명하는 것이려니 했다. 예전에 그는 들을 수 있는 것만을 들었더랬다. 지금의 그에게 석 달 전은 먼 과거의 한 시점에 불과했다. 이제 목소리는 더욱 가득하고 더 많은 의미를 품고 있었다. 그가 이리저리 서성이는 동안 목소리들이 그에게 마구 몰려들었다. 어찌나 한꺼번에 아우성을 치는지 가만히 있을 수가 없었다. 이상하게도 그는 자신이 마치 어떤 잘못을 저지르러 유럽에 오기라도 한 양 서글픈 느낌이 드는 동시에 어떤 자유로움을 맛보러 온 것처럼 잔뜩 기대에 부풀기도 했다. 하지만 이 시간 이 장소에 무엇보다 가득한 것은 자유로움이었다. 그로 하여금 아주 오래전 놓쳐 버렸던 자신의 젊음으로 다시 돌아갈 수 있게 했던 것은 무엇보다 자유로움이었던 것이다. 어쩌다 젊음을 놓쳐 버렸는지, 그리고 수십 년이 지난 지금에 와서 왜 그게 마음이 쓰이는지는 이제 와서 제대로 설명할 수 없을 것이었다. 그럼에도 모든 것이 실제로 그에게 호소하듯 내비치는 진실은 바로 그 모든 것이 자신의 상실을 나타낸다는 것이었다. 그것을 손에 닿을 듯이, 만질 수도 있을 듯이 가까이 놓아 예전에 없던 정도의 감각의 문제로 만들었다는 것이있다.

지금 이 특정한 시간에 그렇게 되어 버렸다. 오래전 놓쳐 버린 젊음. 알 수 없는 신비로움이 가득하지만 또한 너무나 현실적이어서 만질 수 있고 맛볼 수 있고 냄새를 맡을 수도 있을 뿐 아니라 그 깊은 숨소리를 분명히 들을 수 있는 기묘하고 구체적인 실체로서의 젊음. 그것은 안쪽만이 아니라 바깥공기에도 있었다. 그것은 여름날 밤 발코니에서 오랫동안 내려다본 파리의 드넓은 밤의 생활에 있었다. 아래쪽 작은 마차들, 무리지어 몰려들 때면 그가 옛날에 몬테카를로에서 보았던, 도박 테이블로 마구 밀치며 몰려드는 도박꾼들을 연상시키는 환히 불 밝힌 그 마차들이 지나다닐 때의 짧고 부드러운, 끊임없는 바퀴 소리에도 있었다. 이 장면이 눈앞에 떠오르던 중 그는 드디어 채드가 뒤에 와 있음을 알았다.

"자네 누이 말로는 자네가 모든 걸 다 나한테 떠넘겼다지." 채드에게 바로 그 정보를 전해 주었다. 하지만 그가 잠시 동안은 그에 대응할 의사가 없어 보였기 때문에 정말로 사실이 그러한 것처럼 보였다. 사실 밤새도록 이야기할 시간이야 충분하기도 해서 다른 문제들이 떠올랐고, 그래서 열띠고 조급하다기보다 스트레더가 지금까지의 모험을 통틀어 가장 풍부하고 편안하며 느슨한 순간을 맛보는 묘한 결과를 낳았다. 아침 일찍부터 채드를 찾아다닌 끝에 이제야 만나게 되었다. 하지만 전에 없이 둘이서만 마주 앉으니 그 오랜 기다림이 상쇄되는 듯했다. 물론 전에도 여러 다양한 상황에서 충분히 자주 만나 왔더랬다. 극장에서 만났던 첫날 이후 자신들의 문제를 놓고 내내 얼굴을 맞대고 의논해 왔던 것이다. 어느 때나 둘만의 자리이긴 했지만 엄밀하게 말해 지금처럼 단둘만의 자리라고 할 수 있었던 적은 없었다. 전적으로 그들 자신의 이야기만 했던 적은 없었던 것이다. 그리고 그사이 아주 많은 것들이 그 앞을 스쳐 지나가기는 했지만, 그가 채드에게서 빈번하게 주목해 왔던 돌출된 사실만큼 스트레더에게 도드라진 것은 없었다. 결과적으로는 모든 것이 그가 살아가는 법을 안다는 그 점으로 용케 귀결된다는 사실 말이다. 그것은 그를 맞이하려고 스트레더가 발코니에서 몸을 돌렸을 때 그의 얼굴에 떠오른 기쁜 미소, 아주 딱 맞는 정도로 기뻐하는 그 미소에 자리 잡고 있었다. 스트레더는 그날 그들의 만남이란, 사실 그 방면에서의 그의 소질을 입증하는 일에 불과할 것임을 그때 바로 깨달았다. 그래서 그는 분명하게 인정된 그 재능을 따르기로 했다. 사실 그 재능이란 다른 사람들이 기꺼이 따르도록 하는 게 아니라면 달리 무엇이겠는가? 다행히 그는 채드가 살아가는 일을 가로막고 싶은 마음이 없었다. 하지만 설사 그렇게 한다 한들, 무참히 박살 나는 것은 그 자신이 될 것임을 그는 잘 알았다. 그가 그나마 지탱하는 것도 근본적으로는 자신의 사생활이 그 청년의 사생활에 완전히 보조적인 어떤 역할을 하도록 묵인했기 때문이었다. 그리고 무엇보다 중요한 핵심, 그러니까 채드가 지금 언급한 그 지식을 얼마나 확실하게 소유하고 있는지는 바로 그 자신이 적절한 흥겨움뿐 아니라 거칠 것 없는 본래의 충동에 휩싸여 스스로 지류가 되어 그의 물결에 흘러 들어가게 된다는 사실에 있었다. 따라서 대화를 나눈 지 삼 분도 채 안 돼 기대감에 부풀어 채드를 기다렸던 근거가 충분히 있었다는 생각이 들었다. 상대방에게는 그에 비견할 만한 감정이 미미할 뿐임을 알아채자 이렇게 차고 넘치는 기대감은 더욱 깊어지고 지나치다 싶게 풍성해졌다. 바로 그래서 채드가 운이 좋은 것이었다. 채드는 자신의 기대감을, 혹은 그 문제와 관련된 다른 감정이라도 무엇이나 세탁물을 세탁소에 맡기듯 '밖으로 내보냈다.' 집 안을 말끔하게 정리하려면 그보다 더 좋은 방법이 없을 것이다. 요컨대 스트레더는 자신이 말끔하게 세탁해 다린 세탁물을 집으로 가지고 오는 세탁부에 비견할 만하다는 느낌이었다.

그가 세라가 찾아왔던 일을 아주 상세하게 전하자, 채드는 그의 질문에 아주 솔직하게 대답했다. "확실히 제가 누나를 아저씨께 보냈다고 할 수 있어요. 꼭 만나 봐야 한다고 말했거든요. 어젯밤이었는데, 한 십 분밖에 걸리지 않았어요. 누나와 허심탄회하게 얘기를 나눈 게 그때가 처음일 거예요. 대놓고 제게 따지고 든 게 정말 처음이었거든요. 누나가 아저씨와 관련해 취하고 있는 방침을 저 역시 알고 있다는 걸 누나는 알았어요. 나아가 아저씨가 누나의 상황을 어렵게 만들 일은 거의 하고 있지 않다는 것도요. 그래서 아저씨를 대신해서 솔직하게 말했어요. 아저씨가 기꺼이 누나를 도와줄 마음이 있는 게 확실하다고 했죠. 저 역시 마찬가지고요." 청년이 말을 이었다. "그리고 나를 닦아세우는 일이야 언제든 할 수 있는 거 아니냐고 했어요. 누나가 처한 어려움은 그저 상상했던 마땅한 순간을 찾지 못하고 있다는 거죠."

"세라가 처한 어려움은 그저 자신이 자네를 두려워한다는 것을 깨달았다는 거야." 스트레더가 대꾸했다. "나에 대해서는 전혀 두려움이 없네. 손톱만큼도. 나를 가능한 한 불편한 심정으로 몰아붙여야 자신에게 아주 유리해질 거라고 정확하게 감을 잡은 것도, 내가 마음만 먹으면 얼마나 들썩거리는지 알아챘기 때문인 거고. 세라는 자네가 그렇게 나한테 떠넘기길 내심 원했을 거야. 어쩌면 자네 자신만큼이나 말이지."

"하지만, 아저씨." 채드가 이 명명백백한 설명에 이의를 제기하며 물었다. "도대체 제가 뭘 어쨌기에 누나가 절 두려워한다는 겁니까?"

"자네가 아주 '훌륭하고 경이로운' 모습을 보여 줬기 때문이지. 맨바닥에서 연극을 구경하는 우리 불쌍한 사람들의 말처럼. 그리고 그 때문에 그녀가 근사하게 겁을 먹은 거야. 의도적인 계획도 아니었다는 걸 알 수 있었기 때문에 더욱 효과적으로 겁을 주었던 거야. 그러니까 겁을 주려고 계획한 게 아니어서 말이네."

자신에게 과연 그런 동기가 있었을까 하며 채드가 흔쾌히 과거를 돌이켜 보았다. "전 그저 친절하게 잘해 주려 했던 것뿐인데요. 예의를 갖춰 신경을 써 주려고 했죠. 지금도 역시 그렇고요."

안이할 만큼 명쾌한 그의 태도에 스트레더가 미소를 지었다. "글쎄, 그 방법으로 내가 모든 책임을 다 지는 일보다 더 좋은 건 확실히 없겠군. 그럼 자네 개인적인 알력이나 잘못도 거의 없는 것이 될 테니."

아, 하지만 친절함에 대해 더 확실한 개념을 지닌 채드는 그것을 받아들이려 하지 않았다! 그들은 여전히 발코니에 있었는데, 날이 철 이르게 꽤나 무더웠던 터라 자정의 밤공기가 아주 상쾌하게 느껴졌다. 의자와 화분, 담배와 별빛 등과 무척이나 잘 어울리는 그곳에서 그들은 이제 난간에 몸을 기댔다. "책임은 아저씨가 져야 할 것이 아니죠. 우리가 함께 기다리고 함께 판단하기로 동의했으니까요." 채드가 말을 이었다. "제가 누나에게 준 대답도 바로 우리가 함께 판단해 왔고, 또 지금도 그렇게 하고 있다는 거였어요."

"난 책임이 두렵지 않네." 스트레더가 설명했다. "자네더러 내 책임을 덜어 달라고 여기 온 게 전혀 아니야. 오히려 짐을 실을 때 낙타가 무릎을 꿇어 몸을 낮추듯 내 앞발을 낮추러 왔다고 보는 게 더 가깝겠지. 하지만 내 생각에 자네는 지금껏 나름대로 특별한 판단을 수없이 내려 왔을 거야. 지금까지는 내가 그에 대해 굳이 알려 하지 않았지. 그래서 난 그저 자네의 결론을 누구보다 먼저 직접 듣고 싶을 뿐이야. 내가 바라는 건 그것뿐이야. 무슨 결론이든 받아들일 준비가 되어 있네."

채드가 하늘을 향해 고개를 쳐든 채 천천히 담배 연기를 내뿜었다. "그래요, 지켜보기는 했죠."

스트레더가 잠시 기다렸다가 말했다. "지금까지 자네가 전적으로 알아서 하게 두었네. 처음에 참고 기다리라는 충고만 했을 뿐 그때부터 지금까지 입도 뻥긋한 적이 없다고 할 수도 있어."

"아, 아저씨는 정말이지 훌륭하셨어요!"

"그럼 우리 둘 다 훌륭했다고 해 두지. 우린 게임을 하고 있었던 거니까. 그들에게 말할 수 없이 후한 조건을 제공했던 거야."

"아, 아주 멋진 조건이었지요!" 채드가 말했다. "전적으로 그쪽에 달려 있었어요, 전적으로." 그는 별을 바라보고 담배를 피우면서 상황을 파악하는 듯했다. 말없이 즐기면서 별점을 보고 있는지도 몰랐다. 그동안 스트레더는 무엇이 그쪽에 달려 있다는 건지 궁금할 따름이었는데, 드디어 채드가 다시 입을 열었다. "전적으로 그쪽에서 알아서 저를 그냥 내버려 둘 수 있었다고요. 실제 제 생활을 눈으로 직접 본 다음에는 알아서 충분히 잘 해 나갈 수 있을 거라고 결정을 내릴 수 있었다는 거죠."

그가 말하는 그쪽이 뉴섬 부인과 그 딸을 가리킨다는 사실이 스트레더에게 아주 명확했기 때문에 그 가정에 전적으로 동의할 수 있었다. 분명 매미나 짐과 관련된 바는 없었던 것이다. 그 때문에 자신의 생각을 채드가 알고 있다는 느낌이 더 강해졌다. "하지만 그쪽의 결정은 그 반대였지. 하던 대로 해 나가면 안 된다고 말이야."

"그래요." 채드가 그 말을 받아서 말했다. "한순간도 더 이상은 두고 보지 않겠다는 거였죠."

이번엔 스트레더도 마찬가지로 생각에 잠겨 담배를 피웠다. 마치 그들이 지금 자리 잡은 높은 발코니가 최근의 과거 행적을 내려다볼 수 있는 어떤 도덕적으로 우월한 위치를 나타내기라도 하는 듯했다. "알겠지만 그쪽에서 한순간이라도 그걸두고 볼 가능성은 애초부터 전혀 없었잖아."

"당연히 그렇죠. 전혀 없었어요. 하지만 그럴 수도 있다는 쪽으로 조금만 마음을 열어 놓기만 하면……."

"그럴 마음은 없었네." 스트레더는 이미 결론을 내린 상태였다. "그들이 여기 나온 건 자네 때문이 아니라 나 때문이었어. 자네가 뭘 하고 있는 건지 알아보기 위해서가 아니라 내가 뭘 하고 있는 건지 알아보기 위해서였던 거지. 내가 계속 미적거리는 게 맘에 들지 않다 보니 원래 자네에 대한 궁금증이 나에 대한 궁금증으로 넘어간 거야. 그래서, 이런 표현으로 불쾌한 사실을 꼬집어 말해도 괜찮을지 모르겠지만, 그들이 최근에 횃대에 앉아 감시하고 있었던 건 오로지 나였던 거지. 다시 말하면 세라가 이곳으로 오는 배를 탔을 때, 표적은 나였어."

채드는 그 상황과 스트레더의 마음을 다 이해한다는 투로 그 말을 받아들였다. "그럼 정말 일종의 업무였다고도 할 수 있겠네요! 저 때문에 아저씨가 연루된 일이 말이에요."

스트레더는 잠시 말이 없었다. 그러더니 그가 가질 수도 있을 일말의 양심의 가책을 이참에 완전히 없애 버리려는 듯이 말했다. 어쨌든 채드로서는 앞으로 그와 함께 있는 동안은 가책을 덜어 낸 것으로 보일 터였다. "자네가 나를 알아본 그때도 난 '연루되어' 있었네."

"아, 하지만 아저씨야말로 저를 알아보신 거죠." 청년이 웃었다.

"난 그저 자네가 벗어났다는 걸 안 거고, 내가 연루된 걸 알아본 건 자네라는 거지. 어쨌든 그들이 여기 온 건 너무 당연한 일이었어. 게다가 무척 즐거운 시간을 보내기도 했지." 스트레더가 단언했다.

"그래요, 즐거운 시간을 보내도록 제가 애를 썼죠." 채드가 말했다.

상대방은 곧바로 자신의 마땅한 몫도 찾으려고 했다. "나도 그랬네. 심지어 오늘 아침까지 그랬는걸. 포콕 부인이랑 함께 있을 때 말이야. 예를 들면 아까 말했듯이 세라는 그 무엇보다 나를 두려워하지 않는 자신이 아주 흡족한 거야. 내가 그렇게 되도록 도와주기도 했고."

채드가 부쩍 관심을 보였다. "아주 못되게 굴던가요?"

스트레더가 좀 고민하다 말했다. "글쎄, 상당히 권위적으로 굴던걸. 아주 단호했지. 종국엔 대놓고 분명히 말하더군. 자책 같은 건 하지 않아. 어차피 그들이 올 수밖에 없었으니까."

"저 역시 직접 보고 싶었어요. 단지 그것만이었다면······!" 하지만 채드 자신의 후회는 별것 아니었다.

바로 그것이 스트레더가 원했던 말인 모양이었다. "그러면 그들이 여기 왔기 때문에 무엇보다 자네가 그들을 직접 알아보게 된 게 아니란 말인가?"

채드는 그가 그런 식으로 말을 꺼내 줘 고맙다는 듯 물었다. "아저씨가 내쳐진 건 아무렇지도 않으세요? 정말 내쳐진 게 맞는다면 말이에요. 정말 내쳐지셨나요?"

그 질문은 마치 감기가 걸렸거나 발을 다쳤느냐고 묻는 것처럼 들렸고, 스트레더는 잠시 말없이 담배 연기만 뿜어 댔다. "한 번 더 만나 보고 싶어. 꼭 만나야 해."

"당연히 그러셔야죠." 그러더니 잠시 주저하다 물었다. "근데, 어머니를 말씀하시는 건가요?"

"아, 자네 모친, 그건 상황을 봐야겠지."

그 말로 인해 어쩐지 뉴섬 부인이 아주 멀어진 듯했다. 그럼에도 불구하고 채드는 어떻게든 그 문제에 가 닿으려 했다. "상황을 봐야 한다니 무슨 말씀이세요?"

스트레더는 대답 대신 한참 그를 바라보더니 말했다. "세라 얘기였네. 나를 내치다시피 했지만 무슨 일이 있어도 다시 한번 만나 봐야겠어. 그런 식으로 보낼 수는 없으니까."

"그럼 누나가 엄청 못되게 굴었군요?"

스트레더가 다시 담배 연기를 내뿜고 말했다. "자네 누나로서는 그럴 수밖에 없었네. 그러니까 별로 즐겁지 않게 된 그 순간부터 그럴 수밖에 없었다는 거지. 그때 나를 대했을 때처럼 말이야." 그가 말을 이었다. "우리가 즐거워할 기회를 주었는데, 그들은 그쪽으로 가서 한번 둘러보기만 했지 기회를 잡지는 않았던 거지."

"말을 물가에 끌고 갈 수는 있지만……." 채드가 비유를 들어 말했다.

"바로 그거야. 그래서 오늘 아침 세라에게 별로 즐겁지 않았던 그 상황, 자네 비유를 빌자면 물 마시기를 거부했던 그 상황으로 인해 이쪽의 우리로서는 더 이상 가망이 없게 된 셈이지."

채드가 잠깐 사이를 두었다가 위로하듯 말했다. "그쪽에서 '즐거워할' 거라는 기대는 사실 처음부터 전혀 없었잖아요."

"글쎄, 모르겠네." 스트레더가 생각에 잠겨 말했다. "어쨌든 나로서는 그 정도까지 생각을 바꿔야 했으니까." 그리고 털어 버리듯이 말했다. "하지만 내 행동이 엉뚱했다는 사실은 의심할 여지가 없어."

"저도 너무 놀라워서 저게 진짜인가 싶을 때가 분명 있었어요." 채드가 말했다. "하지만 그게 진짜라면 저로서는 그거면 돼요." 그가 덧붙였다.

"진짜이긴 한데 그래도 도대체 있을 법하지가 않지. 기상천외하고 터무니없고, 심지어 나 자신에게도 설명할 수가 없어." 스트레더가 물었다. "그러니 그쪽에서 어떻게 날 이해하겠나? 그래서 나로서도 따지고 싶은 마음이 없는 거야."

"알겠어요. 그쪽에서 우리를 가지고 따지는 거죠." 채드가 약간 느긋한 태도로 말했다. 스트레더는 다시 그 느긋함을 알아챘지만, 젊은 친구는 이미 말을 이어 갔다. "그렇지만 어쨌든 아저씨가 정말이지 생각을 아주 잘하셔야 한다는 말씀을 다시 드리지 않을 수가 없네요. 그러니까 돌이킬 수 없이 모든 걸 포기하기 전에……." 그러더니 말하기 곤란하다는 듯이 뚝 끊었다.

하지만 스트레더는 모든 걸 알아야 했다. "말하게, 다 얘기해 봐."

"그러니까 아저씨 연세에, 게다가 모든 걸 고려해 봤을 때 어머니가 아저씨에게 어떤 존재가 되어 어떤 일을 해 줄 수 있는지를 생각하면 말이에요."

당연히 조심스러운 문제리 채드는 그지 그렇게 밀할 수밖에 없었다. 그래서 스트레더는 잠시 후 도와줄 셈으로 직접 설명했다. "나한테 확실히 보장된 미래가 없다는 것 말이지. 내 앞가림을 혼자 할 수 있을는지 그 점에서는 거의 내세울 게 없고. 자네 모친이라면 틀림없이 나를 아주 잘 보살펴 주겠지. 그 재산하며 내게 보여 준 친절함, 게다가 사뭇 기적처럼 이렇게까지 기꺼이 따라와 주려고 했고." 그가 결론 삼아 말했다. "물론 그건 엄연한 사실이지."

하지만 채드는 그사이 생각이 다른 쪽으로 움직였다. "게다가 어머니를 정말 아끼시지 않나요?"

스트레더가 천천히 그를 향해 몸을 돌렸다. "돌아갈 텐가?"

"아저씨 생각에 이제 제가 돌아갈 때라면 갈게요." 그가 말을 이었다. "아시겠지만 전 육 주 전부터 갈 준비가 되어 있었어요."

"아." 스트레더가 말했다. "그건 내가 아직 준비가 안 되었다는 걸 자네가 모를 때였지! 지금은 알고 있기 때문에 갈 수 있는 거고."

"그럴지도 모르죠." 채드가 대답했다. "하지만 저는 진심이에요. 모든 책임을 다 떠맡겠다고 말씀하시는데, 아저씨가 그런 대가를 치르는 걸 보고도 가만히 있을 거라고 생각하시다니 저를 도대체 어떤 사람으로 보시는 거예요?" 난간에 몸을 기대고 나란히 선 채 스트레더가 걱정 말라는 듯이 그의 팔을 토닥거렸다. 그 정도 지불할 깜냥은 있다고 주장하고 싶은 듯이. 하지만 채드 나름으로 생각하는 공정함이 있는지라 말머리는 다시 이렇게 물건을 사고 지불하는 문제로 돌아왔다. "이런 식으로 표현해서 죄송합니다만, 결국 아저씨가 돈을 포기하는 거잖아요. 그것도 아마 상당한 돈이지요.”

“아.” 스트레더가 웃었다. “그게 겨우 그런 식으로 얘기하고 말 것이기나 한가? 하지만 돈을 포기하는 건 자네도 마찬가지라는 사실을 나 역시 상기시켜 줘야겠는걸. 그것도 ‘아마’ 정도가 아니라 확실히 엄청난 액수이지.”

“물론 그렇죠, 하지만 전 가진 게 꽤 있어요.” 그러곤 잠시 사이를 두고 다시 말했다. “반면에 아저씨는, 아저씨는······.”

“나로 말하자면, 확실하든 아니든 가진 게 ‘어느 정도’도 없지 않느냐고?” 스트레더가 그의 말을 이었다. “그건 그렇지. 그래도 굶어 죽지는 않아.”

“오, 굶으시는 건 당연히 안 될 말이지요!” 채드가 위로하듯 힘주어 말했고, 그래서 그들은 그렇게 흐뭇한 분위기에서 계속 이야기를 나누었다. 비록 젊은 쪽은 지금 언급된 가능성에 대비한 어떤 방책을 나이 든 쪽에게 바로 그 자리에서 약속해도 괜찮을지 저울질해 보기라도 하는지 잠시 말이 없긴 했지만 말이다. 잠시 후 그들이 완전히 다른 화제로 옮겨 가게 된 것을 보니 아마도 그는 그렇게 하지 않는 편이 좋겠다는 결론을 내린 모양이었다. 스트레더가 불쑥 그동안 세라와 어떻게 지냈는지의 문제로 돌아가 결국 어떤 ‘난리’라고 할 만한 장면이 있었냐고 물었던 것이다. 그에 채드는 전혀 그렇지 않아서, 내내 말할 수 없이 점잖게 서로를 대했다고 대답했다. 덧붙여 어쨌든 샐리가 점잖지 못하게 구는 그런 실수를 할 사람은 아니라고도 했다. “누나가 어떻게 해 볼 여지가 거의 없었던 거

죠." 그가 영리하게 덧붙였다. "제가 처음부터 아주 기선을 제
압해 버렸으니까."

"자네한테 너무 후한 대접을 받았다는 얘긴가?"

"음, 저로서야 예의상으로라도 당연히 그 정도는 했겠죠. 그
냥 제가 그 정도까지 쏟아부으리라는 예상을 누나 쪽에서 못
했다고 봐요. 게다가 미처 알아차리기도 전에 누리기 시작했
고요."

"게다가 누리자마자 마음에 들었고 말이지!" 스트레더가 말
했다.

"그래요, 마음에 들었죠. 게다가 예상했던 것보다 더요." 그
러고 나서 채드가 덧붙였다. "하지만 제가 마음에 드는 건 아
니에요. 사실 저를 아주 미워하죠."

스트레더가 더욱 흥미를 보였다. "그럼 왜 자네를 집에 데려
가려는 거지?"

"왜냐하면 누군가를 미워하면 당연히 이기고 싶을 테고, 제
가 거기에 꼼짝없이 잡혀 버리면 누나가 이기는 셈이니까요."

스트레더는 처음부터 이야기를 잘 따라가면서도 이런저런
점들을 살펴보았다. "분명 그렇지, 어떤 면에서는. 하지만 자네
가 일단 그렇게 꼼짝없이 잡히고 나면 자네가 얼마나 싫은지
절감하게 되고, 시간이 지나면서 아마 자네 쪽에서도 누나가
싫어지면 바로 그 때문에 불쾌하게 나올 가능성이 많은데, 그
러면 이긴 거라고 보기는 좀 힘들지 않나?"

"아, 누나는 저를 참아 줄 수 있어요." 채드가 말했다. "적어
도 미국에서라면 그럴 거예요. 제가 거기 있는 것 자체가 바로

누나의 승리일 테니까요. 제가 파리에 있는 게 아주 싫을 뿐이죠."

"그러니까 세라가 싫어하는 건……."

"맞아요, 바로 그거예요!" 채드는 스트레더가 말하려던 바를 바로 이해했다. 그것은 둘 다에게 있어 지금까지 그나마 가장 명시적으로 비오네 부인을 가리킨 경우였다. 그 이름을 실제 입에 올린 것도 아닌데 포콕 부인이 아주 싫어한다는 그 여성이 둘 사이 공간에 자리를 잡은 기분이었다. 나아가 채드와 그녀가 보기 드물게 친밀하다는, 그들이 이미 인정하는 사실이 다시 새삼스럽게 떠올랐다. 그로서는 그녀가 울렛 사람들에게 일으킨 감정에 자신 역시 휩쓸려 당혹스러워하는 모습을 보여 준 지금이야말로 친밀함을 가리고 있던 마지막 베일을 처음으로 걷어낸 셈이었다. "그리고 또 누가 저를 미워하는지 아세요?" 그가 곧 말을 이었다.

스트레더는 누구 얘기인지 단번에 알아차렸기 때문에 바로 반박했다. "아, 아니야! 매미는 그렇지 않아." 그가 뒤이어 튀어나오려는 말을 적절히 멈췄다. "그러니까 미워하는 사람이 없다는 거지. 매미는 아주 대견해."

채드가 고개를 절레절레 흔들었다. "바로 그래서 마음에 걸리는 거예요. 분명 저를 좋아하지 않아요."

"얼마나 마음에 걸리나? 그 애를 위해서 뭐라도 해 줄 수 있을 것 같아?"

"글쎄요, 그 애가 절 좋아하기만 한다면 저도 그 애를 좋아할 수 있을 거예요. 진밀로요." 채드가 선언하듯 말했다.

이 말에 상대방은 잠시 말이 없었다. "좀 전에 누군가를 '아 끼지' 않느냐고 나한테 물었지? 이렇게 되니 이젠 내 쪽에서 마찬가지로 묻고 싶어지는군. 자네야말로 어떤 다른 사람을 아끼는 게 아닌가?"

창문으로 비치는 불빛을 받으며 채드가 그를 뚫어지게 바라보았다. "다른 점이라면 저는 그러고 싶지 않다는 거죠."

스트레더가 의아하다는 듯 되물었다. "그러고 싶지 않다고?"

"안 그러려고 애쓴다고요. 그러니까 줄곧 애써 왔어요. 할 수 있는 한 말이에요. 그쪽으로 저를 종용한 게 바로 아저씨이니 놀라울 것도 없겠죠." 젊은이가 수월하게 말을 이었다. "물론 저 스스로 이미 그쪽으로 가고는 있었죠." 그가 덧붙였다. "하지만 저를 세게 밀어붙이셨잖아요. 이제 빠져나왔다고 생각했던 게 바로 육 주 전이었다고요."

스트레더는 무슨 말인지 충분히 알았다. "하지만 빠져나오지는 못했잖아."

"모르겠어요. 바로 그 점을 알고 싶어요." 채드가 말했다. "그래서 자진해서 미국으로 돌아가야겠다는 마음이 들게 된다면 알아낼 수도 있겠다 싶었던 거죠."

"그럴 수도 있었겠지." 스트레더가 궁리해 보았다. "하지만 자네가 얻을 수 있었던 거라고는 그런 마음이 들기를 바란다는 것뿐이었잖아!" 그가 말을 이었다. "그것도 자네 식구들이 여기 오기 전의 얘기이지. 그냥 조용히 살고 싶은 건가?" 반은 구슬프고 반은 우스꽝스러운, 뭔지 모르게 모호한 소리를 뱉으며 채드가 손에 얼굴을 잠깐 묻고 회피하듯 경박스럽게 얼굴을 문지르자 그가 목소리를 좀 높여 다시 물었다. "그런 거냐고?"

채드는 조금 더 그대로 있다가 결국 얼굴을 들고 불쑥 외쳤다. "몹쓸 짐이 다 망쳐 놨어요!"

"자네의 일가친척에 대해 비난하거나 설명하거나, 혹은 뭐어떤 식으로든 얘기해 달라고 한 게 아니네. 그저 지금은 떠날 준비가 되었는지 다시 한번 확인하는 거야. 지금껏 '보고 알았다'라고 했지? 보고 안 것이 거역할 수 없다는 사실인가?"

채드가 기묘한 미소를 지었다. 지금껏 이렇게 심란한 미소를 지은 적은 없었을 것이다. "제가 거역하지 않도록 해 주실 수는 없나요?"

"요는 말이지." 스트레더가 그의 질문을 듣지 못한 것처럼 매우 근엄한 투로 말을 이었다. "요는 자네의 경우처럼 한 사람이 다른 사람을 위해 그렇게 훌륭한 일을 해낸 것을 지금껏 한 번도 본 적이 없다는 거야. 그렇게 해 보려 한 적은 있었겠지만 성공적으로 이뤄 낸 경우는 한 번도 보지 못했지."

"오, 틀림없이 엄청난 일이죠." 채드가 그 점은 전적으로 인정했다. "그리고 아저씨도 거기에 기여하셨죠."

역시 이 말에도 주의를 기울이지 않은 채 스트레더가 말을 이었다. "그런데 자네 가족은 그걸 인정하려 하지 않는 거지."

"그래요, 그냥 무시하는 거죠."

"말하자면 그 모든 걸 부인하고 그 은혜도 무시한 채 자네더러 돌아오라고 하는 거잖아." 스트레더가 말했다. "나한네 문제는 그런 식으로 부인하는 일에서 자네를 도와줄 수는 없다는 거야."

채드는 그의 뜻을 이해했다. "아저씨가 그렇게 하실 수 없으니 당연히 저도 그래서는 안 된다고 보셨던 거군요. 그렇게 된 거네요." 그러더니 좀 뜬금없이 따지듯 이렇게 물었다. "자, 그런데도 절 미워하지 않는다고 말씀하시는 거예요?"

스트레더가 머뭇거렸다. "누가……?"

"누구이긴요, 어머니 말이에요. 누나 얘기이긴 했지만 어차피 마찬가지이니까요."

"아, 자네를 미워하는 문제에선 마찬가지는 아니지." 스트레더가 그 말에 반대했다.

이 말에 채드는 잠깐 말이 없었지만 곧 멋지게 답변했다. "그 두 사람이 저의 소중한 친구를 미워한다면 그건 결국 마찬가지예요." 그 말에 엄연한 진실이 담겨 있었기에 스트레더는 그것으로 충분하다는, 더 이상 바랄 것은 없다는 생각이 들었다. 채드가 자신의 '소중한 친구'를 이렇게 직접적으로 감싸고 나선 적은 지금껏 없었기 때문이다. 그 관계에서 벗어날 궁리를 해 보기도 했지만 막상 닥치면 소용돌이처럼 여전히 자신을 끌어들일 수 있는 그런 깊은 동질감을 털어놓은 것이다. 채드는 말을 이었다. "게다가 어머니와 누나가 아저씨를 미워하는 것도 그래요. 그것도 상당히 비슷한 문제이죠."

"아, 자네 모친은 날 미워하지 않네." 스트레더가 말했다.

하지만 채드는 충성스럽게 그 생각을 고수했다. 그러니까 스트레더를 향한 충성으로 말이다. "조심하지 않으면 곧 그렇게 되실걸요."

"글쎄, 정말 조심한다네. 어쨌든 내가 하고 있는 게 조심하는 일이야." 스트레더가 설명했다. "그래서 다시 만나 보고 싶은 거고."

이에 채드는 똑같은 질문을 다시 꺼냈다. "어머니를요?"

"지금으로서는 세라를."

"그것 보라니까요!" 채드가 도저히 모르겠다는 투로 말을 이었다. "게다가 저로서는 도대체 알 수가 없는 게, 그렇게 해서 아저씨한테 무슨 이득이 있는데요?"

아, 그 설명을 하려면 얼마나 시간이 오래 걸리겠는가! "내가 장담하는데, 그건 자네가 상상력이 없기 때문이야. 다른 좋은 자질은 있지. 하지만 상상력이라고는 전혀 없다고, 그렇잖아?"

"그런 것 같네요. 확실히 알겠어요." 그런 판단에 채드가 관심을 보였다. "하지만 아저씨는 상상력이 좀 지나치게 많은 편 아닌가요?"

"아, 좀일까……!" 이런 책망을 듣고는 정말이지 그것이 결국에는 벗어나야 할 사실이라도 되는 것처럼 스트레더는 곧장 자리를 뜰 채비를 했다.

2

포콕 부인이 다녀간 뒤 스트레더는 오후 내내 뒤숭숭해서 가만히 있지 못했는데, 그때 한 일 중 하나가 저녁 식사 직전에 마리아 고스트리를 찾아가 한 시간 정도를 보낸 일이었다. 최근 다른 사람들과 관련해 연일 신경 쓸 일이 많긴 했지만 그녀를 만나는 일은 절대 소홀히 하지 않았다. 그리고 그다음 날 같은 시간에, 전날만큼의 지대한 관심을 그녀에게서 기대하며 또다시 자리를 함께하고 있으니 지금도 소홀히 하지 않는 것은 분명했다. 말이 나왔으니 말이지만 어떤 커다란 전환점이 찾아올 때마다 그녀가 그렇게도 충실하게 기다리는 그곳을 다시 찾는 것은 여태껏 늘 있어 온 일이었다. 지금까지 그녀를 찾았던 경우를 모두 통틀어 봐도 그가 지금 그녀에게 전해 주려는 두 가지 사건, 그러니까 지난번 방문 이후 짧은 시간 동안 생긴 일들만큼 더 흥미진진한 얘깃거리는 없을 것이었다. 그는 전날 밤 늦게 채드 뉴섬을 만났고, 그와 나눈 대화의 연속선상에서 그날 아침 다시 세라를 만났더랬다. "하지만 다들 떠났어요." 그가 말했다. "마침내 말이죠."

그녀가 잠깐 어리둥절한 표정을 지었다. "모두요? 뉴섬 씨도 함께?"

"아, 채드는 아직 아니고요, 세라와 짐과 매미 말이에요. 하지만 세라를 위해 웨이마시도 갔지요." 스트레더가 말을 이었다. "얼마나 기가 막힌지 아직도 믿기지 않는다니까요. 생각할 때마다 새삼스럽게 유쾌해져요." 그가 덧붙였다. "게다가 유쾌한 일이 또 있는데, 리틀 빌럼도 같이 갔어요. 어떻게 생각해요? 물론 그건 매미를 위해서이지요."

고스트리 양이 의아하다는 듯이 물었다. "매미를 위해서라고요? 두 사람 벌써 약혼한 사이인가요?"

"음, 그럼 나를 위해서라고 해 둡시다." 스트레더가 말했다. "그는 날 위해서라면 무슨 일이든 하거든요. 그 점에서라면 나역시 그를 위해서 할 수 있는 건 뭐든지 다 하는 것처럼 말이죠. 혹은 매미를 위해서도 그렇고요. 매미 역시 나를 위해 뭐든지 다 할 거고."

고스트리 양이 알겠다는 듯이 한숨을 쉬었다. "어쩌면 그렇게 다들 당신한테 꼼짝 못 하는지!"

"물론 한편으로는 놀라운 일이죠. 하지만 다른 한편 그렇게 안 된다는 사실도 마찬가지로 놀라워요. 어제부터 세라에겐 전혀 안 통했거든요. 다시 만나는 데 성공은 했지만 말이에요. 그 얘기 곧 자세히 해 줄게요. 하지만 나머지는 괜찮이요. 우리의 신성한 법칙에 따르면 매미에게도 반드시 함께 갈 젊은 이가 있어야 했던 거니까요."

"하지만 불쌍한 빌럼 씨는 뭘 받게 되나요? 당신을 위해 두 사람이 결혼이라도 할 거란 뜻인가요?"

"내 말은 그 신성한 법칙에 따르면 그들이 결혼을 하지 않더라도 전혀 상관없다는 거예요. 전혀 염려하지 않아요."

그녀는 언제나처럼 그의 말뜻을 이해했다. "그러면 짐은요? 누가 그를 위해 함께 가나요?"

"아, 그것까지는 어떻게 해 볼 수가 없었어요." 스트레더가 인정하지 않을 수 없었다. "그는 여느 때처럼 그냥 세상에 던져진 거죠. 그 자신의 말에 따르면 어쨌든 그에게 아주 친절한 세상 말이에요. 상상도 못 한 굉장한 경험을 많이 했으니까. 자기 말로는 '여기 나와서' 보니 다행히도 어디 가나 세상이 있다는 거예요." 그가 말을 이었다. "물론 무엇보다 가장 신나는 경험은 지난 며칠간의 일이었지만."

고스트리 양은 미리 짐작하고는 그와 연관 지어 물었다. "마리 드 비오네를 다시 만난 건가요?"

"내가 얘기 안 했던가요? 채드의 파티 다음 날 짐이 혼자 차를 마시러 갔어요. 초대를 받고 혼자서 갔죠."

"당신이 그랬듯이 말이죠!" 마리아가 미소를 지었다.

"아, 하지만 그녀와 관련해서는 그가 나보다 훨씬 훌륭해요!" 그 경이로운 여성이 예전에 했던 일에 비추어 이런저런 정황을 따져 봤을 때 충분히 이해할 만하다는 반응이 상대에게서 나오자 그가 덧붙였다. "할 수만 있었다면 그녀가 따라가

게 하고 싶었어요."

"그들을 따라 스위스로 말이에요?"

"짐을 위해서도 그렇고 균형도 맞출 셈으로. 어떻게든 한 두 주의 시간을 낼 수만 있었다면 아마 갔을 거예요." 새로이 그녀의 모습을 떠올리며 그가 말했다. "무슨 일이라도 할 태세 거든요."

고스트리 양도 잠깐 그와 함께 그녀의 모습을 떠올렸다. "그녀는 너무나 완벽하군요!"

"내 생각에 그녀가 오늘 밤 역으로 나갈 겁니다." 그가 다시 말을 이었다.

"짐을 배웅하려고요?"

"놀랍지만 전반적인 관심의 일환으로 채드와 함께요." 여전히 그 모습을 그려 보며 그가 말했다. "게다가 얼마나 경쾌한 우아함과 거리낌 없는 활달함을 내보일지 아마 그 모습을 보면 포콕 씨가 살짝 얼떨떨하기도 할 거예요."

그 모습이 얼마나 생생하게 그를 사로잡았던지, 상대방은 잠시 후 상냥하게 그 점을 지적했다. "한마디로 정신이 온전한 사람이라면 살짝 얼떨떨해질 거란 말이죠. 당신 정말로 그녀와 사랑에 빠진 건가요?" 마리아가 불쑥 물었다.

"그건 전혀 중요하지 않아요." 그가 대답했다. "그건 우리 사이에서는 거의, 아니 전혀 관계 없는 문제예요."

"좌우간 제가 이해한 바로는 그 다섯 사람은 떠나고 당신과 비오네 부인이 남게 되었네요." 마리아가 여전히 미소를 띠고 말했다.

"그리고 채드죠." 그러곤 다시 덧붙였다. "그리고 당신도요."

"아, 저야 뭘!" 그녀에게서 낮지만 성마른 외침이 나왔는데, 그녀가 아직 받아들이지 못한 어떤 점이 불쑥 튀어나온 것만 같았다. "저야 남아 봤자 왠지 득이 될 게 별로 없어 보이는데요. 당신이 지금 제 앞에 펼쳐 보인 그 모든 것을 보고 있자니 엄청난 박탈감이 들지 않을 수가 없네요."

스트레더가 주저하다가 말했다. "하지만 당신이 그렇게 제외된 건, 그 모든 것으로부터 물러나 있었던 건 당신 스스로 원해서였잖아요, 아닌가요?"

"오, 그래요, 그럴 필요가 있었으니까요. 그러니까 그 편이 당신에게 나았으니까요. 제 말은 제가 이제 당신에게 별 쓸모가 없다는 느낌이 든다는 거예요."

"그걸 어떻게 알아요?" 그가 물었다. "당신이 얼마나 내게 도움이 되는지 당신은 모를 거예요. 더 이상 쓸모가 없게 되면……"

"그러면?" 그가 말을 멈추자 그녀가 물었다.

"내가 당신에게 알려 주리다. 그러니 그때까지는 그런 소리는 하지 말아요."

그녀가 잠깐 생각하더니 물었다. "그럼 정말로 제가 여기 남기를 바라세요?"

"내가 당신을 대하는 걸 보면 모르겠어요?"

"당신은 물론 제게 정말 친절해요." 마리아가 말했다. "하지만 제 생각도 해야 하니까. 알다시피 이제 시즌도 막바지라 파리가 좀 덥고 지저분해지잖아요. 다들 여기저기로 떠나고 있고, 다른 곳에서 오라는 사람들도 있고. 하지만 제가 여기 남기를 당신이 바란다면……!"

그 말투는 그의 의향에 따르겠다는 식이었는데도, 불현듯 그녀를 잃고 싶지 않다는 마음이 예상했던 것보다 훨씬 강하게 그에게 솟았다. "당연히 여기 남기를 바라요."

그녀는 자신이 바라는 건 그게 다라는 듯이 그 말을 받아들였다. 마치 그로써 자신의 상황을 보상해 줄 무언가가 생겨나기라도 한 것처럼 말이다. "고마워요." 그러고 말았다. 그런데 그가 약간 뚫어지게 그녀를 바라보자 다시 말했다. "정말 고마워요."

그로 인해 대화의 흐름이 다소 끊어졌으므로, 그는 그 문제에 대해 좀 더 생각했다. "그런데 두 달 전에 말이에요, 정확히는 모르겠지만 어쨌든 그때 왜 그렇게 갑작스럽게 떠나 버린 거죠? 삼 주 동안 자리를 비우며 둘러댄 이유는 진짜가 아니었으니 말이에요."

그녀가 그때 일을 떠올렸다. "그 말을 믿을 거란 생각은 안 했어요." 그녀가 말을 이었다. "하지만 진짜 이유를 추측하지 못했으니 그게 바로 도움이 됐던 거예요."

이 말에 그가 고개를 돌렸다. 그리고 공간이 허락하는 한 멀리까지 천천히 걸어갔다. "이유가 뭘지 줄곧 생각해 봤지만 도무지 알 수가 없었어요. 그래도 지금까지 한 번도 물어보지 않았으니 내가 얼마나 당신을 배려했는지 알겠죠."

"그럼 이제 와서 왜 물어보는 거죠?"

"당신이 여기 없으면 내가 얼마나 당신을 그리워하는지, 그래서 내가 어떻게 되는지 보여 주고 싶어서죠."

"별로 소기의 목적을 달성한 것 같진 않은데요!" 그녀가 웃으며 말하더니 곧 덧붙였다. "하지만 정말로 그 이유를 모르시겠다면 말씀드리죠."

"전혀 알 수가 없어요." 그가 단언했다.

"전혀요?"

"전혀"

"당신 말대로 갑자기 제가 떠나 버린 이유는 마리 드 비오네가 혹시 저에게 흉이 될 얘기를 했을 때 여기서 무안을 당하고 싶지 않아서였어요."

그는 거의 황당하다는 표정을 지었다. "어쨌든 돌아오면 그 상황을 감수해야 할 거잖아요."

"아, 뭔가 정말 안 좋은 얘기가 오간 게 틀림없다고 믿을 만한 근거가 있으면 당신을 더 이상 만나지 않을 생각이었죠."

"그러면 큰마음 먹고 다시 돌아온 이유는 그녀가 대체로 좋은 말만 했을 거라고 추측했기 때문인가요?" 그가 다시 물었다.

마리아가 침착함을 잃지 않고 말했다. "그녀에게 고마워해야겠죠. 그러고 싶은 마음이 굴뚝같았을지는 모르지만 우리 사이를 갈라놓지는 않았으니까요." 그녀가 말을 이었다. "그래서 제가 그녀를 높이 사는 거지만요."

"그럼 나 역시 그래서 그녀를 높이 사는 거라고 해 둡시다." 스트레더가 말했다. "그런데 그러고 싶은 마음이라는 건 뭘 말하나요?"

"여자들이 원하는 게 뭐겠어요?"

그는 생각해 봤는데, 당연히 오래 생각할 필요도 없었다. "남자?"

"그걸 이용하면 당신을 좀 더 확실하게 차지할 수 있었을 거예요. 하지만 안 그래도 당신을 차지할 수 있다고 본 거겠죠."

"아, 날 '차지한다'니!" 스트레더가 살짝 애매하게 한숨을 내쉬었다. 그러고는 멋지게 단언했다. "그랬다 한들 당신은 나를 차지할 수 있었을 거예요."

"오, 당신을 '차지한다'고요!" 그녀가 그의 말을 되풀이했다. 그러더니 다소 진지한 말투로 덧붙였다. "저는 당신이 원한다고만 하면 바로 당신을 차지하게 될 거예요."

그가 정말 그렇게 되고 싶다는 듯이 그녀 앞에 멈춰 섰다. "그런 말은 수십 번도 더 할 수 있어요."

그에 그녀는 약간 생뚱맞게 나지막히 외쳤다. "아, 그것 봐요."

사정이야 어쨌건 그는 그녀와 함께 있는 동안 내내 그 태도를 유지했다. 마치 그녀가 여전히 얼마나 도움이 되는지를 보여 주기라도 하듯 다시 포콕 일가의 여행 문제로 돌아가 여기에 일일이 다 옮겨 놓을 수 없을 정도로 자세하고도 생생하게 그날 아침 벌어졌던 일을 들려주었다. 그는 세라를 그녀의 호텔에서 십 분 정도 만났다. 자신의 호텔에서 있었던 짧은 만남이 끝났을 때 그 시간을 미래라는 엄청난 스펀지로 말끔히 씻어 버렸다고 앞서 고스트리 양에게 말하긴 했지만 어쩔 수 없는 압박감으로 인해 굳이 다시 십 분의 시간을 마련한 것이었다. 그는 미리 알리지도 않고 바로 호텔로 들어갔고, 그녀는 재봉사와 란제리 외판원과 함께 거실에 있었다. 좀 어리숙하게 비용을 계산하고 있는 모양이었는데, 곧 그들은 물러갔다. 그는 약속대로 간밤에 늦게 채드를 만나 본 일을 그녀에게 설명했다고 했다. "내가 모든 책임을 지겠다고 말했어요."

"당신이 '책임을 진다'고요?"

"그러니까 그가 돌아가지 않는다면요."

마리아가 잠깐 기다렸다가 물었는데, 일부러 유쾌하게 보이려 했다. "그럼 그가 돌아가면 그 책임은 누가 지나요?"

"글쎄요." 스트레더가 말했다. "경우가 어찌 되건 내가 모든 책임을 져야지 싶네요."

"제가 볼 때 그건 당신이 이제 확실히 모든 걸 잃게 되었다는 걸 알고 있다는 말이네요." 그녀가 잠시 후 불쑥 말했다.

그가 다시 그녀 앞에서 걸음을 멈췄다. "어쩌면 그럴 수도 있죠. 하지만 채드는 이제 다 알게 되어서 돌아가기를 원하지 않아요."

그녀는 그 말을 믿을 수 있었지만 늘 그렇듯 분명히 하고 싶었다. "결국 그가 알게 된 게 뭔데요?"

"그들이 그에게 원하는 것이죠. 그거면 충분하고요."

"그게 비오네 부인이 원하는 것과 대조될 만큼 그렇게도 안 좋은가요?"

"말 그대로 대조가 되죠. 완전히, 엄청나게."

"무엇보다 당신이 원하는 것과도?"

"아, 내가 뭘 원하는지는 따져 보지 않은 지 오래이고, 이젠 아예 뭔지도 모르겠어요." 스트레더가 말했다.

그래도 고스트리 양은 계속 캐물었다. "아직도 뉴섬 부인을 원하시나요? 당신을 그런 식으로 대했는데도?"

그들은 지금까지 상당히 격식을 지켜 왔으므로 그렇게 단 도직입적으로 뉴섬 부인을 입에 올린 적이 없었다. 하지만 그 가 한참 동안 대답하지 않은 이유가 꼭 그 때문만은 아닌 듯 했다. "결국 그녀가 생각해 낼 수 있었던 방법이 그것밖에 없 었다고 해야겠죠."

"그러니까 그녀를 여전히 원한다는 건가요?"

"난 그녀에게 엄청난 실망을 주었어요." 스트레더는 그 말 을 해 두는 게 좋겠다고 생각했다.

"물론 그랬죠. 그건 당연한 거고요. 그건 오래전부터 우리에 게 분명한 사실이었으니까." 마리아가 말을 이었다. "하지만 그 것 못지않게 분명한 사실이, 여전히 당신은 단번에 그걸 바로 잡을 수 있다는 것 아닌가요? 정말로 채드를 끌고 돌아가면, 지금도 그렇게 할 수 있을 거라고 보거든요, 그러면 더 이상 그녀의 실망을 감당하지 않아도 될 텐데요."

"아, 그렇게 되면 당신의 실망을 감당해야 되겠지요!" 그가 웃으며 말했다.

하지만 그녀는 그 말에 별로 감명받지 않았다. "그 경우 감 당한다는 게 무슨 의미인가요? 당신이 지금 이렇게 된 게 저를 기쁘게 해 주느라 그런 건 아니었잖아요."

"아, 알겠지만 그것도 포함되지요." 그가 우기듯 말했다. "그것이 통틀어 하나라서 따로 떼어 낼 수가 없어요. 말했다시피 이해가 안 되는 것도 어쩌면 그 때문일 수 있죠." 하지만 그는 곧 그건 전혀 중요하지 않다고 거듭 주장했다. 자신이 증명해 보이듯 사실 아직 어떤 입장도 취하고 있지 않기 때문에 더더욱 그렇다는 것이었다. "상황이 어려워졌을 때 그녀가 어쨌든 마지막 자비를 베풀어 내게 한 번 더 기회를 준 거예요. 그들이 미국으로 떠나기까지는 아직 오륙 주 남았고, 그녀도 인정하듯이 채드가 그 여행에 함께하리라는 기대는 애초부터 없었어요. 마지막 순간에 리버풀에서 만나 함께 떠날 기회는 열려 있는 거죠."

고스트리 양이 그 점을 따져 보았다. "당신이 그걸 열지 않는 다음에야 도대체 어떻게 그게 '열려 있을' 수 있나요? 그가 이곳 상황에 점점 더 깊이 빠져들 뿐이라면 어떻게 리버풀에서 그들과 함께할 수 있겠어요?"

"얘기했다시피, 어제 그녀의 말에 따르면 그는 내가 하라는 대로 하겠다고 명예를 걸고 맹세했어요."

마리아가 그를 응시했다. "하지만 당신이 아무 말도 안 하면요!"

그 말에 그는 평소처럼 몸을 돌리고는 주변을 돌았다. "오늘 아침에는 분명 이야기를 하긴 했어요. 그러니까 답변을 해 주었죠. 채드가 무슨 약속을 했는지 직접 듣고 난 뒤에 해 주겠다고 한 그 얘기 말이에요. 기억하겠지만, 어제 세라의 요구는 그가 그 맹세를 하게 만들겠다고 내가 그때 그 자리에서 약속하는 거였어요."

"그러면 오늘은 그걸 거절하러 다시 찾아간 거였어요?" 고스트리 양이 물었다.

"아니요. 당신에게 이상하게 들릴지 모르겠지만 시간을 더 달라고 부탁하기 위해서였죠."

"아, 그건 너무 빈약하네요!"

"바로 그거예요!" 그녀는 답답하다는 투였지만, 적어도 그 문제라면 그는 자신의 상황을 잘 알고 있었다. "정말 빈약하다면 그 사실을 깨닫고 싶었어요. 그러지 않으면 약간 뻐기면서 내가 강인하다고 속 편한 생각만 할 테니 말이에요."

"제 판단으로는 당신은 앞으로 바로 그 속 편한 생각만 할 것 같은데요." 그녀가 대답했다.

"좌우간 한 달 뒤 문제예요." 그가 말했다. "당신 말대로 파리는 날이 갈수록 덥고 지저분해지겠죠. 하지만 더 덥고 지저분한 데도 많아요. 여기 계속 남아 있어도 아무렇지 않아요. 이곳의 여름은 유순하다기보다 거칠지만 나름대로 흥미로울 게 틀림없어요. 지금처럼 아름다운 때도 없지요. 마음에 들 거라고 봐요." 그녀에게 자상한 미소를 지어 보이며 덧붙였다. "게다가 언제나 당신이 함께 있을 테니까."

"오, 제가 여기 있더라도 그 아름다움에 들진 않을 거예요. "저는 당신에게 제일 볼품없는 존재일 테니까요." 그녀가 그렇게 이의를 제기한 뒤 말을 이었다. "어쨌든 저 말고는 아무도 없을 거예요. 비오네 부인도 당연히 다른 데로 가겠죠? 그러면 뉴섬 씨도 그럴 테고. 아무 데도 가지 않겠다는 확약을 받는다면 모를까." 이 점은 짚어 줘야겠다는 생가에 그녀기 말했다. "그러니까 혹시 그들을 보고 남겠다는 생각이라면 혼자 버려질 수도 있어요. 물론 그들이 여기 남는다면 파리의 아름다움의 일부가 되겠죠. 아니면 정말로 함께 다른 곳으로 가야 할 거예요."

아주 좋은 생각이라는 듯 스트레더가 그 사실을 고려해 보았다. 하지만 곧 약간 비난조로 물었다. "두 사람이 함께 떠날 수도 있다는 말이에요?"

그녀가 잠깐 생각해 보더니 말했다. "그렇게 한다면 당신에게는 상당히 무례한 일이 되겠죠." 그녀가 덧붙였다. "어차피 당신에 대해서는 어느 정도 예의를 차려야 경우에 맞을지 이젠 좀 판단하기 힘들지만요."

"그건 그래요." 스트레더가 인정했다. "그들에 대한 내 태도가 좀 별나긴 하니까요."

"바로 그거예요. 그래서 그들로서는 어떤 식의 절차를 거쳐야 적합할지 자문해 보게 되는 거죠. 그보다 부족하지 않으려면 어떤 식의 태도를 취해야 할지 틀림없이 아직도 궁리 중일 거예요." 그녀가 곧 자신의 생각을 말했다. "좀 한적한 곳으로 가면서 당신에게도 함께 가자고 청하는 게 가장 적합한 방법이긴 하겠죠." 그 말에서 그를 염려하는 어떤 관대한 짜증이 살짝 비치기라도 한 듯 그가 그녀를 쳐다보았고, 사실 그녀의 다음 말에서 대충 이유를 알 수 있었다. "사실은 텅 빈 도시에 남아 빈자리가 널려 있는 차양 아래에서 시원한 음료를 마시고 한가한 박물관을 둘러보고 저녁에는 불로뉴 숲에 드라이브를 가고 그 경이로운 여성을 혼자 독차지하는 유쾌한 기대 때문에 여기 붙어 있으려 하는 거라고 말씀하셔도 전혀 상관 없어요. 아마 생각해 낼 수 있는 가장 적합하고도 멋진 일은 채드 씨가 잠시 혼자 떠나 있는 거겠지요." 그런 식으로 말을 이어 가다 이렇게 결론을 지었다. "그렇게 보면 모친을 만나러 가지 않다니 참 안된 일이지 뭐예요. 적어도 당신이 여기 있는 기간 정도는 시간을 잡아먹을 텐데." 그러더니 진짜로 잠깐 그 생각에 빠졌다. "왜 모친을 만나 보러 가지 않는 거죠? 이렇게 딱 좋은 때에 한 일주일 정도도 괜찮을 텐데."

"여보세요." 스트레더의 대답은 스스로도 놀랄 만큼 재깍 나왔다. "그의 모친이 그를 찾아왔잖아요. 이달 내내 아주 뼈에 사무칠 정도로 절절하게 그녀와 함께 시간을 보낸 거나 다름없어요. 그가 넘칠 정도로 모친을 대접했고 그래서 그녀는 고마움을 전했던 거예요. 그런데 그게 모자라서 미국에 다시 가야 한다는 거예요?"

그녀는 잠시 후 그 생각을 접을 수 있었다. "그러네요. 그래서 그걸 권하지 않은 거로군요. 지금까지 한 번도. 그걸 알았으니까."

"그녀를 그만큼 봐 왔다면 당신 역시 알았을걸요." 그가 상냥하게 말했다.

"뉴섬 부인 말인가요?"

"아뇨, 세라 말이에요. 나나 채드에게는 뉴섬 부인을 보는 것과 전혀 다를 바가 없으니까."

"그것도 아주 비상한 방식으로 말이죠!" 그녀가 생각에 잠겨 대답했다.

"글쎄요." 그가 설명 삼아 말했다. "알다시피 간단히 말해서 핵심은 그녀가 냉철한 사고 그 자체라는 거예요. 그래서 세라로서는 중간에서 아무것도 빼지 않고 냉철한 그것을 그대로 전달할 수 있었던 거죠. 그녀가 우리를 어떻게 보는지 그렇게 해서 알게 된 거고요."

마리아는 잘 이해하며 따라왔으나 뭔가 걸리는 것이 있었다. "말이 나왔으니 말인데요, 제가 아무래도 알아낼 수가 없었던 것이 그녀에 대한 당신의 생각이에요. 제 말은 개인적으로 말이에요. 그녀를 조금도 사랑하지 않나요?"

"채드도 간밤에 바로 그 질문을 하더군요." 그가 전혀 머뭇거리지 않고 바로 대답했다. "그게 다 없어져도, 그러니까 풍족한 미래가 다 없어져도 괜찮겠냐고 묻더라고요." 그가 바로 덧붙였다. "그건 사실 아주 당연한 의문이지요."

"어쨌건 간에 제 질문은 그게 아니라는 사실을 기억해 주셨으면 해요." 고스트리 양이 말했다. "제가 실례를 무릅쓰고 물어본 건 당신이 뉴섬 부인에게 무심하느냐는 거였어요."

"무심하지 않았어요." 그가 아주 확실하게 말했다. "오히려 그 반대였죠. 맨 처음부터 그녀가 이 모두에서 어떤 인상을 받을지에 온통 신경을 집중했어요. 압박감을 느낄 정도였고, 줄곧 시달리면서 고통받았다고도 할 수 있죠. 내가 봐 온 것을 그녀가 봐 줬으면 하는 데 온 관심이 있었어요. 그러니까 내 편에서는 그녀가 안 보겠다고 나오는 바람에 실망했다면, 그녀는 내가 괴팍하게 쓸데없는 고집을 부려서 실망했다고 할 수 있겠죠."

"당신이 그녀에게 충격적이었던 만큼 그녀도 당신에게 충격적이었단 뜻인가요?"

스트레더가 그 말을 따져 보았다. "나는 그렇게 쉽게 충격을 받는 것 같지 않아요. 하지만 다른 한편으로 나로서는 그녀와 타협을 보기 위해 훨씬 많은 양보를 했는데 그녀 편에서는 한 발짝도 움직이지 않았던 거죠."

"그래서 애석하게도 결국 당신이 이제 맞대응을 하는 단계에 이른 거군요." 그녀가 교훈을 끌어냈다.

"그건 아니에요. 이런 말은 당신한테나 하는 거지 세라한테는 양처럼 순하게 굴었어요. 단지 이제 몸을 돌려 벽에 등을 대고 섰을 뿐이에요. 누구든 그렇게 무자비하게 계속 밀쳐지면 당연히 비틀거리며 벽에 기대게 되지 않겠어요?"

그녀가 잠시 그를 바라보았다. "집어던지던가요?"

"글쎄, 어딘가 툭 떨어진 느낌이 든 걸 보니 분명 누가 집어 던지기는 했나 봐요."

그녀가 그 말을 이리저리 따져 보았는데, 동조하기 위해서라기보다 좀 더 분명히 했으면 하는 마음 때문인 듯했다. "사실 문제는 당신이 실망을 준 건……."

"거의 여기 도착하자마자였다고요? 분명 그런 것 같아요. 심지어 내가 봐도 놀라웠으니까."

"그러면 당연히 저하고도 상당한 관련이 있겠네요." 마리아가 말을 이었다.

"내가 그렇게 놀라웠다는 게요?"

"그거라고 해도 상관없고요." 그녀가 웃었다. "제가 놀라웠다고 말하긴 좀 곤란하시다면 말이에요." 그녀가 덧붙였다. "당신이 여기 온 건 당연히 한편으로는 놀라운 경험을 하기 위해서였잖아요."

"당연히 그랬죠!" 그렇게 상기시켜 주니 고맙다는 투로 그가 말했다.

"하지만 당신에게나 그랬던 거지 그녀에게 놀라웠던 건 하나도 없었던 거죠." 그녀가 계속해서 조각을 맞춰 나갔다.

그녀가 요점을 짚어 내자 그가 다시 한번 그녀 앞에서 발걸음을 멈췄다. "그게 곤란한 점이에요. 그녀는 놀랍거나 의외의 것을 허용하지 않거든요. 내가 봤을 때 바로 그게 그녀를 나타내는 대표적인 특징 같아요. 그러면 아까 했던 말과도 잘 맞아떨어지죠. 그녀가 냉철한 사고 그 자체라고 했던 것 말이에요. 자기 머릿속에서 만사를 미리 다 따져서 결정을 내린 거예요. 자신만이 아니라 나와 관련해서도 말이죠. 일단 그런 식으로 일했다 하면 다른 여지라곤 전혀 없어요. 뭐라도 좀 바뀔 만한 구석이 없는 거죠. 빈틈이라고는 하나도 없이 꽉 채워진 채 그대로 쭉 가기 때문에, 뭔가 다른 것을 집어넣든가 빼내려고 하면……."

"아예 통째로 새로 바꿔 버리지 않으면 안 된다는 거겠죠?"

"결과적으로 도덕적으로나 정신적으로나 그녀를 없애 버려야 한다는 겁니다." 스트레더가 말했다.

"사실상 그게 당신이 한 일이지 싶네요." 마리아가 대꾸했다.

하지만 상대방은 고개를 획 젖혔다. "난 그녀한테 손끝 하나 대지 않았어요. 그녀에게 그런 일은 있을 수가 없어요. 전에는 몰랐는데 이제는 확실히 알겠어요." 그가 말을 이었다. "그녀는 자기 딴에는 워낙 완벽하게 들어맞아 그 틀에 어떤 식의 변화라도 생기면 그게 잘못이라고 보는 거예요." 그가 이렇게 말을 맺었다. "어쨌든 세라가 가져와서 내게 받든지 말든지 알아서 하라고 한 것은, 당신 말대로 그녀 자신이자, 도덕적이고 지적인 존재 혹은 덩어리 전체였던 거지요."

그 말에 고스트리 양이 좀 더 깊이 생각에 잠겼다. "총검이 겨눠진 상태에서 도덕적이고 지적인 존재나 덩어리 전체를 받아들여야 하다니!"

"사실 그게 내가 미국에서 해 온 일이에요." 스트레더가 말했다. "그런데 웬일인지 거기 있을 땐 그걸 의식하지도 못했어요."

"그런 경우 당신이 말한 그 덩어리가 얼마나 거대한지 절대 미리 알 수는 없을 거예요." 고스트리 양이 맞장구쳤다. "갈수록 점점 크게 보이는 거죠. 점점 불어난 끝에 이제 드디어 그 전체를 볼 수 있게 된 거고요."

"전체를 보게 되었죠." 차갑고 푸른 북극해에 떠 있는 거대한 빙산을 응시하듯이 시선을 고정한 채 그가 별 생각 없이 되풀이했다. 그러더니 좀 뜬금없이 외쳤다. "얼마나 웅장한지!"

하지만 이런 식의 생뚱맞은 대답에 익숙한 상대는 대화의 끈을 계속 이어 갔다. "다른 사람들에게 자신의 존재를 실감하게 하는 문제로 치자면 상상력이 없는 것만큼 웅장한 것도 또 없지요."

그 말에 그가 곧 하던 얘기로 돌아왔다. "이, 바로 그거예요! 어젯밤 채드에게도 그렇게 말했거든요. 그러니까 채드 역시 상상력이 전혀 없다고 말이죠."

"그렇다면 결국 그와 그의 모친이 공통점은 있는 셈이네요." 마리아가 떠보듯 말했다.

"당신 말처럼 다른 사람이 그들을 '실감하게' 만든다는 점에서는 공통점이 있죠." 그 문제에 흥미를 보이며 그가 덧붙였다. "하지만 상상력이 아주 많은 사람도 자신의 존재를 실감하게 만들기는 하죠."

고스트리 양이 여전히 떠보듯 말했다. "비오네 부인처럼 말이죠?"

"그녀는 확실히 상상력이 대단해요."

"그럼요. 옛날부터 무척 풍부했어요. 하지만 존재감을 주는 방식에도 여러 가지가 있잖아요."

"그래요, 확실히 문제는 그거죠. 지금 당신이……."

그가 자상하게 말을 이었지만 그녀는 그런 이야기는 들으려 하지 않았다. "오, 전 그렇게 존재감이 있는 사람이 아니에요. 그러니까 저한테 그런 면이 얼마나 있는지 따져 볼 필요는 없어요." 그녀가 말했다. "하지만 당신의 상상력은 정말 무시무시할 정도예요. 이렇게 엄청난 사람은 본 적이 없어요."

그 말에 스트레더가 잠깐 말을 잊었다. "채드 생각도 그렇더군요."

"그것 봐요! 그렇다고 그가 불평할 입장은 아니지만요."

"아, 불평한 건 아니에요." 스트레더가 말했다.

"당연히 그럴 필요가 없으니까요! 그런데 무슨 얘기를 하다가 그런 질문이 나오게 된 거죠?" 마리아가 이어서 물었다.

"음, 내가 얻는 게 뭐냐고 그가 물었더랬죠."

그녀가 잠깐 말을 멈췄다. "저 역시 그 질문을 했으니 제게도 해당되는 얘기이겠네요." 그녀가 같은 말을 반복했다. "오, 당신은 정말 경이로운 상상력을 가졌어요."

하지만 그는 잠시 그 문제에서 벗어나 다른 생각을 하고 있었기 때문에 다른 문제를 끄집어냈다. "하지만 기억해 둬야 할 것이, 뉴섬 부인은 내가 여기서 찾아내야만 했던 끔직하고 추악한 사실들을 상상해 온 것이 분명해요. 그러니까 상상을 했고 확실히 지금도 그렇죠. 유달리 강렬한 그녀의 시각에 따라 내가 그것을 찾아내기로 계산이 되어 있었던 거예요. 그런데 내가 그러지 않았거나, 못했거나, 아니면 그녀의 판단에 따르면 확실히 안 하려고 했기 때문에, 그들 말마따나 말할 나위 없이 그녀의 장부에 '어울리지' 않았던 겁니다. 도저히 참을 수 없는 일이고, 그래서 그녀가 실망했던 거지요."

"채드가 끔찍하고 추악하다는 사실을 알아냈어야 했다는 말인가요?"

"그 여자가 그렇다는 사실을 알아냈어야 했죠."

"끔찍하고 추악하다?"

"뉴섬 부인이 상상한 그대로의 모습이라는 사실을." 그러더니 자신의 표현력으로는 더 이상 덧붙일 게 없다는 양 말을 멈췄다.

그동안 상대방은 생각을 이어 갔다. "어리석은 상상을 했군요. 그러니까 결국 없는 거나 마찬가지죠."

"어리석다고요? 오!" 스트레더가 외쳤다.

하지만 그녀는 계속 고집했다. "비열한 상상을 했어요."

그는 그보다는 좀 나은 표현을 썼다. "그냥 전혀 몰라서 그런 거예요."

"글쎄요, 무지하면서 동시에 맹렬하다, 그보다 더 나쁜 게 있나요?"

그 질문을 잠시 따져 볼 수도 있었겠지만 그는 그냥 넘어갔다. "세라는 무지하지 않아요. 적어도 지금은요. 그러면서도 그 끔찍하고 추악한 존재에 대한 이론을 여전히 고수하지요."

"아, 하지만 그녀는 맹렬하잖아요. 때로는 그것만으로 충분하기도 해요. 어쨌든 지금 이 경우에 그것만으로 마리가 매력적인 여성임을 부정하기 힘들다면, 적어도 그녀가 좋은 여자라는 걸 부정하기엔 충분해요."

"내 주장은 그녀가 채드에게 좋은 사람이라는 건데요."

"당신에게 좋은 사람이라고 주장하진 않는군요." 그녀가 명확히 하려고 했다.

하지만 그는 그 말에 개의치 않고 말을 이었다. "바로 그걸 위해 그들이 직접 여기 나왔으면 했던 거예요. 정말 그녀가 그에게 나쁜 영향을 주는지 자기들 눈으로 직접 보라고 말이죠."

"그런데 직접 보고 난 다음에도 그녀가 어떤 식으로든 좋은 면이 있다는 사실을 인정하지 않는다는 거죠?"

"그녀가 내게도 역시 나쁜 영향을 준다고 생각하는 게 확실해요." 스트레더가 즉시 인정했다. "물론 채드나 나에게 무엇이 좋은지 그 관념이 분명하니 나름 일관성은 있는 거겠죠."

"일단 당신에게 좋은 거라면." 마리아가 기꺼이 호응하면서도 잠시 범위를 한쪽으로 한정했다. "어쩌다가 당신이 동조자가 되어 버린 그 존재에게서 확실하게 알아볼 수 있지만 그런 점에서 불길한 징후는 덜한 악이 있긴 하죠. 하지만 그보다도 그들에게 분명 섬뜩한 조짐으로 보였던 나라는 흉악한 존재를 당신의 삶에서, 그리고 가능하다면 당신의 기억에서까지 완전히 지워 버리는 일이 당신에게 좋은 일이라고 본 거예요. 그런데 그건 비교적 간단해요. 결국 최악의 상황에선 저를 쉽게 포기할 수 있을 테니까요."

"최악의 상황에서야 당신을 쉽게 포기할 수 있겠죠." 의심할 바 없이 반어적인 말투였으므로 딱히 신경 쓸 필요도 없었다. "최악의 상황에선 아예 잊어버릴 수도 있을 거고요."

"그럼 그건 그렇게 하면 된다고 치죠. 하지만 뉴섬 씨는 지워야 할 게 너무 많잖아요. 그는 어떻게 하면 될까요?"

"아, 결국 다시 그 자리잖아요! 그렇게 되도록 하는 게 바로 내 책임이었어요. 그렇게 할 수 있도록 그를 돕는 게 내가 해야 할 일이었다고요."

그녀는 별 이의를 달지 않고 말없이 그 말을 받아들였다. 그런 건 이제 너무 잘 알고 있다는 듯이. 그러더니 중간 단계를 생략한 채 다른 문제로 옮겨 갔다. "예전에 체스터와 런던에서 당신을 끝까지 지켜보겠다고 했던 제 말 기억하세요?" 마치 아주 오래전 일이고, 언급한 그 장소에서 몇 주일을 함께 보내기라도 한 말투였다.

"당신이 하고 있는 게 바로 그거잖아요."

"아, 하지만 당신이 여지를 남겨 놨기 때문에 최악의 상황이 올 가능성은 아직도 있어요. 당신이 무너져 버릴 수도 있는 거죠."

"그래요, 무너져 버릴 수도 있겠죠. 하지만 당신이 계속 나와……?"

그가 머뭇거렸고, 그녀가 기다리다가 물었다. "계속 당신과……?"

"내가 견딜 수 있을 때까지 나와 함께해 줄 수 있겠냐고요."

이번엔 그녀 쪽에서 망설였다. "아까 말했듯이 뉴섬 씨와 비오네 부인이 이곳을 떠날 수도 있어요. 그들 없이 얼마나 오래 견딜 수 있을 것 같아요?"

이에 대한 대답으로 스트레더가 일단 다른 질문을 던졌다. "나한테서 벗어나려고 떠난다는 말인가요?"

그녀의 대답은 좀 느닷없었다. "무례하게 들릴지 모르지만 그러고 싶을 거라고 보는데요!"

그가 다시 그녀를 뚫어지게 바라보았다. 너무나 골똘한 나머지 잠깐 얼굴색이 변하는 것처럼 보이기까지 했다. 하지만 미소를 지으며 말했다. "지금까지 나한테 그렇게 해 놓고도 말이에요?"

"그녀가 그렇게 해 놓고도 말이죠."

이 말에 그는 웃으면서 아무렇지도 않은 표정이 되었다. "아, 아직 그녀 쪽에서 그런 적은 없어요!"

3

이로부터 며칠 뒤 그는 별다른 생각 없이 아무 역에나 갔고 역시 되는대로 아무 기차나 잡아탔다. 앞으로 무슨 일이 생기든 그럴 수 있는 날은 얼마 안 남았고, 그래서 하루 정도는 특별히 멋진 푸름으로 가득한 프랑스의 시골 풍경에 온전히 바치고 싶다는 충동으로 집을 나섰던 것이다. 틀림없이 자연스럽게 생겨 났을 법한 충동이었다. 이제껏 그 풍경을 본 경험이라고는 작은 직사각형의 액자를 통해서뿐이었으니까 말이다. 그에게 그것은 아직까지도 대체로 상상의 나라일 뿐이었다. 소설의 배경이라거나 예술이라는 매체라거나 문학의 온상처럼. 가령 그리스처럼 그만큼 멀고 동시에 그만큼 신성한 존재이기도 했다. 스트레더의 지각 작용은 그렇게 온화한 요소들에서 로맨스를 지어낼 수 있었다. 게다가 최근에 자신이 '겪은'

일에도 불구하고, 작은 랑비네[2]를 연상시킬 만한 풍경을 어디에서건 볼 수 있을지도 모른다는 기대에 한껏 마음이 설렜다. 오래전 보스턴의 어떤 화랑에서 그의 작품을 보고 그 매력에 한껏 빠진 뒤 참 이상하게도 절대 잊히질 않았다. 그의 기억으로는 지금껏 거래된 랑비네의 작품 중 가장 낮은 가격이라고 화랑 측에서 알려 준 그런 가격에 거래가 되었는데, 그러거나 말거나 그로서는 꿈도 꿀 수 없는 가격이라 자신의 궁핍함을 그때만큼 실감한 적이 없었다. 그래도 한 시간 동안 그 가능성을 꿈꿔 보고 이리저리 고심해 봤더랬는데, 그것이 지금까지 살면서 예술 작품을 구입하는 문제와 관련해 그에게 있었던 유일한 모험이었다. 곧 알게 되었다시피 그 모험은 별것 아니었다. 하지만 이유를 불문하고 그로부터 생겨난 우연적인 연상으로 인해 그 기억은 아주 달콤했다. 그 작은 랑비네는 그가 살 수도 있었을 그림으로 항상 그에게 남았다. 타고난 자신의 소박함에서 한순간이나마 벗어나게 했던 특별한 작품으로 말이다. 그것을 다시 보게 된다면 아마도 엄청나게 실망하거나 충격을 받을 수도 있음을 잘 알았기 때문에, 세월이 흐른 뒤 천창에서 햇빛이 들어오는 적갈색 건물, 내밀한 예술의 성지와도 같았던 트레몬트가의 그 화랑에서 보았던 인상 그대로 언젠가 그 그림을 다시 볼 수도 있지 않을까 바랐던 적은 한 번도 없었다. 하지만 그가 기억하는 그림이 그 안에 담

---

2) 에밀 샤를 랑비네(Emile Charles Lambinet, 1815~1877). 시골 풍경을 주로 그린 19세기 프랑스 화가.

긴 원래 자연 풍경으로 되돌아간 경관을 바라보는 것은 다른 문제였다. 피츠버그 차고와 적갈색의 내밀한 화랑, 유달리 사랑스러운 푸른색 풍경, 말도 안 되는 가격, 포플러 나무, 버드나무, 등심초, 햇빛이 은빛으로 부서지는 하늘과 강물, 울창한 숲이 늘어선 지평선 등을 배경으로 한, 그 먼 과거의 먼지 날리던 보스턴에서 보냈던 한 시간을 오롯이 자연 속에서 돌이켜 볼 시간을 갖는 것은 다른 문제였던 것이다.

어떤 기차를 탈 것인가와 관련해서 일단 교외를 빠져나온 뒤 여러 역에 정차해야 한다는 조건 외에는 달리 따져 보지 않았다. 어디에서 내릴지는 어딜 보나 쾌청하고 기분 좋은 날씨에 맡겨 두기로 했다. 이 당일치기 여행을 계획하며 그는 파리에서 한 시간 정도 벗어난 뒤 어디든 그가 원하는 특정한 분위기가 느껴지는 곳에서 내리기로 했다. 한 시간 반 정도 달리고 나자 날씨와 공기, 햇빛, 풍경의 색조와 그 자신의 기분이 모두 들어맞는 듯한 기미가 나타났다. 기차는 정말이지 딱 어울리는 장소에 정확하게 멈춰 섰고, 그는 마치 약속이라도 있는 양 태연하게 기차에서 내렸다. 이미 과거지사가 된 보스턴 그림이 약속처럼 다시 나타나기만 해 준다면 이 나이에는 아주 작은 것에도 충분히 기쁨을 느낄 수 있다는 분위기가 그에게서 풍겼다. 얼마 가지 않아 곧 그 약속이 충분히 지켜지리라는 확신이 들었다. 직사각형의 금박 액자 테두리가 거기에 자리를 잡았다. 포플러 나무와 버드나무, 이름도 몰랐지만 굳이 알 필요도 없었던 강과 그 가장자리의 갈대 등이 무척 완벽하게 어울리며 그 안에서 작품을 이루었다. 하늘은 은빛과

쪽빛으로 반짝거렸다. 왼편의 마을은 하얗고 오른편의 교회는 회색빛이었다. 말하자면 모든 게 마련되어 있었고, 그게 바로 그가 원했던 것이었다. 트레몬트가였고 프랑스였고 랑비네였던 것이다. 게다가 지금은 자유롭게 그 안을 거닐고 있기까지 했다. 울창한 숲이 늘어선 지평선까지 한 시간가량 그렇게 마음껏 거닐었고, 그 모든 게 그의 인상과 한가로움으로 어찌나 깊숙이 파고들었는지, 그것을 죽 가로질러 나가면 화랑의 적갈색 벽에 다시 닿을 수도 있겠다는 느낌이 들 정도였다. 시간을 더 들이지 않고도 이 한가로움을 제대로 맛볼 수 있었으니 확실히 놀라운 일이었다. 사실 그것이 무르익기 위해 앞선 며칠의 시간이 필요하긴 했다. 사실을 말하자면 포콕 일가가 떠난 이후로 계속 무르익고 있었던 것이다. 이제는 꼭 해야 할 일이 이렇게나 없음을 스스로에게 보여 주기라도 하듯 그는 걷고 또 걸었다. 할 일이라고는 언덕 쪽으로 방향을 트는 일밖에 없었다. 언덕 위에서 몸을 쭉 뻗고 누워 포플러 나무가 바람에 바스락거리는 소리를 들으며 그렇게 오후를 보내다가, 주머니에 넣어 둔 책과 함께 더욱 한가로이 오후를 보내다가, 주변의 풍경이 알려 주는 대로 꼭 알맞은 작은 시골 여관을 하나 골라 저녁을 먹어 볼 수도 있을 것이었다. 9시 20분에 파리로 돌아가는 기차가 있었으므로, 해가 저물 무렵 식탁에 거친 흰 식탁보가 깔려 있고 바닥에 모래가 깔린 곳에서 절묘하게 어울리는 튀김 요리를 정통 와인과 함께 즐기는 것이다. 그런 뒤에는 마음 내키는 대로 저녁 어스름을 감상하며 역까지 걸어 갈 수도 있고, 시골 소형 마차를 불러 타고 가면서 마부와 함께 담소를 나눌 수도 있을 것이다. 마부는 당연히 풀 먹인 깨끗한 셔츠를 차려입고 뜨개질한 나이트캡을 썼을 것이고 여간 대화에 능하지 않을 것이다. 종국에는 마부석에 걸터앉은 채 프랑스 사람들의 생각을 그에게 들려줄 테고, 어쩌다 보니 그날 일이 모두 그렇듯이 그로 하여금 모파상을 떠올리게 할 것이다. 이런 상상이 죽 이어지는 동안 그는 프랑스에 발을 디딘 후 처음으로 상대방을 겁내지 않고 분명하게 프랑스어를 하고 있음을 알았다. 그 점에서 그는 채드도 그렇고 마리아와 비오네 부인 모두에게 겁을 냈더랬다. 무엇보다 웨이마시가 가장 겁이 났다. 함께 파리 시내를 돌아다닐 때처럼 그와 함께 있을 때면 프랑스 단어나 발음을 입 밖에 낼 때마다 그로 인해 어떤 식으로든 곤욕을 치르지 않을 수 없었다. 대개는 즉시 그를 쳐다보는 웨이마시의 시선을 감당하는 식으로 말이다.

언덕 쪽으로 걸어가면서 그는 그렇게 자유롭게 상상의 날개를 펼쳤다. 언덕에 도착하니 정말로, 진정으로, 포플러 나무가 아주 다정하게 자리를 잡고 있는지라, 나뭇잎이 조용하게 살랑거리는 소리를 들으며 한두 시간을 보내는 동안 자신의 생각이 얼마나 멋지고 운 좋은 것이었는지를 실감할 수 있었다. 지금까지는 계획대로 잘되었으므로 모든 게 성공적이고 만사가 잘 들어맞는다는 느낌이었다. 풀밭에 등을 대고 누워 있으니 무엇보다 세라가 정말로 가고 없다는, 그래서 그로 인한 긴장감이 이제 다 풀렸다는 사실이 절실히 와닿았다. 그런 생각에 스며 있는 평화로움이 전혀 근거 없는 몽상일 수도 있지만 어쨌든 그때만은 그런 기분에 빠져 있었다. 그리면서 한

삼십 분 잠을 잤다. 전날 웨이마시를 떠올리며 구입한 밀짚모자를 얼굴 위에 덮고 다시금 랑비네에 빠져 있었다. 마치 자신이 얼마나 피로한지를 깨닫게 된 것 같았다. 많이 걸어서가 아니라 대체로 석 달 동안 거의 끊임없이 정신적으로 긴장한 탓에 말이다. 바로 그것이었다. 그들이 떠나고 나자 그는 지쳐 떨어졌다. 더구나 그가 지쳐 떨어져 이른 곳이 여기였고, 이제 바닥에 닿은 셈이었다. 그렇게 떨어져 발견한 것을 의식하며 그는 즐거운 마음으로 위안도 받고 호사스러울 정도로 가만히 있을 수 있었다. 다분히 자신이 파리에 남아 있으려는 이유라고 마리아 고스트리에게 설명했던 그대로였다. 바로 눈이 부시게 번쩍거리다가 어둑해지기를 반복하는, 엄청나게 산재해 있는 파리였는데, 그에게는 건물의 원주 기둥과 처마 장식도 산뜻해 보이고 펄럭거리는 차양 아래의 그늘과 그 아래로 통하는 바람이 대로까지 뻗어 나가는 듯했다. 마리아에게 그 말을 한 바로 다음 날 오후 자신의 자유로움을 증명이라도 하듯이 비오네 부인을 만나러 갔던 일이 조금도 희석되지 않은 채 기억에 남아 있었다. 그러고는 이틀 뒤 다시 찾아갔는데, 그렇게 두 번 찾아가 두어 시간을 함께 보내고 나니 그로서는 더없이 만족스러울 만큼 자주 만나 본 느낌이었다. 그녀를 자주 만나 보겠다는 대담한 결심은 울렛에서 자신을 부당하게 의심하고 있다는 사실을 알게 된 순간부터 강해지긴 했지만 사실 여전히 그저 생각일 뿐이었고, 포플러 나무 아래에서 그가 곰곰이 따져 본 것 중 하나가 바로 그렇게 조심스럽게 행동했던 자신의 유별난 소심함이 어디에서 연유한 것이었을까였다. 분명 지금은 그 유별난 소심함을 벗어던졌다. 그것이 지난 한 주 동안 말 그대로 닳아 없어진 게 아니라면 달리 어떻게 되었겠는가?

사실 지금까지 그가 조심스러울 수밖에 없었다면 그럴 만한 이유가 있었다는 것이 이제는 아주 분명해졌다. 자신의 행동거지가 한 점 부끄러움 없는 상태에서 조금이라도 벗어날까 봐 정말 두려웠던 것이다. 그런 여성을 매우 좋아하게 될 위험이 있다면, 적어도 당당히 그렇게 할 수 있을 때까지 기다리는 게 가장 안전한 일이었으니까. 지난 며칠에 비춰 보면 그 위험은 상당히 뚜렷했으므로, 당당할 수 있는 상황이 와 주었으니 그나마 다행스러운 일이었다. 상황이 그렇다 보니 그로서는 그녀를 만날 때마다 자신이 더할 나위 없이 이득을 보는 듯했다. 그녀를 보자마자 당신만 괜찮다면 재미없는 이야기는 안 했으면 좋겠다고 단도직입적으로 말했다는 사실보다 그 점을 더 명확히 보여 주는 게 뭐가 있겠냐고 자문했더랬다. 그 말을 했던 당시만큼 산적한 주요 관심사를 완전히 제쳐 버린 경우는 살면서 한 번도 없었다. 비오네 부인이 알아들을 수 있으리라 보고 그 말을 꺼냈을 때처럼 비교적 가벼운 언행에 기꺼이 길을 터 준 적은 한 번도 없었다. 그런 식으로 유쾌한 화제만 남기고 다른 건 다 밀쳐 버렸다는 것은 사실 그때까지 그들이 나눈 대화의 주제를 거의 다 밀쳐 버린 셈이었음을 나중에야 떠올릴 수 있었다. 그렇게 지금까지와는 완전히 다른 방식으로 대화하다 보니 채드의 이름조차 언급하지 않았음을 기억해 낸 것두 나중에서였다. 언덕배기에 누워 있을 때 무엇보다 그를 떠나지 않았던 생각은 그러한 여성과 함께라면 얼마나 멋지고도 쉽게 새로운 분위기를 만들어 낼 수 있는가였다. 그렇게 등을 대고 누운 채 그는 그냥 한번 시도만 해도 그녀가 얼마나 많은 다른 분위기의 대화들로 이끌어 갈지, 그리고 알아서 분위기를 맞춰 주리라 보고 그녀에게 맡겨 두는 게 얼마나 그럴듯할지 떠올렸다. 그는 자신이 이제 아무 이해관계가 없으므로 그녀 역시 그런 마음이면 좋겠다고 했다. 그녀는 그런 마음임을 충분히 보여 주었고, 그에 그는 고마움을 표시했다. 그래서 정말이지 마치 그때 처음으로 그녀를 방문한 느낌이 들었다. 이전에 몇 번 만난 적이 있지만 그건 전혀 상관없는 문제였다. 그들에게 정말로 얼마나 공통점이 많은지를 좀 더 일찍 알았다면 따분한 문제들을 상당 부분 그냥 넘길 수 있었을 것만 같았다. 정말로 이젠 그것들을 그냥 넘겼고, 품위 있는 감사와 '천만에요' 하는 식의 멋진 대꾸 같은 것까지 넘겼다. 그래서 예전에 그들 사이에 오갔던 일을 전혀 언급하지 않고도 여전히 많은 화제가 생겨날 수 있다는 게 놀랍기만 했다. 따져 보면 나눈 대화라고는 그저 셰익스피어와 유리컵 연주 정도였을 수도 있었다. 하지만 그녀에게 다음과 같은 말을 해 주고 싶은 그의 마음을 충분히 전달할 수 있었다. '혹시 나를 좋아하는 문제라면, 사람들이 말하듯 내가 당신을 위해 '해 준' 뻔하고도 어설픈 그런 일 때문에 나를 좋아하지는 말아요. 나를 좋아하려면, 그러니까, 아무렴 어때요, 아무거나 당신 마음에 드는 이유로 좋아해 줘요. 같은 맥락에서 당신은 그저 내가 채드와의 어색한 관계를 통해 알게 된 사람으로 남지 말아 줘요. 그것만큼 어색한 게 또 있겠어요? 그러니 제발 당신의 그 훌륭한 기지와 신뢰로 지금의 당신처럼 내가 아주 기쁜 마음으로 바라보는 그런 사람이 되어 줘요.' 그것은 들어주기 어려운 요구였다. 하지만 그녀가 그것을 들어준 게 아니라면 달리 무엇을 했으며, 그들이 함께한 시간이 어떻게 그렇게 원만하게 지나갔겠는가? 느리지는 않지만 평온하게 흘러서 한가로움이라는 그의 행복한 상상 속으로 녹아 들어갈 수 있었겠는가? 그러나 다른 한편으로 그는 제약이 있던 예전 상황에서 자신이 한 점 부끄러움 없는 상태에서 벗어날 수도 있겠다 예의 주시했던 것이 어쩌면 전혀 근거가 없지는 않았다는 사실도 깨달았다.

그날 그는 날이 저물 때까지 내내 그 장면 — 그에게 있어서 그것이 바로 그의 상황이었으므로 — 에 빠져 걸어 다녔기 때문에, 6시가 가까울 무렵 주변에서 가장 큰 마을의 식당 겸 여인숙 문간에 서서 하얀 모자를 쓰고 저음의 목소리를 가진 살집 있는 여성과 정답게 대화를 나눌 때에도 여전히, 아니 사실 그 어느 때보다 더 그것에 매료되어 있었다. 그 마을은 구릿빛이 도는 녹색의 배경 위에 놓인, 흰색과 푸른색이 섞인 비뚤어진 무엇처럼 보였고 강물은 아래쪽인지 위쪽인지, 알 수 없는 방향으로 흐르고 있었다. 특히 여관 앞뜰의 아래쪽에서는 더욱 그랬다. 여기에 이르기 전에 그는 여러 신나는 경험을 했더랬다. 잠에서 깬 후 언덕길을 따라 쭉 올라갔고, 작고 오래된 교회와 마주쳐 거의 탐을 내듯이 경탄하기도 했다. 교회 바깥쪽은 전부 가파르게 경사진 지붕에 옅은 슬레이드 색깔이고, 온통 하얗게 석회 칠이 되어 있는 안쪽엔 조화가 놓여 있었다. 길을 잃었다가 다시 찾기도 했고, 그의 기대보다는 좀 더 세상 물정에 밝아 보이는 어떤 마을 사람과 잠깐 이야기를 나누기도 했다. 전혀 겁먹지 않고 능통하게 곧장 프랑스어로 말을 했다. 오후가 저물어 갈 무렵에는 가장 큰 마을은 아니지만 가장 멀리 떨어진 마을의 카페에서 파리식의 아주 맑은 맥주 한잔을 작은 잔으로 맛보았다. 그러는 내내 직사각형의 금박 액자를 벗어난 적은 한 번도 없었다. 원하는 만큼, 원하는 대로 그를 위해 어디에나 액자가 생겨났던 것이었는데, 사실 그건 그저 그가 운이 좋았기 때문이었다. 기차역에서 너무 멀리 벗어나지 않기 위해 드디어 다시 산 아래로 내려온 뒤 처음 산책을 시작했던 쪽으로 방향을 틀었다. 그렇게 해서 마침내 '백마'라는 이름의 여관 앞에서 안주인과 마주 서게 되었던 것이다. 그 안주인은 돌바닥에 따각거리는 나막신처럼 좀 투박하긴 하지만 반갑게 그를 맞았고 '참소리쟁이³ 소스를 곁들인 송아지 갈비'를 내주는 것과 나중에 마차를 불러 역까지 데려다주는 일에 합의했다. 몇 마일을 걷고 난 다음이었음에도 그는 피곤한 줄을 몰랐다. 하지만 자신이 재미난 시간을 보내고 있을 뿐만 아니라, 온종일 혼자 있었음에도 과거 어느 때보다 다른 사람들과 관계를 맺고 있고 자신이 직접 쓰는 드라마의 한가운데에 있는 기분이었다. 그의 드라마로 말하자면 대단원에 거의 임박했으므로 이미 끝났다고 볼 수도 있었다.

---

3) 마디풀과의 여러해살이풀로 뿌리는 약재로 쓰고 어린 잎은 식용한다.

그럼에도 불구하고 그것을 위해 할 수 있는 건 다 해 봤다는 사실이 다시금 그에게 생생하게 다가왔다. 정말 이상한 이야기이지만 그것이 여전히 계속되고 있다는 걸 실감하기 위해서는 마침내 거기서 완전히 빠져나오기만 하면 되었다.

왜냐하면 실제로 그가 하루 종일 마법에 빠진 듯 그 그림에 빠져 있었던 이유는 바로 그것이 본질적으로 연극 무대이자 장면에 다름 아니고, 바람에 살랑거리는 버드나무와 오묘한 하늘색이 바로 그 연극의 분위기였기 때문이다. 그 자신도 지금까지 몰랐지만 그를 위해 마련된 공간에 연극의 등장인물들이 가득 들어찼고, 그렇게 마련된 배경에서 그들이 어쩐지 불가피하다는 듯이 등장했으므로 자못 다행스럽기도 했다. 그 배경 덕에 그들이 불가피할 뿐 아니라 거의 자연스럽고 마땅하게 보였기 때문에 적어도 참아 내기가 더 수월하고 유쾌하기까지 했다. 그가 이 클라이맥스를 편안하게 마무리하기 위해 '백마'의 안주인과 협상을 하던 그 조그마한 여관의 안뜰이 그랬듯이, 그 배경이 울렛의 배경과 다르다는 사실이 그렇게 강렬하게 다가온 적은 예전에 없었다. 얼마 되지도 않는 데다 단순하고 보잘것없었지만, 그것은 심지어 제국의 영령들이 거니는 비오네 부인의 고색창연한 상류층 응접실보다 더 진짜의 것이라 할 만했다. '바로 그' 진짜는 그가 씨름해야 했던 엄청나게 많은 다른 것들을 시사했는데, 물론 기묘한 일이었지만 정말 그랬다. 여기에서 그 함축된 의미가 완전해졌다. 지금까지 그가 지켜봐 온 모든 것이 제자리에 맞아 들어갔다. 시원해지는 저녁 공기의 숨결 하나하니미저 이떤 식으로든 그 이야기를 이루는 낱낱의 음절이 되었던 것이다. 요약하자면 그 이야기는 그저 이러한 장소에 그러한 것들이 존재한다는 것, 그리고 바로 그런 곳에서 움직이도록 선택받았다면 그렇게 우연히 만나게 된 것들과 교섭할 수밖에 없다는 것이었다. 마을의 모양에 있어서라면 여하튼 그것이 구릿빛 도는 녹색을 배경으로 한 흰색과 푸른색과 비뚤어진 형태로 다가왔다는 사실만으로도 족했다. 도대체 있을 법하지 않은 색깔로 칠해진 '백마'의 외벽도 분명 그중 하나였다. 그것이 일종의 재미였다. 마치 이런 식의 재미가 전혀 해로울 게 없음을 보여 주듯이 말이다. 나아가 손님의 식욕을 돋우기 위해 이런저런 일들을 해 주겠다며 대강 설명하는 여주인의 모습에 그림과 연극이 나무랄 데 없이 훌륭하게 함께 녹아 들어간 것으로도 충분했다. 한마디로 그는 자신감이 생겼고 그것도 전반적으로 그랬는데, 그가 바라는 것은 그게 다였다. 심지어 그녀가 사실 다른 두 손님을 위한 자리를 막 마련해 놓은 참이라는 말을 꺼냈을 때에도 그는 전혀 놀라지 않았다. 그녀의 말에 따르면 그들은 스트레더와는 달리 보트를 타고 강을 내려와 거기 도착했고, 이런저런 준비를 부탁한 후 상류 쪽으로 좀 더 올라가 구경하겠다며 반 시간쯤 전에 노를 저어 가 버렸다는 것이었다. 하지만 나들이를 끝내고 곧 돌아올 거라고 했다. 그러니까 그동안 그는 원한다면 정원에 나가 있어도 되고, 거기에도 테이블과 의자가 많이 있으므로 역시 원한다면 저녁 식사 전에 맥주 한 잔을 마실 수도 있다고 했다. 역까지 가는 문제도 그쪽으로 찾아와 알려 주겠다고 하면서 어쨌든 강 풍경을 즐길 수 있을 거라고 덧붙였다.

이 손님은 정말이지 맘껏 즐겼다고 할 만했다. 특히 한 이십 분 동안 작고 오래된 정자에서 즐거운 시간을 보냈다. 정원의 맨 끝에 서 있는 정자는 거의 강물 위까지 쑥 나와 있었는데, 약간 낡은 모습이 사람들이 즐겨 찾아왔던 곳임을 말해 주었다. 바닥에서 약간 떨어져 설치된 나무 바닥에 테이블 하나와 벤치 두세 개가 있고, 난간과 바깥쪽으로 내민 지붕 정도가 고작이었지만, 회색빛 도는 푸른 강물이 시원하게 훤히 내려다보였다. 강물은 약간 위에서 구부러져 시야에서 사라졌다가는 더 멀리 위쪽에서 다시 모습을 드러냈는데, 일요일이어서든 어떤 다른 일로든 나들이 나온 사람들이 다투어 찾을 만한 장소임이 분명했다. 스트레더는 배가 고프긴 했지만 평온한 마음으로 앉아 있었다. 찰랑거리며 부딪히는 강물과 표면에 이는 잔물결, 반대쪽 강둑에서 갈대들이 바람에 흔들려 서걱대는 소리, 옅게 퍼져 가는 저녁나절의 시원함과, 바로 아래 대충 만든 나루터에 매인 두세 척의 보트가 가볍게 흔들리는 모습을 보면서 그에게 생겨난 자신감이 더욱 깊어졌다. 저 멀리로는 온통 구릿빛 녹색의 평지와 반짝거리는 진줏빛 하늘이 펼쳐져 있었고, 하늘에 가는 줄을 쳐 놓은 듯 빽빽하게 들어찬 말끔히 손질된 나무들은 어찌나 평평한지 담장을 타고 자라는 나무처럼 보였다. 가까이에까지 마을이 제멋대로 뻗어 와 있었음에도 앞에 펼쳐진 풍경이 텅 비어 보여서 거기에 보트라도 한 척 있으면 좋겠다 싶었다. 저런 강물에 있으면 노를 젓기도 전에 그냥 흘러갈 수 있겠지만 한가로이 노를 저으면 또 그것이 더욱 깊은 인상을 안겨 주는 데 도움이 될 것이었다. 그런 느낌이 들며 그는 자리에서 일어나기까지 했다. 하지만 일어나고 보니 새삼스럽게 피로가 밀려왔다. 그래서 기둥에 가만히 기대어 서서 계속 아래쪽을 내려다보고 있는데 그때 그의 주의를 확 끌어당기는 뭔가가 시야에 들어왔다.

4

그의 눈에 들어온 것은 아주 잘 어울리는 광경이었다. 노를 잡고 있는 한 남자와 배 뒤편에 분홍색 양산을 들고 앉아 있는 여성을 태운 보트 한 척이 굽이를 돌아 모습을 드러내며 다가왔던 것이다. 문득 이런 모습이나 아니면 그와 비슷한 것이 이 그림에 필요했던 것처럼, 어쩌면 하루 종일 좀 필요했는데 이제 딱 맞춰 천천히 물결을 타고 시야로 들어온 것만 같았다. 그들은 천천히 물결을 따라 그쪽을 바라보는 스트레더 근처의 나루터 쪽으로 다가오고 있었다. 여관 안주인이 이미 식사 준비를 하고 있다던 그 두 사람임이 분명했다. 스트레더는 그 두 사람을 보자마자 이들이 행복한 커플일 것이라고 보았다. 셔츠 차림의 젊은이와 아름답고 여유로워 보이는 부인은 타지에서 즐거운 마음으로 이곳에 찾아와 주변을 둘러보았을 것이고 이 한적한 장소의 즐길거리를 이미 알고 있는 것이다. 그들이 좀 더 가까워지자 더욱 많은 것들을 추측할 수 있었다. 자주 와 봐서 이곳을 아주 잘 알고 익숙한 모습이라 그날 처음 온 것으로는 전혀 보이지 않았다는 점이 그중 하나 였다. 뭘 어떻게 해야 할지 잘 안다는 막연한 느낌이 그에게 들 었고, 그로 인해 목가적인 인상이 더해졌다. 하지만 그런 인상 을 받은 바로 그 순간 우연찮게도 그 배가 오던 방향을 벗어 나 떠내려가기 시작했다. 그런데도 노 젓는 청년은 그냥 내버 려 두는 것이었다. 그럼에도 배는 그때쯤 상당히 가까워져서 스트레더는 고물에 앉은 부인이 무슨 이유인지 그쪽을 바라보 는 자신을 신경 쓰고 있다는 생각이 들기까지 했다. 그와 관련 해 그녀가 급하게 무슨 말인가를 했지만 남자는 돌아보지 않 았다. 어쩌면 그녀가 움직이지 말라고 한 것도 같았다. 그녀가 뭔가를 의식했고 그로 인해 그들의 배가 방향을 잃고 헤매게 되었으며, 그들이 그렇게 멈춰 있는 사이 배는 계속 헤매고 있 었다. 별것 아닌 이 인상은 너무나 급작스럽고 순식간에 일어 났기 때문에 바로 다음 순간 이번에는 그가 화들짝 놀라고 말 았다. 그 역시 그 짧은 순간에 뭔가를 의식하게 되었던 것이다. 얼굴을 가리려는 듯이 돌려서 들고 있는 탓에 그 눈부신 광경 속에서 우아한 분홍색 점을 이룬 그 양산을 들고 있는 부인은 그가 아는 사람이었다. 그건 너무나 엄청난 일이어서 100만 분의 1의 확률도 안 될 정도였지만, 그 부인이 아는 사람이라 면 여전히 등을 돌린 채 가만히 있는 저 신사, 목가적 풍경 속 셔츠 바람의 남자 주인공인 저 신사, 그녀에 이어 함께 놀랐던 저 신사는 그 못지않게 놀랍게도 바로 채드였다.

그렇다면 채드와 비오네 부인도 그와 마찬가지로 시골에 나들이를 나온 것이었다. 그들과 그가 우연히 같은 시골 마을을 찾았다는 게 소설이나 소극(笑劇)에나 나올 법한 황당무계한 일이지만 말이다. 그녀가 가장 먼저 그 사실을 알았고, 강물을 사이에 두고 그 놀라운 우연에 가장 먼저 충격을 받았던 것이다. 그것은 거의 충격으로 보였으니 스트레더는 지금 배 안에서 무슨 일이 벌어지고 있는지 역시 알 수 있었다. 이 우연이 배에 탄 두 사람에게는 더욱 이상하게 여겨졌고, 그녀는 처음에는 전혀 내색하지 않으려 애쓰면서 알아본 척을 해도 될지 어떨지 채드와 급하게 논의하고 있는 듯했다. 그가 자신들을 알아보지 못했다고 확신할 수만 있다면 그들이 아무런 내색도 하지 않을 것임을 알았기 때문에, 이제 스트레더 편에서 잠깐 망설이게 되었다. 마치 꿈에서나 있을 법하게 난데없이 튀어나온, 심각하면서도 놀라운 위기의 순간이었고, 겨우 몇 초의 시간인데도 그로서는 아주 끔찍하게 느껴졌다. 그러니까 양쪽에서 모두 상대편을 탐색하고 있었고, 아무 일도 없는데 느닷없이 튀어나온 날카로운 말투처럼 고요함을 박살 내는 어떤 이유 때문에 그랬다. 또다시 그로서는 주어진 배경에서 할 수 있는 일이라고는 하나밖에 없는 듯했다. 뜻밖의 우연에 놀라며 기뻐하는 모습을 보여 줌으로써 그들이 함께 처한 상황을 해결하는 것이다. 그래서 그는 모자와 지팡이를 흔들며 크게 소리쳐 부름으로써 전혀 모자람 없이 그 일을 했고, 그에 응하는 그들을 보자 곧 안도감이 들었다. 강 중간의 보트는 여전히 다른 방향으로 가고 있었는데, 그도 그럴 것이 채드가 반쯤 몸을 일으켜 그를 향해 몸을 돌렸기 때문이었다. 그리고 놀라서 멍하니 있던 그의 친구도 발랄하게 양산을 흔들기 시작했다. 채드는 다시 노를 저었고 보트는 뱃머리를 돌려 이편을 향해 왔다. 그러는 사이 그들은 각자 놀라움을 표시하며 인사말을 건넸고, 스트레더는 줄곧 어떤 폭력적인 상황 대신 안도감이 자리 잡았다고 상상했다. 우리의 주인공은 폭력적인 상황을 미연에 방지했다는 묘한 인상과 함께 물가로 내려갔다. 저기 자연의 한가운데에서 그들이 못 알아봤겠지 하며 그를 '외면해 버렸을' 그런 상황 말이다. 자신도 같은 노선을 취했다면 그들이 알지도 못하고 보지도 못한 채, 안주인에게 실망스럽게도 저녁도 거른 채 그냥 가 버렸을 거라는 생각을 표정에서 완전히 지우지 못하고 있음을 의식하면서 그는 그들이 강변에 닿기를 기다렸다. 적어도 당시에 그는 그 때문에 우울했다. 그러나 나중에는, 그러니까 배가 쿵 하며 나루터에 닿고 그들이 내리는 것을 도와주고 나서는 그렇게 만났다는 기적 같은 사실이 다른 모든 것을 휩쓸어 버렸다.

마침내 그들은 어느 편에서건 우연 치고도 정말 기가 막힌 우연이라고 여길 수 있었고, 온갖 설명이 동원되었으므로 상황은 곧 원상태로 회복되었다. 정말 기이한 우연이라는 점을 빼면 도대체 왜 그 상황이 그렇게 껄끄러워야 했는지의 문제는 당연히 그 당시에는 생각할 수 없는 것이었고, 사실 나중에야 스트레더 혼자 씨름하게 될 문제였다. 설명을 한 것은 주로 그였고 더구나 그로서는 비교적 설명하는 데 어려움이 없었다는 사실 역시 그가 나중에 혼자 되짚어 보게 될 것이었다. 여하튼 그때까지 그는 혹시 그들이 자신이 계획적으로 이런 만남을 만들어 내고도 그걸 우연처럼 보이게 하려고 애쓰고 있다고 속으로 의심하는 것은 아닐까 하는 우려를 떨칠수 없었다. 물론 그들이 그런 식으로 자신에게 죄를 뒤집어씌울 수도 있다는 생각은 잠깐이라도 하기 힘들었다. 하지만 그들이 어떤 식으로 정리를 하든 그 사건 전체가 부자연스럽다는 것은 너무나 명백했기 때문에 자신이 거기 있는 사실과 관련해 의도성을 부인하는 말이 입 밖으로 나오려는 것을 겨우막아야 했다. 그런 식의 말은 그가 거기 있다는 사실이 볼썽사나운 만큼이나 요령 없는 말일 터였다. 다행히도 나오려는그 말을 겨우 눌렀으므로 그들 각자는 가까스로 위기를 모면할 수 있었다. 표정으로나 실제 입 밖에 나온 말로 판단하자면 그런 말은 심지어 가능하지도 않았다. 표정이나 말로 표현한 것은 온통 그들이 함께 나누게 된 이 얼토당토않은 행운이나 전반적으로 거짓말 같은 이 상황, 그들 두 사람이 지나가면서 저녁을 미리 주문해 놓은 이 놀라운 우연과 스트레더 역시아직 식사를 하지 않았다는 사실, 더 나아가 그들의 계획이나예정한 시간, 그러니까 거기서 파리로 돌아갈 기차 편이 딱 맞아서 함께 파리로 돌아갈 수 있다는 사실 등이었다. 그중에서도 가장 놀라운 우연은 그들이 식탁에 자리를 잡은 후 안주인이 그가 부탁한 역으로 가는 마차 편이 확실히 준비되었으니 안심해도 된다는 말을 전해 준 것이었다. 그에 비오네 부인은 아주 낭랑하고도 경쾌하게 '정말 안성맞춤이네요!'라고 외쳤다. 그 마차를 같이 이용하면 되고 그래서 그 마차가 그들의 문제도 해결해 주었으니 얼마나 운이 좋으냐는 것이었다. 스트레더가 기차 편을 분명히 알고 있으니 무엇보다 잘됐다고 했다. 비오네 부인의 이야기를 듣자면 세세한 일정이 아직 다 결정되지 않아 자신들에게도 조금 이상할 정도로 너무 막연할 수 있었다. 사실 스트레더가 나중에 기억하기로는 그런 인상을 미연에 방지하기 위해 채드가 재빨리 끼어들었더랬다. 그녀의 경망스러움을 가볍게 웃어넘기면서 그녀와 나들이를 나온 것이 너무 좋아 얼이 빠질 정도이긴 하지만 자기도 어쨌든 할 일은 다 알아서 한다고 힘주어 말했던 것이다.

더구나 그것이 채드가 끼어든 거의 유일한 경우였다고 그는 나중에 떠올리게 될 것이었다. 정말이지 이후 찬찬히 생각해 본 결과 말하자면 모든 게 잘 맞아떨어졌다는 사실 역시 말이다. 가령 그 놀라운 여성이 넘칠 듯이 쏟아낸 놀라움과 관심이 모두 프랑스어로 표현되었다는 사실이 그중 하나였다. 전에 없이 유창하게 관용적인 표현을 구사하는 바람에 어떻게 보면 그로부터 거리를 두는 듯했고 갑자기 이 화제에서 저 화제로 재치 있게 넘나드는 통에 그로서는 그 의미를 제대로 이해할 수가 없었다. 지금까지 그들과 함께하면서 그의 프랑스어 실력이 문제가 된 적은 없었다. 그녀 자신이 그런 문제를 인정하지 않으려 했다. 많은 일을 겪은 사람으로서 그런 것은 그저 따분한 주제일 뿐이었던 것이다. 하지만 지금 이 상황에서 생겨난 결과는 묘했다. 그녀가 도대체 어떤 인물인지 알수 없게 되면서, 그가 그 시끄러운 말소리에 단련된 그저 입담좋은 계층이나 무리의 하나로 뭉뚱그려진 것이다. 약간 이색

적이면서 멋진 영어는 그에게 가장 익숙한 그녀의 특징 중 하나였고 그런 영어를 구사할 때 그녀는 수백만의 사람들과 달리 자신만의 언어를 가진 어떤 존재로 느껴졌더랬다. 그녀에게는 아주 수월하지만 우연하게 생겨나므로 다른 사람들은 흉내 낼 수 없는 그런 색채와 억양을 가진 그 말투는 워낙 독특해서 정말로 그녀만의 것이라는 느낌이 들었다. 그들이 여관 내실에 자리 잡은 뒤 대충 상황이 정리되자, 말하자면 이제 그들이 처하게 될 상황을 깨닫자 그녀는 예전의 영어로 돌아갔다. 말도 안 되는 우연에 대해 큰 소리로 감탄하며 떠들어 대는 일도 결국 한계가 있어서 마냥 그럴 수는 없는 노릇이었기 때문이다. 그가 더욱 확실한 인상, 갈수록 더 깊어져서 결국 완전해질 어떤 인상을 받게 된 것도 바로 그때였다. 태연한 척 무마해야 할 무엇이, 기를 쓰고 모면해야 하는 무언가가 그들에게 있고, 훌륭하게 그 일을 해내고 있는 것이 주로 그녀였다는 인상 말이다. 그들이 아무렇지도 않은 척 덮어 버리려 애쓰는 것이 있다는 건 물론 그가 잘 아는 사실이었다. 그들의 친분과 관계 자체가 설명을 하려면 길었다. 설사 그 사실을 몰랐다 하더라도 포콕 부인과 이십 분 동안 이야기를 나누는 중에 분명해졌을 것이다. 하지만 우리가 익히 알다시피, 그 사실은 딱히 그가 상관할 바가 아니었고 더욱이 그가 아는 한 본질적으로 훌륭한 관계라는 것이 무엇보다 그의 지론이었다. 그런 지론 덕에 거기에 뭔가 있다는 식의 의심을 갖지 않았을뿐더러 무슨 일이든 감수할 태세가 되어 있었던 것이다. 하지만 그날 밤 집에 도착했을 때 그는 실제로는 둘 다 사실이 아니었음을 깨달았다. 그가 집에 돌아온 뒤 무엇을 돌이켜 보며 어떤 해석을 내리게 될지 이미 밝혔으므로, 일단 이 자리에서는 이 몇 시간의 경험으로 인해 밤늦은 그의 시야에 — 거의 아침이 밝을 때까지 잠자리에 들지 못했으니까 — 우리의 목적에 가장 부합하는 면모가 나타났다는 이야기는 할 수 있겠다.

그때서야 그는 자신이 어떤 식의 영향을 받았는지 어느 정도 이해할 수 있었다. 그 당시에는 겨우 반만 이해했으니까. 앞서 말했듯이 세 사람이 대충 자리를 잡고 앉은 이후에도 수많은 인상이 몰려왔다. 비록 덮어 놓은 상태였지만 그래도 사이사이 그의 의식이 번쩍하듯 반응한 순간은 있어서, 순진하고 화기애애한 보헤미안의 분위기가 눈에 띄게 뚝 끊어지기도 했다. 그들은 팔꿈치를 탁자에 올린 채로, 두세 가지의 요리를 너무 금세 먹어 버렸다며 아쉬움을 표했다. 와인 한 병을 더 주문함으로써 그 아쉬움을 상쇄하려 했는데 주문을 하던 채드가 약간 돌발적으로, 어쩌면 거의 엉뚱하다 싶게 여관 안주인과 농담을 주고받았다. 요는 결국 불가피하게 허구와 우화가 가득했던 것이고, 그냥 비유하는 말이 아니라 그들이 하는 말의 결과가 그랬다. 또한 그들은 전반적으로 그 사실을 모른 척 넘어가고 있었는데 사실 그렇게까지 모른 척할 필요는 없었을 것이다. 그렇지 않고 달리 뭘 어떻게 할 수 있었을지는 몰라도 말이다. 스트레더는 새벽 한두 시가 되도록 그 부분은 알 수가 없었다. 호텔 방에 도착해 옷도 안 갈아입고 불도 켜지 않은 채 침실 소파에 몸을 기대고 앉아 오랫동안 똑바로 앞만 바라보고 있던 그때에도 말이다. 모든 것을 다 알게 된 유리한 관점에서 가능한 한 많은 것을 끄집어내 보려고 했다. 그가 거듭 끄집어낼 수밖에 없었던 것은 한마디로 그 멋진 사건에는 줄곧 하나의 거짓이 존재했다는 사실이었다. 이제와 거리를 두고 찬찬히 생각해 보니 분명하게 짚을 수 있는 그런 거짓 말이다. 그들이 먹고 마시고 웃고 떠들었던 것은 그 거짓과 더불어였고, 다소 초조한 마음으로 마차를 기다리고 마차에 올라탄 후 눈에 띄게 분위기가 가라앉은 채 어두워 가는 여름밤 길을 뚫고 3~4마일을 달려갔던 것도 그 거짓과 더불어였다. 그들이 주로 의존했던 먹고 마시는 일이 그 나름의 역할을 했다는 인상을 주었고, 웃고 떠든 것도 그만큼의 역할을 했다. 그래서 비로소 그에게 떠오른 것은 마차를 타고 기차역으로 가는 다소 지루했던 시간과, 역에서 기다리고 기차가 연착되어 또 기다렸던 시간, 다들 피곤한 기색을 내비치며 역마다 정차하는 기차의 어둑한 칸막이 객실에서 말없이 보낸 시간이었다. 비오네 부인이 보인 모습은 줄곧 연기였다. 마치 스스로도 더 이상 그걸 믿지 않게 되면서 이게 결국 다 무슨 소용이냐고 묻기라도 하듯, 아니면 눈치채지 않게 살짝 채드가 그녀에게 그렇게 묻기라도 한 듯 막바지에 이르러 연기가 흔들리는 모습도 보이긴 했지만, 어쨌든 그것은 끝까지 상당히 훌륭한 연기였다. 그 연기를 완전히 던져 버리기보다는 그대로 유지하는 일이 전체적으로 보아 훨씬 더 쉬웠다는 것이 결정적인 사실이었으니까.

　침착함이라는 측면에서 그녀는 정말이지 훌륭했다. 임기응변 능력과 밋진 자신감, 미처 채드와 논의하거나 달리 무엇을 할 새도 없었는데 바로 그 자리에서 결단을 내린 방식 등이 그랬다. 함께 논의할 수 있었던 때라고는 강둑에서 바라보는 사람이 누군지 알아봤던 보트 위의 짧은 시간밖에는 없었다. 그 이후로는 단둘만의 시간이라곤 없었으므로 그저 말없이 생각을 주고받았을 것임이 분명했다. 그들이 그런 식으로 생각을 주고받을 수 있다는 사실, 특히 채드가 만사를 그녀에게 일임한다는 뜻을 전달할 수 있었다는 사실은 스트레더에게 깊은 인상을 주었고, 또한 못지않게 깊은 흥미를 유발했다. 그가 습관적으로 다른 사람들에게 책임을 떠넘긴다는 사실은 스트레더도 알고 있던 바였는데, 그 남다른 처세술이 그가 사색에 잠긴 지금처럼 생생하게 하나의 예시로 나타난 적도 없었다. 마치 그녀가 거짓말을 해도 그것을 바로잡지 못할 만큼 비위를 맞춰 주는 것만 같았다. 정말이지 둘 사이에서 오해가 될 수 있을 것을 바로잡기 위해 채드가 그날 아침에 그를 찾아올 것처럼 보이기도 했다. 물론 그는 오지 않을 것이다. 그건 남자가 아무리 터무니없더라도 여자의 이야기를 그냥 받아들여야 하는 경우였으니까. 의도했던 것보다 훨씬 당황스러워하면서, 그들이 그날 아침 파리를 떠났고 당일로 돌아갈 계획밖에 없는 척하자고 그녀가 결정했던 거라면, 울렛에서 말하듯 다 재어 보니 그렇게 하지 않을 수 없겠다는 판단이 들었던 거라면 자기가 잘 알아서 내린 조치였을 테니까. 그렇더라도 그냥 모르는 체 넘어갈 수 없는 것들이 있어서 이 조치는 이상해지고 말았다. 예를 들어 그녀가 보트에 타고 있을 때의 그런 복장과 모자와 신발로, 더구나 그런 분홍색 양산을 들고 그날 아침 파리에서 출발했을 리가 없다는 아주 명백한 사실이 그랬다. 긴장감이 더해 가면서 자신감이 좀 떨어지게 된 것이, 자신의 기발한 생각이 약간 잘못되어 간다는 생각이 든 것이, 그녀의 논리에 따르자면 당연히 밤이 되면 꺼내서 둘러야 할 숄조차 갖고 있지 않다는 사실을 스스로도 의식하게 되었기 때문이 아니라면 무엇이겠는가? 그녀는 추워서 떨고 있는 것은 인정했지만 준비성이 없었다고 자신을 책망했을 뿐이었고, 채드는 그녀가 그렇게 자책을 하든 말든 그냥 내버려 두었다. 그녀의 숄과 채드의 코트, 그들이 전날 입었던 다른 옷가지들은 그들이 잘 아는 어떤 곳에, 당연히 조용하고 외딴 장소에 다 있을 것이다. 그들은 그곳에서 스물네 시간을 보냈고 그날 저녁에 다시 돌아갈 예정이었는데, 거기서 나오는 길에 어쩌다가 기가 막히게도 스트레더의 시야로 흘러 들어오는 바람에 그 장소를 포기할 수밖에 없었던 정황이 한마디로 그녀가 이런 코미디를 연기하는 이유였다. 아무래도 그의 코앞에서 둘이서 함께 그곳으로 돌아갈 순 없다는 사실을 그녀가 어떻게 퍼뜩 깨달았을지 스트레더는 이해가 될 것도 같았다. 하지만 솔직히 말해서 이 문제를 깊이 파고들어가면 갈수록 그녀가 갑자기 그런 가책을 느끼게 되었다는 사실이 좀 놀라웠다. 아마 채드도 그랬겠지만 말이다. 아마 그녀 자신보다 채드를 위해서 그런 생각을 해냈을 것이다. 채드가 그럴 필요 없다는 의중을 전달할 기회가 없었으므로 그녀는 줄곧 그 방향으로 나아갔고 채드가 그녀의 동기를 오해했을 거라는 생각마저 들었다.

그렇기는 하지만 사실로 말하자면 그는 그들과 '백마'에서 헤어지며 강 아래쪽의 조용한 목가적 장소에서 좋은 시간을 보내라고 인사해야 할 상황에 처하지 않은 데 대해 안도했다. 자신이 원하는 이상으로 거짓 연기를 해야 했지만 반대의 경우 해야 했을 일에 비하면 그건 아무것도 아니라는 느낌이 들었던 것이다. 과연 그 반대의 경우를 말 그대로 아무렇지도 않게 대처할 수 있었을까? 과연 그들과 함께 그 상황을 어떻게든 잘 넘길 수 있었을까? 지금 그 일을 해 보려 애썼는데, 충분한 시간을 두고 생각해 보니 그 핵심적인 문제와 더불어 자신이 어떻게든 받아들여야 할 것들에 막혀 도무지 쉬운 일이 아니었다. 그의 정신적 위장(胃腸)이 가장 소화하기 힘든 것은 너무나 많은 거짓 연기가 연루되었고 또한 그것이 너무나 생생하고 구체적으로 나타났다는 점이었다. 하지만 그는 정신적 위장을 의식하게 되었다는 사실을 비롯해 엄청난 양의 거짓 연기에 집중되어 있었던 생각을 돌려 거기서 나타난 다른 면모, 즉 그날 드러난 그들의 친밀한 관계의 깊고 깊은 진실 쪽으로 옮겨 갔다. 바로 그것이 별 소득도 없이 밤을 새우며 그의 생각이 거듭거듭 돌아갔던 문제였다. 어떤 지점에 이르면 친밀함이란 그런 식이 되는 것이다. 그것 말고 도대체 어떤 다른 식이길 바랄 수 있단 말인가? 그것이 너무나 거짓말 같아서 유감스러웠던 것은 상관없었다. 마치 어린 여자아이가 인형에 옷을 입히듯이 자신이 애매모호함으로 그 가능성에 옷을 입혔다는 생각이 들자 어둠 속에 앉은 그의 얼굴이 붉게 달아오를 정도였다. 그런 그로 인해 그들이 이 애매모호함에서 그 가능성을 잠깐 끄집어낸 것이지 그들의 잘못이 아니었다. 그러니까 그들이 얄팍하게나마 정도를 완화시키며 그에게 보여 줄 수밖에 없었던 그대로를 이제는 받아들여야 하는 게 아닐까? 그 질문과 함께 그가 문득 춥고 외로워졌다는 말을 덧붙여야겠다. 온통 어색한 일뿐이지만 채드와 비오네 부인은 적어도 그에 대해 함께 이야기를 나눌 수 있다는 위안이라도 있었다. 그는 도대체 누구와 그런 이야기를 할 수 있단 말인가? 지금까지 거의 모든 단계에서 늘 그래 왔듯이 마리아에게가 아니라면 말이다. 내일 아침이면 고스트리 양이 다시 필요해질 것임을 이미 예상할 수 있었다. '정말 궁금한데요, 그럼 도대체 뭘 가정해 왔던 거예요?'라는 그녀의 말이 벌써부터 약간 두려워지는 것은 부인할 수 없었지만 말이다. 마침내 그는 자신이 지금까지 내내 아무것도 가정하지 않기 위해 정말로 애써 왔음을 깨달았다. 그런데 참으로, 참으로 그런 모든 노력이 다 헛된 것이었다. 사실 말도 안 되는 수많은 것들을 가정하고 있었음을 깨닫게 되었으니 말이다.

12부

1

지난 몇 시간 동안 그가 그것을 확실히 예상하고 있었다고 말할 수는 없을 것이다. 하지만 그날 아침, 그것도 10시나 되어 방을 나서는 그에게 경비가 다가와, 전날 편지를 다 전해 드린 후에야 도착했다면서 파란색 속달 우편을 그에게 건네주었을 때 그는 그것이 앞선 사건에서 이어지는 첫 번째 징후임을 곧 알아차렸다. 어쨌든 채드가 일찌감치 연락을 취할 법하다는 생각을 줄곧 해 왔음을 그제야 깨달았다. 그 연락을 너무나 당연시했기 때문에 멈춰 선 김에 마차 대는 곳에서 시원하고 상쾌한 바람을 맞으며 바로 편지를 열어 보았다. 그 시점에서 채드가 과연 어떤 식으로 나올지 궁금해하면서 말이다. 하지만 그의 호기심은 완전히 충족되고도 남았다. 주소도 확인 안 하고 풀칠된 겉봉을 뜯어 버린 그 편지는 사실 채드가 보낸 것이 아니었고, 지금 상황에서 더 낫다고 생각되는 사람이 보낸 것이었기 때문이다. 더 낫건 아니건 그는 마치 조금이라도 미루면 큰일이라도 날 것처럼, 근처 대로변의 큰 전신국으로 곧장 발걸음을 옮겼다. 다른 생각이 들기 전에 빨리 가서 회신을 하지 않으면 아예 안 하게 될 수도 있다는 마음이었는지도 몰랐다. 아무튼 아침용 겉옷의 아래쪽 옆 주머니에 손을 집어넣어 그 파란 편지를 아주 조심스럽게 쥐고 있었는데, 마구 구겼다기보다 다정하게 구겼다고도 할 수 있었다. 그는 대로변 전신국에서 마찬가지로 파란색 속달 우편을 통해 답신을 보냈다. 그 일은 금방 끝났는데, 그건 혼잡스럽기 때문이기도 했지만 비오네 부인의 편지와 마찬가지로 몇 글자 적지 않았기 때문이기도 했다. 그녀는 그날 밤 9시 30분에 집에 와 줄 수 있겠냐고 물었고, 그는 그만큼 쉬운 일도 없다는 듯이 그 시간에 가겠다고 답신했다. 그녀는 원한다면 그가 편한 시간에 원하는 다른 장소에서 만나도 된다는 요지의 추신을 덧붙였다. 하지만 어쨌든 그녀를 만난다면 지금까지 만나 본 바 그녀가 가장 빛나는 장소에서 만나야지 안 그러면 그 의미가 반감된다고 보았기 때문에 그 부분은 신경도 쓰지 않았다. 아예 만나지 않을 수도 있었다. 편지를 써서 밀봉한 후 우편함에 집어넣기 전에 그에게 떠오른 생각이 그랬다. 아예 누구든 더 이상 만나지 않을 수도 있었다. 어차피 그런다고 상황이 더 나아지지도 않을 테니까 지금이야말로 그냥 이 상태 그대로 끝내 버리고 집으로 돌아가 버리는 게 낫지 않을까 싶었다. 아직 집이라는 것이 그에게 남아 있다면 말이다. 그 가능성이 잠시 그를 너무나 강하게 사로잡았으므로, 결국 편지를 우편함에 넣었던 것은 아마 바삐 움직이는 그곳의 분위기에 떠밀렸기 때문이었을 것이다.

그곳에는 '전신국'이라는 범주에서 그가 익히 잘 알고 있는 평상시의 끊임없는 번잡스러움 — 그런 장소마다 가득한 어떤 분위기 말이다 — 이상의 것은 없었다. 거대하고 낯선 도시 생활의 활기찬 울림, 갖가지 유형이 뿜어내는 기운, 각자의 메시지를 지어내는 사람들, 모래가 흩어져 있는 형편없는 공용 테이블에서 바늘처럼 날카로운 형편없는 공용 펜을 마구 놀리며 뭔지 모를 일정을 잡고 핑계를 만들어 내기 바쁜, 움직임이 재빠른 파리 여성들. 모든 것에서 의미를 찾아내려는 순진한 스트레더의 눈에 그 공용 물품들은 관습적으로 더 예민하고 도덕적으로 더 고약하고 민족 특유의 삶이라는 면에서 더 격심한 어떤 것을 상징했다. 편지를 우편함에 넣은 뒤 그는, 스스로 생각하기에도 우습지만 그 자신을 그 격심하고 고약하고 예민한 부류에 집어넣었다. '전신국'의 전반적인 느낌에 상당히 걸맞은 편지를 지니고 이 위대한 도시를 가로질러 왔으니 말이다. 그리고 그 사실을 받아들이게 된 이유는 마치 그의 상황이 주변 사람들이 열중해 있는 일과 매한가지이기 때문인 것 같았다. 그는 파리의 전형적인 이야기에 얽혀 들었고, 저 불쌍한 인생들도 마찬가지인 것이다. 어떻게 거기서 완전히 벗어날 수 있었겠는가? 말하자면 그들이나 그나 누가 더 못할 것도 없고, 이상한 일이기는 하지만 누가 더 잘난 것도 없었다. 여하튼 그는 자신의 문제를 해결하고는 그곳을 나와 약속 시간까지 기다리는 일을 하기로 했다. 비오네 부인을 그녀의 최고의 조건에서 만나기로 한 것이 가장 훌륭한 해결이라고 보았다. 그것이 바로 전형적인 이야기의 면모이고 그 자신에게 가장 의미심장한 부분이었으니까. 그는 그녀가 사는 그곳이 좋았다. 안으로 들어서면 널찍하고 높고 선명하게 그녀 주위로 네모지게 자리 잡았던 그림 같은 광경은 볼 때마다 매번 다른 느낌의 즐거움을 선사하곤 했다. 하지만 이제 와서 그런 즐거움으로 딱히 뭘 하겠다고, 그녀로 하여금 합당하고 마땅하게도 그들의 상황에서 생겨날 수 있을 모든 약점이나 불이익을 감수하게 하지 않았단 말인가? 세라 포콕에게 그랬듯이 그 자신의 독서실에서 냉랭하게 그녀를 맞을 수도 있었을 것이다. 세라가 왔다 간 그 냉기가 아직도 남아 있는지 그곳에서는 즐거움의 기색이라곤 찾아보기 힘들었다. 먼지가 풀풀 날리는 튈리 공원의 석조 벤치나 샹젤리제 뒤쪽 벤치에서 만나자고 제안할 수도 있었을 것이다. 그런 것들이 약간이나마 엄숙해 보이고 지금은 엄숙함만이 고약하지 않을 테니까. 일종의 내적 본능에 따라 그는 어떤 식의 규율 아래 그들이 함께 만나야 할지 찾아내려고 애썼다. 그들이 감수해야 할 어떤 어색함이라거나 그들이 초래할 어떤 위험이나 적어도 심각한 불편함 같은 것 말이다. 그렇게 되면 누군가는 어딘가에서 어떤 식으로든 대가를 치르고 있다는, 그래서 적어도 그들이 아무 벌도 받지 않은 채 은빛으로 반짝이는 물결 위를 함께 유유히 떠다니는 건 아니라는 인식을 안겨 줄 수는 있을 것이었다. 그의 영혼은 그런 인식을 필요로 했고, 그것이 없어서 탄식하며 고통받는다고도 할 수 있었으니까. 그런데 그러기는커녕, 마치 다른 누구만큼이나 자기 자신이 직접 연루되어 있기라도 한 것처럼 무슨 일이 있어도 밤늦은 시간에 그녀의 집으로 찾아가고자 한 것, 그건 어느 모로 보나 벌을 주는 일과는 너무나 거리가 멀었다.

그런 반대의 목소리가 사라지나 싶었을 때에도 사실상 달라진 건 별로 없었다. 약속 시간까지 남아 있는 긴 시간은 그에 합당한 분위기를 띠었고, 그렇게 매 시간을 고약함과 함께 보내면서도 그것이 예상보다 훨씬 쉬운 일임을 알게 되었다. 자라는 내내 지침이 되었고 이렇게 나이가 먹도록 거의 그 의미가 퇴색하지 않은 오랜 교훈이 머릿속에서 되살아났다. 그러니까 나쁜 짓을 한 사람은 그 마음 상태, 혹은 적어도 행복에 있어서 특별한 어려움에 처하게 될 거라는 그런 관념 말이다. 그런데 지금은 그게 쉽게 느껴졌다. 정말이지 그보다 쉬운 일은 없는 듯했다. 그날 하루 종일 그가 맛보았던 것이 바로 그 수월함이었다. 어떤 특정한 방식으로도 어려움으로 치장하려 하지 않고 그저 거기에 자신을 맡겨 버렸다. 결국 마리아를 보러 가지도 않았다. 그것이야말로 어떤 점에서는 그런 식으로 치장한 결과 벌어지는 일일 테니까. 그저 빈둥거리고 여기저기 어슬렁거리며 담배도 피우고 파라솔 아래 앉아 레모네이드를 마시고 얼음을 먹으면서 시간을 보냈을 뿐이었다. 날이 무척 더워지더니 결국 천둥까지 쳤다. 이따금 호텔에 가 봤지만 채드는 역시 들르지 않았다. 울렛을 떠난 이래로 한가하게 돌아다니기로 치자면 거의 끝까지 가 봤다고 느낀 적이 없지 않았지만 지금처럼 빈둥거린 적은 한 번도 없었던 듯했다.

지금 그는 그 어느 때보다 깊이 내려갔고, 무엇을 가지고 올라와야 할지 전혀 예상할 수 없었고 신경도 쓰지 않았다. 남들 눈에 부도덕하고 몰염치해 보이는 게 아닐까 하는 생각까지 들었다. 담배를 피우며 앉아 있는 동안, 혹시 포콕 일가가 어쩌면 우연히, 어쩌면 어떤 의도를 가지고 여행에서 돌아와 대로를 따라 걸어가다가 이러고 있는 자신과 마주칠 수도 있지 않을까 하는 황당한 상상이 들기도 했다. 이런 그의 모습에서 그들은 확실히 남부끄럽다고 여길 충분한 근거를 찾을 수 있을 것이다. 하지만 운명은 그런 식의 엄혹함조차 허락하지 않았다. 포콕 일가는 절대 지나가는 일이 없었고 채드 역시 코빼기도 볼 수가 없었다. 고스트리 양은 내일 찾아가리라 마음 먹으며 그곳 역시 가지 않았다. 그 결과 저녁 무렵 그의 무책임과 거리낌 없음과 호사스러움은, 이렇게밖에는 표현할 수가 없는데, 정말 어마어마해졌다.

마침내 9시에서 10시 사이에 높고 선명한 그림 속 — 요즘 들어 그는 마치 미술관에라도 있는 듯이 멋지고 기발한 화폭들 사이를 옮겨 다니고 있었으니까 — 에 들어선 그는 길게 숨을 내쉬었다. 그 모습은 처음부터 너무나 뚜렷이 눈앞에 펼쳐져 있었으므로 호사스러움의 마법은 사라지지 않았다. 그러니까 그는 책임감을 느끼는 일은 하지 않을 것이고, 바로 그런 기운이 더 바랄 나위 없이 주위에 그득했다. 그녀는 그가 그것을 느낄 수 있도록 그를 부른 것이었다. 세라가 여기 머물면서 그것이 정점에 이르렀던 몇 주 동안 그에게 주어진 시련을 별 탈 없이 다 거쳤고 이제는 과거지사가 되었다는 그런 위안— 이미 확고해진 위안이 아니었던가? — 을 누리며 살아 갈 수 있도록 말이다. 그녀 자신이 이제 모든 걸 다 떠맡았고 계속 그렇게 할 테니, 그는 손톱만큼도 걱정할 필요 없이 그냥 지금까지 해 온 것에 만족하며 너그럽게 그녀를 도와주기만 하면 된다고 그에게 확실히 해 두려고 하지 않았던가? 격식을 갖춘, 그녀의 아름다운 방은 어두컴컴했다. 하지만 모든 것이 늘 그렇듯이 그것도 잘 어울렸다. 무더운 밤이었으므로 등불 은 다 꺼 놓았지만 한 쌍의 촛대 위에 꽂힌 여러 개 촛불이 제 단의 길고 가느다란 양초처럼 벽난로 위에서 타고 있었다. 창 문은 모두 열려 있고 풍성한 커튼은 살짝 흔들리고 있었는데, 아무도 없는 뜰에서 들려오는 분수대의 희미한 물소리를 다 시금 들을 수 있었다. 그 소리 너머로, 마치 안뜰을 지나고 이 집 앞쪽에 놓인 본채를 넘어 아주 멀리서 들려오는 것처럼 흥 미진진하면서 신이 난 듯한 파리의 소음이 어렴풋이 들려왔 다. 스트레더는 이런 것들을 접할 때마다 불현듯 온갖 상상이 솟아나곤 했다. 강렬하다는 점 외에 달리 근거도 없는 역사의 식이나 어떤 추정이나 추측이 기이하게도 불쑥 생겨났던 것이 다. 어떤 위대한 역사적 순간의 전야나 혁명이 발발했던 밤과 낮에 무슨 전조처럼 이런 소리들이 새어 들어오면서 처음으 로 그 일이 시작되었을 것이다. 그것은 혁명의 낌새, 대중의 분 노의 냄새, 어쩌면 단지 피비린내였을 것이다.

이 장면으로 자꾸 그런 암시가 비집고 들어오다니 지금으 로서는 딱히 뭐라 설명하기 어렵게 이상한 일이면서 '미묘하 다'고 할 법했다. 하지만 틀림없이 그것은 비는 쏟아지지 않으면서 하루 종일 대기만 울려 대던 천둥소리 때문이었을 것이다. 여주인은 천둥 치는 날씨에 어울리게 옷을 차려입었는데, 그렇게 더없이 소박하고 시원한 스타일의 복장은 지금 막 묘사한 우리의 주인공의 상상과 잘 맞아떨어졌다. 상당히 구시대 인물처럼 보이는 차림이었으므로, 그가 잘못 알고 있는 게 아니라면 롤랑 부인이 단두대에 오를 때 차림이 분명 그러했을 것이다. 크레이프나 아사 천으로 된 삼각 숄인지 스카프인지로 가슴을 예스럽게 감싸서 뭔가 신비로운 손길로 고귀하고 애절한 유비 관계를 완성하고 있었기 때문에 그런 인상은 더욱 강했다. 그 매력적인 여성이 평상시처럼 친밀하면서도 정중하게 그를 맞이하러 웅장한 방을 가로질러 다가올 때, 여름이라 카펫을 모두 걷어 낸 반짝거리는 맨 마룻바닥에 그 모습이 그대로 비치는 광경을 보던 그 당시에는 사실 스트레더는 어떤 유비 관계가 머릿속에 떠올랐는지 거의 의식하지 못했다. 다시금 느껴지는, 그 장소에서 생겨나는 연상들과, 차분하게 가라앉은 불빛 아래 그녀 자신이 고요하게 중심을 이루는 가운데 여기저기 빛을 반사하며 반짝이는 유리와 금박, 쪽마루 세공, 이 모든 것들이 처음에는 너무나 아련하고 섬세해 거의 이 세상의 것이 아닌 듯했다. 하지만 지금 무엇을 하러 왔든 예전에 받지 못했던 인상을 받으러 온 것이 아니라는 점은 곧 확신할 수 있었다. 그 확신이 처음부터 그를 사로잡았고, 특이할 만큼 상황을 단순하게 만들면서 주변의 물건들이 그에게 도움이 될 것임을, 정말이지 두 사람 모두에게 도움이 될 것임을 확실히 해 주었다. 그래, 어쩌면 그 물건들을 다시는 보지 못할지도 몰랐다. 이번이 마지막이 될 가능성이 아주 다분했다. 게다가 그런 물건들, 아니 그와 비슷한 것도 앞으로 보지 못할 것이 확실했다. 그런 것들이라곤 볼 수 없는 곳으로 곧 떠날 것이고, 따라서 그런 결핍 상태에서 시렁에 얹어 둘 수 있는 뭔가가 있다는 것은 후에 기억하고 상상하는 데 작지만 고마운 일이 될 것이었다. 기실 그에게는 가장 강렬하다 할 이 느낌을, 지금까지 개인적으로 접해 볼 수 있었던 것 가운데 아주 오래된, 비할 바 없이 가장 오래된 무엇이라도 되는 양 후에 돌아보게 될 것임을 미리 알 수 있었다. 다가오는 상대방을 펼쳐진 광경의 가장 뛰어난 것으로 받아들이면서도 후에는 그녀와 관련해 기억과 상상이 동원될 수밖에 없다는 사실 또한 알았다. 그녀가 의도했을 수도 있지만, 이것은 그녀가 의도할 수 있는 수준을 훨씬 넘어서는 일이었다. 역사적인 폭정이나 전형적인 과거의 사실들, 화가들이 말하는 표현의 가치 등 아주 먼 옛날의 것들이 지금 그녀를 돋보이게 했으니 말이다. 정말로 호사스러운 행복한 소수로 살아가는 최고의 기회와 중요하고 큰 행사에서 소탈하고 자연스러울 수 있는 가능성을 부여하고 있었다. 그녀가 지금보다 더 소탈하고 자연스러워 보인 적은 없었다. 설사 그것이 완벽한 기교로 이루어졌다 하더라도, 어차피 마찬가지가 되겠지만 그 점이 절대 그녀에게 불리할 수는 없을 것이었다.

그녀에게 진정 경이로운 점은 소탈함을 전혀 해치지 않으면서도 간혹 아주 다른 모습을 보일 수 있다는 것이었다. 변덕스러움은 무엇보다 예절에 어긋난다는 그녀의 생각을 확실히 알 수 있었고, 그런 그녀의 판단으로도 그가 지금까지 맺어 온 다양한 관계를 비롯한 모든 안정된 관계를 위해 의지해야 했던 어떤 것보다 더 큰 힘이 되었다. 따라서 지금 그녀의 모습이 어젯밤에 보였던 모습과는 사뭇 다르다 할지라도 그런 변화가 너무 급작스럽다는 느낌은 없었다. 모두 조화롭고 사리에 맞았던 것이다. 현재 만남의 직접적인 계기가 된 간밤의 상황에서 그가 마주했던 여성이 동작과 겉모양에 정신을 쏟아 그 점이 두드러진 인물이었던 반면, 지금의 그녀는 온화하고 속 깊은 인물이었다. 하지만 어느 쪽 인물이건 그녀가 그 간극을 이렇게 수월하게 건너뛸 수 있다는 사실만큼 놀라운 것은 없었고, 그것은 자신이 그녀에게 맡겨 두어야 할 일과 맞아떨어졌다. 단 하나 남는 문제라면, 그가 그렇게 모든 것을 그녀에게 맡겨 두어야 한다면 도대체 뭐 하러 그녀는 그를 만나자고 했단 말인가? 막연하게나마 앞서 그가 따져 본 바로는, 그녀가 뭔가를 바로잡고 싶을 수도 있겠다, 그를 어수룩한 사람으로 보고 그들이 했던 아주 최근의 기만행위를 어떤 식으로든 처리할 필요가 있겠다 싶었다. 그녀는 그것을 더 밀고 나갈 것인가, 아니면 없는 척 덮어 버릴 것인가? 적어도 곧바로 그에게 든 느낌이라면 그녀가 아주 합리적인 모습을 보일 수는 있어도 품위 없이 당황스러워하지는 않았다는 것이다. 그러다 보니 그들의 탁월한 '거짓', 채드의 거짓과 그녀의 거짓도 결과적으로는 그로서도 그들이 따르지 말아야 한다고 할 수 없는 안목의 기준을 부득이하게 따른 것이 아닐까 하는 생각이 강하게 밀려들었다. 그들과 헤어져 혼자 밤을 지새우는 동안에는 그때의 일이 얼마나 코미디 같았는지 눈살이 찌푸려지기도 했다. 그런데 지금 이 자리에선 그녀가 그 코미디를 다시 거두어 가려 한다면 그게 과연 마음에 들지 자문하게 될 뿐이었다. 절대 마음에 들지 않을 것이다. 하지만 다시금, 거듭 그녀를 믿을 수 있었다. 그러니까 그녀가 그러한 기만행위를 바로잡을 수 있으리라고 말이다. 그녀가 상황을 설명하자 도대체 어째서인지는 모르겠지만 추악함은 곧 사라져 버렸다. 놀라운 기술로 심지어 그 문제는 건드리지도 않았는데 그랬다. 좌우간 그녀는 그 문제는 건드리지 않았다. 스물네 시간 전의 상황 그대로 말이다. 공손하고 상냥하게, 거의 경건하기까지 한 태도로 언저리만 빙빙 돌며 다른 문제를 꺼내는 것이었다.

그녀는 자신이 정말로 그를 속이지는 못했음을 알고 있었다. 그것은 사실상 지난 밤 헤어지기 전 그들 사이에서 이미 암묵적으로 인정된 바였다. 그로 인해 그가 얼마나 달라졌을지 알아보기 위해 만나고자 했던 것이라, 만나서 오 분 만에 그는 그녀가 자신을 살펴보고 시험하고 있음을 알았다. 그와 헤어진 후 그녀는 궁금해서라도 자신이 직접 그 정도를 확인해 보겠다고 채드와 합의를 보았고, 으레 그렇듯이 채드는 그녀에게 알아서 하라고 했던 것이다. 채드는 어떤 식으로든 자신에게 이득이 된다면 항상 사람들이 알아서 하도록 내버려 두었는데, 그게 정말로 어떻게든 항상 그에게 득이 되었다. 기이하게도 스트레더는 이러한 사실 앞에서 새삼스럽게, 전혀 이의 없이 원하는 대로 해 보라는 심정이 되었다. 그의 주의를 사로잡은 그 두 사람이 아주 친밀했고, 자신이 끼어들어 두말할 것 없이 그 친밀함을 부추기고 강화시켰고, 결국 그 자신이 그 결과를 받아들여야 한다는 사실을 그들이 다시 절절하게 상기시켰다. 자신이 인식한 바와 자신의 실수, 자신의 양보와 신중함과 더불어 그는 분명 그들에게 담대함과 두려움이 뒤섞인 우스꽝스러운 모습이 되었다. 지략과 순진함이 뒤섞인 볼 만한 광경이자, 무엇보다 그 두 사람이 서로 만날 수 있는 또 다른 연결점이면서 확실히 더할 나위 없이 소중한 공통의 기반이 되었던 것이다. 거의 그들의 말소리가 들릴 정도였는데, 그때 그녀가 그나마 직접적으로 그 사실을 끄집어냈다. "얼마 전 두 번 저를 찾아오셨을 때는 제가 전혀 언급하지 않았었는데요." 갑자기 화제를 바꾸며 그녀가 말했다. 그때까지 그들은 그저 어젯밤의 멋진 시간과 그들이 구경한 시골 풍경에 대해 건성으로 대화를 나누고 있었다. 그 시도는 전혀 소용이 없었다. 그런 얘기나 하자고 그를 부른 것은 아니었으니까. 더 이상 참을 수 없다는 듯이 그녀가 상기시켰던 사실은 세라가 떠난 후 그가 찾아왔을 때 그들이 필요한 일은 다 했다는 것이었다. 그때 그녀는 그가 어느 지점에서 어떤 식으로 그녀의 편이 될 것인지는 묻지 않았다. 말셰르브 대로의 채드네 집에서 한밤중에 그와 채드가 나눈 이야기를 채드에게서 듣고 그것으로 만족하고 있었던 것이다. 따라서 지금 그녀가 원하는 그것은, 사심없이 자비롭게 그 문제로 그를 괴롭히지 않았던 두 경우를 이런 식으로 환기시키며 등장하게 되었다. 오늘 밤은 정말로 그녀가 그를 괴롭힐 작정이고, 따라서 그 말은 그녀가 감히 그렇게 할 수 있게 해 달라는 간청이었다. 그로 인해 그녀가 약간은 따분해 보일지라도 그다지 상관은 없을 것이었다. 어쨌든 지금까지는, 그렇잖은가? 지독하게, 정말 지독히 예의 바르게 행동해 왔으니까 말이다.

2

"아, 당신은 괜찮아요, 괜찮다고요." 그가 거의 조바심을 내
듯 단언했다. 더구나 조바심이 난 이유는 그녀가 그를 다그쳐
서가 아니라 오히려 주저했기 때문이었다. 그녀가 채드와 그
문제를 어떤 식으로 조정했을지가 점점 분명해졌다. 그가 어
느 정도까지 '참아 낼 수' 있을지 불안한 것이라는 판단이 점
점 선명해졌다. 그렇다, 강변에서의 장면으로 알게 된 사실을
과연 그가 '참아 냈는지'가 문제였다. 분명 채드는 그가 예전
의 상태를 회복할 거라는 의견을 밝혔겠지만 그녀는 자신이
직접 봐야 마음이 편하겠다고 그 문제를 정리했을 것이다. 어
김없이 바로 그것이었다. 그래서 직접 보고 있는 것이다. 스트
레더가 참아 낼 수 있는 정도가 이제 결정될 것이고, 그 점을
분명히 의식하게 되면서 그는 마음을 제대로 다잡아야겠다고
다짐했다. 할 수 있는 만큼 다 참아 내는 모습을 보여 주고 싶

은 심정이었다. 너무 헤매고 있는 것처럼 보이지 않았으면 하는 바람으로 어느 정도 상황을 주도하는 것이다. 그녀는 만사에 대비하고 있겠지만, 그 역시 충분히 대비가 되어 있었다. 어느 시점에서는 그녀보다 더욱 잘 되어 있기도 했다. 그녀가 아무리 영리하더라도 그런 편지를 보낸 동기를 바로 그 자리에서 설명할 수 없는 한에서 그러했다. 그녀에게 '괜찮다.'라고 말해 줬기 때문에 그로서는 질문을 해도 된다는 이점이 생겼다. "다시 찾아뵙게 되어 기쁘긴 하지만, 혹시 특별히 할 얘기가 있는 건가요?" 불편한 마음에서가 아니라 당연한 관심으로 그 이야기를 기다리고 있음을 그녀도 알고 있지 않느냐는 투였다. 그러자 그녀가 좀 놀라는 게 눈에 보였다. 지금까지 전혀 그런 적이 없었는데 이제 와서 중요한 사실 하나를 빠트렸다는 사실에 자신도 놀라는 눈치였다. 그러니까 그가 이제 눈치를 채서 다 알고 있고, 어떤 사실들은 굳이 언급하지 않고 그냥 넘어가리라 가정했다는 사실에 대해서 말이다. 하지만 그녀는 '당신이 진정 전부 다 알고 싶은 거라면……'이라고 말하듯이 잠깐 그를 바라보았다.

"이기적이고 저속한 사람, 제가 당신에겐 바로 그렇게 보이겠지요. 저를 위해서 할 수 있는 건 다 해 주셨는데, 저는 아직도 뭔가를 더 바라듯이 이러고 있으니까요." 그녀가 말을 이었다. "하지만 그건 제가 두려워해서가 아니에요. 물론 두려워요. 저 같은 상황의 여자들이라면 다 그럴 거예요. 제 말씀은 두려움 속에 살고 있기 때문이 아니라는 거예요. 이기적이 되는 건 그 때문이 아니에요. 왜냐하면 오늘 밤에 분명히 말씀드릴 수 있는데, 전 이제 상관하지 않거든요. 어떤 일이 더 일어나든, 무엇을 잃게 되든 상관없어요. 손톱만큼이라도 저를 위해서 뭘 더 해 달라고 부탁드리지도 않을 거고, 우리가 전에 했던 말들을 다시 끄집어내고 싶은 생각도 전혀 없어요. 제가 처한 위험이든 저의 안전이든, 그의 모친이든 누이이든, 그가 신부로 맞을 수도 있는 그 처자이든, 아니면 그가 갖게 되거나 잃게 될 재산이든, 어떤 종류건 그가 하게 될 옳은 일이나 그릇된 일이나 그 무엇도요. 당신에게 그런 식의 도움을 받았으면 제 앞가림을 잘하든지 아니면 그저 입을 다물고 있어야지 어느 쪽도 아니라면 아예 관심을 받을 생각도 하지 말아야겠죠. 그런데도 여태껏 당신을 붙잡고 놓아 주지 않는 건 제가 정말로 중요하게 생각하는 것이 있어서예요." 그러면서 물었다. "제가 당신에게 어떤 사람으로 보일지에 대해서 어떻게 무관심할 수 있겠어요?" 그에 스트레더가 바로 대꾸하지 못하자 그녀가 말을 이었다. "떠나신다지만, 사실 꼭 그래야만 하는 건가요? 여기 그냥 계시는 건 정말 안 되는 건가요? 제가 당신을 계속 만날 수 있게 말이에요."

"미국에 돌아가지 말고 여기서 당신들과 살면 안 되느냐는 말이에요?"

"당신이 반대하신다면 우리랑 '함께' 사는 건 아니라도, 당신을 볼 수 있게 가까운 데 사는 거죠." 그녀가 멋들어지게 말을 이었다. "그러니까 꼭 봐야겠다는 마음이 들 때 말이에요. 가끔씩이라도 어떻게 그런 마음이 안 들 수가 있겠어요? 당신을 만날 수 없었던 지난 몇 주간 보고 싶은 때가 많았어요. 그러니 당신이 영영 가 버린다는 걸 알게 된 지금 어떻게 당신을 그리워하지 않을 수가 있겠어요?" 전혀 예상치 못했던 이러한 단도직입적인 간청에 그가 눈에 띄게 어리둥절한 모습을 보였는지 그녀가 말을 이었다. "게다가 지금에 와서 당신의 '고향'이 도대체 어디인가요? 그게 어떻게 되었냐고요. 저로 인해 당신의 삶이 달라졌잖아요. 달라진 걸 제가 알아요. 당신 마음속의 모든 걸 다 뒤집어엎었고요. 뭐랄까, 품위랄까 가능성 같은 것에 대한 당신의 생각 전부를 말이에요. 그런 걸 생각하면 정말 싫어지는 게……." 그녀가 말하는 도중에 멈췄다.

하지만 그는 끝까지 듣고 싶었다. "뭐가 정말 싫어진단 말인가요?"

"전부요, 인생 자체가요."

"아, 그건 너무 지나친데요." 그가 웃었다. "아니면 너무 모자라거나!"

"바로 그거예요, 너무 모자라죠." 그녀는 말할 수 없이 진지했다. "너무 싫은 건 바로 저 자신이에요. 행복해지기 위해서 다른 사람들의 삶에서 그렇게 많은 것을 받아야 한다는 생각을 하면, 게다가 그러고도 행복해진 것도 아니죠. 자신을 속이거나 입 다물고 있으려고 그러는 건데, 그래 봤자 얻는 거라곤 별거 없어요. 불쌍한 자아는 여전히 남아 어쩐지 매번 새로운 걱정거리만 안겨 주죠. 결과적으로 받는 일은 절대, 어떤 식으로도 행복일 수가 없는 거예요. 안전한 방법은 주는 것 밖에는 없어요. 그게 가장 배반을 덜 당하는 방법이죠." 이런 말을 끄집어내는 그녀는 감동적이고 흥미로우며, 놀랄 만큼 진지하기는 했지만, 그럼에도 그는 불편하고 당혹스러웠다. 아주 미세하지만 그녀의 차분함이 흔들리는 걸 느꼈으니까. 지금의 느낌이 전에 그녀와 있을 때의 느낌과 다르지 않았지만, 그녀가 겉으로 나타내는 것 배후에는 항상 뭔가 더 있었고, 그 뒤에도 또 뭔가가 더 있었다. "적어도 당신은 자신이 지금 어떤 상태인지는 알잖아요!" 그녀가 덧붙였다.

"그렇다면 당신도 정말로 그걸 알아야 해요. 당신이 지금까지 제공한 것으로 우리가 함께 이 길을 오게 된 것 아닌가요?" 스트레더가 말했다. "내 심정은 이미 충분히 전했다고 보는데, 당신은 내가 지금껏 봐 온 어떤 선물보다 귀중한 선물을 주었어요. 그러니까 자신이 한 그 일에 만족하며 평온하게 지낼 수 없다면 당신은 분명 자학적인 성향을 타고난 겁니다." 그가 말을 맺었다. "정말로 마음을 편히 가져야 해요."

"그리고 당신을 더 이상 괴롭히지도 말아야겠죠. 내가 한 일이 얼마나 훌륭하고 경이로운 일인지 당신에게 자꾸 들이밀지도 말아야겠죠. 우리 일은 이제 끝났다고, 완전히 끝났다고 생각하면서 저와 마찬가지로 평온하게 떠나는 걸 그저 보고만 있어야겠죠. 당연하죠, 당연해요." 그녀가 초조한 듯이 되풀이했다. "당신이 그 일을 안 할 수 없었다고 그냥 믿고 넘어가는 일은 할 수가 없으니 더욱 그래요. 당신이 희생당했다는 생각을 할 거라고 보진 않아요. 왜냐하면 확실히 당신이 사는 방식이 그렇고, 우리가 합의한 바에 따르면 그게 최선이니까요." 그녀가 잠깐 끊었다가 다시 말을 이었다. "그래요, 당신 말처럼 마음을 편히 먹고 제가 한 일에 만족해야겠죠. 그렇다면 지금 제가 그런 거예요. 정말로 마음이 편안하니까요. 이런 모습을 저에 대한 마지막 인상으로 기억하게 될 거예요. 언제 떠나신다고 했죠?" 그녀가 갑자기 화제를 바꾸며 물었다.

그 마지막 인상이 갈수록 종잡을 수 없었기 때문에 그는 바로 대답할 수가 없었다. 그것은 그에게 막연한 실망감을 안겨 주었는데, 심지어 한껏 올라가 있다가 갑자기 뚝 떨어졌던 지난밤보다 더 깊은 실망이었다. 그가 한 일이 그렇게 대단한지는 모르겠지만, 여하튼 지금 그 대단한 일이 멋지고 신나는 피날레에 걸맞게 그에게 생기를 준다고 보기 힘들었다. 여자들이란 그렇게 한없이 바라는 존재라서 그들을 상대하는 것은 물 위를 걸어가는 일과 별로 다를 바 없다. 결국 그녀에게 문제는, 아무리 아름답게 꾸며 보이고 아무리 아니라고 해도 결국 근본적으로 그녀의 문제는 그저 채드였다. 결국 그녀가 두려워하는 건 채드였던 것이다. 이상할 만큼 강렬한 그녀의 열정은 바로 그렇게 걷잡을 수 없는 두려움이었다. 그래서 직접 시험해 본 결과 안전하다고 본 램버트 스트레더, 그에게 계속 매달리는 것이고, 아무리 진실하고 관대하고 우아하게 행동하려고 애써도, 아무리 그녀가 섬세할지라도, 그녀는 이제 그를 가까이 둘 수 없다는 사실이 두려운 것이다. 그 점을 깊이 인식할 수는 있었지만, 그렇게 섬세한 존재가 어떤 불가사의한 힘에 휘둘려 그렇게 착취될 수 있다는 사실이 냉기처럼 그를 감싸며 간담을 서늘하게 했다. 정말이지 불가사의했으니 말이다. 그녀는 지금의 채드를 만들었을 뿐이다. 그런데 어떻게 그를 어떤 무한한 존재로 만들었다는 식으로 생각힐 수 있는 걸까? 그를 더 나은 존재로 만들었고, 최고의 존재로 만들었으며, 누구나 바랄 만한 존재로 만들어 놓았다. 하지만 이상하게도 우리의 주인공은 그래 봤자 어차피 채드 아닌가라는 느낌이었다. 사실 자신 역시 얼마간은 그에 공헌했다고 보았다. 자신이 그녀가 한 일을 아주 높이 평가함으로써 그 공을 인정해 주었으니 말이다. 하지만 아무리 감탄할 만한 일이라 해도 어쨌든 사람이 한 일이었다. 따라서 한마디로 그저 세속적인 기준에서 기쁘고 위안이 되는 대상이자, 일상적인 경험의 테두리 안에서 상당히 예외적인 존재(그걸 어떤 식으로 범주화하든)일 뿐인 사람을 무슨 초월적인 존재라도 되는 듯이 치켜세우는 것이 그로서는 어리둥절했다. 다른 누군가 은밀하게 그런 일을 하는 것을 어쩌다 인식할 때 간혹 그렇듯이, 스트레더는 얼굴이 달아오르며 민망해졌다. 하지만 지금 그를 사로잡은 것은 너무나 견고해서 가히 암울하기까지 했다. 이건 어젯밤에 느꼈던 심란함이 아니었다. 그건 이미 거의 다 사라졌더랬다. 그런 심란함은 특정한 사실에 대한 거니까. 실제 그에게 강요되는 것은 바로 한 남자가 이루 말할 수 없이 숭배되는 것을 지켜 보는 일이었다. 그러니 여자라서, 여자라서 그렇다는 그 문제로 다시 돌아오는 것이다. 그들을 상대하는 게 물 위를 걷는 것과 마찬가지라면, 파도가 갑자기 솟구친들 뭐 그리 놀랄 일이겠는가? 하지만 이 여성 주위의 파도만큼 그렇게 높은 파도는 확실히 보지 못했다. 그는 곧 그녀가 자신을 한참 바라보고 있음을 알아챘고, 어느새 머리에 떠오른 생각을 그대로 뱉어 내고 말았다. "죽도록 두려운 거군요!"

그 말에 그녀는 한참 그를 바라봤는데, 그 이유는 곧 알 수 있었다. 그 얼굴에 문득 경련이 이는가 싶더니 어느새 억누를 수 없도록 눈물이 가득 차올라 처음에는 소리 없이 흘러내리다가, 다음 순간 아이가 갑자기 울음을 터트리듯 숨이 가빠지며 흐느끼기 시작했다. 그녀는 체면 같은 건 아랑곳없이 의자에 주저앉아 손에 얼굴을 묻었다. "제가 당신에게 그렇게 보이는군요, 그렇게 보이는 거예요." 숨을 꺽꺽 들이쉬며 그녀가 말했다. "그런데 사실 정말 그래요. 그러니까 그렇다고 받아들여야겠지요. 게다가 별 상관도 없어요." 그녀의 감정이 처음에는 너무나 종잡을 수 없었기 때문에 그는 어찌할 바를 모른 채 그냥 서 있었다. 그 말은 진실이었지만 어쨌든 자신이 그녀를 이렇게 흔들어 놓았음을 의식하면서 말이다. 침묵을 깰 엄두도 못 내고 묵묵히 그녀의 말을 듣다 보니 그녀의 우아함이 흩어져 버리면서 비통함이 더해진다는 느낌이 밀려왔다. 다른 모든 것들이 그랬듯이 그 심정 역시 공감이 되었고, 행복과 슬픔이 동시에 거칠 것 없이 터져 나오는 모습을 보면서 막연한 내적 아이러니가 느껴지기도 했다. 별일 아니라고 말할 수는 없었다. 어쨌든 자신이 그녀를 위해 끝까지 애써야 한다는 사실을 문득 깨달았기 때문이다. 그녀를 어떻게 생각하든지 그건 전혀 상관없다는 듯이 말이다. 사실상 전혀 생각하지 않는다고도 할 수 있었다. 그녀가 나타내는 성숙하면서도 깊이를 알 수 없는 애처로운 열정과 그녀가 던져 버렸던 가능성들 외에는 어떤 생각도 말이다. 그녀는 오늘 밤 더 나이 들어 보였고, 시간의 작용에서 벗어나 있다는 느낌노 훨씬 덜했나. 그러나 지금 그녀는 그가 평생 동안 만나 본 가장 세련되고 섬세한 존재이자 가장 행복한 모습이었다. 그러면서도 사랑하는 애인 때문에 울고 있는 하녀처럼 세속적인 문제로 고통받고 있기도 했다. 단 하나 다른 점이라면 그녀는 하녀와 달리 스스로 판단할 수 있다는 것뿐이었다. 그런데 그 지혜의 약점과 수치스러운 판단력은 그녀를 더욱 비참한 지경에 빠뜨리기만 했다. 물론 허물어진 건 잠깐일 뿐이라, 그녀는 그가 어떻게 해 보기 전에 어느 정도 자신을 추슬렀다. "물론 죽도록 두렵죠. 하지만 그건 아무것도 아니에요. 그런 문제가 아니랍니다."

그렇다면 어떤 문제일지 생각하기라도 하듯 그가 잠시 사이를 두었다가 말했다. "내 생각에 아직 해 줄 수 있는 게 있긴 해요."

하지만 그녀는 눈물을 훔치며 애처로우면서도 짧게 한 번 고개를 가로젓더니, 그가 아직 해 줄 수 있다는 것을 치워 버렸다. "그건 원하지 않아요. 물론 이미 말씀드렸다시피 당신은 나름의 훌륭한 방식으로 당신 자신을 위해 행동하시는 거겠죠. 어떤 일이 당신을 위한 건지는 팀벅투[4]에서 일어나는 일만큼이나 제가 상관할 바도 아니고요. 어쭙잖게도 그걸 건드려 보려고 불경스럽게 손을 내밀어 볼지도 모르지만요. 그건 단지 그럴 만한 상황이 수없이 많았음에도 당신이 절 무시하지 않았기 때문이에요. 당신이 그렇게 감탄할 만한 인내심을 보여 주었기에 제가 체신 없이 굴게 된 거예요." 그녀가 말을

---

4) 말리의 도시. 아주 멀고 이국적인 장소의 뜻으로 쓰임.

이었다. "그렇게 인내심은 있으시지만 우리와 함께 여기 머무
는 일은 절대 안 하려 하겠죠. 설사 그게 가능하다 해도 말이
에요. 우리를 위해 무슨 일이든 다 할 수 있지만 우리와 엮이
는 건 싫은 거죠. 당신이 해 온 방식이 있으니까 그 말에 답하
는 건 쉽겠죠. 아무리 해도 안 되는 일인데 얘기해 봐야 무슨
소용이냐고 하시면 될 테니까요. 그래요, 도대체 무슨 소용이
있겠어요? 그냥 제가 약간 정신이 나가서 하는 말이지요. 고
문이라도 당하면 털어놓을지도 모르지만. 게다가 지금 그 사람
얘기를 하는 게 아니에요. 아, 그 사람이라면……!" 스트레더
에게는 아주 분명하고 묘하게 쓰디쓴 말투로 그녀는 잠시 '그
사람'을 은연중 내비쳤다. "제가 당신을 어떻게 생각하는지 당
신은 관심이 없지요. 하지만 어쩌다 보니 저로서는 당신이 절
어떻게 생각하는지가 신경 쓰여요." 그녀가 덧붙였다. "생각할
수도 있거나, 이미 생각하게 된 것이나."

그가 시간을 벌 셈으로 되물었다. "내가 이미 생각하게 된
거라면……?"

"저에 대한 예전의 생각 말이에요. 이 일이 있기 전에. 그러
니까 당신이……?"

그가 그녀의 말을 막았다. "난 아무 생각도 한 바가 없어요.
내가 해야 할 일에서 단 한 발자국도 더 나아가 생각한 적이
없습니다."

"그건 전혀 사실이 아니라고 봐요." 그녀가 대꾸했다. "대개
상황이 너무 추해지기 전에 멈추시긴 하지만요. 당신이 이의를
제기할 수도 있으니까 너무 근사해지기 진이라고 해 두죠. 어

쨌든 그것이 사실인 만큼은, 우리는 당신이 받아들이지 않을 수 없는 모습들을 당신에게 들이댔고 그래서 당신은 책임감을 느낄 수밖에 없었죠. 추하건 근사하건 뭐라고 불러도 상관없는데, 당신은 그런 건 상관없이 그냥 해 나갔고, 바로 그 점에서 우리가 가증스러운 거예요. 우리가 지켜워진 거죠, 그런 거예요. 당연한 일이죠. 우리 때문에 당신이 치러야 했던 대가를 생각하면. 이제 당신이 할 수 있는 건 아예 관심을 끊는 거겠지요. 게다가 저는 당신이 보기에, 그래요, 숭고해 보일 수도 있었는데!"

그는 잠시 후 바라스 양처럼 이렇게 말할 수밖에 없었다. "당신은 참 경이롭군요."

"전 늙고 비루하고 추악해요." 그의 말은 듣지도 않고 그녀가 말했다. "무엇보다 비루하죠. 아니면 무엇보다 늙었을 수도 있고요. 늙었을 때가 최악이니까. 그래서 뭐가 어떻게 될지 상관없어요. 될 대로 되라죠. 어차피 운명이니까. 저도 알아요. 당신도 저와 마찬가지로 보이지 않을 거예요. 어차피 일어날 일은 일어나야겠죠." 그러더니 아까 대놓고 말했다가 묵살당하다시피 했던 이야기로 다시 돌아갔다. "그게 가능하더라도, 그리고 당신에게 무슨 일이 있든 당연히 우리 가까이 사는 일은 하지 않으시겠지요. 하지만 제 생각을 좀 해 주세요, 제 생각을……!" 그녀가 한숨을 쉬듯 그렇게 뱉어 냈다.

그는 대답을 피할 셈으로, 아까 언급했으나 그녀가 물리쳤던 제안을 다시 꺼냈다. "내가 아직 해 줄 수 있는 일이 있어요." 그러고는 작별 인사 겸 손을 내밀었다.

그녀는 다시금 그 제안을 물리치며 자기 생각을 고집했다. "그건 당신에게 도움이 안 될 거예요. 당신에게 도움이 될 게 전혀 없어요."

"글쎄요, 당신에게는 도움이 될 수도 있겠죠." 그가 말했다.

그녀가 고개를 저었다. "제 앞날에 확실한 거라고는 아무 것도 없어요. 결국 죄다 잃게 될 거라는 한 가지 사실만 빼고 요."

그녀는 그가 내민 손을 잡지 않고 그와 함께 문간으로 걸어 갔다. "당신을 도와준 사람에게 그것 참 신나는 얘기이군요." 그가 웃었다.

"제게 신나는 일이라면, 우리가, 그러니까 당신과 내가 친구 가 될 수도 있었다는 거예요." 그녀가 대답했다. "그래요, 바로 그거예요. 이미 말했듯이 제가 정말이지 전부 갖고 싶어 한다 는 것을 알겠죠? 당신도 차지하고 싶었다고요."

"아, 하지만 날 차지했던 게 맞아요!" 문간에 선 그가 단호 하게 말했고, 그렇게 그들의 만남은 끝이 났다.

3

그는 다음 날 채드를 만나러 갈 생각이었고, 그것도 아침 일찍 찾아가리라 계획했다. 말셰르브 대로를 방문하는 데 있어서는 대체로 격식을 차리는 법이 전혀 없었으니까. 별 매력 없는 그의 작은 호텔로 채드가 찾아오기보다 그가 채드를 찾아가는 편이 지금까지는 더 자연스럽기도 했다. 그럼에도 불구하고 11시가 가까운 지금, 일단은 채드에게 기회를 줘 보자는 생각이 들었다. 벌써 먼 옛날이야기처럼 멀어진 웨이마시가 즐겨 쓰던 표현을 빌리면, 어쩐지 채드가 '등장할' 거라는 예감이 뒤이어 떠오르기도 했다. 그가 전날 그를 찾아오지 않은 것은 비오네 부인이 먼저 그를 만나 보기로 말을 맞췄기 때문일 것이다. 하지만 이제 그 일이 끝났으므로 채드가 모습을 나타낼 것이고, 오래 기다릴 필요도 없을 것이다. 그렇게 따져 보니 그런 식의 합의를 한 흥미로운 당사자들이 때 맞춰 다시 만났을 것이고 둘 중 더 흥미로운 쪽 — 어쨌든 비오네 부인이 더 흥미로웠으니까 — 이 다른 쪽에게 자신이 어떤 간청을 했는지도 알려 줬으리라는 추측도 하게 되었다. 채드는 자기 어머니의 사신이 그녀와 자리를 함께했음을 바로 알았을 테고, 그때 벌어진 일을 그녀가 어떤 식으로 전달할지 쉽게 떠올릴 수는 없었지만 적어도 이제 자신이 스트레더를 만나러 가도 된다고 충분히 판단했을 것이었다. 하지만 아침 일찍이든 그 이후에든 그로부터는 아무런 소식도 들을 수가 없었고, 그 결과 스트레더는 사실상 그들의 관계가 왠지 달라졌다는 느낌을 받았다. 섣부른 판단일 수도 있었다. 어떻게 알겠는가? 그저 자신이 보호하고 있는 그 멋진 남녀가 어쩌다 보니 자기 탓에 불발된 소풍을 다시 떠났을 수도 있으니까. 그 시골 마을로 다시 갔을 수도 있었다. 그것도 한숨 놓은 듯이 말이다. 만약 그런 거라면 그를 만나 보겠다고 했던 비오네 부인이 그 자리에서 질책을 받지는 않았음을 채드가 알아차렸다는 뜻이었다. 하루가 지나고 이틀이 지나도 감감 무소식이었다. 그래서 전에도 소일거리가 필요할 때 종종 그랬듯이 그는 그동안 고스트리 양을 만나러 갔다.

그는 그녀에게 놀러 다니자고 했다. 이제는 같이 놀러 다니는 데 일가견이 생긴 듯했다. 그래서 며칠 동안 그는 그녀를 데리고 파리 시내 구경을 시켜 주고 불로뉴 숲에 드라이브를 가기도 하고 산들거리는 센강의 바람을 즐기기에 안성맞춤인 1페니짜리 증기선을 타면서, 시골에서 올라온 총명한 조카딸에게 수도 파리를 구경시켜 주는 삼촌이라도 된 듯한 묘한 기분에 젖었다. 그녀가 모르거나, 혹은 모르는 척하는 가게로 데려 가기도 했는데, 그녀는 정말로 시골 처녀라도 되는 양 모르는 척 순순히 고마운 마음으로 그를 따라다녔다. 이따금 피곤하 거나 어리둥절한 티를 내면서 정말 시골 처녀 버금가는 시늉 을 하기까지 했다. 딱히 뭐라고 부르기 힘든 이 시간을 그 자 신은 행복한 막간극으로 보았고, 그녀에게 그렇게 말하기까 지 했다. 지금까지 아주 물리도록 논의해 온 문제에 대해서 더 는 대화를 나누지 않았다는 데서도 그 점은 알 수 있었다. 아 주 신물이 난다고 처음부터 그가 단호하게 말했고, 그녀는 그 의중을 알아차렸다. 다른 모든 문제에서처럼 그 점에서도 총 명하지만 순종적인 조카딸처럼 유순했던 것이다. 최근의 흥미 진진한 모험 — 이제 그는 그 사건을 그렇게 이해하고 있었으 니까 — 에 대해서 그는 아직까지 한마디도 하지 않았다. 당 분간 그 문제는 완전히 제쳐 두고, 그녀가 얼마나 훌륭하게 그 의 뜻대로 따라오는지에만 흥미를 느꼈다. 그녀는 물으려 하 지도 않았다. 그렇게 오랫동안 늘 질문뿐이었던 그녀가 말이다. 그저 말 없는 상냥함으로 충분히 알 수 있는 이해심을 보이 며 그가 하자는 대로 따랐다. 자신의 상황에 대한 그의 인식 이 한 발 더 나아갔음을 그녀는 눈치챘고, 그는 그 사실을 알 았다. 하지만 그녀는 그에게 무슨 일이 생겼든 그것은 지금 자 신에게 벌어지는 일의 그늘에 가려 보이지 않는다고 알려 주 었다. 모르는 사람이 보기에 별것 아닐 수도 있겠지만 그것이 야말로 그녀의 주요 관심사였고, 그래서 그녀는 말없이 진지 하게 모든 것을 받아들이면서 매 시간 지금까지 볼 수 없었던 솔직한 태도로 응했다. 그녀에게 감동받은 적이야 자주 있었지만, 그로서는 새로이 감동받을 만했다. 자기 기분의 원칙은 당연히 알지만, 그녀 기분의 원칙은 그만큼 알지 못하기 때문에 더욱 그러했다. 체념한 듯이, 대략이지만 자신이 무슨 일을 도모하고 있는지 얼마간은 알고 있었다. 그와 달리 마리아의 꿍꿍이속이 무엇인지는 그냥 운에 맡길 수밖에 없었던 것이다. 지금 함께 이런 일들을 할 수 있을 만큼은 그녀가 그를 좋아하고, 이보다 훨씬 더한 것들을 할지라도 역시 그에 따를 만큼 그를 좋아하리라는 사실이면 되었다. 복잡하지 않고 순박한 이 관계의 본질적인 청량감이 다른 관계에서 받은 상처에 냉찜질을 하는 듯 시원한 느낌이었다. 저쪽의 다른 관계는 지금 그에게는 무시무시할 정도로 복잡했다. 그것은 온통 잔가시투성이였다. 당하기 전에는 아예 상상도 못 했던, 마구 찔러서 피를 흘리게 하는 그런 가시 말이다. 그 때문에 지금 이 친구와 센강의 유람선 위에서 보내는 한 시간이나 샹젤리제의 그늘 아래에서 보내는 오후 시간은 둥글둥글한 상아 조각을 만지듯 순진무구한 즐거움이 가득했다. 개인적으로는 자신의 관점을 갖게 된 그 순간부터 채드와의 관계는 아주 간단하고 단순해졌다. 하지만 사나흘이 지나도록 아무 연락도 없는 지금은 그것 역시 가시를 잔뜩 드러낸 느낌이었다. 어떤 식으로든 연락을 바라던 마음도 마침내 사라져 버렸다. 아무 연락도 받지 못한 채 닷새가 지나자 그는 더 이상 궁금해하거나 신경쓰지 않기로 했다.

그의 상상 속에서 자신과 고스트리 양, 그 두 사람은 '숲

속의 길 잃은 아이들'의 모습이었다. 자비로운 힘이 도와주리라 믿으며 평화롭게 계속 나아가는 것이다. 자인하다시피 그는 할 일을 계속 미루는 데는 아주 능란했다. 하지만 다시 한번 그 흐름에 빠져 보니 새삼스레 그 멋진 매력을 실감하게 되었다. 반드시 죽게 되리라고, 모든 것을 단념하고 죽게 되리라고 혼잣말을 해 보니 그게 재미있었다. 그에게는 지금 이 장면이 임종하는 순간의 깊은 숨죽임과 애처로운 주술적 분위기로 가득 차 있는 것이다. 그것은 곧 다른 것들을 모두 뒤로 미뤄야 한다는 의미였다. 조용한 삶의 소멸을 위해서 그래 줘야 하는 것이다. 다가올 결산은 특히 더 그랬다. 사실상 그 결산이 소멸과 같은 것이 아니라면 말이다. 그 결산은 중간에 끼어든, 역시 그를 향하고 있는 많은 경험들의 어깨 너머에서 그를 향해 있었다. 그리고 틀림없이 쿠빌라이 칸[5]의 이 동굴들을 거쳐 때 맞춰 그쪽으로 흘러가게 될 것이다. 그것은 정말이지 모든 것의 뒤편에 있었다. 그가 지금까지 한 일 속에 섞여 들어가지 않았다. 그가 지금까지 한 일을 최종적으로 제대로 이해하게 될 때, 바로 그 이해의 현장에서 그 중요한 면모가 예리하게 나타날 것이다. 그렇게 초점이 맞춰진 현장이란 당연히 울렛이고, 그가 보게 될 것은 고작해야 그 면모가 모두 달라진 지금 과연 울렛은 그에게 어떤 모습일지이다. 그것을 깨닫게 되면 사실상 그의 사회생활도 끝나지 않을까? 글쎄, 여름

---

5) 쿠빌라이(Khubilai, 1215~1294). 몽고 제국의 5대 황제로 칭기즈 칸의 손자. 중앙아시아와 유럽에 걸친 대제국을 건설했다.

이 끝나면 알게 되겠지. 그때까지는 긴장된 그의 기다림에는 부질없이 계속 일을 미루는 달콤함이 스며 있었다. 마리아와 시간을 보내는 일 외 다른 소일거리도 있었다는 말도 덧붙여야겠다. 그것은 각기 다른 수많은 명상들이었는데, 그때 그가 누리는 호사스러움에서 딱 하나 걸리는 점이 있었다. 그는 이미 망망대해를 뒤로한 채 상당히 항구 가까이에 들어와 있었고, 이제는 뭍에 오르는 일만 남아 있었다. 하지만 뱃전에 몸을 기대고 서 있는 그의 마음속을 오가는 하나의 의문이 있었다. 고스트리 양과 보내는 시간을 계속 끌고 있는 것도 약간은 그 강박에서 벗어나기 위함이었다. 그것은 자신의 신변에 관련된 의문이었지만, 채드를 다시 만나야만 해결될 수 있는 문제였다. 정말이지 바로 그것이 채드를 만나려 했던 주요한 이유였던 것이다. 그러고 나면 그 문제는 더 이상 중요하지 않을 것이었다. 몇 마디 말이면 쉽게 잠재울 수 있는 그런 유령이니까 말이다. 그 말을 듣기 위해 젊은이가 그 자리에 있기만 하면 되었다. 그 말만 그가 받아들이면 어떤 의문도 남지 않을 것이었다. 그러니까 이 특정한 문제와 관련해서는 말이다. 그렇게 되면 그가 그런 이야기를 하는 이유가 곧 자신이 포기한 것 때문일 수 있다 하더라도 스스로에게 별 문제가 되지 않을 것이었다. 그것은 그가 지닌 지고한 양심의 가책이 정제된 응축물과도 같았다. 자신이 포기한 것은 논외로 했으면 하는 바람이었던 것이다. 무언가를 놓쳐 버렸기 때문에, 그래서 유감스럽거나 가난해졌거나 마음이 상했기 때문에, 자신이 부낭한 대우를 받았거나 절박한 상황이기 때문에 어떤 일을 하게 되는 건 정말 원하지 않았다. 무슨 일을 하건 또렷한 의식으로 차분하게 하기를 바랐다. 자신과 관련된 모든 근본적인 문제에서 지금까지 항상 그랬던 바와 똑같이 말이다. 사실상 채드를 기다리느라 부질없이 시간을 때우는 동안 거듭 이렇게 혼잣말을 한 것도 바로 그런 연유였다. "이보게, 자넨 이제 쫓겨난 거야. 하지만 그게 무슨 상관이 있겠나?" 앙심을 품는다는 것은 스스로도 역겨운 일이었다.

의심할 바 없이 이런 감정은 그저 한가로움에 반사되어 생겨나는 빛일 뿐이어서 마리아에게서 피어나는 새로운 빛을 받자 곧 사라져 버렸다. 그녀는 그 주가 끝나기 전에 새로운 사실을 알게 되었고, 어느 날 밤 그가 모습을 드러내자마자 그 이야기를 꺼냈다. 그날은 그 시간까지 그녀를 보지 못하다가, 사실 적절한 때에 등장해서 어디 야외에서 저녁 식사를 같이 할 계획이었다. 여름날 파리에 지천으로 널려 있는 야외 테라스라던가 정원 같은 데서 말이다. 그런데 비가 내리기 시작하는 바람에 속상해진 그는 생각을 바꿔서, 좀 답답하고 바보 같지만 그냥 혼자 집에서 저녁 식사를 한 뒤 나중에 그녀를 만나 잃어버린 시간을 만회하기로 했더랬다. 무슨 일이 있었다는 사실을 그는 바로 확신했다. 작지만 다채로운 그녀의 방 안에 그 느낌이 워낙 가득했기 때문에 그로서는 생각한 바를 굳이 꺼낼 필요도 없었다. 은은한 조명으로 밝혀진 그곳의 색채가 모두 흐릿한 빛과 멋지게 서로 녹아들어 있었고, 그로 인해 스트레더는 눈을 동그랗게 뜨고 잠시 그 자리에 서 있었다. 그러자 방금 누군가 다녀갔다는 게 그에게 느껴진 모양이었다. 그가 그렇게 알아차린 것을 상대방도 눈치챘다. 굳이 설명할 필요도 없지만 그녀가 말을 꺼냈다. "그래요, 그녀가 여기 왔었고요, 이번엔 만났어요." 그러곤 일 분 정도 지나 덧붙였다. "제가 이해한 바로는 이제는 그러지 말아야 할 이유가……"

"만나지 않을 이유 말이죠?"

"그래요, 당신이 해야 할 일을 이미 다 한 거라면."

"그로부터 생길 결과나 우리 사이에 끼어드는 모양새를 당신이 걱정할 필요가 없을 만큼은 분명 다 했어요." 스트레더가 말했다. "우리 사이에는 우리 스스로 놓은 것 말고는 아무것도 없고, 어떤 다른 것이 들어올 틈도 전혀 없어요. 그러니까 당신은 언제나처럼 그저 근사하게 우리 편인 거예요. 그녀가 직접 당신에게 얘기했다면 이제는 더욱 그렇겠지만요." 그가 덧붙였다. "물론 당신에게 말해 주려고 온 거겠죠."

"맞아요." 마리아가 대답했다. 그 말에 그는 자신이 직접 알려 주지 않았던 사실을 이제 그녀가 사실상 다 알고 있음을 더욱 확신할 수 있었다. 그 자신은 직접 할 수 없었을 이야기까지도 말이다. 왜냐하면 지금 그녀의 표정이 그 사실을 오롯이 보여 주고 있었고, 그와 더불어 지금까지 불분명했던 것이 모두 정리되었음을 나타내는 약간의 서글픔도 담겨 있었다. 그가 모르고 있다고 그녀가 확신했던 정보, 그것을 확실히 알았다면 그에게 상황이 달라졌을 수도 있었을 그 정보를 그녀는 처음부터 알고 있었다는 사실도 그 어느 때보다 분명하게 느낄 수 있었다. 녹립석인 행보를 돌연 멈추고 태도를 바

뭐 버리는 식으로 그가 달라졌을 가능성도 전혀 상상할 수 없는 일은 아니었을 것이다. 다시 말해 혐오스러움을 느끼며 울렛의 원칙으로 돌아가 버릴 수도 있었던 것이다. 정말로 그녀는 그가 충격을 받은 나머지 뉴섬 부인에게 돌아가 버릴 수도 있다는 예상까지 했다. 시간이 지나도 그런 충격을 받았다는 표시를 그에게서 찾을 수 없었던 것은 사실이었지만, 어쨌든 언제라도 닥칠 것처럼 그 가능성은 남아 있었던 것이다. 따라서 마리아는 그 충격이 실제 있었음에도 그가 그 방향으로 획 돌아가지 않았다는 사실을 이해했다. 오랫동안 그를 위해 준비된 것이 한순간에 초점이 맞춰지듯 명확해졌지만, 그 결과 다시 뉴섬 부인과 친밀해지는 일은 일어나지 않았던 것이다. 비오네 부인은 마리아를 찾아와 이 사실들을 환하게 밝혀 주었고, 지금 마리아의 얼굴에는 그 둘이 함께했던 장면이 약간 뿌연 빛처럼 어른거렸다. 하지만 앞서 암시했듯이 그 빛이 기쁨의 빛이 아니었다면, 그 이유 역시 스트레더는 추측할 수 있을 법했다. 원래 천성이 점잖은 사람이라 그것을 분명하게 따져 보려 하진 않았지만 말이다. 그녀는 몇 달 동안 엄격하게 자신을 붙들어 두었던 것이다. 충분히 기회가 있었음에도 자신이 유리해질 그런 기회를 잡아서 끼어들지 않았다. 뉴섬 부인과 완전히 갈라서고 스트레더가 예전 자리를 잃게 되면, 그러니까 일종의 약혼이 된 상태와 관계 자체가 돌이킬 수 없이 깨져 버리면 자신에게 이득이 될 수도 있지 않을까 꿈꾸는 일조차 단호히 거부했던 것이다. 그리고 그런 식의 결과를 조장할 수도 있을 일에 절대 관여하지 않기 위해서, 자기 나름으로, 어렵지만 어떤 여지도 주지 않고 엄격하고 정당하게 행동하려고 한 것이다. 따라서 그녀는 모든 게 끝난 지금, 문제가 된 그 사실들이 충분히 확증되었음에도 불구하고 그녀가 자기 입장에서, 혹은 이해관계에 비추어 무척 기뻐해야 할 근거는 여전히 다소 모호하다고 느끼지 않을 수 없었다. 그녀가 방금 전 비오네 부인과 함께 앉아 있던 그 시간 내내 여전히 자신에게 상당한 정도의 불확실함이 남아 있는 것인지 아닌지 자문해 보았다는 사실을 스트레더가 쉽게 알 수도 있었을 것이다. 하지만 다시 덧붙이자면, 이와 관련해 처음에 알아낸 점을 스트레더 역시 일단은 그냥 혼자만 알고 있었다. 그는 그저 비오네 부인이 무슨 별다른 용건이 있어서 왔느냐고 물었다. 이에 대해 상대방은 바로 답해 줄 수 있었다.

"뉴섬 씨의 소식을 알고 싶어 했어요. 보아하니 며칠 동안 그를 못 본 모양이더라고요."

"그럼 그와 함께 다시 파리를 떠난 게 아니란 말이에요?"

"오히려 당신과 함께 떠난 게 아닌가 생각했던 모양이에요." 마리아가 대답했다.

"그래서 그에 대해 나는 아무것도 아는 바가 없다고 말해 주었나요?"

그녀가 너그럽게 고개를 저었다. "당신이 무엇을 알고 있는지 제가 아는 바가 없잖아요. 그냥 물어봐 주겠다고만 했어요."

"그렇다면 말이지만 나도 지난 일주일 동안 그를 못 봤어요. 물론 어찌된 걸까 궁금하기는 했죠." 바로 그 순간 궁금증이 한층 더해진 듯했지만 그는 곧 말을 이었다. "하지만 분명히 그의 소식을 알 방법은 있어요." 그가 물었다. "당신 눈에 그녀가 불안해 보이던가요?"

"그녀는 불안하지 않은 적이 없어요."

"내가 그렇게 애써 주었는데도 말이에요?" 이따금 보였던 가벼운 농담조의 말투가 마지막으로 반짝하며 나왔다. "그것을 어떻게든 막아 보려고 내가 여기 나온 건데!"

그녀는 그저 그 말을 받아 이렇게 물었다. "그럼 뉴섬 씨에 대해 마음을 놓을 수 없다는 건가요?"

"그 점에서 비오네 부인의 생각은 어떤지 당신에게 물어보려던 참이었어요."

그녀가 그를 잠깐 물끄러미 보더니 말했다. "과연 어떤 여자가 마음을 놓을 수 있겠어요?" 그러더니 마치 그와 관련이라도 있는 양 덧붙였다. "시골에서 마주쳤던 그 놀라운 얘기를 들었어요. 그런 일이 있고 난 다음에야 어떤 걸 믿을 수 있겠어요?"

"우연으로 치자면 그건 가능하고 불가능하고를 떠나 정말 믿을 수 없을 정도로 놀라운 일이었죠." 스트레더가 인정했다. "하지만 그래도, 그래도……."

"그래도 그녀는 상관하지 않았다고요?"

"아무것도 상관하지 않더군요."

"음, 그럼 당신도 상관하지 않으니까 우리 모두 신경 쓰지 말고 마음을 놓으면 되겠네요."

그 말에 그도 동의하는 듯했지만 여전히 걸리는 부분이 있었다. "채드가 사라진 건 사실 신경이 쓰이는군요."

"아, 돌아올 거예요. 하지만 이제는 제가 왜 망통까지 가 버렸는지 아시겠죠." 그녀가 말했다. 이제는 자신이 모든 걸 다 짜 맞추었음을 충분히 알려 줬지만, 그래도 그녀로서는 그 점을 더 분명히 하고 싶은 마음이 드는 것도 당연했다. "당신이 그걸 물을까 봐 그랬던 거예요."

"그걸 묻다니……?"

"당신이 드디어, 그러니까 일주일 전에 직접 알게 된 그 문제 말이에요. 그녀를 위해 당신에게 거짓말을 하고 싶지는 않았어요. 그건 내가 견딜 수 없는 일이었으니까요. 물론 남자에겐 당연할 수도 있어요. 여자를 위해 거짓말을 하는 것이요. 하지만 여자가 다른 여자를 위해 그러는 건 다른 문제예요. 간접적으로 자신을 보호하기 위한 일종의 앙갚음으로서가 아니라면 말이죠. 난 보호 같은 건 필요 없었으니까, 거리낌 없이 당신을 '버리고 갈' 수 있었던 거죠. 당신에게 시험당하는 일을 피하기 위해서요. 그런 식의 책임감이 너무 버거웠어요. 그래서 시간을 벌었던 거고, 돌아와 보니 그런 시험을 받을 염려는 완전히 없어졌더군요."

스트레더가 찬찬히 그 말을 곱씹었다. "그래요, 당신이 돌아왔을 땐 이미 리틀 빌럼이 신사로서 당연히 해야 할 일을 한 다음이었죠. 신사답게 거짓말을 한 것 말이에요."

"그러면 당신이 그걸 믿은 건 무엇다운 건가요?"

"글쎄요, 그건 아주 엄밀히 따졌을 때에만 거짓말이었어요." 스트레더가 말했다. "그는 그 관계가 고결하다고 했죠. 그런 식의 견해에는 다른 할 얘기가 많아요. 그런데 내게는 고결함이라는 그 말만 대단하게 느껴졌던 거예요. 물론 그 관계는 상당히 고결해요. 그걸 직접 충분히 경험했고, 알겠지만 아직 끝난 게 아니죠."

"내가 아는 건, 내가 알았던 건, 당신은 그 고결함마저 아름답게 치장했다는 거예요." 마리아가 대꾸했다. "영광스럽게도 이미 말할 기회가 있었지만, 당신은 정말 경이롭고 아름답기까지 해요." 그녀가 애석한 듯 고백했다. "하지만 당신이 꼭 알고 싶다면 하는 말인데, 당신의 생각이 정말 어느 정도였는지는 전혀 몰랐어요. 어떤 때는 대단히 냉소적인 듯하다가, 또 어떤 때는 대단히 막연해 보였으니까요."

그가 곰곰 생각했다. "내가 이런저런 단계를 거치긴 했죠. 확 바뀌기도 했고요."

"그래요, 하지만 어쨌든 기반은 있잖아요."

"내게 기반이라면 그저 그녀의 아름다움에서 나왔을 거예요."

"외모의 아름다움 말인가요?"

"그러니까 모든 면에서의 아름다움이죠. 그녀가 주는 인상 같은 것. 아주 다양한 면모가 있으면서도 그게 다 조화롭게 어울리거든요."

그녀가 모든 걸 받아 주는 듯한 특유의 태도로 대답했는데, 그것이 그녀가 느낄 수밖에 없었던 노여움을 휩쓸어 갔다. "당신은 정말 완벽하군요."

"당신은 항상 너무 개인적 차원으로 받아들인다니까." 그가 유쾌하게 말했다. "하지만 바로 그래서 내가 여기저기 돌아다니고 이래저래 궁금해하고 그러기는 했죠."

"처음부터 당신에게 그녀가 세상에서 가장 매력적인 여자였다는 뜻이라면 그것보다 간단한 것도 없지요." 그녀가 말을 이었다. "좀 이상한 기반이긴 하지만요."

"내가 그 위에 세운 것들을 생각하면요?"

"세우지 않은 것을 생각하면요!"

"그게 그렇게 확고했던 건 아니에요. 그리고 지금도 그렇지만 그때도 뭔가 이상한 점이 있긴 했어요. 채드보다 나이도 훨씬 더 많고, 그녀가 사는 세상이나 전통, 관계 등이 다 너무 달랐으니까요. 다른 기회들도 있었을 거고, 나름의 기준이나 책임도 그렇고."

그녀는 그런 것들을 열거하는 스트레더의 말을 지당하다는 듯이 들어 주다가, 일거에 다 날려 버리며 말했다. "여자가 빠지면 그런 건 아무것도 아니에요. 아주 끔찍하죠. 완전히 빠졌거든요."

그 반박은 스트레더로서도 인정할 수 있었다. "아, 물론 완전히 빠졌죠. 그래서 우리가 그렇게 분주했던 거잖아요. 그녀가 완전히 빠졌다는 것이 우리의 최대 관심사였고요. 하지만 어쩐지 그녀가 그 때문에 흙바닥에 쓰러져 있는 걸 상상할 수가 없어요. 그것도 겨우 우리의 채드 때문에 말이에요!"

"하지만 '당신의' 채드가 바로 당신에겐 기적 같지 않았던가요?"

스트레더가 인정했다. "물론 내 주위의 것들이 다 기적이었죠. 모든 게 다 환영처럼 스쳐 지나갔으니까요. 하지만 엄연한 사실은 그 대부분이 내가 상관할 바는 아니었다는 거예요. 적

어도 내가 생각한 내 임무의 차원에서는요. 지금도 마찬가지
고요."

상대는 이 말에 고개를 돌렸는데, 그의 철학에 자신에 대한
개인적인 고려가 거의 없어서 다시금 강렬한 두려움이 밀려들
었기 때문일 수도 있었다. "그녀가 지금 당신 말을 들었으면 좋
겠네요!"

"뉴섬 부인이요?"

"아니요, 뉴섬 부인 말고요. 뉴섬 부인이 무슨 얘기를 듣든
이제 당신에게는 중요하지 않은 걸로 아는데요. 들을 얘기는
다 듣지 않았나요?"

"사실상 그렇죠." 그가 잠깐 생각하는 듯했으나 곧 말을 이
었다. "그럼 비오네 부인이 내 말을 들었으면 좋겠다는 거예
요?"

"그래요." 그녀가 다시 그가 하던 이야기로 돌아왔다. "그녀
는 지금 당신과는 완전히 반대로 생각하고 있으니까요. 당신
이 그녀에 대해 확실히 단정해 버렸다고 말이에요."

그는 두 여성이 마주 앉아 자기 이야기를 하는 장면을 머릿
속에서 그려 보았다. "알았을 법도 한데……!"

"그런 단정은 하지 않았다는 걸요?" 스트레더가 말을 멈추
자 그녀가 물었다. "처음에는 당신이 단정했을 거라고 믿었어
요." 그가 아무런 대꾸가 없자 그녀가 말을 이었다. "그런 입장
에 있는 여자라면 누구나 그랬겠지만 그녀도 그걸 당연하게
받아들였어요. 하지만 그다음에 마음이 바뀌었어요. 그녀가
믿게 된 건 당신이……"

"내가……?" 그가 궁금해하며 재촉했다.

"당신이 그녀의 지고지순함을 믿었다는 거죠. 그리고 제가 알기로는 얼마 전 그 일로 당신이 눈을 뜨기 전까지 그녀의 믿음은 지속되었어요." 마리아가 말했다. "그 일로 당신이 정말로 눈을 떴음을……"

"그녀도 깨닫지 않을 수 없다고요?" 그가 그녀의 말을 이었다. 그러고는 생각에 잠겨 말했다. "아니요, 그녀의 생각은 지금도 변함없다고 봐요."

"당신이 아직 눈을 못 떴다고요? 그것 봐요! 하지만 당신이 그녀를 세상에서 가장 매력적인 여자로 본다면 어차피 마찬가지 얘기가 되겠죠. 그런 당신 생각을 제가 전해 주기를 원한다면……." 한마디로 고스트리 양은 끝까지 그를 위해 애써 주겠다는 것이다.

그는 잠시 그것을 고려해 봤지만 곧 결정을 내렸다. "내가 그녀를 어떻게 생각하는지는 본인이 확실히 알고 있어요."

"그녀 말로는 이제 자기를 좋게 보지 않아 다시 만나고 싶어 하지 않는다던데요. 당신이 정말 마지막 작별 인사를 했다고 하더라고요. 아주 끝을 냈다고."

"그랬죠."

마리아가 잠시 말이 없었다. 그러더니 양심적으로 이 말은 해야겠다는 듯이 말했다. "그녀는 당신과 끝을 내지 않았을 수도 있어요. 당신을 영영 잃었다는 심정이기는 하지만 당신에게 좀 더 나은 모습을 보였을 수도 있었으니까 말이에요."

"아, 그만하면 충분히 훌륭했어요!" 스트레더가 웃었다.

"그렇더라도 당신과 친구가 될 수도 있었다는 게 그녀의 생각이에요."

"분명 그럴 수도 있었을 거예요." 그가 여전히 웃으면서 말했다. "바로 그 때문에 내가 떠나는 거지요."

이 말에 마리아는 이제 그 두 사람을 위해 자신이 할 일은 다했다는 느낌이 든 모양이었다. 하지만 한 가지 더 남은 게 있었다. "그렇게 얘기할까요?"

"아니요, 아무 얘기도 하지 말아요."

"알겠어요." 그러더니 바로 이어서 고스트리 양이 덧붙였다. "가엾은 사람 같으니라고!"

상대방은 무슨 말인가 하는 표정을 지었다가 눈썹을 치켜올리며 물었다. "나 말인가요?"

"아, 아니요, 비오네 부인 말이에요."

그는 그 말을 받아들이긴 했지만 여전히 좀 이해가 안 가는 모양이었다. "그 정도로 그녀가 안돼 보여요?"

그녀는 잠시 생각하지 않을 수 없었다. 그러고는 미소를 지으며 이렇게 말했는데, 사실 앞의 말을 취소했다고는 볼 수 없었다. "우리가 다 안됐어요!"

4

그는 지체 없이 채드와 다시 연락을 취할 작정이었다. 방금 보았듯이 그 젊은이가 파리에 없다는 사실을 고스트리 양으로부터 전해 듣고 그런 의향을 밝힌 대로 말이다. 더구나 그를 재촉한 것은 단지 그녀가 그 사실을 확인해 주었기 때문만은 아니었다. 여전히 남아 있는 또 다른 책무에 따라 행동해야 할 필요가 있었기 때문이기도 했다. 그녀에게도 말했지만 이제는 파리를 떠나야 할 이유가 무척 절실해진 것이다. 여기 계속 머무르면 어떤 관계에 연루될 수밖에 없기 때문에 떠나야 하는 거라면, 여전히 여기 미적대면서 그들에게 냉랭한 태도를 보이는 것은 너무 옹졸해 보일 수 있었다. 그는 두 가지를 다 해야 했다. 채드를 만나는 일과 그럼에도 떠나는 일. 채드를 만나야겠다는 생각을 하면 할수록 떠나야 할 필요성도 점점 더 강하게 그를 압박했다. 마리아의 중이층 집을 나와 짐낀

들른 조용하고 작은 카페에 앉아서 그는 그 두 필요성을 똑같이 절감했다. 그녀와의 멋진 저녁 시간을 망쳐 버린 비는 이제 그쳐 있었다. 전적으로 비 때문은 아니었지만 그로서는 정말 그의 저녁 시간을 망친 느낌이었다. 늦은 시간에야 카페를 나섰는데, 그래도 너무 늦은 것은 아니었다. 어차피 바로 잠자리에 들기는 틀렸으니, 상당히 먼 길을 돌아가게 되기는 하겠지만 집으로 가는 길에 말셰르브 대로 쪽을 거쳐 갈 수도 있을 것이었다. 맨 처음 그에게 그렇게 굉장한 변화를 일으켰던 그 작은 사건은 언제나 그에게 생생했다. 그러니까 그가 처음 이곳을 찾아왔던 날 채드가 산다는 신비로운 4층 발코니에 문득 리틀 빌럼이 모습을 드러낸 일과, 그것이 목전에 둔 일에 대한 그의 생각에 영향을 주었던 것 말이다. 그가 내내 올려다보며 기다리자 그 낯선 젊은이가 누군가 자신을 쳐다보고 있음을 알아차렸고, 그것이 얼마나 거리낌이 없었는지 그가 바로 집으로 올라갔더랬다. 모든 것이 처음에 곧장 그 일을 시작할 길을 닦아 주었던 것이었다. 그다음에도 그 집에 들어가지 않고 그냥 지나칠 기회가 몇 번인가 있었다. 지나갈 때마다 그것이 자신에게 말을 걸었던 첫 순간을 새삼 떠올렸다. 그는 오늘 밤에도 그 집이 시야에 들어오자 발걸음을 멈췄다. 마치 파리에서의 마지막 날이 기묘하게 첫날을 그대로 반복하는 것만 같았다. 채드의 아파트 창문들이 발코니 쪽으로 열려 있었고, 두 개 정도에는 불이 켜져 있었다. 그리고 예전에 리틀 빌럼이 그랬듯이 발코니에 자리를 잡은 사람이 있었는데, 물고 있는 담배 불꽃으로 보아 그가 난간에 기대어 그를 내려다보

고 있음을 알 수 있었다. 하지만 그것은 예전의 그 젊은 친구
의 모습이 아니었다. 어둠에 익숙해지자 그보다 몸집이 큰 채
드임이 분명해졌다. 그래서 그는 바로 큰길가로 나와 손짓을
함으로써 쉽게 채드의 주의를 끌 수 있었다. 채드의 목소리가
바로 응수했고 짐짓 즐겁게 밤공기를 울리며 인사를 건네며
올라오라고 했다.

　채드가 그런 자세로 그곳에 모습을 드러냈다는 사실은 어
쩐지 스트레더에게는 마리아 고스트리가 알려 줬듯이 그가
연락도 없이 파리를 떠나 있었음을 암시했다. 그래서 우리
의 주인공은 그 사실의 숨은 의미를 떠올리며 한 층씩 올라
갈 때마다 — 엘리베이터는 그 시간에는 작동하지 않았으므
로 — 잠시 숨을 골랐다. 그는 일주일 동안 혼자 아주 멀리 떠
나 있었던 것이다. 하지만 이제는 아무 일도 없다는 듯이 돌
아왔고, 스트레더가 어쩌다 보게 된 그의 모습에는 그냥 제자
리로 돌아온 것 이상이 담겨 있었다. 그것은 분명 의식적인 굴
복이었다. 런던이든 루체른이든 홈부르크⁶⁾든 다른 어느 곳이
든, 돌아온 지 겨우 한 시간밖에 되지 않았을 것이다. 스트레
더로서는 어디였을지 상상해 보고 싶었지만 말이다. 돌아와서
목욕을 하고 바티스트와 잠깐 말을 나누고 괜찮은 차가운 프
랑스 음식으로 가볍게 식사를 했을 것이다. 파리의 최신 유행
에 맞춘 예쁜 램프의 동그란 불빛 아래에 남은 음식이 여전히
있을지도 모른다. 그는 담배를 피우러 다시 발코니로 나섰고,

---

6) 독일 중부 헤센주에 있는 도시.

스트레더가 다가오던 그 시각에 자신의 삶을 새로이 시작한다고도 볼 수 있을 그런 상태에 빠져 있었던 것이다. 자기 삶이라니, 자기 삶이라니! 채드의 삶이 그의 모친이 보낸 사신에게 무슨 짓을 하고 있는 건가라는 생각이 마지막으로 떠오르며 그는 숨이 좀 가쁜 듯 마지막 층계참에 다시 멈추어 섰다. 그것이 그로 하여금 이 야심한 시각에 부촌의 아파트 층계를 부득이 올라가게 만드는 것이다. 길고 무더운 날이 다 저물었는데도 잠자리에 들 수 없게 만드는 것이다. 채드의 삶 때문에, 오래전에 누렸던 섬세하지만 단순하고, 한결같아서 수월한 그의 삶이 전혀 알아볼 수 없을 정도로 변해 버렸던 것이다. 발코니에서 담배를 피우고 샐러드로 저녁을 먹고, 특별하게 나은 자신의 조건을 다시금 기분 좋게 만끽하고 다른 것과 비교하고 대조해 보며 더욱 확신을 얻는 그런 유쾌한 일들에 채드가 더욱 열을 올린다 한들 그게 자신과 무슨 상관이란 말인가? 그가 여전히 그 일에 매달려 있다는 사실 말고는 그 질문에 답할 방법은 없었다. 어쩌면 지금까지는 그 사실을 그렇게까지 인식하지 못했을 수도 있었다. 그로 인해 늙어 버렸다는 느낌이 들었고, 분명 더욱 늙어 버렸다는 느낌을 받으며 그다음 날 기차표를 살 것이었다. 하지만 그때 뭘 어찌하든 지금은 채드의 삶을 위해서 자정이 다 된 이 시간에 엘리베이터도 없이 중이층까지 포함해 네 층의 계단을 오르고 있었다. 바티스트는 잠자리에 들었기 때문에 그가 올라오는 소리를 듣고 채드가 대신 문간에 나와 있었다. 그래서 자신을 그렇게 고생하게 만든, 네 층을 올라오느라 숨까지 헐떡거리게 만든 그 명분이 스트레더의 앞에 오롯이 모습을 드러냈다.

여느 때처럼 채드는 친근함과 격식 — 여기서 격식이 공손함을 의미하는 거라면 — 이 아주 잘 버무려진 태도로 그를 맞이했다. 여기서 주무시고 가시라는 그의 말을 듣자, 스트레더는 최근에 무슨 일이 있었는지, 그것을 알 수 있는 하나의 열쇠를 손에 넣을 수 있었다. 지금 막 자신이 늙어 버렸다는 기분이 들었는데 채드는 그의 모습을 보고 그보다 더 늙었다고 여겼던 것이다. 그저 그가 늙고 지쳤기 때문에 여기서 자고 가기를 바랐던 것이다. 이곳의 주인장이 자신에게 친절하지 않았다고는 절대 말할 수 없을 것이다. 스트레더가 정말 여기 묵는다면 아마 기꺼이 훨씬 더 흠잡을 데 없이 친절하게 대해 줄 것이다. 사실 스트레더는 그럴까 하는 마음을 약간 비치기만 해도 채드가 원하는 만큼 얼마든지 여기 계시라고 말할지도 모른다는 인상을 받았다. 그리고 자신이 앞으로 살아갈 가능성 중 하나가 그런 인상에 놓여 있을 수도 있었다. 비오네 부인도 그가 떠나지 말았으면 했다. 그러니 안성맞춤이지 않은가? 그 젊은이의 손님용 침실에 들어앉아 그가 대는 비용으로 여생을 편히 보낼 수도 있었다. 그가 지금껏 맡았던 배역의 논리적인 결과로 이보다 더 나은 것은 없을 것이다. 정말 이상한 일이지만, 말 그대로 찰나의 순간에 그는 자신이 역할을 하고 있고 역할을 할 수밖에 없으므로 모순적이라는 사실을 깨달았다. 자신이 따라왔던 내적인 힘들이 모두 정말로 딱 들어맞았다는 사실은, 자기 단속을 제대로 해 정당한 명분을 계속 지켜 나감으로써 — 언제나 다른 일이 없어서이기는 하지만 — 알 수 있을 것이었다. 방에 들어선 뒤 잠깐 사이 이런 생각들이 그의 마음속에 떠올랐다. 하지만 자신이 여기 찾아온 이유를 언급하자마자 그런 문제들은 사실상 모두 처리되었다. 그는 작별 인사를 하러 온 것이었다. 물론 그것이 전부는 아니었다. 그래서 채드가 그의 작별 인사를 받아들이고 나자, 작별하며 친분을 확인하는 문제는 다른 이야기로 넘어갔다. "알겠지만, 그녀를 버리기라도 하면 자네는 정말 나쁜 놈이야. 가장 치욕스러운 짓을 저지르는 게 될 걸세."

엄숙한 시간에 그곳에서, 그녀의 영향이 가득한 그곳에서 그 말을 하는 것이 바로 그의 남은 임무였다. 자신의 입에서 나온 그 말을 듣자 자신의 의중을 이처럼 잘 전달한 적은 예전에 없었다는 느낌이었다. 찾아온 목적이 즉시 아주 분명해졌고, 그 결과 우리가 열쇠라고 불렀던 그 사실을 주무를 수 있을 정도가 되었다. 채드는 당황한 기색은 전혀 내보이지 않았지만, 시골에서 그를 만난 이후 어쨌든 내내 그로 인해 괴로웠다고 했다. 그가 어떤 심정일까 해서 우려와 걱정이 있었다는 것이다. 말하자면 그가 마음이 심란했던 것은 오직 스트레더를 걱정해서였고, 그래서 분명 그의 마음을 진정시키고 그의 실망감을 조금이라도 완화시킬 — 사실 그의 정신이 나가 버리게 만들고 싶었던 게 아니었다면 — 목적으로 떠나 버렸다는 것이다. 무척 지쳐 있는 그의 모습을 보자 채드는 특유의 유쾌한 태도로 전적으로 그에게 맞춰 주고자 했고, 그에 스트레더는 채드가 끝까지 그를 위해 얼마든지 성실하게 확답해 주리라는 사실을 무엇보다 확신할 수 있었다. 바로 그것이 스트레더가 그 자리에 있는 동안 둘 사이에 오간 이야기였다. 케케묵은 이야기들을 다시 꺼내기는커녕 상대방은 모든 점에서 기꺼이 그의 말에 따라 주었다. 나쁜 놈이 될 거라는 말이 그에게 그보다 더 강렬하게 다가올 순 없었을 것이다. "아 그럼요! 제가 혹시라도 그런 짓을 한다면 말이죠. 제 마음이 진정 그렇다는 걸 믿어 주셨으면 해요."

"그 말이 자네에게 하는 마지막 말이 되었으면 하네." 스트레더가 말했다. "더 이상은 할 말이 없어. 어느 면을 보나 지금까지 한 것 이상으로 뭘 더 할 수 있을지 모르겠고."

채드는 이 말이 직접적으로 암시하는 바를 터놓고 받아들였다. "그녀를 만나 보셨어요?"

"그랬지, 작별 인사를 하려고 말이야. 그래서 지금 자네에게 한 말과 관련해서 과연 정말 그럴까 하는 의혹이 전에는 있었더라도……."

"이젠 그녀가 의혹을 다 씻어 줬다는 건가요?" 채드가 '적절하게도' 역시 무슨 뜻인지 이해했다. 그래서 잠시 말이 없었지만 곧 말을 이었다. "분명 아주 훌륭했겠죠."

"훌륭했지." 스트레더가 솔직히 인정했다. 이 모든 것이 사실상 지난주 사건에서 생겨난 상황을 가리키는 것이었다.

그래서 그들은 잠시 그 일을 돌이켜 보는 것처럼 보였다. 채드가 이어서 한 말은 그에 대한 암시를 더 분명히 나타냈다. "그동안 아저씨가 정말 어떤 생각을 하고 계셨는지 전 모르겠어요. 그전에도 전혀 몰랐고요. 아저씨한테는 모든 게 가능한 것처럼 보였으니까요. 하지만 물론, 물론……." 낭황하는 기색도 없이, 그저 봐준다는 분위기로 그는 말을 툭 끊었다. "결국 아저씨도 이해하시죠. 처음에는 해야 할 말만 할 수밖에 없었어요. 그런 문제를 꺼내는 방법은 단 하나밖에 없는데, 그렇잖아요?" 그가 궁극적인 삶의 지혜라도 되는 양 미소를 지으며 말했다. "하지만 이제 아무 문제도 없는 거죠."

온갖 생각이 마구 솟구치는 것을 느끼며 스트레더가 그를 마주 보았다. 여행에서 돌아온 늦은 시각인 지금, 그가 저렇게도 새삼스럽게, 저렇게도 실질적으로 젊어 보이는 이유는 도대체 무엇인가? 스트레더는 그 이유를 깨달았다. 바로 채드가 비오네 부인보다 젊다는 것이었다. 하지만 그 자리에선 머릿속에 떠오른 그런 것들을 전혀 입 밖으로 내지 않고, 다른 화제를 꺼냈다. "정말 어디 멀리라도 다녀온 건가?"

"영국에 다녀왔어요." 채드가 경쾌하게 바로 대답했다. 그러나 더 자세한 설명은 없이 이렇게만 덧붙였다. "가끔씩 좀 떠나 있을 필요가 있잖아요."

스트레더 역시 자세한 사실을 원한 건 아니었다. 단지 자신의 질문을, 말하자면 정당화할 필요는 있었다. "당연히 원하는 건 무엇이든 자유롭게 할 수 있지. 단지 이번에 떠난 게 나 때문이 아니었기를 바라네."

"아저씨를 그렇게 괴롭힌 게 너무 부끄러워서 말입니까?" 채드가 웃었다. "아, 아저씨, 제가 아저씨를 위해서라면 무슨 일인들 못 하겠어요?"

그에 대한 손쉬운 대답은 바로 그런 자세를 바라고 그가 왔다는 것이었다. "자네의 앞길에 방해가 될 위험까지 감수하면서 내가 지금까지 기다린 건 분명한 이유가 있어서였어."

채드가 알아들었다. "아, 그럼요. 가능하다면 더 나은 인상을 줄 수 있도록 말이죠." 그러더니 그런 것은 잘 안다는 분위기를 풍기며 만족스러운 태도를 보였다. "우리가 그 일을 해냈다고 보시는 것 같아 기뻐요."

그 말에는 가벼운 아이러니가 담겨 있었지만, 스트레더는 해야 할 말이 있었으므로 그 문제에 집중하기 위해 그냥 넘어갔다. "남은 시간, 그러니까 그들이 유럽에 머물러 있는 그 시간이 필요하다는 생각이 들었다면 그 이유가 무엇이었는지 이제 알겠어." 그가 설명을 이어 갔다.

그는 마치 칠판 앞에서 뭔가를 증명하는 선생님처럼 엄숙하고 명확하게 말했고, 채드는 줄곧 머리 좋은 학생처럼 그를 대했다. "모든 일을 끝까지 겪어 보고 싶으셨던 거죠."

다시금 스트레더는 잠깐 말을 멈췄다. 시선을 돌려 열린 창문 너머 컴컴한 바깥 풍경에 빠져 있다가 말했다. "은행에 가서 어디로 편지를 보내면 그들이 받을 수 있는지 알아볼 작정이네. 내 쪽에서의 마지막 통지로 알고 그쪽에서 기다리고 있는 편지를 내일 아침에 쓸 거고, 그럼 곧 받아 볼 수 있겠지." 그가 다시 채드 쪽으로 시선을 돌렸을 때, 그 말 속 복수 대명사의 뜻이 여지없이 그의 표정에 반영되어 있었다. 그렇게 그의 증명은 끝이 났다. 그러고는 마치 자신에게 말하듯 덧붙이는 것이었다. "물론 내가 앞으로 할 일이 정당한지 먼저 증명해야겠지!"

"그걸 아주 멋지게 증명하고 계시잖아요!" 재드가 외쳤다.

"자네에게 떠나지 말라고 충고하려는 게 아니라, 가능하다면 아예 그런 생각조차 버리게 하려는 거야. 따라서 자네에게 성스러운 모든 것을 걸고 내가 호소함세." 스트레더가 말했다.

채드가 놀란 표정을 지었다. "도대체 왜 제가 그런 일을 할 거라고 생각하세요?"

"자네는 내 말처럼 그저 나쁜 놈 정도로 그치지 않을 거야." 그러거나 말거나 스트레더가 말을 이었다. "정말 극악무도한 죄인이 될 거라네."

정말 자신을 의심하고 있는 건지 알아내려는 듯이 채드가 예리한 눈초리로 그를 응시했다. "도대체 왜 제가 비오네 부인이 지겨워졌다는 생각을 하시는지 모르겠는데요."

왜인지는 스트레더 역시 잘 알 수 없었다. 상상력이 풍부한 사람에게 그런 식의 인상이란 언제나 너무나 섬세하고 손에 잡을 수 없이 막연한지라 그 자리에서 증거를 내보일 수는 없는 법이다. 그렇지만 어쨌든 그로서는, 지겨워졌다는 것을 가능한 동기로 암시하는 채드의 바로 그 모습에서 약간의 불길한 조짐을 느낄 수 있었다. "그녀가 자네를 위해 얼마나 많은 일을 해 줄 수 있을지 알 수 있어. 아직 끝나지 않았거든. 적어도 그녀가 아직 해 줄 게 남아 있는 동안은 그녀를 떠나지 말게."

"그런 후에는 그녀를 떠나란 말인가요?"

채드는 줄곧 미소를 띠고 있었지만, 스트레더의 눈에 그 미소가 약간 메말라 보였다. "그전에는 떠나지 말란 말이야. 얻을 수 있는 걸 다 얻었을 때는……." 그가 좀 엄숙하게 덧붙였다.

"그때가 떠나기엔 적당한 때이겠지. 하지만 자네라면 그런 여성으로부터 얻을 수 있는 게 언제나 있을 것이기 때문에 이런 내 말이 그녀에게 폐가 되진 않을 걸세." 채드는 예의를 갖춰 공손하게 그의 말을 계속 듣고 있었는데, 그 강한 어조에 대한 호기심도 그대로 얼굴에 나타나 있었다. "알다시피 내가 과거의 자네를 기억하잖아."

"형편없는 바보였죠, 그렇죠?"

마치 용수철을 누르기라도 한 양 그 대답이 바로 튀어나왔다. 준비된 느낌이 너무 강했기 때문에 그가 눈살을 찌푸렸고, 그래서 대답하기 전에 잠깐 짬이 필요했다. "분명 그때의 자네는 내가 이런 일을 굳이 해 줄 만한 가치가 있어 보이진 않았지. 자네는 아주 딴사람이 되었어. 대여섯 배는 더 나아졌다고 봐야지."

"그래요, 그럼 그걸로 충분한 거 아닌가요?"

채드가 우스갯소리처럼 한번 떠봤는데 스트레더는 무슨 뜻인지 알 수가 없었다. "충분하다니?"

"지금까지 쌓아 놓은 걸로 앞으로 그냥 먹고살 생각이라면 말이에요." 하지만 상대방이 그 농담에 전혀 호응하지 않자 젊은이는 바로 정색을 하고 말했다. "당연히 그녀에게 진 빚은 밤이나 낮이나 절대 잊지 않아요. 모든 게 그녀 덕이니까요." 그가 툭 터놓고 똑똑히 말했다. "제 명예를 걸고 말씀드리지만 전 조금도 그녀가 지겨워지지 않았어요." 이 말에 스트레더는 그저 그를 빤히 쳐다보았다. 젊은 사람들이 자기 생각을 거리낌 없이 표현하는 모습은 보면 볼수록 얼마나 놀라운지. 결국 상당한 해를 입힐 수도 있겠지만, 지금 그런 의도는 없었다. 그러나 그녀가 '지겨워지지' 않았다는 그 말은 거의 저녁으로 구운 양고기를 하도 먹어서 지겹다는 투였다. "지금까지 그녀는 단 한순간도 저를 지겹게 한 적이 없어요. 정말 슬기로운 여자도 간혹 요령이 부족한 때가 있는데 그런 적도 전혀 없어요. 슬기로운 여자들이 역시 때때로 그렇듯이 자신의 요령에 대해서 떠드는 일도 없었지요." 그가 멋지게 강조했다. "그러면서도 언제나 요령이 있고, 최근에는 그 어느 때보다 정말 그랬죠." 그러더니 조심스럽게 좀 더 밀고 나갔다. "짐으로 느낀 적은 단 한 번도 없었어요."

스트레더는 잠시 말이 없었다. 그러더니 더욱 건조한 분위기로 무겁게 입을 열었다. "자네가 그녀에게 정당한 대우를 하지 않는다면⋯⋯."

"짐승만도 못한 놈인 게 분명하다는 거죠, 예?"

스트레더는 그가 어떤 놈이 될지 굳이 시간을 들여 말하지 않았다. 그렇게 되면 분명히 한참을 이야기해야 할 테니까. 하지만 그럴 수밖에 없다면 반복한다 해도 잘못은 아닐 것이었다. "자네는 모든 면에서 그녀의 덕을 봤어. 그녀가 자네로부터 받을 수 있는 것과는 비교할 수 없을 만큼 훨씬 더. 다시 말하자면 자네는 그녀에게 의무가 있고, 그것도 아주 실질적이고 중요한 종류의 의무이지. 지금 자네 앞에 다른 의무가 나타나긴 했지만, 어떤 다른 의무가 그보다 더 중요할 수 있을지 나로선 모르겠네."

채드가 미소를 지으며 그를 바라봤다. "다른 의무야 당연히 아저씨가 잘 알고 계시죠, 그렇죠? 그걸 제게 알려 준 사람이 바로 아저씨니까 말이에요."

"상당 부분은 그렇지. 내가 할 수 있는 한 그러려고 했고. 하지만 전부는 아니지. 자네 누이가 내 자리를 차지한 다음부터는 말이야."

"그건 아니에요." 채드가 대답했다. "물론 자리를 차지하긴 했죠. 하지만 제가 처음부터 알았다시피, 절대 아저씨의 자리는 아니에요. 우리에게 아저씨 자리를 차지할 사람은 아무도 없을 거예요. 있을 수 없는 일이죠."

"아, 물론, 그건 나도 알고 있었어." 스트레더가 한숨을 쉬며 말했다. "자네 말이 분명 맞아. 상상하건대 어느 누구도 나처럼 유별나게 고지식할 수는 없겠지. 바로 그거야." 가끔씩은 그러한 사실이 피곤하기라도 한 듯 또다시 한숨을 쉬며 그가 덧붙였다. "어쩌다 보니 내가 그렇게 되었어."

채드는 스트레더가 어떻게 되었다는 건지 잠시 생각하는 듯했다. 그러느라 그를 이리저리 재어 보았는지도 몰랐다. 그런 후 내린 결론은 호의적이었다. "아저씨는 더 나은 사람이 되기 위해 어느 누구의 도움도 필요 없었어요. 그 정도로 훌륭한 사람은 없었으니까요. 누구도 그럴 수는 없었을걸요." 젊은이가 단언했다.

그에 상대방은 조금 머뭇거렸다. "미안하지만, 꼭 그렇진 않아."

채드는 한편으로 재미있어 하면서도 믿을 수 없다는 표정이었다. "누가 그랬다는 섭니까?"

스트레더가 보일까 말까 한 미소를 보이며 말했다. "여자들이지, 역시."

"'두 사람'[7]이나요?" 채드가 잠깐 뚫어지게 쳐다보더니 웃었다. "그런 일을 한 사람이 한 명 이상이었다는 건 믿을 수가 없는데요! 아저씨 말은 알아듣고도 남겠어요." 그가 덧붙였다. "어쨌거나 정말 끔찍한 일은 이제 아저씨를 못 본다는 거죠."

스트레더는 떠날 채비를 하다가 멈칫했다. "두려운가?"

"두렵냐고요?"

"무슨 잘못을 저지를까 봐 말일세. 그러니까 이제 내 눈에 띄지 않으니까." 채드가 대답하기도 전에 그가 다시 말을 이었다. "사실 내가 확실히 굉장하긴 하지." 그러곤 웃었다.

"맞아요, 아저씨가 그동안 우리를 얼마나 빌어먹게 버려 놨는지……!" 강조하기 위한 거라도 채드의 입장에서 그런 표현은 지나치게 과도한 것일 수 있었다. 하지만 어쨌든 분명한 의도는 그를 안심시키기 위한 것이었으므로, 의구심을 갖지 말라는 호소와 약속한 바를 이행하겠다는 단호한 약속을 동반했다. 그는 현관에서 모자를 집어 들고는 스트레더와 함께 집을 나서 계단을 내려갔다. 도와주고 길을 인도하듯 애정 어린 손길로 그의 팔을 붙잡았다. 나이 들고 허약한 사람이라기보다는 자신을 상냥하게 봐 달라고 호소하는 괴팍하지만 고귀한 인물에게 하듯 다음 모퉁이에서 그다음 모퉁이를 지나며 걸어가는 동안 계속 그랬다. "굳이 얘기하지 않으셔도 돼

---

7) 채드는 역시라는 'too'를 두 사람인 'two'로 알아들었다

요, 굳이 하실 필요 없어요." 함께 걷는 동안 그는 다시 그 점을 스트레더에게 알려 주고 싶었다. 다정하게 작별을 고하는 이 순간 그가 굳이 하지 않아도 되는 이야기는 무엇이 되었든 결국 지금에 와서 그가 알아야 할 것들이었다. 그가 알 건 다 알고 있다는 것을 정말이지 채드는 느낄 수 있었다. 그는 이해했고, 느꼈고, 그의 맹세를 기억해 놓은 것이다. 그리고 그들이 만난 첫날 밤 스트레더의 호텔로 걸어가던 때 그랬듯이 그들은 여전히 미적거렸다. 스트레더는 지금 이 순간 얻을 것은 다 얻었고, 줄 수 있는 것도 다 주었다. 마지막 남은 한 푼까지 다 써 버리기라도 한 듯 완전히 바닥이 났다. 하지만 그들이 완전히 헤어지기 전에 채드가 살짝 기대하고 있는 한 가지가 아직 남아 있는 듯했다. 상대방에게는 굳이 말하지 않아도 된다고 했으면서, 정작 자신은 요즘 광고 기술에 대해 좀 알아보고 있었다는 말을 꺼낼 수는 있겠다 싶었던 것이다. 그가 불쑥 이 사실을 언급하자, 스트레더는 이상하게 연관은 없지만 광고에 다시 관심을 가지게 된 것이 그가 런던에 간 이유였을지도 모른다는 생각이 들었다. 좌우간 채드는 그 문제를 나름대로 살펴보았고, 그래서 확 눈이 뜨이는 경험을 한 듯했다. 과학적으로 행해진 광고가 새로운 위대한 힘으로 등장하게 되었다고 했다. "정말 대단한 일을 하거든요."

첫날 밤과 마찬가지로 그들은 가로등 아래에서 서로 마주 보고 서 있었는데, 확실히 스트레더는 어리둥절한 표정이었다. "상품의 판매량에 영향을 준다는 점에서 말인가?"

"그렇죠, 하지만 그 영향력이 아주 놀라울 정도예요. 보통 생각하는 수준을 훨씬 뛰어넘죠. 물론 정신없이 변하는 지금 시대에 활용될 수 있는 방식으로 활용될 때 그렇지만요. 조사를 좀 해 봤어요. 여기서 처음 만났던 날 아저씨가 대부분을 아울러 생생하게 설명해 주신 것에 비해 훨씬 많아졌다고 볼 수는 없지만요. 다른 예술 장르와 마찬가지로 광고도 예술이어서 역시 무한한 가능성이 있어요." 마치 재미 삼아 말하듯이, 스트레더의 표정이 재미있기라도 한 양 그가 말을 이었다. "당연히 어떤 장인의 손에서 나올 때만 그렇죠. 거기에 적합한 사람이 그 일을 맡아야 해요. 적임자가 그 일을 하게 되면 대단해지는 거죠."

그동안 스트레더는 마치 채드가 뜬금없이 보도 위에서 현란한 스텝을 밟으며 춤이라도 추기 시작한 듯한 표정으로 그를 빤히 쳐다보고 있었다. "그래서 자네 생각에 지금 염두에 두고 있는 그 분야의 적임자가 자네라는 건가?"

채드는 얇은 코트를 뒤로 확 젖히더니 조끼의 양쪽 진동 부분에 엄지손가락을 찔러 넣었다. 그러더니 그런 채로 손가락을 위아래로 까닥거렸다. "아니, 아저씨가 여기 오셨을 때 생각했던 제 모습이 바로 그게 아니었나요?"

스트레더는 약간 어지럼증이 일었지만 어떻게든 집중하려고 애썼다. "아, 물론이지. 자네의 타고난 성향으로 보건대 그런 자리의 적임자에게 요구되는 자질을 많이 갖고 있으니까. 지금 시대에 있어서 광고는 단연코 사업의 비결이야. 거기에 혼신을 다한다면 자네를 통해 그 사업이 번창할 가능성은 상당히 열려 있다고 봐야지. 자네 모친이 자네에게 원했던 것도 바로 그것이고, 그런 점에서 모친의 주장이 설득력이 있는 거지."

채드는 계속 손가락을 빙빙 돌리고 있었는데 돌연 김이 빠진 모양이었다. "아, 어머니 주장은 예전에 다 얘기가 끝난 거잖아요!"

"나도 그렇게 생각하네. 그럼 이 얘기는 왜 꺼낸 건가?"

"그냥 그게 애초에 함께 대화를 나눴던 주제이니까요. 시작한 데서 끝을 내자, 제 관심은 그렇게 순전히 이론적인 겁니다. 그래도 어쨌든 사실은 사실이에요. 가능한 사실이죠. 그러니까 거기에 걸린 돈 말이에요."

"그런 돈 따위 집어치워!" 스트레더가 말했다. 그리고 젊은 이의 얼굴에 서린 미소가 굳어지며 묘한 분위기를 띠자 물었다. "거기 걸린 돈 때문에 친구를 버릴 셈인가?"

다른 태도가 변함없듯 그의 찡그린 듯한 멋진 미소도 그대로였다. "그 대단한 '고지식함' 때문에 아저씨도 완전히 자상하신 건 아니군요. 제가 아저씨 말씀은 뭐든지 다 듣지 않았나요? 아저씨가 제게 얼마나 소중한지 보여 드리지 않았나요? 죽을 때까지 그녀에게 딱 붙어 있는 일이 지금까지 제가 해 온 것이고 지금도 하고 있는 게 아니면 뭔가요?" 그가 온순하게 설명하듯 말했다. "다만 그렇게 딱 붙어 있다가도 죽음이라는 문제가 들어오는 지점이 있는 거잖아요. 그 때문에 걱정하지는 마세요." 그가 말을 이었다. "뇌물을 발로 걷어차기 전에, 그게 어느 정도인지 '따져 보는' 것도 기분이 괜찮거든요."

"아, 그저 발로 걷어찰 뇌물이 얼마만 한지 궁금한 거라면 그건 아주 어마어마하네."

"좋아요. 자 그럼 갑니다!" 채드는 놀라운 기백으로 발을 놀리더니 그 상상의 물체를 멀리 보내 버렸다. 따라서 그들은 다시 한번 그 문제를 말끔히 정리하고 정말 그들에게 중요한 문제로 다시 돌아갈 수 있게 된 듯했다. "물론 내일 다시 아저씨를 보러 올게요."

하지만 스트레더는 그런 그의 계획에 거의 주의를 기울이지 않았다. 그에게는 여전히 채드가 생뚱맞게 혼파이프를 불며 춤을 추고 있다는 인상이 남아 있었고 그것은 발로 차 버리는 시늉에도 사그라들지 않았다. "자네 꽤나 들썩거리는군."

"아!" 헤어지면서 채드가 대답했다. "아저씨가 워낙 절 신나게 하잖아요."

5

그는 이틀이 안 되어 또 다른 작별 인사를 해야 했다. 아침 일찍 마리아 고스트리에게 인편으로 편지를 보내 아침 식사를 하러 가도 되겠냐고 물었다. 그래서 그녀는 자신의 네덜란드풍 식당의 시원한 그늘 아래에서 그를 기다렸다. 이 아늑하고 조용한 장소는 집 뒤편에 있었는데, 현재 진행 중인 개발로 사라질 수도 있었던 위기를 모면한 작고 오래된 정원이 내다보였다. 그를 환대하는, 작지만 유별나게 빛이 나는 이 식탁 아래에 발을 넣고 앉은 것이 이번 말고도 한두 번 더 있었음에도, 기분 좋은 익숙함과 친밀한 매력, 고풍스러운 분위기와 거의 위엄이 느껴지는 말쑥함에 있어서 이곳이 이렇게나 신성하게 다가온 적은 없었다. 전에 이 집 주인에게 말한 바 있듯이, 그곳에 앉아 있으면 훌륭하게 관리된 백랍[8] 그릇에 잠시 삶이 비치는 것을 바라보는 기분이 들었다. 원시 삶에 어울리고 삶을 나아 보이게 했기에 거기에서 눈을 떼지 못한 채 어느새 위안을 받곤 했다. 어쨌든 스트레더의 눈은 지금 그 매력에 빠져 위안을 받고 있었고, 이번이 마지막이므로 더욱 그러했다. 그가 앉은 식탁은 식탁보가 없어도 흠잡을 데 없는 표면과 그 위의 작고 오래된 그릇과 오래된 은식기를 자랑하고 있었는데, 방 여기저기에 멋지게 놓인 조금 더 중요한 물건들과 조화를 이루고 있었다. 특히 푸른색이 선명한 대표적인 델프 그릇은 가족의 초상화에 버금가는 위엄을 띠었다. 바로 그 그릇을 앞에 두고 우리의 주인공은 마음을 비웠다는 듯이 자신의 생각을 털어놓았다. "더 이상 기다릴 건 없어요. 이제 할 만큼 다 한 것 같아요. 모든 면을 두루두루 다 보여 줬으니까요. 채드를 만났는데, 런던에 갔다가 돌아온 참이라고 하더군요. 내가 자기를 '신나게' 한다나요. 정말이지 내가 모두를 상당히 언짢게 했나 봐요. 그래도 어쨌든 그는 신나게 만든 거지요. 누가 봐도 아주 들썩거리더라고요."

"저 역시 신나게 만들었는걸요." 고스트리 양이 미소를 지었다. "저 역시 분명 들썩거리고 있고요."

"아, 당신은 내가 처음 만났을 때도 그랬어요. 오히려 내가 당신을 그 상태에서 빼낸 것 같은데." 그러곤 주위를 둘러보며 물었다. "여기가 고대의 평화로움이 깃든 장소가 아니면 무엇이겠어요?"

"정말 진심으로 당신이 이곳을 좋은 안식처로 여겼으면 해요."

---

8) 주석과 납의 합금.

그녀가 바로 대꾸했다. 이에 두 사람은 입 밖에 내지 않은 어떤 말이 허공에 감도는 듯 식탁을 사이에 두고 마주 보았다.

스트레더가 이윽고 입을 열었을 때는 나름대로 그 문제를 언급했다고도 할 수 있었다. "분명 당신이 여기서 얻는 것을 나는 얻지 못할 거예요. 그게 곤란한 부분이지요." 의자에 등을 기대고 앉아, 잘 익은 작은 멜론에 시선을 둔 채 그가 설명했다. "난 내 주변의 것들과 진정으로 조화를 이루지 못해요. 당신은 분명 그렇지만요. 나는 그걸 너무 힘들게 받아들이니까요. 당신에게는 그렇지 않잖아요. 그래서 문제는 결과적으로 내가 바보 같다는 기분이 든다는 거예요." 그러더니 갑자기 다른 화제로 넘어갔다. "그런데 그는 런던에서 도대체 뭘 했을까요?"

"아, 런던에야 그냥 갈 수 있지요." 마리아가 웃었다. "아시지만 저도 갔었잖아요."

그랬지, 그가 그 일을 떠올렸다. "그리고 나를 데리고 왔지요." 그가 그녀의 맞은편에서 생각에 잠겼는데, 침울한 기색은 없었다. "채드는 누구를 데리고 왔을까요? 머릿속에 온갖 생각이 가득하더라고요." 그가 덧붙였다. "오늘 아침 일어나자마자 세라에게 편지를 썼어요. 그러니 이제 모든 셈은 끝난 거죠. 그들을 맞을 준비가 되었어요."

그녀는 다른 부분은 무시하고 관심이 가는 한 부분에 집중했다. "지난번에 마리가 말하기를 그에게 엄청난 사업가 기질이 있는 것 같다던데요."

"그것 봐요. 그 아버지에 그 아들이라니까!"

"하지만 어떻게 그런 아버지에게서!"

"아, 그런 시각에서 보자면 아주 딱 맞지요!" 스트레더가 덧붙였다. "하지만 내 마음에 걸리는 건 부친에게 물려받은 부분이 아니에요."

"그럼 뭔데요?" 그는 다시 앞에 차려진 음식을 먹기 시작했다. 그녀가 푸짐하게 썰어 놓은 먹음직스러운 멜론을 집어 들었다. 그걸 다 먹은 뒤에야 그 질문에 대답했는데, 그나마도 그저 곧 대답해 주겠다는 말뿐이었다. 그래서 그녀는 그를 지켜보고 먹을거리를 내어 주고 즐겁게 해 주며 기다렸다. 울렛에서 그들이 생산하는 제품이 뭔지 아직 알려 주지 않았다는 사실을 다시 상기시키게 된 것도 아마 곧 대답해 주겠다는 그 말 때문이었을 것이다. "런던에 있을 때 얘기했던 것 기억해요? 연극 보러 갔던 그날이었죠." 하지만 그가 기억한다고 미처 대답하기도 전에 다른 문제를 끄집어냈다. 만난 지 얼마 안 되었을 때인데 이 일 기억하나요? 그럼 이건 기억하나요? 그는 그 모두를 기억했다. 심지어 그녀가 재미 삼아 전혀 기억에 없다고 하거나 절대 그럴 리가 없다고 부인하는 일까지 기억해 냈다. 그리고 무엇보다 만난 지 얼마 안 되었던 그 당시 그들의 가장 큰 관심사로서 둘 다 궁금해했던 문제, 곧 과연 그가 '마지막에 어떤 모습이 될지'의 문제에 이르렀다. 아주 놀라운 모습일 거라고 가정했더랬다. 정말 확연히 다른 모습일 거라고. 글쎄, 사실이 그렇다는 것은 의심의 여지가 없었다. 그는 정말 그렇게 되었으니까. 가능한 가장 다른 모습으로 변했고, 지금으로서는 약간은 다시 되돌아가는 일을 생각해야 했다. 그는 최근 자신의 행적을 보여 줄 만한 이미지 하나를 곧바로 떠올렸다. 베른9)에 있는 오래된 시계의 인물상이 그것이었다. 그것은 정해진 시간에 시계탑 한쪽에서 튀어나와 사람들이 볼 수 있게 춤을 추며 정해진 길을 돌아 다른 쪽으로 들어간다. 그와 마찬가지로 그 역시 춤을 추듯 정해진 길을 걸어왔고, 이제 겸손하게 물러나야 할 때가 온 것이다. 정말로 알고 싶다면 울렛에서 만드는 그 대단한 제품이 뭔지 이제는 말해 주겠다고 했다. 그것은 지금까지의 모든 일에 대해 시사하는 바가 아주 많을 것이었다. 이에 그녀는 그의 말을 막았다. 알고 싶은 생각이 없을뿐더러 단연코 모르는 채로 살 것이라고 했다. 거기서 많은 덕을 보긴 했지만 이제 울렛의 제품과는 끝이므로 더 이상 그에 대해 알고 싶은 마음도 없다는 것이었다. 그러면서 자신이 알기로는 비오네 부인 역시 채드가 기꺼이 알려 주려고 했던 그 제품에 대해 전혀 모르고 살았다는 말도 했다. 포콕 부인이 굳이 들이밀면 듣기야 했겠지만, 절대 본인이 원해서 알려고 들지는 않았다는 것이다. 하지만 보아하니 포콕 부인은 그다지 잘 아는 문제가 아닌지 한 번도 그것을 입에 올린 적이 없었고, 따라서 이제는 아무 의미도 없다고 했다. 확실히 마리아 고스트리에겐 한 가지 뚜렷한 점을 제외하고는 다 별 의미가 없었다. 그녀가 이내 그것을 끄집어냈다. "혼자 알아서 해야 하는 상황이 되면 뉴섬 씨가 결국 미국으로 돌아갈 수도 있다는 생각을 하고 계신 건지 모르겠

---

9) 스위스의 수도이자 베른주의 주도.

네요. 방금 당신이 한 말로는 지금으로선 그게 얼마간 사실이라는 걸 알 수 있지만요."

이다음에 어떤 말이 나올지 예상하듯 스트레더는 상냥하면서도 주의 깊게 그녀를 바라보면서 말했다. "돈 때문일 것 같지는 않아요." 그리고 그녀가 확실히 이해하지 못한 듯하자 덧붙였다. "내 얘기는 그녀를 포기한다면 그게 돈 때문은 아닐 거라는 거죠."

"그럼 결국 그녀를 포기할 거란 말이에요?"

스트레더는 잠시 대답을 미뤘다. 그러더니 다소 느긋하고 신중하게, 말로는 아니지만 여러 은근한 방식으로 이해심을 가지고 참아 달라고 부탁하면서 그녀와 마지막으로 함께하는 이 아련한 시간을 연장시키려 했다. "지금 나한테 물어본 게 뭐였죠?"

"다시 관계를 회복하기 위해 그가 할 수 있는 게 있나요?"

"뉴섬 부인과요?" 이름을 입 밖에 내기는 좀 그런지 그녀는 표정으로만 그렇다는 대답을 했다. 하지만 바로 덧붙여 물었다. "아니면 그쪽에서 그렇게 나올 수 있게 그가 할 수 있는 거라든지요."

"나와의 관계를 회복하도록 말이에요?" 그는 비로소 단호하게 고개를 저으며 대답했다. "그 누구라도 해 볼 수 있는 일은 없어요. 우리 둘 다에게 다 끝난 일이에요."

마리아는 여전히 미심쩍은 구석이 있는 모양이었다. "그녀에 대해 그렇게 확신할 수 있어요?"

"아, 그럼요. 이젠 확신해요. 너무 많은 일이 생겼고, 그녀가 보기에 난 다른 사람이 되었으니까요."

그러자 그녀가 그 말을 인정하며 크게 한숨을 내쉬었다. "알겠어요. 당신에게 그녀도 그만큼 다른 사람이 되었을 테니……"

"아니, 그건 아니에요." 그가 끼어들었다. 그리고 고스트리 양이 의아한 표정으로 쳐다보자 말했다. "그녀는 똑같아요. 그어느 때보다 똑같은 그 사람이죠. 그냥 내가 예전엔 못 했던 일을 하게 된 거예요. 그녀를 정말로 보게 된 거죠."

책임감을 느끼듯 진지하게 그가 말했다. 이제 그 생각을 공개적으로 선언해야 했으니 말이다. 그 결과 분위기가 약간 엄숙해졌고, 그래서 그녀는 그저 '아!'라고만 내뱉었다. 하지만 흐뭇하고 고마운 마음으로 그녀가 던진 다음 질문은 그의 진술을 받아들였음을 나타냈다. "그럼 미국에 무엇 때문에 돌아가시는 거예요?"

그 문제의 다른 측면에 마음이 쏠려서 그는 앞서 접시를 약간 밀쳐 놓은 터였다. 사실상 그쪽 측면으로 피신했고 마음이 뭉클해졌기 때문에 그는 곧 자리에서 일어섰다. 그는 틀림없이 그녀에게서 나오리라 보았던 그 말을 미리 예상하며 감정이 흔들리고 있었다. 할 수 있었다면 아주 부드럽게 그 상황을 미연에 방지했다면 좋았겠지만, 이미 그 문제가 나온 이상가능한 한 부드러우면서도 다시 그 말이 나오지 않도록 더욱 단호하려 했다. 하지만 잠깐 그 문제를 제쳐 놓고 채드에 대해서 좀 더 부연했다. "어젯밤에 그에게 그녀를 버린다면 너무나 파렴치한 일이 될 거라고 하니까 비할 바 없이 훌륭하게 맞서

더군요."

"그런 식으로 말한 거예요? 파렴치하다고?"

"당연하죠! 얼마나 비열한 인간이 될지 조목조목 짚었고, 그도 상당히 동의했어요."

"그럼 사실상 꼼짝 못 하게 만든 거나 진배없네요."

"진배없기는 하죠! 내가 저주할 거라고 했으니까."

"아." 그녀가 미소를 지었다. "이미 그렇게 한 것 같은데요." 그리고 한 번 더 생각해 보더니 말했다. "그렇게까지 하고 청혼한다는 건 거의……!" 그녀가 그의 표정을 살폈다.

"뉴섬 부인에게 말이에요?"

그녀가 다시금 주저했지만 결심한 듯 말을 꺼냈다. "당신 쪽에서 청혼했을 거라곤 전혀 믿지 않았어요. 사실 그녀 쪽에서 했을 거라는 게 제가 항상 가지고 있었던 생각이었죠. 이해할 만한 일이기도 하고요." 그녀가 설명했다. "제 말은, 그런 기분으로는, 그러니까 그런 식의 저주하는 기분으로는 틀어진 관계를 어떻게 해 볼 여지가 없다는 거지요. 당신이 채드에게 어쨌는지를 알면 이제 절대 당신을 위해 손가락도 까딱하지 않을 거잖아요."

"난 내가 할 수 있는 건 다했어요." 스트레더가 말했다. "더는 어떻게 해 볼 수 없을 만큼. 채드는 자신이 그 관계에 헌신하고 있고 그러지 않는다면 얼마나 끔찍할지 잘 안다고 주장해요. 하지만 내가 정말 그를 구해 낸 건지 확신이 들진 않아요. 과하다 싶게 강조했거든요. 어떻게 꿈에라도 싫증이 났다는 생각을 할 수 있느냐고 묻더라고요, 하지만 그는 아직 앞

334

날이 창창하니까.”

마리아는 그의 말을 알아들었다. “그는 다른 사람들을 기쁘게 해 주도록 길러졌어요.”

“그리고 그렇게 기른 게 바로 우리의 친구 비오네 부인이고요.” 스트레더는 거기에서 기이한 아이러니를 느꼈다.

“그러면 딱히 그의 잘못도 아니네요!”

“어쨌든 그가 지닌 위험이기는 하죠.” 스트레더가 말했다. “그러니까 그녀가 처한 위험이란 거죠. 하지만 그녀도 알고 있어요.”

“그래요, 알고 있죠.” 고스트리 양이 물었다. “그럼 당신 생각에는 런던에 다른 여자가 있을 것 같아요?”

“그렇기도 하고 아니기도 하고. 그쪽으로는 전혀 생각하고 싶지 않아요. 그 생각이 두려워요. 이제 다 끝이니까요.” 그러곤 그녀에게 손을 내밀었다. “잘 있어요.”

그 말에 그녀는 아까 답을 듣지 못했던 질문으로 다시 돌아갔다. “미국에 뭐가 있어서 돌아가시는 거예요?”

“모르겠어요. 언제나 무엇이든 있기 마련이죠.”

“하지만 무척 달라졌겠죠.” 그녀가 손을 잡은 채로 말했다.

“물론 그렇겠죠. 하지만 그래서 뭘 어떻게 할 수 있을지는 두고 봐야죠.”

“아무리 좋은 걸 해낸다 한들……?” 그러나 그녀는 뉴섬 부인이 했던 일을 기억해 내고는 더 이상 말을 잇지 않았다.

그는 충분히 그 의도를 이해했다. “지금 이 순간 이 장소만큼 좋은 게 있겠냐고요? 당신의 손길로 만들어 낸 이 모든 것

만큼 좋은 것이?" 그는 잠시 말을 멈췄다. 그가 서 있는 그곳
의 모든 것, 그녀가 기꺼이 주고자 하는 그것, 한마디로 남은
여생 동안 섬세한 보살핌을 받으며 걱정 없이 살 수 있는 삶이
진실로 그를 유혹하듯 사로잡았기 때문이었다. 그녀의 집은
부드럽게 사방을 벽으로 둘러싸고 따뜻하게 지붕으로 덮어 주
면서 또한 그렇게 엄연하게 고급스런 취향을 보여 주고 있었
다. 그리고 그 취향의 기본은 아름다움과 교양이었다. 그런 것
을 귀하게 여기지 않는다면 그것은 뭘 잘 모르거나 거의 어리
석은 일이었다. 그렇지만 그것들이 그에게 하나의 기회로 다가
온 것은 잠시뿐이었다. 게다가 그녀도 이해할 것이었다. 그녀
는 언제나 이해했으니까.

정말로 그럴 테지만, 지금의 그녀는 계속 고집했다. "아시겠
지만 당신을 위해 제가 못 할 일은 하나도 없어요."

"아, 그럼요. 나도 알아요."

"무엇이든 정말 다 할 수 있어요." 그녀가 되풀이했다.

"알아요. 알고 있어요. 하지만 그래도 난 가야 해요." 드디어
그가 분명히 말했다. "정당한 입장이 되기 위해서요."

"정당한 입장이라고요?"

약간의 항의를 담아 그렇게 되묻긴 했지만, 이미 그녀에게
그 의미가 분명해졌음을 그는 알았다. "알다시피 그게 내 유일
한 논리잖아요. 이 일 전체를 통틀어 절대 나 자신은 덕을 보
지 않는다."

그녀는 곰곰 생각했다. "하지만 당신이 지금까지 받은 그
놀라운 인상들을 생각하면 이미 무척 많은 것을 얻은 셈이잖

아요."

"무척 많이 얻었죠." 그가 동의했다. "하지만 당신 같은 존재
는 안 돼요. 나를 그릇된 입장에 빠뜨릴 수 있는 게 바로 당신
이거든요."

정직하고 좋은 사람이었으므로 그녀는 이해 못 하겠다는
시늉을 할 수는 없었다. 그래도 약간 시도는 해 볼 수 있었다.
"하지만 왜 그렇게 지독하게 정당해야 하는 거예요?"

"내가 어쩔 수 없이 가야 한다면, 바로 그런 모습이 당신 자
신이 정말로 바랄 모습일 테니까요. 나로서는 떠나는 수밖에
없어요."

그녀는 그 사실을 받아들일 수밖에 없었지만, 여전히 통하
지 않는 항의를 했다. "딱히 당신의 '정당한' 모습은 아니에요.
오히려 정당해지는 법을 끔찍하게 잘도 알아보는 당신의 그
예리한 눈이지요."

"하지만 당신도 나만큼 나빠요. 내가 그 점을 지적하면 당
신도 날 이길 수 없잖아요."

그녀는 결국 온통 비극적이면서 또 온통 희극적으로 한숨
을 내쉬며 그 문제를 마무리지었다. "정말이지 당신은 이길 수
가 없어요."

"그것 봐요!" 스트레더가 말했다.

분별하는 인식의 눈을 위하여

1

『대사들』(1903)은『비둘기의 날개』(1902),『황금 주발』(1904)과 함께 헨리 제임스의 후기 걸작 중 하나로, 세 편 모두 난해하기로 이름이 높다. 그래서인지 제임스는 19세기 후반에서 20세기 초에 걸쳐 많은 작품을 발표한 영미 문학의 대표적인 작가이지만 우리나라에서 대중적으로 많이 알려진 편은 아니다. 주인공의 의식과 미묘한 상황 묘사에 중점을 두는 그의 문체가 읽기 만만치 않은 데다, '점잖은 전통(genteel tradition)'이라 불리는 상류층의 세련된 문화를 주로 다루기 때문일 것이다. 그가 작가로서 이름을 알린 「데이지 밀러」나『나사의 회전』같은 초기 소설들은 그나마 전통적인 사실주의적 기법으로 흥미로운 주제를 다뤄 대중에게 사랑을 받기도 했지만, 후기의 삼부작과 단편 소설들은 매우 난해해 일반 독자는 물론이고 문학 전공자들도 친숙하게 다가가기 어렵다. 그럼에도 그 삼부작이 제임스의 주요 작품으로 평가받는 이유는 그 난해함이 제임스 미학의 정점을 이루기 때문이다. 제임스의 난해함은 파편성이나 상징적 연상 등을 주요 특징으로 하는 모더니즘의 실험적 난해함과는 달리, 특정한 사회적 맥락에서 관계를 맺게 된 인물들의 인상과 의식의 망을 아주 조밀하게 펼쳐 놓는 데서 기인한다. 그의 작품에서 사건이나 상황들은 그 자체로서가 아닌 그 속에서 벌어지는 인상과 의식의 드라마를 위해 동원된다고도 볼 수 있다.

제임스는 미국 뉴욕에서 출생했으나 어렸을 때부터 유럽과 미국을 오가며 생활했고, 부모로부터 독립한 후에는 대부분 유럽이나 영국에서 생활하며 작품 활동을 했다. 그의 작품 세계는 크게 세 단계로 나뉜다. 사실주의적 경향이 두드러지는 초기 주제는 보통 '대서양 양안을 아우르는(trans-Atlantic)' 것으로 '국제 주제'라고도 불린다. 미국인과 미국의 특성을 구세계 유럽과의 관계 속에서 살펴보는 작품을 주로 썼고 그의 이름을 알린 단편 「데이지 밀러」가 대표적이다. 초기에서 중기로 넘어가는 시기의 대표 걸작이라 할 『여인의 초상』(1881)에서도 그 주제 의식은 이어진다. 「데이지 밀러」에서는 데이지 자신의 의식이 거의 드러나지 않고 그녀를 둘러싼 주변의 생각이나 편견 등이 주로 다루어지는 데 비해, 『여인의 초상』에서는 자신의 의도와 전혀 다른 삶의 결과를 마주하게 된 주인공 이사벨의 의식에 대한 탐구가 핵심적인 자리를 차지한다. 이런 점에서 제임스의 사실주의가 심리와 의식에 중심을 둔다고 평가되지만, 예를 들어 『워싱턴 광장』(1880)에서 볼 수 있듯 그의 작품에는 사회의 관습이나 편견에 대한 풍자와 위트 역시 두드러진다. 인물의 심리와 의식은 언제나 그들이 몸담고 있는 사회와 그 속에서 맺는 관계라는 구체적인 맥락에 놓여 있는 것이다.

중기에 제임스는 당시 친분이 있던 알퐁스 도데나 에밀 졸라 등 프랑스 자연주의 대가들의 영향을 받아 사회비평적인 작품을 쓰지만 대중적인 호응을 얻지 못했다. 연극에 관심을 보여 자신의 소설 『아메리칸』을 희곡으로 옮겨 무대에 올리기도 하고 『가이 돔빌』이라는 희곡을 직접 쓰기도 했는데, 특히 후자가 처참하게 실패한 뒤 연극에서 손을 뗀다. 그러나 연극적 요소에 대한 관심은 이후로도 그의 작품에 전반적인 영향을 주었다. 『사춘기』(1899)는 작품 전체적으로 연극적 분위기를 풍기고 그의 주요 시기로 일컬어지는 후기 걸작들에서는 무대 위에서 벌어지는 듯한 훌륭한 '장면들'이 탄생했다.

제임스는 20세기가 도래하자마자 『비둘기의 날개』, 『대사들』, 『황금 주발』을 연달아 출간하는데, 비평가 F. O. 매티슨은 이 세 작품을 그의 주요 시기를 대표하는 '삼부작'이라 일컬었다. 앞선 시기를 모두 집대성하는 듯한 이 작품들은 사회경제적 상황이나 관습, 가족 등을 포괄하는 사회적 맥락에 자리한 인물들이 인생을 걸고 내리는 결정과 거기서 파생되는 결과를 다루는데, 치밀한 관계의 망과 깊고 치열한 의식 과정이 두드러진다.

전업 작가로서 생활을 꾸려야 했던 제임스는 평생 수많은 단편들을 잡지에 연재했고 그 외에 여행기나 평론 등도 상당한 수에 이른다. 잘 알려진 「소설의 기예」를 비롯한 소설 이론뿐 아니라 평론도 많아서 비평가로서도 중요한 자리를 차지하는데, 특히 그의 삼부작 이후 출간된 스물네 권의 뉴욕판 전집에 붙인 서문은 자신의 평생의 작업과 문학관을 요약하는 것이기도 하다.

2

제임스는 서문에서 『대사들』이 "어느 모로 보나 가히 최고"라고 단언한다. 『비둘기의 날개』와 달리 작품을 쓰는 동안 전혀 불안이나 의심에 시달리는 일 없이 처음부터 끝까지 그 주제가 환하게 빛났다고도 한다. 주인공인 램버트 스트레더는 그의 어떤 주인공보다 제임스와 가깝게 느껴진다. 여성을 주인공으로 하는 작품이 워낙 많기도 하고 중년의 미국 남성은 특히 그의 작품 세계에서 보기 드물기 때문이다. 물론 스트레더와 작가인 제임스 사이에는 엄청난 간극이 있다. 무엇보다 신혼여행을 제외하고는 내내 뉴잉글랜드의 소도시에 박혀 살았던 스트레더는, 어려서부터 미국과 유럽을 오가고 인생 대부분을 유럽과 런던에서 지낸 제임스와는 비교할 수가 없다. 사실 그런 점에서라면 스트레더는 『아메리칸』의 주인공 크리스토퍼 뉴먼이 중년이 되었을 때의 모습이라거나 『여인의 초상』의 이사벨 아처의 남성 판이라고 볼 수도 있을 것이다.

그것은 곧 제임스가 초기 주제였던 '국제 주제'로 돌아가되 성숙한 버전을 만들었다는 뜻이기도 하다. 「호손론」에서 미국에 없는 것들을 나열하여 유럽과 비교하기도 했지만, 제임스에게는 전통이나 문명적 세련됨이 없는 젊은 미국을 노회하고 세상사에 밝을 뿐 아니라 때로 타락하기도 한 유럽과 대면시켜 비교하는 것이 언제나 중요한 주제였다. 당시 급속도로 공업화되어 엄청난 발전을 이루던 첨단 자본주의 국가 미국에는 자본이 넘쳐나고 신흥 부자들이 우후죽순 생겨났다. 그렇게 돈이 많아진 미국인들은 너도나도 유럽으로 몰려가 자신들의 부를 과시하며 유럽의 교양과 세련됨을 배워 보려고 했는데, 그 와중에 생겨나는 오해와 사건들이 '풍속 희극(comedy of manners)'처럼 다루어진다. 물론 제임스 작품에서 이러한 사건들은 데이지 밀러의 죽음이라든지 이사벨의 잘못된 결혼처럼 그냥 웃고 넘어가기에는 심각한 결과를 초래하지만, 거의 모든 제임스의 인물들이 처하게 되는 심각한 곤경에도 불구하고 두 세계의 대면은 언제나 풍자적이고 아이러니한 분위기를 풍긴다.

그런데 젊은 미국 남성이나 여성이 아닌 성숙한 중년 인물이 주인공이 되었을 때, 훨씬 원숙한 시각으로 유럽 세계를 바라보고 이해할 수 있는 잇점이 있지만 다른 한편으로 무엇이든 '하는 일'에 있어서는 너무 늦어 버린 상황이 벌어진다. 뉴먼에게든 이사벨에게든 소설 내에서야 그들의 삶이 일종의 실패로 종결되지만, 작가 특유의 열린 결말을 통해, 그리고 그들이 경험에서 뼈아프게 얻은 인식 능력을 독자가 신뢰하므로 그 앞날의 가능성이 열려 있다고 볼 수 있다. 하지만 중년의 스트레더에게는 상황이 다를 수밖에 없다. 이는 뉴욕판 서문에서 제임스가 이 작품의 주제가 담겨 있다고 말한 장면에서 잘 나타난다. 파리의 나쁜 영향에 물든 약혼녀의 아들을 데려오는 임무를 띠고 파리를 다시 찾은 스트레더는 젊었을 때 잘 몰랐던 파리의 삶과 그 가능성을 '이미 늦어 버린' 것으로 절감한다. 글로리아니의 정원에서 리틀 빌럼에게 했던 '삶다운 삶을 살라'는 호소는 그런 그의 심정을 절절하게 보여 준다.

뉴잉글랜드 울렛(Woollett)이 대표하는 전형적인 미국적 가치를 지니고 파리로 온 스트레더가 오히려 그에 매혹되어 자신이 놓쳐 버린 삶에 대한 뼈아픈 회한을 가지게 되기 때문에, '국제 주제'에서 전형적으로 나타나는 미국과 유럽의 대비는 그의 친구 웨이마시와 실제 등장하지 않지만 내내 강력한 영향력으로 존재하는 뉴섬 부인, 그리고 이후 포콕 부부의 몫이 된다. 막스 베버가 말한 프로테스탄티즘과 자본주의 정신의 결합을 단적으로 보여 준다 할 수 있는 이들은 '즐길 줄 모른다.'라는 마리아 고스트리의 표현처럼 기독교적 근엄함과 금욕주의, 성실성, 사업에 대한 열정 등으로 특징 지을 수 있다. 유럽을 타락과 동일시하면서 조금이라도 그 나쁜 영향에 물들지 않기 위해 항상 전사의 태도로 임하는 웨이마시는 스트레더와 함께, 심지어 그보다 오래 유럽에 있었음에도 처음의 태도와 생각에서 한 치도 달라지지 않는다. 스트레더가 고스트리 양과 함께 있을 때 사용한 명칭에 따르면 '신성한 분노'로 항상 무장하고 있는 그는 그래서 '풍속 희극'에 어울릴 만한 풍자적 장면을 연출한다.

유럽과 울렛의 대비는 작품 여기저기에서 인상적인 장면과 사건들로 드러난다. 한두 가지 예를 들자면 우선 스트레더가 유럽에 발을 디딘 지 사흘밖에 안 된 때, 런던에서 연극을 보기에 앞서 고스트리 양과 함께 저녁을 먹는 장면이 있다. 촛불이 장밋빛 그림자를 드리우는 작은 테이블에 마주 앉아 저녁을 먹으면서 그는 지금까지 뉴섬 부인과 둘이 연극을 보러 다닌 적은 많았지만 그에 앞서 이런 분위기에서 저녁을 먹은 적은 한 번도 없었다는 사실을 깨닫는다. 그러면서 웨이마시라면 탐탁지 않았을 이 상황에서, 왜 그러지 못했는지 깊은 회한에 젖는다. 고스트리 양과 뉴섬 부인의 대비되는 옷차림 역시 상징적인 의미를 지닌다. 가슴 부분이 상당히 드러난 드레스에 빨간 벨벳 리본 장식을 한 고스트리 양을 보며 스트레더는 그렇게 가슴이 드러난 옷이라고는 입은 적이 없고 한번은 엘리자베스 여왕처럼 목에 주름 장식이 있는 드레스를 입기도 했던 뉴섬 부인의 차림새를 떠올린다. 심지어 공공장소에서 숙녀와 단둘이 식사를 한 기억도 없다는 사실은 남녀 관계나 성적인 면을 금기시하는 울렛의 금욕적 태도를 잘 보여 준다. 그에게 벌어진 우연한 사건이 아니었다면 채드와 비오네 부인의 관계의 실체를 끝까지 몰랐을 그의 순진함이나 무의식적인 부인(否認)도 얼마간 거기서 연유한다고 할 수 있다.

스트레더는 채드를 만나기에 앞서 그의 친구 리틀 빌럼과 친해지는데, 그의 요청으로(그리고 채드의 계획대로) 그의 예전 집에 찾아가 그의 무리들과 어울리는 장면 역시 울렛과는 사뭇 다른 유럽의 면모를 보여 준다. 그런 자리에서는 주로 토론이 벌어졌는데 스트레더는 그렇게 많은 주제에 대해 그렇게 많은 의견들이 쏟아져 나오는 것을 울렛에서 본 적이 없었다. 울렛에도 의견 차이는 있었지만 구색 맞추기일 때가 대부분이고 무엇보다 그런 의견 차이를 드러내기를 꺼리는 경향이 있는 반면, 파리의 미국인들은 오히려 의견 일치가 논쟁의 재미를 망친다는 식이었던 것이다.

여러모로 핵심적인 장면이라 할 글로리아니 저택에서의 파티는 울렛에 대비되는 유럽의 특성을 종합적으로 보여 준다. 그것은 무엇보다 자유, 강렬함, 다양함 그리고 '쏟아지는 이미지의 공격'과 같은 감각적인 면이다. 지금은 미국하면 그런 요소들을 자연스럽게 떠올리는 일이 흔하기 때문에 이는 일면 의외로 다가올 수도 있다. 하지만 그것은 미국이라는 나라가 애초에 청교도들이 세운 나라이고 프로테스탄티즘의 윤리를 대표하는 벤저민 프랭클린의 나라이자 십 년 넘게 금주법을 시행한 나라라는 사실을 대개 잘 알지 못하기 때문이다. 우리가 아는 미국은 사실 19세기 말 이래로 금욕주의와는 양립할 수 없는 소비자본주의가 자리를 잡고 수많은 이민자들로 인해 자유와 다양성이 주된 가치로 자리 잡은 후의 미국이라 할 수 있다. 그래서 울렛이라는 19세기적 미국의 가치에 젖어 있던 스트레더는 전통과 문명, 세련됨으로 가득한 글로리아니의 정원에서 그동안 조금씩 마주쳤던 유럽의 면모를 종합적으로 맛보게 되며, 자신의 모든 정신의 창문을 활짝 열고 그것들을 받아들이게 된다.

3

스트레더는 울렛 출신임에도 웨이마시나 포콕 부인과 달리 유럽을 타락이라 규정짓지 않고 있는 그대로 받아들이려 하는데, 이는 서문에서 설명하듯이 그의 상상력에 힘입은 바 크다. 이때의 상상력이란 자신이 지금까지 보고 알았던 세계를 넘어설 수 있는 능력이므로 새로운 것을 '알아보는(see)', 즉 분별하는 인식 작용과 결부되어 있다. 작가 헨리 제임스에게는 '알아보는' 인식 작용이 항상 중요하고, 따라서 작품 속에서 그런 능력이 있는 주인공과 그렇지 못한 다른 인물들이 대비되는 경우가 많다. '국제 주제'를 다룬 초기 작품들에서 순진한 미국인들은 주로 겉으로 드러나지 않는 유럽 세계의 복잡하고 내밀한 의미를 '알아보지' 못하는 경우가 대부분이었고, 그로 인해 실패를 겪은 다음에야 '알아보는' 능력을 얼마간 갖게 된다. 그와 달리 이 작품 『대사들』의 주인공인 중년의 스트레더는 처음부터 풍부한 상상력과 함께 그런 인식 능력을 가진 인물로 그려진다.

이때 역시 인식 능력이 아주 뛰어난 고스트리 양이 큰 역할을 하는데, 서문에서 제임스는 작품의 구성상 스트레더와 독자에게 필요한 친구로 그녀를 제공했다고 말한다. 그러니까 마리아 고스트리는 스트레더가 원래 지닌 상상력과 인식작용을 발휘하도록 도와줄 그의 친구이자, 독자에게는 상황의 이해를 도울 안내자인 것이다. 느슨한 일인칭 시점을 취하고 싶은 생각도 없고 저자가 나서서 설명을 늘어놓는 방식도 피하고 싶었던 제임스는 인물들이 나누는 대화를 통해 사건의 정황이나 본질을 알려 주기를 원했고, 이를 위해 소설이 시작되자마자 고스트리 양에게 '달려들었다'고 한다. 다른 미국인들이 보지 못하는 것을 볼 수 있는 유럽의 미국인인 그녀가 스트레더의 '알아보는' 과정을 도와주는 것이다. 물론 이후 스트레더가 혼자서도 충분히 볼 수 있게 되자 그 역할은 끝나게 되지만 말이다.

제임스에게 깨달음이란 주로 시각적인 작용이기 때문에 스트레더가 파리의 의미와 채드의 본질을 깨닫는 과정은 여러 중요한 장면들로 이루어져 있다. 그중 가장 강렬하고 중요한 장면은 당연히 처음 채드를 만나는 장면이다. 스트레더가 파리에 오기에 앞서 모든 가능성을 다 상상해 봤지만 아예 채드가 '아닐 수' 있다는 가능성은 상상하지 못했다고 말할 정도로 외양상으로나 분위기에 있어서나 완전히 달라진 모습으로 채드는 등장한다. 그런데 그 상황에서 그것을 알아차린 것은 스트레더뿐이다. 고스트리 양은 예전의 채드를 알 리가 없고 웨이마시는 그런 분별의 문제라면 거의 맹인이나 다름없기 때문이다. 스트레더는 채드가 밤 11시에 특별석에 들어오던 그 세련된 방식에도 강한 인상을 받지만, 당장은 그 변화는 무엇보다 시각적으로 드러나는 겉모습이다. 채드가 한두 번 쓱 머리를 흔들어 나이에 어울리지 않게 군데군데 눈에 띄는 흰머리를 보여 주었고, 스트레더는 전보에 써 보낼 생각을 했을 만큼 그것을 일종의 강렬한 상징으로 받아들인다. 그것은 스트레더와 울렛이 한 치의 의심도 없이 믿었던 채드의 모습, 파리의 방탕한 생활과 여자에 빠져 미국으로 돌아오려 하지 않는 철없는 젊은이의 모습을 여지없이 부수며 유럽의 세련됨으로 무장한 성숙함을 나타냈던 것이다. 그러면서 스트레더는 오히려 자신이 어려 보인다는, 순진하고 아는 게 없다는 느낌을 받는다.

채드를 처음 보자마자 고스트리 양은 그와 어울리는 여자는 스트레더와 울렛에서 가정하는 '나쁜 여자'가 아니라 '훌륭한 여자'임을 간파하고, 스트레더는 이후 당사자인 비오네 부인을 만나면서 고스트리 양의 말을 확인하게 된다. 걷잡을 수 없이 그들의 삶에 휩쓸려 들어가는 스트레더와 달리, 애초부터 볼 수 있는 능력이나 상상력이 없고 노력할 마음도 없는 포콕 부부와 웨이마시는 채드의 달라진 모습과 그 일을 이루어 낸 비오네 부인의 진면목을 끝까지 보지 못한다.

비오네 부인이 성장한 딸까지 있는 유부녀라서 스트레더는 그녀와 채드의 관계의 성격을 파악하기 위해 고심한다. 리틀 빌럼과의 대화를 통해 그들의 관계가 '고결한 관계'라는 믿음을 견지했지만 소설 후반 교외에서 그들을 마주치는 사건으로 그 관계의 실체를 깨닫는다. 풍부한 상상력과 인식 능력을 지닌 스트레더조차 어떤 면에서는 교묘하고 심오한 유럽의 태도와 관습에 미혹된 '국제 주제'의 순진한 미국인 역할을 따르는 셈이다. 진상을 모두 알게 된 후 스트레더 자신도 어처구니없다고 생각할 수밖에 없었던 이 순진한 믿음에 대해 출간 당시부터 많은 비판과 조롱까지 있었지만, 스트레더라는 인물에 대해 주어진 정보와 상황 전개 등을 고려하면 아주 개연성이 떨어진다고 볼 수는 없다. 어쩌면 바로 그런 점 때문에 스트레더는 중년의 나이에도 불구하고 종국에는 실속을 챙기는 채드와 달리 자신의 안정된 미래까지 포기하는 것이다.

자신이 보고 깨달은 바를 버리지 않겠다는 결심으로 뉴섬 부인과의 미래는 사실상 파탄이 난다. 그리고 그 모든 것이 다른 여자 때문이라는 잘못된 인상을 주지 않기 위해 고스트리 양이 조심스럽게 제안하는 그녀와의 미래도 거절할 수밖에 없는 암울한 상황에 놓이게 된다. 자신에게는 '이미 늦어 버린' 어떤 것 때문에 치르는 대가로는 너무나 크다고 보이지만, 서문에서 말하듯이 이제 그는 무엇보다 '볼 수 있게' 되었으므로 이것은 포기나 체념이 아니다. 제임스에게는 뭔가를 '하는 것'보다는 무엇이 '되는 것'이 중요하기 때문에, 그가 보고 분별하는 시각을 가진 인물이 되었다는 점이 무엇보다 중요한 것이다.

각각의 상황과 거기서 발생하는 인상들을 복합적이고도 세밀하게 전달하는 제임스의 글쓰기 방식, 하루에 다섯 쪽만 읽기를 권할 정도로 독자들이 꼼꼼히 읽어 주기를 원했던 글쓰기는 독자들 역시 스트레더와 함께 그 과정을 겪으며 그와 마찬가지로 분별하는 시각을 가졌으면 하는 바람을 반영한다. 그렇게 읽기 빡빡한 문체에 신나는 사건도 없으면서 분량도 상당한 이 작품은 아무래도 간결하고 짧은 글을 선호하는 요즘 추세와는 잘 맞지 않을 것이다. 그래도 어딘가에는 이 소설을 끝까지 읽고 스트레더의 여정에 공감할 독자가 있으리라는 희망을 놓지 않는 이유는, 세상이 어떻게 변하는 그저 고답적

인 것으로 치부하기에는 그런 분별력이 우리의 삶에 너무 소
중하다고 믿기 때문이다.

정소영

작가 연보

1843년   4월 15일 메리 월시와 헨리 제임스 시니어의 4남 1녀 중 둘째 아들로 출생. 형이 훗날 유명 철학자가 된 윌리엄 제임스로, 곧 파리와 런던 등으로 가족 여행을 떠남.

1845~1860년   올바니와 뉴욕에서 유년을 보내고, 1855~1860년에는 다시 가족과 유럽으로 여행을 떠남. 그동안 가정교사와 공부를 하거나 잠깐씩 유럽의 학교를 다님. 귀국하여 가족이 로드아일랜드주 뉴포트에 정착.

1861년   뉴포트에서 소방수로 지원해 활동하던 중 화재를 진압하다 허리를 다침. 이 부상으로 남북 전쟁에 참전하지 못함.

1862~1864년   하버드 대학교 법과대학에 진학하지만 흥미를

느끼지 못하고 중퇴. 1864년에 가족이 보스턴으로 이주. 익명으로 첫 단편 「실수의 비극」과 비평을 잡지에 발표하고, 윌리엄 딘 하월스가 《애틀랜틱 먼슬리》의 편집장이 되어 그와 친분을 쌓음.

1869~1870년	유럽 여행. 여행 중 사촌 미니 템플의 사망 소식을 들음.
1871년	「파수꾼」을 《애틀랜틱 먼슬리》에 연재.
1875~1876년	《애틀랜틱 먼슬리》에 『로더릭 허드슨』 연재, 이듬해 책으로 출간. 신문사 특파원으로 파리에 거주하면서 플로베르, 졸라, 모파상, 도데, 투르게네프 등과 교제. 특파원을 그만두고 런던으로 이주.
1877년	『아메리칸』 출간.
1878년	「데이지 밀러」를 발표하여 미국과 유럽에서 호평을 받음. 『유럽인들』 출간.
1879년	평전 『호손』 발표.
1880년	『워싱턴 광장』 출간.
1881년	『여인의 초상』 출간.
1881~1882년	어머니가 돌아가시고, 프랑스 여행 중 아버지의 임종을 보기 위해 귀국하지만 임종을 지켜보지는 못함.
1886년	『보스턴 사람들』과 『카사마시마 공주』 출간.
1887년	이탈리아 여행.
1888년	『반사경』과 『애스펀의 러브레터』 발표.
1890년	『비극적 시신(詩神)』의 발표와 함께 극작으로 관

심이 이동해 1895년까지의 '극작 시기'를 열게 됨.

1891년   『아메리칸』을 각색하여 런던 무대에 올려 비교적 호평을 받음.

1895년   『가이 돔빌』을 런던 무대에 올렸는데 첫 공연이 끝난 후 관객들이 야유를 보내는 것에 충격을 받아 극작을 그만두고 이후 극작의 기법을 소설에 적용하려는 노력을 계속함.

1897년   『포인턴가의 소장품』,『메이지의 자각』 발표.

1898~1899년   『나사의 회전』과『사춘기』 출간.

1902~1905년   『비둘기의 날개』,『대사들』,『황금 주발』을 연이어 출간. 약 이십 년 만에 미국으로 돌아와 여행하고 강연을 함. 그 경험을 토대로『미국 기행』을 써서 1907년에 출간함.

1907~1909년   스물네 권으로 된 뉴욕판 전집인『헨리 제임스 전집』을 출간함. 일부 작품을 개고하고 각 작품에 서문을 붙임.

1913~1914년   자서전의 첫 번째 두 권인『어린 소년과 다른 사람들』,『아들이자 동생의 비망록』 출간.

1916년   영국 국왕 조지 5세로부터 명예 훈장을 받은 뒤 2월 28일 일흔여덟 살의 나이로 별세. 매사추세츠주 케임브리지의 가족 묘지에 안장됨.

1917년   미완의 유작으로 자서전 세 번째 권인『중년』 출간.

세계문학전집 **376**

대사들 2

1판 1쇄 펴냄 2021년 2월 19일
1판 2쇄 펴냄 2022년 5월 24일

지은이 헨리 제임스
옮긴이 정소영
발행인 박근섭, 박상준
펴낸곳 (주)민음사

출판등록 1966. 5. 19. (제 16-490호)
서울특별시 강남구 도산대로1길 62(신사동) 강남출판문화센터 5층 (우편번호 06027)
대표전화 02-515-2000 팩시밀리 02-515-2007
www.minumsa.com

© 정소영, 2021. Printed in Seoul, Korea

ISBN 978-89-374-6376-1 04800
ISBN 978-89-374-6000-5 (세트)

세계문학전집 목록

세계문학전집은 계속 간행됩니다.